Jung Yeon Ju

정연주

양효진

Yang Hyo Jin

차아제국 열애사

上

정연주·양효진 쓰다

차아쩨국 열애사

茶亞帝國 熱愛史

가하epic

차
아
제
국

열
애
사

上

지은이 정연주, 양효진
펴낸이 이형기
펴낸곳 도서출판 가하

초판인쇄 2014년 8월 27일
초판발행 2014년 9월 2일
출판등록 2008년 10월 15일 제 318-2008-00100호

주소 서울 영등포구 양평로 67, 1209 (당산동5가, 한강포스빌)
전화 02-2631-2846 **팩스** 02-2631-1846

www.ixbook.co.kr

ISBN 979-11-5682-333-9   04810
      979-11-5682-332-2   04810(set)

값 10,000원

一章
쩌놈이 백 냥짜리야

꼭, 끼오오오!

기운차다 못해 귀를 찢을 듯 수탉이 울었다. 그러나 그 울음소리보다도 먼저 일어난 사람이 있었으니, 이리저리 뻗친 머리카락을 가볍게 쓸어내리는 것으로 머리단장을 마친 민주려였다.

"그래, 그래. 밥 여기에 있다."

쌀겨를 화려하게 마당에 뿌리자 닭들이 회를 치며 다가왔다. 푸드덕 푸드덕 날갯짓하는 것들의 휘날리는 닭털에 목이 막힐 것 같다. 그녀는 쌀겨에 미친 듯이 달려드는 수탉과 암탉, 그리고 병아리들을 내버려두고 슬금슬금 집 뒤의 텃밭으로 향했다. 닭들이 벌레만 쪼아 먹어서 그런지 밭에 돋아난 식량이 될 새싹들이 파릇파릇하다.

하지만 이게 중요한 것이 아니었다. 민주려가 노리는 것은 다름 아닌,

"오, 있다."

새벽에 암탉이 갓 낳은 계란이었다. 게다가 오늘은 무슨 좋은 일이 있었는지 계란이 무려 네 개! 암탉은 세 마리인데 계란은 네

7

개라니. 아침부터 운이 트인다며 얼른 계란을 챙겼다. 이 중에 한 개는 아침에 먹고, 한 개는 비상용으로 두고, 나머지 두 개는 모았다가 짚으로 엮어서 장에 내다 팔 것이다.

꼬꼬댁! 꼬고고! 꼭꼭!

그런데 계란을 가져가는 것을 또 어떻게 알았는지, 쌀겨는 어디로 두고 암탉들이 어느덧 곁으로 몰려들었다. 병아리들까지 대동하고 날개를 회치는 것이 당장 내 알을 안 내놔? 라고 항의하는 것 같다. 저 당당한 기세 보소. 민주려는 새벽부터 꼬장꼬장한 암탉과, 슬그머니 발을 내미는 수탉을 보며 심기가 불편해졌다.

"이것들이! 그럼 공짜로 여기서 살려고 그랬어?"

아예 발을 쪼아댈 것처럼 다가오는 닭들에게 날아가는 것은 싸리 빗자루뿐이다. 그렇다고 진짜 때리는 것은 아니었다. 위협용으로 휘두른 거다. 이렇게 하면 닭들은 사납게 굴다가도 결국 벼슬을 흔들면서 물러났다.

민주려는 흥! 하고 콧바람을 뿜은 뒤 오늘의 전리품인 계란을 가지고 부엌으로 들어왔다. 작고 아담한 솥에는 이미 먹음직스러운 잡곡밥의 뜸이 잘 들여져 있었다.

솥뚜껑을 열자 잡곡밥에서 김이 모락모락 난다. 주걱으로 바가지 위에 가득 퍼 올리자 뜨거운 김이 얼굴에 훅 닿았다. 역시 밥은 든든해야 한다. 밥그릇에 담았더라면 고봉밥일 만큼 잔뜩 바가지에 담았다. 거기에 싱싱하고 푸릇푸릇한 봄나물! 들기름에 달달 볶은 묵은 나물도 한 젓가락씩 옮겨 담고, 오늘의 전리품인 계란을 톡 깠다. 그리고 민 가문 비장의 장인 고추장을 듬뿍 퍼서 숟가락으로 턱 올린 뒤 참기름 한 숟가락 조르륵 부어 잘 비비면!

"으음, 이 맛이야."

군침 줄줄 비빔밥이 완성되는 것이다

싹싹 비비자 냄새부터가 죽이더니, 맛 또한 훌륭하다. 매코롬
한 고추장에 오늘 갓 낳은 계란의 담백하고도 부드러운 맛, 거기
에 향긋한 나물과 갓 지은 잡곡밥의 조화는 왜 이리도 훌륭한지!
고소한 참기름의 향까지 더해지니 그야말로 구름 위에서 노니는
것 같았다.

장정 한 명이 먹을 만한 양을 눈 깜짝할 사이에 해치우고 차 한
잔을 마셨다. 세수와 머리카락은 주술로 가볍게 해결하고, 입 안
은 싸하고 향긋한 물로 행군 뒤 깨끗하게 씻는다. 잘 빨아서 널어
둔 옷을 입고 신발을 신으면 준비 완료.

"다녀오겠습니다!"

아무도 인사해주지 않는 집을 나서며 민주려는 발을 재게 놀
렸다. 이미 완연한 아침이 된 시장은 떠들썩했다.

"주려 아니냐!"

"안녕하세요!"

"오늘은 어디서 일하니?"

"기친친 할머니의 대중목욕탕 청소하러 가요."

"다음에는 이쪽에도 일하려 와주렴."

"물론이죠!"

"안녕, 주려!"

"안녕하세요!"

시장의 사람들은 모두 그녀를 잘 알고 있었다. 열여섯 살이 되던 해, 시장에 불쑥 나타난 이 작고 귀여운 아가씨는 야무지고도 억척스럽게 일을 했다. 어떤 일을 맡기든 모두 만족스럽게 해내어서 이곳에서는 유명한 만능일꾼이었다.

　아침부터 씩씩하게 인사를 나눈 뒤 민주려는 친친 할머니의 대중목욕탕에 도착할 수 있었다. 시장에서도 목 좋은 곳에 있는 이 목욕탕의 건물은 오층이나 된다. 크기가 큰 만큼 청소할 곳도 아주 까다롭고 넓어서, 청소대금이 꽤나 비쌌다.

　"안녕하세요, 기친친 할머니."

　"왔느냐?"

　이 대중목욕탕의 주인인 기친친은 내년이면 고희를 넘보는 나이답지 않게 무척 건강하고 괄괄했다. 그녀는 목욕탕 계산대에 앉아, 민주려에게 손을 내밀었다. 그러자 민주려는 한숨을 내쉬고 자신의 신분을 증명하는 패를 내밀었다. 기친친은 워낙에 꼼꼼하고 까탈스러워서, 일을 다 마치기 전까지 이렇게 신분증을 담보 삼아 일을 시켜줬다.

　"오늘 맡기실 층은 몇 층인가요?"

　"삼층이야."

　"우와, 삼층이라면 도금한 목욕탕하고 약초 목욕탕, 그리고 피부에 좋은 진주가루를 소량 뿌린 목욕탕이 있는 곳 아니에요? 거기에 비싸다는 수정으로 바닥을 깔아놓은 번쩍번쩍한 탕도 있고요!"

　"그래, 거기. 그곳 청소 좀 부탁해. 좀 더 싼 값에 다른 사람에게 맡겼더니 도금이 벗겨지지 뭐냐. 심지어 어떤 놈은 수정으로 만든 바닥을 떼어가려고 했지! 도무지 믿고 맡길 사람이 없어."

"그러게 저에게 맡기셨어야죠."

"네년 몸값이 얼마나 비싼데!"

기친친은 투덜거리며 작은 열쇠를 넘겼다. 그 열쇠를 받으며 민주려는 씩 웃었다. 지갑을 푸는 것이 소금처럼 짠 기친친은 그녀를 고용할 때마다 이렇게 투덜거렸다. 왜냐하면 민주려의 몸값이 결코 싸지 않기 때문이었다.

겉으로는 작고 아무 힘도 없어 보이는 어린 소녀지만, 민주려는 무려 차아제국에서도 합격하기 힘들기로 소문난 대학관 출신이었다. 그뿐만이 아니라, 주술로는 상급반에 들어갈 정도로 뛰어난 인재였기 때문에 어렵고 큰일을 맡길수록 그 품값이 비싸졌다.

"그래도 제게 맡기면 값만큼은 하잖아요?"

"끄응."

"오늘도 제게 대금을 주신 게 전혀 아깝지 않을 만큼 해드릴게요. 어디 보자, 삼층을 빡빡 씻은 다음에 은은한 향기가 나는 주술을 걸어드릴까요? 아니면 수정으로 바닥을 깐 탕은 반짝이게 해드릴게요. 그러면 한층 더 좋을 거예요."

"……그렇게까지 하면 추가대금은 안 붙고?"

"에이, 우리 사이에 무슨 추가대금이에요. 일종의 덤이에요. 앞으로도 자주 이용해달라는 뇌물인 셈이죠."

능구렁이처럼 협상을 제안하는 민주려에 기친친은 허탈한 웃음을 흘렸다. 하여간에 이 아가씨, 말로는 도저히 이길 수가 없었다. 겉으로는 토끼처럼 귀엽게 생긴 여자아이가 어찌나 대차고 능글맞은지! 게다가 돈도 좋아한다. 물론 밝히는 돈만큼이나 일처리도 확실히 해서 시장바닥의 사람들은 민주려를 서로 고용하려고 난리였다.

"이번에 그 덤이자 뇌물이 마음에 들면 계속 고용하마."

"그 말 잊으시면 절대 안 돼요?"

"뭣하면 서면으로 남겨주랴?"

"그럼 좋고요."

"깐깐하기는."

무려 기친친에게 깐깐하다는 말을 들은 민주려는 그래도 방글방글 잘만 웃었다. 기어이 종이에 계약서까지 챙긴 뒤, 그녀는 일하러 가겠다며 여탕으로 들어가려고 했다. 기친친이 갑자기 어깨를 붙들지 않았다면 말이다.

"조심해라."

"왜요?"

"요즘 속옷도둑이 기승을 부린다더라. 가정집이건 목욕탕이건 가리지 않고 아주 악독하게 속옷을 빼간다고 하더라고."

"세상에!"

무슨 그런 변태가 있담. 세상이 말세라며 민주려가 추임새를 넣자 기친친이 맞다며 고개를 끄덕였다.

"어찌나 수법이 교묘한지 아직까지도 잡지 못했다고 하더구나. 글쎄, 관청에서 걸어놓은 현상금이 아마 금 백 냥이라지?"

"배, 백 냥!"

"그래, 백 냥. 어쨌든 내 목욕탕에서 손님의 속옷이 없어지면 평판이 떨어져. 그러니까 그것까지 잘 지켜줘야 한다."

기친친이 속옷도둑을 입에 올려놓은 이유가 나왔지만, 민주려는 그 중요한 이유에는 신경 쓰지 못했다. 그녀의 귀에는 오로지 백 냥짜리 속옷도둑에 대한 생각만이 가득 찼다. 금 백 냥. 얼마나 달콤한 말인가! 기친친 할머니의 목욕탕을 청소해서 받는 일당은 금 일곱 냥이다. 물론 그 돈도 꽤나 비싼 축에 속하지만, 자주 불러주지 않으니 한 달이나 두 달에 한 번 일이 있을까 말까였다.

민주려가 한 달 생활비로 쓰는 돈은 금 마흔 냥. 만약에 속옷도둑을 잡을 경우 백 냥을 받는다면 무려 두 달하고도 열흘을 생활할 수 있는 돈이 생기는 거다.

"도둑을 잡으라는 게 아니라, 속옷을 잘 지키라고!"

그녀의 머릿속에 가득 찬 생각을 알아챈 기친친은 기가 막혔다. 민주려는 기친친이 호통을 치든 말든 입가에 흐른 침을 쓱 닦으며 웃었다.

"네, 속옷도 지키고 도둑도 잡을게요."

"어이구. 머릿속에 돈만 든 년!"

"헤헤. 속옷도둑이 꼭 목욕탕에 찾아온다는 보장은 없잖아요. 만약에 온다면, 네. 온다면 그때 잡겠다고요. 잡으면 다시는 속옷도 도둑 안 맞고 얼마나 좋아요?"

"그래, 맘대로 해라, 맘대로 해!"

민주려는 콧노래를 흥얼거리며 열쇠를 손가락에 끼고 돌렸다. 여탕 문을 열고 들어서자 아직은 사람이 없었다. 아침부터 목욕하는 사람은 별로 없었다. 다들 아침부터 저녁까지 일을 하고 목욕을 하러 오기 때문에 지금이야말로 청소하기에 그만이었다.

"어머나, 주려 아니야?"

"안녕하세요."

"이번에 주려가 청소해준다니 아주 탕이 번쩍번쩍하겠네."

목욕탕에서 때밀이와 수건 세탁을 도맡고 있는 단지순의 말에 민주려가 고개를 끄덕였다.

"깔끔하게 해드릴게요."

주르륵 나열되어 있는 서랍들 중에 열쇠에 적힌 것과 꼭 같은 번호의 서랍을 열자 일할 때 입는 옷이 들어 있었다. 짧은 호박바지에 시원스럽게 통이 넓은 상의를 껴입고, 마지막으로 허리를 끈으로 꽉 졸라매면 옷차림은 일단 완성이었다. 거기에 길고 거추장스러운 머리카락은 양 갈래로 묶으면 준비완료.

준비를 마치자 주려는 신발까지 벗어 곱게 서랍 안에 넣어놓고 열쇠로 잠갔다. 그 뒤 할 일을 다 한 열쇠를 목걸이에 끼워 목에 걸면 그야말로 만반의 태세다.

삼층으로 올라온 그녀는 주변을 쓱 훑어보았다. 바닥은 미끌미끌한 것이 물때가 좀 낀 것 같고, 탕 안은 말할 것도 없다. 사람인 이상 뜨뜻한 물에 몸을 불리면서 자연스럽게 나오는 때도 좀 꼈고, 슬그머니 이끼까지 나오려고 한다. 거기에 거울도 조금 부식된 것이 전에 탕을 청소하던 사람이 대충대충 한 모양이었다. 그렇게 사람을 쓰려면 싼 값에 부리면 안 된다니까. 그녀는 혀를 끌끌 차며 손을 휘저었다.

"넘쳐라, 넘쳐라, 넘쳐라!"

맑고 또랑또랑한 목소리가 목욕탕 안을 가득 메웠다. 주술이란 기원(冀願)에서 시작되어 사람의 말(言)을 타고 기적(奇蹟)이 실현되는 힘. 맑은 물이 넘실넘실 주변을 메우기 시작했다. 물방울들이 가득가득 떠오르자 민주려가 찐득찐득한 잿물을 허공에 뿌렸다. 그러자 잿물이 허공에 떠오른 물방울에 스며들었다. 이제 배치는 끝났다.

운율과 함께 반복되는 말에는 강한 힘이 들어간다. 아니나 다를까 그녀의 주술에 힘입어 잿물을 가득 머금은 물줄기들이 목욕탕 곳곳을 휘감았다. 구석구석, 개미 한 마리 들어갈 곳까지 찾아내어 싹싹 잿물로 씻고 있다. 물론 여기까지만 해도 어지간한 물때는 다 벗겨지지만, 완벽하게는 불가능하다. 때문에 민주려는 여기에 자신의 비밀무기를 꺼내었다.

"보글보글 거품아 올라라. 풍성하게!"

잿물에 거품을 끌어올리는 것이다. 풍성하게 일어난 거품이 목욕탕을 가득 채웠다. 주술의 힘이 들어간 덕분인지 새하얗고 기분 좋은 냄새가 나기 시작했다. 그렇게 한동안 민주려의 손짓에 뭉쳐졌다가, 다시 펼쳐졌다가 하며 몽글몽글 탕 안을 에워쌌다. 그래. 거품까지 해줘야 제대로 반짝반짝해지는 거다.

때를 예쁘게 다 밀었으니 이제 거품과 잿물을 씻어내야 한다.

"나는 이때가 제일 좋더라."

민주려가 흐흐 웃으며 두 손을 번쩍 치켜들었다. 그리고 검지를 빙글빙글 돌리기 시작했다.

"휘몰아쳐라!"

목욕탕의 미친 청소가 이루어지기 시작했다. 고작 한 시진만에 기친친 할머니의 대중목욕탕 삼층은 깨끗해졌다. 반짝반짝 윤이 나는 것은 물론이요 좋은 냄새까지 났다. 민주려는 땀을 훔치며 씩 웃었다. 이 정도면 금 일곱 냥은 물론이요 기친친의 마음까지 사로잡을 것이다. 이제 앞으로, 하루 일당 일곱 냥에 달하는 값비싼 일꾼으로서 종종 고용되리라.

"이제 슬슬 손님이 올 시간이구나."

게다가 시간은 또 어찌나 잘 맞추는지. 아이들을 학교에 보낸 주부들이 바구니를 들고 목욕을 하러 올 시간이 되었다. 민주려는 오늘 주머니에 들어올 금 일곱 냥을 떠올리며 행복한 웃음을 지었다. 아마 이것뿐만이었으면 군이 대중목욕탕에 들어오지 않았을 것이다. 기친친의 까다로운 성미에 맞추는 것은 어려운 일이었으니까.

목욕탕 청소 외에도 할 일은 많았고 민주려를 원하는 사람은 더더욱 많았다. 그러나 그럼에도 불구하고 이곳에 종종 고용되고 싶은 까닭은 따로 있었다.

"역시 대중목욕탕은 이 맛이라니까."

"따뜻한 물을 마음껏 쓸 수 있다는 거?"

"에이, 몰래몰래 가지고 오는 거지 뭐. 원래 안 되는 거지만 이 정도는 인정으로 봐주는 거 아니겠어?"

그래. 따뜻한 물을 무한정으로 쓴다는 거. 내전이 끝난 지 이제 겨우 십여 년. 국고에 큰 타격을 입은 차아제국(茶亞帝國)에서는 내전 이후, 국고를 채우기 위해 여러 분야에서 세금을 뜯어내기 시작했는데 그중, 가장 큰 비중을 차지하는 것이 수도요금이었다. 전쟁이 나 피폐해진 나라 안 살림에도 불구하고 갑자기 수도(水道)를 만들고 주술로 온수가 나오게 하는 등 여러 가지 정책을 폈을 때, 사람들은 눈치 챘어야 했다. 어쩐지 편해졌다고 여겼건만 거기서 나라가 돈을 뜯어내기 시작했던 것이다.

예전에야 마음대로 개울로 가서 빨래도 했더랬지. 하지만 이젠 개울에서 빨래도 마음대로 못한다. 개울을 깨끗하게 유지해야 비상시에 식수로 이용할 수 있다나 뭐라나. 그 외에도 여러 가지 이유로 차아제국은 예전 같지 않게 제약이 생겨버렸다. 그렇다고 해서 그것이 모두 나쁜 것은 아니었다. 제약과 규율이 생겼지만, 그만큼 생활이 편리해졌던 것이다.

어쨌든 따뜻한 물 팍팍 써가면서 빨래를 하고 싶은 주부들은 넘쳐나는데, 수도요금이 두려워서 사람들이 꾀를 낸 것이 바로 이 대중목욕탕이었다. 뜨끈한 물이 펑펑 나오는 곳! 이곳에서 빨래를 하면 수도요금도 아끼고 청결도 지키고 일석이조였다.

물론 사람들이 목욕은 안 하고 빨래만 할까 봐 기친친은 질색 팔색 했지만 모두 잡아낼 수는 없었다. 그래서 한 차례 순찰을 돌 때를 제외하고 안 보이는 곳에서 몰래 하는 것 정도는 내버려두었다. 대놓고 빨래만 하지 않는다면 어느 정도는 눈감아준다는 뜻이다.

그리고 그 가운데에는 민주려도 섞여 있었다. 그녀는 알차게 챙겨온 빨래를 펼쳤다. 슬슬 오기 시작한 목욕탕 손님들이 오오오

소리를 내었다. 민주려의 빨랫감은 정말 알찼다. 속옷 몇 벌과 버선 한 무더기. 부피가 작아서 숨기기도 쉽고 빨기도 쉽지만 꼭 뜨거운 물이 필요한 것들이었다. 빨랫감 중에서도 해도 해도 절대 줄지 않는 것들만 들고 오다니!

"고수다."

"이곳에 고수가 있었어."

"심지어 때가 잘 안 지워지는 물든 옷만 가지고 왔군."

"따뜻한 물이 아니면 절대 때가 빠지지 않을 것들이야."

"게다가 하나같이 냄새까지 쾌쾌한 것들!"

"이러려고 아마 오늘까지 빨래를 하지 않은 것이 분명해."

목욕탕의 손님들의 감탄을 들으며 민주려는 훗 하고 웃었다. 그리고 따뜻한 물을 가득 부어 빨랫감을 넣고 주술을 부렸다. 그러자 주변에서 감탄이 아니라 경악에 찬 소리를 질렀다. 그녀의 빨랫감이 따뜻한 물과 잿물에 한데 섞여 빙빙 돌기 시작한 것이다. 그 기세가 어찌나 맹렬하던지, 그녀의 주변으로 손님들은 다가서지도 못했다. 그리고 그런 손님들의 주변으로 단지순이 가까이 다가와 주변설명을 곁들었다.

"손님들, 주려 처음 보세요?"

"주려?"

"네. 이 근방에 유명하죠. 억척같이 돈을 긁어모으지만, 그만큼의 값을 한다는 그 유명한 '돈귀신 민주려'라고요."

"돈귀신 민주려!"

"말로만 듣던 그?"

어느덧 많아진 손님들이 술렁였다. 이 근방에서 '돈귀신 민주려'라고 하면 모르는 이가 없었다. 언젠가 홀연히 나타나 여기저기서 일을 해준다는 소녀는 그 능력이 무척이나 뛰어났다. 한번 부리면 그 능력에 탄복해서 돈을 안 줄 수가 없다는 작은 여자아이. 하지만 돈을 떼먹거나 일을 필요이상으로 부리면 악착같이 고용주로부터 돈을 뜯어내서 '돈귀신'이라는 별명이 붙은 그녀는 정말로 유명했다.

"어쩐지 빨랫감을 꺼낼 때부터 범상치 않았어."

"대놓고 오래된 속옷빨래, 그것도 겨울 내내 신지 않은 얇은 소재의 버선까지 가지고 나온 게 분명해. 이제 봄이니까!"

"아니야. 봄에 입는 것들은 적었어. 이미 입고 있겠지. 정작 꺼낸 저 누르스름하면서도 얇은 재질, 분명 여름용이다."

"벌써 여름을 대비한단 말이에요?"

"숙련된 주부라면 잘 알지. 여름은 금방 와. 게다가 여름이 와서 당장 옷을 입으려고 하면, 입을 수 없어. 왜냐? 장마와 더불어서 찐득찐득 습도 높은 날씨 때문에 빨래가 쉽지가 않거든! 게다가 늦봄이 될수록 낮은 더우니 잠깐이지만 여름옷을 입을 수도 있고. 또한 속옷은 일찍부터 여름용으로 입는다고. 땀 흡수도 잘되고 통풍도 잘되니까. 봄용은 의외로 두껍고 더워서 땀에 절어버리는 수가 있어. 그러니까 진짜 숙련된 사람이라면 여름빨래를 봄에 하는 것이다!"

얼굴에 쭈글쭈글 주름이 있는 노파가 그리 말하자, 주부경력만 십 년이 넘어가는 이들이 자신의 손에 들린 빨랫감을 보았다.

다들 봄에 입는 옷들이다. 그것도 어느 사람은 부피가 크게도 겉옷을 들고 왔다. 아마 순찰을 도는 직원에게 들킨다면 바로 압수당하리라. 모두 크윽, 하고 패배감이 짙은 표정을 지었다.

"졌어. 결혼은커녕 이제 성년도 되어 보이지 않는 여자아이에게, 주부로서 졌어……!"

"주부로서 부끄러워요. 아직 멀었다는 걸까요?"

"아니야, 아직은 아니야. 주부로서의 자존심이 있지! 빨래는 졌어도 그 외의 요령은 지지 않았을 거야. 생각해봐. 연륜이라는 것은 거저 있는 것이 아니라고."

"잠깐만. 저거 뭐 하는 거야?"

누군가가 민주려를 가리켰다. 그녀는 어느덧 따뜻한 물로 잿물을 모두 헹구고 빨래의 물기를 쭉쭉 짜고 있었다. 한 점 물기 없이 야무지게 짜더니, 이내 빨랫감을 모조리 뒤집는 것이 아닌가?

"뒤집어 말리기……!"

머리에 흘긋흘긋 새치가 나기 시작한 어떤 손님이 외쳤다. 주변의 손님 및 주부들이 귀를 쫑긋했다.

"뒤집어 말리기가 뭔가요?"

"……버선의 경우 발 냄새가 잘 배기 마련이지. 게다가 잘못하면 끔찍한 무좀이 생기기도 해."

"아아, 그 지옥의 발 병!"

"그런데 그것을 예방하는 방법이 있네. 바로 버선을 뒤집어서 햇볕에 말리는 게야. 그것이 힘들다면 그늘도 좋네. 가장 중요한 것은, 발에 직접 닿는 면을 밖으로 보이게 뒤집어서 바람에 말리는 거지. 그래야 보송보송 잘 말라서 무좀에 걸릴 일이 조금이나마 줄어드는 게야. 설마 저것을 이미 익혔을 줄이야."

단지순은 손님들을 보고 그저 웃었다. 어째 민주려가 올 때마자 이런 일이 벌어지는 것이 재미있었던 것이다. 하지만 재미있다고 손님들이 계속 그녀만 보게 할 수는 없다.

"때 민다는 손님 아까 계시지 않았나요? 십삼 번 손님, 지금 때 안 미시면 다음 예약자 분 먼저 밀어드릴 거예요."

구경할 때는 하더라도 일은 해야지 않겠는가. 단지순의 말에 손님들이 정신을 핫 하고 차렸다. 등을 밀어줄 사람과 함께 오지 않는 이상 때를 제대로 밀려면 그녀 없이는 안 된다. 예약자 순서를 챙기지 않으면 계속해서 기다려야 하는 것이다.

"저예요!"

십삼 번 손님이 재빨리 손을 들었다. 단지순은 그 손님을 보며 두 손에 때밀이 할 때 쓰는 거칠거칠한 수건을 끼고 씩 입매를 올렸다. 그 모습이 어찌나 믿음직스럽고도 무서운지.

"시원하게 밀어드릴게요. 아무 생각도 나지 않도록."

그 이후 몇 명의 손님이 단지순의 손놀림 아래 날아갈듯 가벼워졌다.

△ ▼ △

주부들의 감탄과 시기, 그리고 질투(!)를 받으며 민주려는 빨래를 끝냈다. 빨래는 대중목욕탕이 북적거리기 전에 끝내야 했다.

한참 사람이 많을 때 기친친이 순찰을 돌기 때문이었다. 그때 빨래하다가 걸리면 얄짤 없이 빨래는 압수당한다. 그리고 손님들은 온몸을 풍덩풍덩 뜨끈한 물에 담갔다가 때를 다 뺀 후 나와서 돌려받을 수 있었다. 마르지도 않고, 제대로 빨지도 못해서 물만 잔뜩 머금은 빨랫감을 들고 집으로 돌아갈 수는 없다. 그 무겁기만 하고 냄새도 나는 물 먹은 빨랫감이라니. 생각만 해도 끔찍했다. 상상하기도 싫다.

민주려는 바구니에 담은 속옷과 버선들을 들고 속옷을 너는 난간으로 나왔다. 대중목욕탕 중에 이층은 옷을 갈아입는 탈의실인데, 복도로 된 길을 지나고 나면 멀찍이 난간 비슷한 것이 있었다. 그곳에는 간이 빨랫줄이 있다. 목욕을 하는 와중에 종종 사고로 옷에 물을 묻힌다거나 하는 일이 있어서 손님들이 간단하게 빨래를 말릴 수 있게 마련한 작은 공간이었다. 민주려는 이곳에서 속옷과 버선들을 말릴 셈이었다.

건물 뒤편에 있는 쪽이라서인지 훤히 보이는 난간 아래에는 사람 한 명 보이지 않았다. 오로지 뒷골목만이 보였는데, 그래서인지 속옷을 너는데 아무런 거리낌이 없었다. 게다가 일찍 빨래하고 나와서인지 빨랫줄의 공간이 제법 널널한 편이었다. 물론 이런 곳에 냉큼 널어놓으면 딱 좋겠지만…….

"이런 곳이 잃어버릴 위험이 참 크단 말이지."

버선이나 속옷이나, 위험하고 야시시한 모양새가 아닌 이상 다들 닮아 있기 마련이었다. 대부분 새하얀 면포를 쓰는데다가 자기 표식이라며 수를 놓아도 작아서 눈에도 안 띈다. 게다가 버선은 짝을 자주 잃어버려서 걸핏하면 짝짝이가 되기 일쑤였다.

남의 손을 타는 곳에 빨래를 널면 아무래도 불안한지라 민주려는 이 빨랫줄을 쓰지 않는다. 대신에 미리 준비해온 빨랫줄을 난간 바로 위, 층층마다 있는 작은 지붕 바로 아래에 걸어놓았다. 그리고 그 높은 곳에 속옷과 버선을 하나하나 널면, 도난방지도 되고 혹시나 밖에서도 보이지 않는 것이다. 뭣보다 의외로 값이 나가는 민주려의 속옷은 햇볕이 아니라 그늘에 말려줘야 할 만큼 섬세했다.

"흠, 흠흠."

섬세하고 보들보들한 속옷을 널고 나면 이제 그녀가 해야 할 일은 거의 다 끝이다. 이대로 있다가 대중목욕탕에 사람들이 북적대면 물 한 번 더 갈아주고, 저녁이 되어 폐관할 때가 오면 대청소를 시원하게 한 번 더 땡겨주면 되는 것이다.

일의 강도는 높은 편이지만 하루 중 반짝하는 작은 시간만 신경 쓰면 되고, 보수도 넉넉하니 아무래도 기친친 할머니의 대중목욕탕의 일이 가장 짭짤한 편이었다. 좀 더 자주 고용되면 좋을 텐데, 안타깝게도 기친친은 소금소금한 고용주다. 지금은 급해서 민주려를 쓰는 것이지 다음에는 되는 데까지 버티며 더 싼 인력을 부릴 것이다.

"그럼 한증막에 한번 들어가볼까."

요약하자면 이렇게 고용되기 쉽지 않기 때문에, 그녀는 그녀 나름대로 최대한 뽑아 먹어야 한다는 거다. 그 뜨끈뜨끈하다는 한증막도 들어가 보고, 수정이 반짝반짝한 탕이라든가 벽을 도금한 금탕도 한번 들어갈 요량이었다.

민주려는 콧노래를 흥얼거리며 삼층으로 올라가려다가 흠칫했다.

"거기 들어가면 땀범벅일 텐데. 다 안 말랐지만 속옷 하나 정도는 미리 챙겨둬야 하나?"

물론 옷을 훌훌 다 벗을 수도 있겠지만, 목욕탕의 직원은 직원복을 입고 있는 것이 규칙이었다. 갈아입을지언정 벗을 수는 없기 때문에 속옷을 미리 준비해야 할 것이다. 민주려가 속옷을 가지러 가기 위해 이층의 복도, 저 끝의 난간으로 향했을 때였다.

부스럭 부스럭.

누군가가 빨랫줄 근처에서 꼼실꼼실 움직이고 있었다. 민주려는 그 누군가가 시커먼 옷을 입은 사내라는 것을 안 순간, 입을 딱 벌렸다.

이곳은 여탕구역이다.

정확히는 기친친 할머니의 대중목욕탕은 여자만 들어올 수 있다. 남탕은 어디냐고 묻느냐면, 기친친 할머니의 대중목욕탕의 바로 맞은편에 있는 남춘기 할아버지의 대중목욕탕이었다. 그러니까, 남자는, 여기에, 절대, 올 수 없다는 말이었다.

그럼 이곳에 있는 남자가, 시커먼 복면을 쓰고, 속옷을 주섬주섬 모으는 까닭은?

"소, 속옷도둑!"

마침내 민주려의 입에서 그 정체가 밝혀지자 사내, 속옷도둑은 화들짝 놀라서 민주려를 보았다. 그녀의 외침 그대로 속옷도둑의 손에는 알록달록한 여자속옷만 들려 있었다.

속옷도둑. 망할 놈, 죽일 놈. 그리고 현상금이 걸린 놈! 현상금 금 백 냥. 백 냥? 백 냥짜리! 금 백 냥짜리!

"네노오오오오옴!"

민주려의 머릿속에서 속옷도둑은 순식간에 금 백 냥짜리, 금 화주머니로 바뀐 지 오래였다. 무시무시하게 소리를 지르는 민주려의 모습에 그제야 정신 차린 속옷도둑은 난간을 훌쩍 뛰어넘었다. 그리고 지붕을 밟으면서 도주하기 시작했다. 민주려는 그것을 보자마자 온몸에 주술력을 끌어 올렸다.

"게 섯거라!"

바야흐로, 속옷도둑을 잡기 위한 쫓고 쫓기는 추격전이 시작되었다.

△ ♥ △

한때 민주려도 귀한 집 아가씨처럼 얌전했던 때가 있었다. 차아제국에서 8급 관리였던 부모님 덕에 글공부도 원 없이 했고, 그만큼 가정교육도 착실하게 받았다. 머리에 든 지식은 빵빵하고, 예의범절 교육을 잘 받은 민주려는 똑똑하고 야무진, 딱 그 정도의 아가씨였다.

차아제국에서 뛰어난 수재, 영재들이나 간다는 대학관에 합격한 것은 주변의 자랑거리이기도 했다. 물론 민주려는 수재였다. 거기에 열심히 노력해서 대학관에 들어갔으니 평판이 더 좋았다.

아주 착실한 아가씨라고 말이다.

민주려의 꿈은 부모님처럼 관리가 되는 것이었다. 나라의 녹봉을 받으며 일을 하고, 나중에 나이가 들어 일을 그만둬도 나라에서 주는 연금으로 편안한 노후생활을 보내는 것. 정말이지 이상적인 꿈이자 장래희망이 아닌가?

그러나 이러한 꿈은 재작년, 순식간에 무너졌다. 그녀는 정말 찰나의 고민할 시간도 없이 모든 것을 포기했다.

관리가 되겠다는 꿈도, 학관에 다니는 착실한 수재의 삶도, 예의 바르고 야무진 평범한 아가씨라는 것도 포기했다.

그래, 재작년. 그 일이 있은 후, 민주려는 악착같이 혼자 살아남아야만 했다. 그전에는 혼자 산다는 것이 얼마나 힘든 일인지, 어린 그녀는 전혀 몰랐었다. 하지만 곧 사람이 멀쩡히 먹고, 입고, 자는 것은 참으로 어렵다는 걸 처절하게 깨달았다. 살기 위해서는 돈이 필요했다. 정말로, 돈이 필요했다!

민주려는 살아남기 위해 그때부터 미친 듯이 일하기 시작했다. 성년도 되지 않은 어린 아가씨가 이 세상에 버티기 위해 얼마나 억세야 하는지 온몸으로 깨달았다. 민주려는 기꺼이 억세졌다. 살 수만 있다면 들꽃이 아니라 질기고 푸르딩딩한 물풀이라도 되어주마!

그리고 그렇게 살기 위해서는,

"거기 서라, 백 냥짜리이이이이!"

돈이 되는 건 뭐든 다 필요했다. 그렇게 '돈귀신 민주려'는 현상금에 눈이 멀어 속옷도둑의 뒤를 신들린 듯이 쫓았다.

"으아악!"

"빨리 안 서어어어?"

"너라면 서겠냐!"

속옷도둑은 과연, 관청에서 아직 못 잡은 이유를 증명하듯이 몸이 날랬다. 지붕과 지붕 사이를 날듯이 밟고 도망 다니는데 어지간한 사람이 아니고서야 절대 못 잡을 것 같았다. 그런데 이 경우 못 잡는 건 평범한 사람에게나 해당하는 거고, 돈에 눈이 먼 민주려와는 별로 상관이 없었다.

민주려는 차아제국에서 제일가는 대학관의 학생이었다. 그중에서도 주술 실력이 월등하여 주술 수업만큼은 월반해 상급반을 들었다. 졸업을 앞둔 선배들과 쟁쟁하게 어깨를 나란히 했던 주술사! 그것이 바로 민주려였던 것이다.

"바람아 불어라! 다리를 휘감아 가벼워져라! 등을 밀어라!"

먹이를 노리는 매처럼 날렵하게 주술을 부린다. 말은 힘이 되어 민주려를 도왔다. 바람이 불어 민주려의 맨발을 휘감았다. 그 덕에 훌쩍훌쩍 그녀는 속옷도둑처럼 지붕을 밟으며 달릴 수 있었다. 게다가 속옷도둑이 아무리 빠르게 앞질러 간다고 하더라도 바람이 민주려의 등을 민다. 그녀는 바람의 도움을 받아, 말 그대로 바람처럼 달려, 속옷도둑을 쫓고 있었다. 그러니 절대 놓칠 수가 없었다.

얼기설기 골목마다 있는 지붕들을 밟는다. 어느 지붕은 기와로 되어 있고, 어느 지붕은 짚으로 되어 있고, 어느 지붕은 돌, 어느 지붕은 나무……. 갖가지 많은 것들이 발에 밟혔다. 때로는 높은 건물의 벽을 박차고, 때로는 나뭇가지의 탄성을 이용해 뒤를 쫓았다. 이제 곧 잡는다. 민주려는 눈을 가늘게 떴다. 조금만 더 하면 속옷도둑을 잡을 수 있을 것 같았다.

"칫, 거기서 땅이라니!"

그런데 속옷도둑은 제법 영리했다. 지붕 위에서 도망칠 수 없으니 땅으로 내려온 것이다. 땅에는 사람이 오가고, 골목길도 많아서 자칫하면 놓칠 확률이 높았다. 지붕에서 골목길로 내려선 민주려는 속옷도둑의 뒤를 바싹 쫓았다. 아무리 땅이라고 하더라도 이미 거의 다 잡았다.

이제 손만 뻗으면……!

"아."

"아앗?"

뻑!

손만 뻗으면 잡힐 듯했던 속옷도둑은 어디로 간 것일까?

"아이고오오, 내 머리!"

민주려의 눈앞에 별이 빙글빙글 돌았다. 이렇게 어지러운 것은 골목길을 꺾어 돌다가 갑자기 나타난 사람과 부딪혔기 때문만은 아니다. 민주려가 오늘따라 남발한 주술 때문에 기력이 딸린 이유가 가장 컸다.

"너는……."

"아니, 앞을 잘 보고 다녀야지요!"

앞이 흐릿하고 머릿속은 핑핑 도는 상황에서도, 민주려가 끈질기게 잊지 않는 것이 있었다.

"속옷도둑!"

"……난 속옷도둑이 아닌데."

"그게 아니라 저노오옴!"

부딪힌 사내의 멱살을 잡고 손가락으로 저 머어얼리 도망가는 속옷도둑을 가리키며 민주려가 외쳤다.

"절대 놓치면 안 돼! 절대! 무조건 잡아야 해, 요!"

정신없는 상황에서도 멱살을 잡은 사내가 상당한 장신의, 그것도 연상이라는 것을 알자 민주려가 뒤늦게 존댓말 '요'를 붙였다. 하지만 그 아슬아슬한 말투보다도 더 아찔한 것이 있었으니.

"저놈이 백 냥짜리야!"

이대로 있다가는 금 백 냥이 훨훨 날아가게 생겼다는 것이다.

"잡아! 무조건 잡아! 잡아야 해, 요!"

이제 기력이 딸려서 주술도 못 부리겠다. 그래서 민주려는 눈 앞의 사내라도 좀 이용하고 싶었다. 얼굴은 아직 자세히 보지 못했지만 키도 훤칠하고 몸도 튼튼한 것이 쓸 만했다. 만약에 거절하면 협박해서라도 속옷도둑을 잡게 하려고 했는데, 사내는 생각보다 쉽게 민주려의 말을 들었다.

"저놈을 잡으면 되는 건가?"

머리가 떨어지도록 고개를 끄덕인 민주려는 곧 시야가 높아짐을 느꼈다. 갑자기 사내가 민주려를 안아든 다음, 자신의 등 뒤로 옮긴 것이다. 자연스럽게 사내의 목에 팔을 휘감은 민주려의 눈이 얼떨떨해졌다. 어느덧 두 다리는 사내의 허리를 꽉 붙들어서 단단하게 사내에게 매달릴 수 있었다. 어렵게 설명했지만 한 단어로

축약하면 어부바를 했다는 거다.

"꽉 잡아."

그리고 그 말이 무섭게 사내는 앞으로 튀어나갔다. 민주려는 업혀 있느라 사내의 얼굴을 확인 못 했지만, 대어를 건졌다는 것을 깨달았다. 저만치 떨어져 있던 속옷도둑과의 거리가 어느덧 절반으로 줄어들었던 것이다.

"거기 서어어어!"

어쨌거나 좋은 일이라고, 민주려는 사내의 등에 업혀서 고래고래 소리를 질렀다. 속옷도둑은 뒤를 돌아봤다가 바싹 쫓는 민주려와 사내를 보고 깜짝 놀라 발을 헛디뎠다. 그리고 기회를 놓치지 않는 민주려가 없는 기력 다 짜내서 외쳤다.

"땅이여!"

가장 어렵고 까다로운 주술 중에, 땅 엎기라는 것이 있다. 땅의 신령의 허락을 받아야 한다는 땅의 주술. 이것은 발동시키기가 무척 까다로웠는데, 그 이유인즉 발동조건이 땅의 신령의 허락을 받을 수 있을 만큼 마음이 간절해야 하기 때문이었다. 그래서 한동안 땅의 주술은 발동이 안 되는 마의 주술로 여겨지기도 했다. 아니, 도대체 얼마나 마음이 간절해야 땅의 주술을 쓴단 말인가?

하지만 모두가 골머리를 썩여도 언젠 해답은 나온다고, 민주려가 다녔던 대학관의 상급 주술반 선생이 기막힌 묘안을 내놓았다.

「여러분, 잘 들으세요. 이 주술을 쓰는 요령은 땅의 신령께서도 느낄 만큼,」

그래. 늘 실없는 사람처럼 싱글벙글 웃고 다니던 선생은 이렇게 말했다.

「나 지금 빡쳤으니까, 상 엎듯이 땅 좀 엎어야겠다고 비는 겁니다.」

"뒤집어져라아아아!"

민주려는 이제 그가 자신의 가슴속에서 단순한 선생이 아닌, 은사(恩師)로 남게 될 것이라고 굳게 믿어 의심치 않았다. 왜냐고? 민주려가 그토록 붙잡기를 원했던 속옷도둑이 뒤집어진 땅 때문에 납작하게 엎어져 흙더미에 파묻힌 채 움직이지 못하고 있었기 때문이었다.

그렇게 민주려는 속옷도둑을 잡을 수 있었다. 무려 금 백 냥짜리를.

그 뒤의 일은 착착 진행되었다. 주술로 온몸을 꽁꽁 묶은 다음에, 사내에게 속옷도둑을 들게 해서 관청까지 가서 속옷도둑입니다요, 하고 넘겨 버렸다. 맨발로 보무도 당당하게 걷는 민주려를 보며 저잣거리에서는 이미 한바탕 소란이 일어났다.

돈귀신이다, 돈귀신 민주려다!

그 소리를 새가 우나, 개가 짖나, 흘려들으며 민주려는 관청 문 앞에서 눈을 반짝였다. 상금. 상금이다, 무려 현상금! 왜 현상금이겠는가? 현상범만 잡으면 바로 나오는 돈이기에 현상금이다!
두근두근 주체할 수 없는 마음의 민주려는 관리를 다그쳤다.

"이놈이지요? 아니, 이놈이에요. 제가 봤어요. 속옷 훔쳐서 달
아났다고요."

"예, 맞습니다. 저거 몸 수색해보니까 주술 걸린 귀한 신발을
신고 있더군요. 바람의 주술이 담긴 신을 신고 있었으니 당연히
못 잡을 수밖에. 쯧쯧, 그건 또 어디서 구했는지. 어쨌든 대단한
일 해주셨습니다."

"현상금은요?"

"아, 그거라면 준비되어 있긴 한데 잠깐만 기다려주십시오. 여
기에 이름을 적어주시고 수령해 가시면 됩니다."

관리가 내놓은 책자는 현상금을 받아 가는 이들의 이름과 주
소지를 적는 것이었다. 하긴 나랏돈이 나가는 건데 서류가 헐거울
리가 없다. 민주려는 이름과 주소를 다 적은 뒤에 흘끔 제 옆의 사
내를 보았다. 그러고 보니 이 사내가 없었으며 속옷도둑은 못 잡
았을 거다. 이미 그때 주술을 너무 남발해서 체력이 다 떨어졌으
니까. 기력도 바닥난 상태였다. 현상금 금 백 냥을 나눠 갖는 것은
아깝지만, 이 사내도 공로자다.

"여기요."

민주려가 붓을 내밀었다. 그러자 사내도 말없이 인적사항을
써내려갔다. 민주려는 속으로 현상금은 절대 칠 대 삼으로 밀어붙
여야겠다고 생각했다. 사내는 속옷도둑이 범죄자인 줄 몰랐다. 속
옷도둑을 계속 쫓던 것도 자신이었고, 자신이 아니었으면 사내는

속옷도둑을 잡을 생각도 하지 않았을 테니까. 게다가 그는 막판에 가서 쫓은 것밖에 없다. 속옷도둑의 발을 묶은 것은 자신이었다. 그러니까, 절대, 자신이 칠이고 사내는 삼이라고 못 박으려는 순간이었다.

"……에?"

사내의 이름이 스르륵 써내려간다.

성은 지요, 이름은 야곤이라.

"에에?"

그 이름을 갖고 있는 사람이 차아제국에 몇이나 될까? 차아제국의 실세라고 불리는 삼대 가문에서도 으뜸을 놓지 않는 지 가문. 그리고 야곤이라는 그 독특한 어감의 이름은 다음 대 가문을 이끌 소가주의 이름이자…….

"학관에서 재작년에 본 뒤로는 처음이로군."

"에에에?"

"오랜만이라고 해야 하나? 민주려 후배."

민주려가 다녔던 차아제국 제일의 명문 배움터, 대학관의 선배였다!

二章

댁이 왜 여기에 있나

민주려는 입을 뻐끔뻐끔 열었다. 지야곤이라니, 그 지야곤이라니!

"여기 현상금 나왔습니다."

"주세요!"

물론 그 놀라움보다 돈이 더 우선순위에 있었다. 민주려는 지야곤을 내버려두고 관리가 내미는 현상금이 든 주머니를 냉큼 낚아채었다. 오오, 제법 묵직하다. 이것이 바로 동 백 냥도 아니고, 은 백 냥도 아닌, 무려 금 백 냥의 무게란 말인가! 민주려는 지야곤과 만났다는 것과 무례하게 그의 멱살을 잡았다는 것, 그리고 그의 등에 올라타 신나게 속옷도둑을 쫓아다녔다는 사실을 이 순간만큼은 새까맣게 잊었다.

과거의 일은 중요하지 않다. 자고로, 현재 눈앞에 있는 돈이 가장 중요한 법!

"세어봐야겠어요."

"……나랏돈인데 제가 제대로 안 셀 리가 없습니다만."

"어머, 관리를 믿지 않는 것이 아니에요. 다만 사람이란 존재가 늘 완벽하지는 않아서 실수를 할 수도 있잖아요."

"결국 저를 못 믿는다는 소리군요."

"아이참, 그렇게 콕 찍어 말하면 쑥스러운데요."

아무렇지도 않게 관청의 관리에게 깊은 마음의 상처를 준 민주려는 그 자리에서 금 백 냥을 확인했다. 그녀의 눈이 금화에 닿는 순간 귀신의 것으로 변했다. 그 날카롭고 살기 어린 눈빛이란!

관리는 괜히 쫄았다가 서책에 있는 민주려의 이름을 보고 이해했다. 아, 그 민주려. 이 근방의 돈귀신이라던. 가엽게 떨고 있는 관리를 아는지 모르는지 민주려는 금 한 냥, 한 냥을 예민하게 세었다.

아흔여덟 냥, 아흔아홉 냥, 백 냥!

"음, 정확해요."

"휴우우."

"가짜도 섞이지 않았고. 완벽한 금!"

확인사살로 무는 것을 잊지 말자. 예쁘게 잇자국이 찍힌 금화를 보는데 왜 이리 마음이 따뜻한지. 민주려는 주머니에 가득 찬 금 백 냥에 숨이 절로 거칠어지는 것 같았다. 눈에 보이는 돈이 이렇게 많아서일까. 가슴도 두근거렸다.

"제가 칠. 선배는 삼."

"응?"

"제가 일흔 냥. 선배가 서른 냥."

민주려는 이성을 잃고 지야곤에게 현상금 흥정을 했다. 그리고 잠자코 지켜보던 지야곤은 그녀의 맛이 간 눈빛에 얼결에 고개를 끄덕이고 말았다.

△ ▼ △

주변이 다 떠들썩하다. 하긴 여탕으로 유명한 기친친 할머니의 대중목욕탕에 허우대 멀쩡한 사내가 있으면 시선을 끌 수밖에 없다. 탈의실이 아니라 신발장만 있고 그 외에는 목욕에 필요한 물건을 사고파는 일층이라지만, 그래도 눈에 띈다.

"어디 갔다 오는 게야? 게다가 사내까지 여탕에 데려와? 오늘 일당 안 받고 싶어?"

기친친이 소리치자 민주려는 슬그머니 돈주머니를 흔들었다.

"속옷도둑 잡았어요."

"정말로 잡았냐? 기어이?"

"기어이라뇨. 그냥 눈에 띄어서 잡았을 뿐인걸요. 아주우 묵직하더라고요."

돈주머니가 출렁출렁 흔들린다. 그 황홀한 움직임에 사람들의 눈이 죄다 홀렸다. 하지만 쉽게 다가갈 수 없었다. 무려 그 민주려 아닌가. 돈귀신 민주려! 남의 돈 다 떼어가도 민주려 돈만큼은 떼어 가면 안 된다는 것이 이곳의 불문율이었다. 기친친은 기어이 속옷도둑을 잡아다 현상금을 받아낸 민주려를 보고 혀를 찼다. 독한 년. 기친친의 소리에도 민주려는 눈 하나 깜짝하지 않았다.

"직원실 좀 빌릴게요."

"그 사내놈하고 짝짝꿍하려고?"

"그런 불결한 이유가 아니에요! 세상에 어떻게 그런 소리를 하실 수 있으세요?"

"아니면 아니라고 할 것이지, 대답하는 소리 하고는!"

기친친은 투덜대며 직원실 열쇠 하나를 던졌다. 민주려는 익숙하게 잡아채고는 사내, 지야곤을 이끌었다. 그리고 일층 복도 끝에 있는 직원실 안으로 들어섰다. 그러자 비좁은 방 하나가 달랑 나왔다. 신을 벗으며 민주려는 안으로 쭉쭉 나아갔고, 지야곤도 조용히 그 뒤를 따라왔다.

"으음."

일단 직원실 안에 들어와 앉았다. 분위기도 잡혔다. 이제 민주려가 말만 꺼내면 되는 일이었다. 그녀는 흘끔 지야곤을 보았다. 아니, 이 선배는 재작년 때랑 이렇게 달라질 수 있단 말인가. 그를 못 알아본 까닭은 그녀의 눈이 돈에 맛이 가서만은 아니었다. 지야곤이 예전과 다르게 폭풍 성장했기 때문이었다. 전에는 그래도 소년처럼 가느다란 맛이 있었는데, 지금은 입이 떡 벌어지게 든든한 사내로 변했다.

하지만 세월의 흐름 속에서도 그대로인 것이 있다면, 여탕에 들어와놓고도 저 평온한 기색의 얼굴이랄까. 고양이처럼 조금 나른한 눈매에 예쁘장하기도 하고 멋있기도 한 수려한 이목구비. 새카만 눈동자는 밤하늘처럼 맑으면서도 투명했고, 그 속에 담긴 감정은 참으로 담담해서 호수와도 같았다. 마치 수묵담채화로 그려놓은 듯한 저 잘생긴 얼굴을 왜 이제서 봤나 싶다. 역시 멀대같은 키 때문일지도.

"음, 그런데 선배 용케도 절 기억하고 계시네요."

"?"

"저랑 선배는 학년이 달랐잖아요."

민주려는 솔직히 지야곤이 자신을 알아볼 줄 몰랐다. 민주려가 지야곤을 마지막으로 보았을 때는 재작년으로, 둘은 학년이 꽤 멀찍이 떨어져 있었다. 지야곤은 졸업을 앞두고 있었고, 민주려는 고작해야 삼학년이었으니까.

그녀가 지야곤과 그나마 접점이 있었던 것은 단순히 주술 때문이었다. 둘은 같은 상급반 주술 수업을 들었다. 하지만 그렇다고 하더라도 지야곤과 민주려는 딱히 친하지 않았다. 그저 얼굴과 이름이나 아는 정도. 게다가 그마저도 그녀가 중간에 대학관을 그만두어 뚝 끊긴 인연에 불과했다.

"아무래도 너는 눈에 띄었으니까."

"제가요?"

"씩씩하고, 청 선생이 널 예뻐해서 기억하고 있었다."

"어, 그랬나요?"

"땅 엎기 주술을 쓰는 사람이 나타날 줄은 몰랐으니까. 상급 주술반에서 암암리 청 선생의 수제자로 불렸지."

"……."

아, 네. 그것 때문에 유명했구나. 민주려는 공연히 낯이 뜨거워졌다. 여리여리한 외모와 다르게 건달들이나 쓸 법한 단어를 거침없이 쓰던 청 선생은 학관에서도 괴짜로 소문났었다. 그런 청 선생의 예쁨을 받았던 민주려가 얼마나 튀었는지 긴 세월이 지난 지금에야 새삼 깨달았다.

"그럼 이제 알려줘."

"뭘요?"

"재작년에 갑자기 대학관을 그만둔 민주려 후배가, 왜 여기에 있지?"

서늘하고도 담담한 기색의 얼굴. 게다가 그 말투마저 평화롭다. 하지만 이 모든 기색이 잔잔하다고 하여 그 속에 담긴 의미까지 얌전한 것은 아니었다.

차아제국의 제일 배움터, 대학관.

그곳에 입학한 이상 자퇴라는 말은 어지간해선 학생 입에서 나오지 않았다. 남녀를 불문하고 입학했으면 어떠한 사정이 있든 졸업을 한다는 곳. 민주려는 재작년, 대학관을 자퇴했다. 이런 경우는 무척 드문 경우이기 때문에 보통 특수한 몇 가지 상황으로 좁혀지는데 그중에 하나가 집안이 멸문했거나,

"혼인한 것이 아니었나?"

그래, 혼인. 이것뿐이었다.

"아니거든요!"

멀쩡한 처녀를 순식간에 기혼녀로 만드는 지야곤의 말에 민주려는 기함했다.

"중간에 대학관을 나가는 여학생은 그것 외에는 없다고 했는데."

"아니에요! 전 약혼자도 없었어요! 저희 부모님은 나라 녹봉이나 받아먹던 평범한 관리셨다고요!"

"그게 아니라면 왜 나간 거야?"

"……두 분 다 돌아가셨으니까요."

민주려는 한숨을 푹 내쉬었다. 아, 정말 기운 빠진다. 어쩜 저렇게 덤덤한 얼굴로 사람 복장 뒤집어지는 말은 어떻게 저렇게 아무렇지도 않게 던지는지. 민주려는 지끈지끈 아파오는 골을 누르며 말을 마저 이었다.

"재작년에 돌아가셨어요."

"……."

"원래도 지병이 있으셨는데, 아시잖아요. 십 년 전에 내란이 있었을 때부터 지금까지 나랏일이 굉장히 다사다난했다는 거. 제가 알고 있기로는 그 당시 일했던 관리들은 하나같이 병을 하나둘, 달고 살았다고 하더라고요. 제 부모님도 다르지 않으셨어요. 그, 무시무시한……."

당시는 물론이고, 그때부터 일한 관리들이 툭툭 돌연사하는 일은 많았다. 차라리 암살처럼 거창한 이유면 말을 안 한다. 돌연사의 가장 큰 원인은 바로, 바로!

"과로 때문에, 과로사하신 거나 다름없죠, 뭐."

그래, 굳이 암살이라고 부른다면 그 주모자는 나라가 아니었을까. 가뜩이나 몸도 안 좋으셨던 두 분은 골골대며 녹봉이고 연금이고 다 끌어다 써서 병치레 하다가 깨꼬닥, 세상을 뜨고 말았다.

민주려는 대학관을 다니면서 대충 예상하고 있었다. 이곳을 졸업하기도 전에 아마 집안의 재산이 거덜 나 버릴 것이라는걸.

병을 달고 사는 환자가 둘이면 집안의 기둥뿌리를 뽑고, 그 뿌리가 난 자리의 땅까지 뒤집는다는 말이 괜히 있는 것이 아니다. 민주려의 부모님이 돌아가셨을 때, 정말 거짓말 안 보태고 땡전 한 푼 없이 집 한 채만 덩그러니 남아버렸다.

그 상황에서 어떻게 대학관에 다니란 말인가.

말마따나 대학관도 부모님이 모두 관리여서 그 혜택으로 학비를 면제받았던 것이라, 두 분 다 돌아가신 뒤로는 도무지 다닐 형편이 되지 않았다. 뭣보다 당장 입에 밥이 안 들어오는 마당에 대학관이 무슨 대수랴.

민주려는 살기 위해서라도 악착같이 돈을 벌어야 했고, 그래서 자연스럽게 대학관을 그만두게 된 것이었다.

"……이렇게 된 거예요."

지야곤은 민주려의 말을 모두 듣더니, 고개를 옆으로 기울였다.

"주변에 도움을 청할 수는 없었나?"

"어떻게 청해요?"

"대학관의 선생들은, 대부분 고위관리의 자제들이다. 그뿐만 아니라 선생 자체도 관리 중에 하나지. 도움을 청하면 어른이자 나라의 관리인 그들이 어떻게든 도와줬을 거다."

"아니, 저도 그걸 모르는 건 아니에요. 실제로 자퇴하기 전에 여러 제도도 알아봤고요."

"헌데 왜?"

"문제는 언제까지 제가 다른 사람의 도움을 받아야 하는 건데요?"

이해가 안 되는 듯 지야곤이 그녀를 뚫어져라 봤다. 그에 민주려는 한숨을 푹 내쉬었다.

"제가 만약에 다른 분께 위탁이 되었다고 쳐요. 그럼 그 도움을 언제까지 받을 수 있는 걸까요? 대학관의 학비는 비싸요. 선생이라는 직책의 관리라고 하더라도 그 비용을 전부 감당할 수는 없는 노릇이고요. 후원을 받는 것도 마찬가지예요. 후원을 누군가에게 받을 경우, 그 가문에 들어가 살아야 한다는 걸 모르지 않는걸요."

"요약하자면, 남에게 빚지기 싫었다?"

"바로 그거예요! 저희 집 가훈이 이거였어요. 빚 없고 병 없으면 산다. 가뜩이나 부모님이 병마에 지긋지긋하게 시달리다 돌아가셨는데 제가 빚을 져서 되겠어요? 전 죽었다 깨어나도 그러고 싶지 않았어요."

기특한 말이다. 하지만 그것뿐이다. 지야곤이 보기에 민주려는 무리하고 있었다. 민주려가 학관을 그만둘 때 나이는 고작 열여섯 살. 조실부모한 여자아이 혼자서 살기란 결코 쉽지 않았을 것이다. 게다가 성인인 열여덟 살도 아닌 열여섯 살 때, 그 누구의 도움도 받지 않으려고 마음먹은 것 자체가 어찌 보면 괘씸하다. 왜 미성년과 성년으로 나누겠는가. 사회적, 육체적으로 미숙한 사람을 보호하기 위해 구분지은 것인데 민주려는 그것을 무색하게 만들어버렸다.

"민주려 후배는 너무 씩씩해."

"그거 칭찬인가요?"

"아니."

지야곤은 정말이지 예나 지금이나 변한 게 키밖에 없는 것 같았다. 저 덤덤한 표정. 학관에서도 꽤나 유명했다. 어떤 상황에서도 흐트러지지 않는 덤덤한 표정과 달리 의외로 말은 가차 없다고.

민주려는 어색하게 웃었다. 사실 말하지 않은 속사정이 더 있긴 했다. 그녀가 대학관을 그만둔 이유.

민주려의 부모님은 부부는 일심동체라는 말처럼 정확하게 동시에 같이, 같은 병명으로 쓰러졌다. 그리고 죽기 직전까지 어린 딸을 걱정했다. 부부가 다 일찍 조실부모를 해서 친척도 없었고 주변 지인들의 자금사정도 다 고만고만하니 말이다. 그래서 다시는 회복하지 못할 거라는 선고를 의원에게 받은 뒤에는 어린 그녀에게 여러 가지를 가르쳐주었다. 미리 혼자서 살 수 있도록 대비를 시킨 것이다.

그 과정에서 민주려는 한 가지 중요한 걸 알게 되었다. 만약 부모님이 돌아가시고 나면 자신은 미성년자를 돌보는 시설에 들어가게 되며 그럴 경우 지금 살고 있는 집은 국가로 환수! 된다는 사실을 말이다. 집 자체가 원래 국가에서 관리에게 내려주는 거다 보니 생기는 문제였다. 관리로 25년 동안 근무하면 완벽하게 그 집안의 재산으로 인정되지만 민주려의 부모는 안타깝게도 둘 다 그 기간을 채우지 못했다.

그녀가 선택할 수 있는 건 둘 중 하나였다. 집을 국가에 반납

하고 시설에서 지내며 두 해 정도 학비 지원을 받아 대학관을 졸업해서 직업을 구하든지, 아니면 세대주가 되어 일단 집을 확보한 다음 바로 일을 시작해 국가에 재산세를 내든지! 물론 이 경우에는 학업을 유지하려면 이자가 비싼 학자금 대출을 받아야 했다. 전자의 경우에는 재산이 아예 없기 때문에 무상 지원을 해주었지만 집이 있으면 재산이 있기 때문에 대학관 학비를 대려면 대출밖에 방법이 없었다.

다행히 성인이 되지 않았기 때문에 이것저것 지원되는 게 많아서 재산세는 열심히 일하기만 하면 감당이 가능한 수준이었다. 냉정하게 여러 가지를 따진 후 그녀는 공부 대신 집을 선택했다. 대학관은 혹시나 나중에 살림이 필 경우 다시 다닐 수도 있지만 집은 혼자 힘으로 마련할 방도가 없기 때문이었다.

"그건 그렇고……."

막 민주려가 말을 이으려고 했을 때였다. 직원실의 문을 누군가가 쿵쿵 두들겼다.

"아, 일 안 해?"

기친친이다. 그러고 보니 속옷도둑 잡는다고 무단으로 나간 것도 모자라 의도치 않게 땡땡이를 치고 있었다. 민주려는 아차 싶어 자리에서 벌떡 일어났다.

"잠깐 여기서 기다려요. 일하고 올게요. 그리고 이것도 좀 지켜주시고요."

급한 마음에 민주려는 돈이 든 주머니를 지야곤에게 맡기며 쌩하니 나갔다.

홀로 남은 지야곤은 느릿하게 눈을 깜빡였다. 기다리라고 했으니 기다려야지 별수 있나. 그는 느긋하게 자세를 풀고 얌전히 기다리기로 마음먹었다. 어차피 오늘은 시간이 많으니까. 게다가 그가 주머니를 들고 도망가면 민주려는 아마 차아제국 끝까지라도 그를 쫓아올 것이었다.

△ ▼ △

이층에 올라오자 민주려는 여자들의 환호를 받았다. 속옷도둑을 잡았다는 이야기가 돈 모양이었다. 과연 아줌마들. 이야기가 퍼지는 속도가 장난 아니었다.

"아니 이 작은 아가씨가 어떻게 그 흉악범을 잡았대?"

"민주려라잖아."

"아, 그 민주려."

"그건 그렇고 한시름 놓았네. 어휴, 할머니고 아줌마고 가리지 않고 속옷을 가져가는 통에 정말 곤란했는데."

민주려는 슬쩍 속옷도둑이 불쌍해졌다. 여자 속옷이라고 좋아라 가져갔는데, 그게 사실은 쭈그렁 할머니의 것이었다면……. 에이, 알게 뭔가. 어쨌거나 절도는 나쁜 거고 일부러 여자 속옷을 노렸다는 것은 더더욱 질이 나빴다. 변태는 박멸해야 마땅한 거다.

"자, 자. 잠깐만 비켜주세요. 탕에 계신 분은 나와 주시고요."

사람들이 슬금슬금 나오자 민주려는 잽싸게 움직였다. 어느덧 점심시간을 훌쩍 넘겨 오후다. 속옷도둑을 쫓았을 때가 점심을 넘겼을 때이니, 아침에 청소해 둔 안쪽이 걱정되었다. 그리고 아니나 다를까 거지가 왔다 갔는지 물에 때가 둥둥 떠 있었다. 때만 떠 있으면 다행이게. 어떤 개념 없는 사람이 탕 안에서 비누칠이라도 한 모양이었다. 물이 흐릿한 것을 보며 민주려는 아예 그 물들을 모조리 없앴다.

청소는 시간이 제법 걸린다. 그동안 씻지 못하고 기다리는 사람들의 원성이 커지면 일도 잘리기 쉽다. 그렇다면 반대로 그 시간을 즐기게 하는 것이 옳으리라.

"그럼 민주려 표 주술공연을 시작합니다."

평범한 청소시간을 공연으로 바꾼다. 민주려는 싱긋 웃고 손뼉을 쳤다. 탕에 담겼던 물을 모조리 천장에 붙여놓았다. 순수한 물만 천장에서 회오리치고 있었는데, 그것을 발견한 사람들이 감탄했다. 민주려는 사람들의 시선이 위로 향한 틈에 바닥을 훑어보았다. 때와 갖가지 지저분한 것들이 바닥에 고스란히 남았다. 민주려는 준비한 잿물이 든 통을 바닥에 휙 넓게 뿌렸다. 그리고 거품을 내기 시작했다.

사람들이 저 지저분한 것들을 보면 안 된다. 천장에 매달리고 휘몰아치는 물에 신경을 쏟는 사이에 지저분한 것들을 거품으로 덮어버려야 한다. 게다가 속옷도둑을 쫓느라고 힘을 너무 많이 썼다. 그러니 되도록 빨리 끝내야만 했다.

"여러분, 혹시 용오름이라고 아세요?"

용오름. 물기둥을 일컫는 말이다. 좀처럼 볼 수 없는 그 광경은 신이나 용이 주관한다고 해서 용오름이라고들 부르는데, 민주려의 말이 끝나기 무섭게 새하얀 거품이 빙글빙글 돌며 천장과 이어졌다. 천장에서 맑은 물이 떨어지고, 지저분한 때를 가득 머금은 거품은 반대로 천장으로 향한다. 그 볼거리에 다들 손뼉을 쳤다.

"뭉쳐라."

이윽고 지저분한 때와 갖가지 오물이 민주려의 주먹만큼 작게 뭉쳐져 잿물이 들어 있던 통으로 쏙 빠졌다. 다만 맑고 투명한 거품이 주변에 만연했는데, 아이고 어른이고 할 것 없이 손가락으로 톡톡 터뜨리며 즐거워했다.

"아이고, 잘 봤네. 이거라도 먹을텨?"

"어쩜 아가씨가 주술도 잘 부려. 이것도 조금 가져가."

"계란하고 매실차만 주면 다야? 주려면 좀 배를 채울 만한 걸로 줘야지. 자, 이거 먹어."

깨끗한 물로 탕 안을 다 채우고 나자 여기저기서 공연료가 들어왔다. 삶은 계란, 맥반석 계란, 매실차, 오미자차, 거기에 떡과 만두까지. 민주려는 감사하게 모두 챙겨 먹었다. 가뜩이나 주술을 남발하고 시장 안을 뛰어다녀서 배고프던 참이었다.

"그런데 아까 그 총각은 누군감? 애인?"

"큽."

떡을 먹고 있는데 목이 막혔다. 민주려는 뭐라고 해명하기 위해 오미자차를 들이켰지만 괜히 오미자차가 아니다. 다섯 가지 맛이 입에서 휘몰아치는데 의외로 매워서 사레가 들리고 말았다. 그리고 그사이 옴마나, 세상에.

"총각이라니. 아니 어떤 남자가 민주려에게 왔담?"

"아까 봤는데 글쎄 일층에 있지 않겠어? 당당하게 여자들이 있는 곳까지 올 정도면 아주 지극정성이지!"

"어머 남우세스러워라."

"남우세스럽기는. 이제 그럴 나이도 되었지. 슬슬 혼인도 올리고 애도 낳고."

이야기가 위험하게 변질되고 있었다. 민주려는 기막혀서 말도 안 나왔다. 엉뚱하게 미혼남녀를 왜 엮는단 말인가? 아니, 아주머니들 이야기야 그렇다고 치자. 남모를 총각과 엮여도 위험할 판국에 하필이면 지야곤이다. 차아제국에서도 그 유명한 지 가문의 소가주랑 엮였다는 소문이 나면 자신의 인생은 끝이었다.

"아니에요!"

하여간에 아주머니들에게는 틈을 주면 안 된다.

"어이구, 귀 떨어지겠네. 아니면 아니지 왜 그리 소리를 질러?"

"선배랑 저는 그런 사이가 아니에요. 그러니까 다들 입에 자물쇠 채웁시다."

"스은배?"

"대학관 선배예요. 저랑 다르게 고위관리의 자제시라고요. 잘못 입 놀렸다가는⋯⋯."

민주려가 엄지로 목을 긋는 시늉을 했다. 그에 신나게 떠들던 이들이 입을 꾹 다물었다.

"아시겠죠? 저희는 가늘고 길게 살아야 하잖아요."

너무 겁을 준 것 같지만 이 정도로 세게 하지 않으면 곤란하다. 아줌마들의 입이란 공기보다도 가벼우니까. 그리고 그녀가 예상하는 최악의 상황이 되면 서로서로 피해를 보기 마련이었다. 일단 사람이 살고 봐야지 않겠는가.

"쉿!"

민주려는 검지를 입가에 대고 다시 한 번 경고했다.

"우리 이거 밖으로 새어나가면 다들 끝나는 거예요. 다 알죠?"

순박한 아줌마, 할머니들이 오들오들 떨 때까지 민주려는 겁주기를 멈추지 않았다.

△ ▼ △

지야곤은 얌전하게 민주려를 기다렸다. 표정 하나 바뀌지 않고 끔뻑끔뻑 눈만 깜빡이길 얼마나 지났을까. 창밖의 하늘은 이미 뉘엿뉘엿 해가 지고 있었다.

"선배!"

그리고 슬슬 저녁을 먹어야 하는 때가 아닌가 싶었을 무렵, 그녀가 돌아왔다. 얇고 눈에 거슬릴 정도로 짧게 입었던 옷은 어디로 가고 단정한 복식이 눈길을 끌었다. 양 갈래로 묶었던 머리카락도 얌전하게 반묶음이 되어 있는 것이, 예전에 학관에서 봤던 민주려와 겹쳐졌다. 그때나 지금이나 그녀는 조금도 변하지 않았다. 지야곤은 무심코 예전으로 돌아간 기분이 들었다.

"오래 기다리셨죠?"

"응."

"네, 제가 죽을죄를 지었어요."

민주려는 직원실에 들어와 털썩 앉았다. 오늘은 피곤이 겹겹
이 쌓이는 날이었다. 힘도 많이 드는 목욕탕 청소에, 속옷도둑에,
지야곤까지. 힘도 많이 썼거니와 정신적으로도 피곤했다.

민주려는 떨떠름하게 지야곤을 바라보았다. 지 가문의 소가주
를 부려먹은 것도 모자라 여자만 들어오는 목욕탕의 직원실에 거
의 가둬두다시피 해놓고 일했다. 그리고 쌈빡하게 잊었더랬지.

꽤 오랫동안 기다렸을 지야곤을 생각하자 머리가 다 아프다.
다른 사람도 아닌 무려 지야곤을. 그런데 그러고 보니 조금 이상
했다.

"선배. 지 가문의 소가주 아니셨어요?"

"맞아."

"그런데 왜 여기에 계세요?"

지 가문의 소가주라면 지금쯤 후계자 수업을 받고 있어야 했
다. 이렇게 민주려와 잡담이나 할 만큼 여유로운 직책이 아닌 것
이다.

"마실 나왔다."

"아니, 마실 나올 만큼 지 가문의 소가주라는 자리가 만만한
것이 아니라는 건 저도 잘 알거든요?"

"뭐, 네 말대로 원래대로라면 이렇게 나올 시간도 없겠지만."

지야곤은 민주려가 조금 싸온 음식을 집어 먹었다. 우물우물
말린 과일을 다 먹은 지야곤이 밖으로 나올 수 있던 이유를 말했

다.

"가주께서 병상에 누워 계시거든."

"가주라면, 선배의 아버님이요?"

"응. 아무래도 전쟁 때 쇠약해지셨으니까. 지금에 와서 골골대는 것이 이상하지는 않지. 다들 그곳에 신경이 팔려서 내가 무엇을 하든 신경 쓰지 않아."

"그럴 때일수록 가문에 있으셔야 하는 거 아닌가요? 가문이 굉장히 어수선할 텐데, 그럴 때일수록 소가주인 선배가 집안을 다잡으셔야 할 텐데요."

"소가주가 그렇게 많은 권력을 쥐고 있는 것이 아니라서."

"생각보다 복잡하네요."

"덕분에 이렇게 나올 수 있는 거지."

마치 바람이 부네, 정도로 그는 태평하게 말하고 있지만 사실 꽤나 심각한 이야기였다. 누누이 말하지만 지 가문은 차아제국에서 굉장히 높은 위치에 있었다. 그 가문에서 해 먹는 관리의 급만 봐도 얼마던가. 병상에 누워 있는 현 가주만 하더라도 2급 관리였다. 1급 관리가 황제의 친족들만이 받을 수 있는 직책이라는 것을 떠올린다면 대단한 직급이었다. 그런 사람이 병상에 누워 있다는데 어찌 큰일이 아니리오.

소가주 지야곤이 이렇게 한가하게 마실 나올 정도라면, 말을 달리 받아들여야 한다. 소가주가 당장 할 수 있는 일이 없을 만큼 눈 돌아가게 어지럽다는 뜻으로. 그 정도로 아수라장이라면 가문에 있는 것보다 그냥 밖으로 나돌아 다니는 것이 더 낫기는 하다.

하지만 하필 그 마실 도중 만난 사람이 민주려였다. 그녀는 느긋한 얼굴로 말린 과일을 다 먹어치운 지야곤을 보고 있노라니 그가 무슨 생각을 하는지 대충 알 수 있었다.

"선배가 집에 늦게 들어가기 좋은 구실이라서 이곳에 계시는 거죠?"

아무리 그렇다고 소가주가 가문 밖을 나가는데, 마실이라고 하기에는 면이 안 선다. 아니, 면 정도가 아니라 아마 뒤집어질 거다. 자고로 높은 가문일수록 원로가 얼마나 꼬장꼬장한지, 민주려는 대학관의 동기들에게 수없이 들어 잘 알고 있었다.

"으음."

게다가 이 양반, 지금 부정을 안 한다. 민주려의 말이 사실이었던 것이다. 그렇게 되자 민주려는 어쩐지 허탈해졌다. 겉은 안 그래 보여도 속은 후배를 아끼고 걱정해주는 선배라고 생각했던 자신이 바보 같아지는 순간이었다. 게다가 생각할수록 괘씸하다. 누구는 아줌마, 할머니들 수다감으로 도마 위에 올랐었는데 누구는 느긋하게 땡땡이칠 구실로 이곳에 있었다니.

"선배."

"응?"

"그러니까 선배 말은 지금 한가하시다는 거죠?"

"아무래도."

"그리고 밖으로 나올 구실도 필요하고요."

순진하게 고개를 끄덕이는 지야곤을 보며 민주려가 상큼하게 웃었다. 그런데 그 웃음을 본 지야곤의 어깨가 아주 잠깐 움찔했다. 뭐지. 잘못 봤나. 민주려의 뒤에서 검은 불꽃이 타오르는 것을 본 듯한데. 눈의 착각인가.

"그럼 저 좀 도와주실래요?"

착각이겠거니 여기며 지야곤은 다시 순진하게 고개를 끄덕였다. 그리고 그런 지야곤을 본 민주려가 뒤돌아서 흐흐흐, 어두운 웃음을 다시 흘렸다.

△ ▼ △

"어서 오세요!"

어제 헤어지며 민주려는 신신당부했다. 꼭 아침 일찍, 밥을 든든하게 먹고 찾아오라고. 친절하게 약도까지 그려줘서 찾아왔더니 허름한 집과 함께 그녀가 기다리고 있었다. 그런데 민주려의 모습이 꽤 특이하다. 머리에는 새하얀 수건을 둘렀고, 팔도 다리도 어제 일할 때처럼 걷어붙인 상태였다. 거기에 옆에 쌓인 것들은 기왓장 한 무더기에 사다리, 거기에 더해서 각종 농기구들이 총출동했다.

지야곤은 어쩐지 등골이 서늘해진 기분이 들었다.

「아무래도 먹고살기 위해 밖에서 일하다 보니까 집이 어지러워졌지 뭐예요. 치우는 거, 조금만 도와주실 수 없나요?」

어제 분명 민주려는 그렇게 말했다. 대학관에서 같이 수업 들었던 정도 있고, 가엾은 환경에 처해 있기도 하고. 게다가 지야곤은 남이 부탁하는 건 좀처럼 거절하지 못하는 성미라서 고개를 끄덕였다. 청소쯤이야 조금 노력하면 되지 않나 싶었다. 힘쓰는 것쯤은 어렵지도 않고, 가문에서 나올 수 있는 구실도 되니 흔쾌히 받아들였던 것이다.

"민주려 후배."

"네."

"난 분명 조금이라고 들었던 것 같은데."

어째 느낌이 싸한 것이 '조금'이 그 '조금'이 아닌 것 같다.

"에이, 원래 집이라는 건 조금 방치하다 보면 지붕 위의 기왓장이 조금 깨지기도 하고, 조금 상하기도 하고, 밭도 조금 지나다 보면 가는 시기도 오고……."

"……."

뭔가 귀찮아질 것 같은 느낌이다. 그가 아연하게 민주려를 바라보자, 그녀는 작은 체구에 어울리는 동그란 눈을 울망울망하게 뜨며 그의 소맷자락을 붙잡았다.

"그럼 이걸 제가 다 할까요?"

흡사 아기 토끼가 바라보는 것 같은 저 눈빛을 어찌 할까. 지야곤은 한숨을 나지막하게 내쉬었다. 그도 난감하게 느껴지는 일감인데 머리가 그의 어깨에 간신히 오는 작은 민주려가 해낼 리가 없다.

결국 그는 타고 온 말을 소를 키웠던 곳으로 보이는 외양간으로 데려가 줄을 단단히 매어야만 했다. 이것은 그가 일을 마칠 때까지는 떠나지 않겠다는 뜻이기도 했다.

"어느 것부터 하면 되지?"

아싸, 민주려는 두 주먹을 움켜쥐었다. 혹시나 해서 찔러 봤던 감이 잘 익어 달콤한 홍시였다. 꿀꺽 삼키기만 하면 되는 홍시. 민주려는 봄꽃처럼 사랑스럽고 수줍게 웃으며 사다리를 내밀었다.

"지붕부터 고쳐주세요!"

지야곤은 몰랐겠지만 민주려의 집은 잘 보이지 않을 뿐이지 고칠 곳이 많았다. 아아아주 많이. 하지만 민주려는 현명하게도 그것을 입에 담지 않았다. 다만 지야곤이 해야 할 일을 지시할 뿐. 값싸게 부려먹는 노동인력이 있다는 것에 즐거워진 그녀의 얼굴 은 싱글벙글했다.

"어떻게 하는 건데?"

물론 그 얼굴에 금이 가기까지 얼마 걸리지도 않았지만. 민주 려가 깜빡한 것이 있었으니 지야곤은 지 가문의 소가주. 즉, 막일 을 해본 적이 없다는 것이다. 결국 퓃 하고 썩은 표정을 지은 그녀 는 기왓장과 망치, 못을 들고 일어났다. 그리고 척척 사다리를 지 붕에 걸쳐놓고 올라섰다. 그 뒤를 지야곤이 따라오자 민주려는 생 각보다도 더 엉망인 지붕에 한숨을 폭 내쉬었다.

"여기 깨진 기와 보이시죠?"

민주려는 금이 가고 깨진 기왓장을 들췄다. 그러자 그 밑을 단 단히 받치고 있는 부분이 눈에 들어왔다. 손으로 눌러보면 살짝 눅눅하다. 깨진 기와 사이로 들어간 습기 때문에 이렇게 되었다. 그 부분은 주술을 사용해 말끔하게 말렸다. 지붕 전체를 말리면 더 좋겠지만 그건 너무 큰 힘과 세심한 조정이 필요했다.

"이렇게 말린 다음에 새 기왓장을 얹으면 끝!"

"여기는 안쪽이 부서졌는데?"

"그 부분은 이렇게 새로운 판자를 덧대어주세요."

"전부 수리하기에는 기왓장의 수가 부족해 보이는데……."

"기왓장이 은근 비싸거든요. 이거 한 장이 무려 은 일곱 냥이에요. 지금 이것도 완전 큰맘 먹고 수리 중이란 말이에요."

갈아야 할 기왓장은 많지만, 안타깝게도 모조리 갈아엎을 수는 없었다. 기왓장은 뭐가 그리 비싼지 모르겠다. 물론 질 좋은 흙을 빚어 굽는다는 건 알고 있지만, 아무리 그래도 장 당 은 일곱 냥은 너무한 가격이다. 이것도 전에 일손을 도와서 후려친 가격이라는 것을 아는데도 그렇다.

"기왓장이 비싸다면 지푸라기나 나무로 바꿔도 되지 않나?"

듬성듬성, 심하게 깨진 기왓장을 골라 들추며 지야곤이 물었다. 물론 민주려도 그 생각을 안 해본 것은 아니었다. 하지만 세상일이 그렇게 말처럼 쉽게 되지가 않는다.

"지붕구조가 달라서 안 되더라고요. 다시 처음부터 바꾸려면 배보다 배꼽이 크다고 할까. 뭣보다 지푸라기도 일 년에 한 번은 바꿔줘야 하는데 구하기가 쉽지 않아요. 벼농사 하는 분에게 말해서 잘 말린 것으로 가져와야 하는데 그게 끝이 아니라 직접 엮어야 하니까요. 저희 집 의외로 커서 짚으로 덮으려면, 어휴. 그리고 나무로 덧댈 경우 마찬가지로 특수약품 처리를 해야 해서, 비용이 의외로 비싸요."

"결국 돈이 부족하다는 건가."

"선배는 정말 아무렇지도 않은 얼굴로 아픈 곳을 찌르네요."

게다가 처음 일하는 주제에 은근 잘하고 있었다. 딱 봐도 가장 상태가 안 좋은 기왓장을 모조리 들춰내고 주술로 수분을 말끔하게 날린 다음에, 수리가 필요한 부분은 뚝딱뚝딱 판자를 대고 못질한다. 그리고 그 위를 새 기왓장을 잘 맞춰 넣는 것이, 잘만 하면 한 시진 만에 다 할 것 같았다.

"그럼 지붕수리는 선배에게 맡길게요."

"민주려 후배는?"

"민 후배라고 불러주세요. 아니면 주려라고 부르시든가. 저는 아래에 내려가서 집 청소를 해야겠어요. 겨울 동안 묵은 먼지도 좀 털어야 할 것 같고요."

그렇게 민주려는 지붕 위에 지야곤을 홀로 남겨놓고 쌩하니 아래로 내려갔다. 그리고 정말로 방 안에 들어간 지 얼마 되지 않아 복작복작한 소리가 나기 시작했다. 창을 모조리 열고 환기를 시키더니 겨울에 썼던 이불과 베개, 그리고 옷들을 모조리 밖에 꺼내놓았다. 그 분주한 모습을 지붕 위에서 지켜보던 지야곤도 곧 일에 집중하기 시작했다.

지붕수리는 생각보다 힘이 많이 들었고, 요령도 필요했다. 그나마 다행인 것은 지야곤이 둘을 다 갖추었다는 거다. 그는 민주려의 예상대로 한 시진도 안 되어서 지붕수리를 마쳤다. 새 기왓장이 고작해야 서른 장밖에 되지 않아서 더 빨리 끝난 것도 있었다. 그렇게 임무를 마쳤지만 안타깝게도 일은 끝난 것이 아니라 이제부터 시작이었다.

"선배! 무술 실력이 좋았었죠?"

대체 무술과 무슨 관련이 있는 것인지 알 수 없지만 민주려가 그에게 던져준 것은 곡괭이였다. 그리고 그녀의 말에 의하면 아담한, 집의 뒷부분과 담 사이에 나 있는 공간에 있는 밭을 가는 임무가 맡겨졌다.

"중요한 건 요령이에요. 힘으로만 하는 것이 아니라요, 땅에 부드럽게 찔러 넣어서 엎는다는 느낌으로요. 네, 그거예요. 선배 정말 잘하시네요!"

정신을 차리고 나니 어느덧 민주려의 아담한 밭은 완전히 갈아엎어진 뒤였다. 봄이 되어서 얼었던 땅이 녹아 흙이 포슬포슬할 줄 알았는데, 지야곤의 예상을 깨고 땅은 딱딱했다. 표면은 그럭저럭 부드러웠지만 그 안은 아직도 차갑게 언 모양이었다. 결국 그것은 ─ 민주려의 말에 의한다면 ─ 적당한 요령과 힘으로 해결했다.

"……."

왜 이렇게 지친 느낌이지?

꼬꼬댁! 꼬오꼬!

그리고 그런 그를 한심하다는 듯이 수탉이 삐딱하게 바라보았다. 붉은 벼슬이 멋들어진, 풍채도 좋은 수탉에게 검지를 내밀자 부리로 콱 깨물려고 한다. 성질이 참 안 좋은 닭인 듯했다. 수탉은 품평이라도 하듯이 지야곤을 한참 뚫어져라 보더니, 곧 홱 하고 고개를 돌렸다. 그리고 병아리를 끌고 있는 암탉들 사이로 뻣뻣하게 목을 세우고 들어섰다.

"선배."

움찔. 아침부터 지붕수리에 밭 갈기. 그리고 어제는 속옷도둑을 잡는 것까지. 어째 민주려를 만난 뒤부터 쉼 없이 움직이는 것 같다. 그래서인지 지야곤은 이제 그녀가 부르면 몸부터 굳었다.

"아직도 일 많아요."

가엾고 불쌍한 토끼처럼 바라보며 소매를 붙잡던 후배는 어디로 갔을까. 지야곤은 허탈한 심정이 들었다. 속았다, 속았어. 여자는 다 요물이라더니. 허리에 손을 얹고 그를 보는 민주려의 등 뒤로 커다란 여우 꼬리 아홉 개가 보이는 것 같다.

"그럼 이제 밭도 다 갈았겠다, 빨래를 해볼까요?"

그는 조용히 속으로 한숨을 쉬었다.

△ ▼ △

오후, 점심이 아직 되지 않은 시각이었다. 사람들이 웅성대며 발걸음도 멈추고 손가락질을 했다. 그리고 그 끝에는 어느 누구의 집이 있었다.

"아이고, 오늘 대청소하는가 보네."

"조금 늦긴 했지. 그동안 바빴응께 이제야 겨우 하는 것 아니겄어?"

"그건 그렇고 참으로 화려하구먼. 역시 주려야."

민주려의 집 위로 떠오른 것은 빨랫감들이었다. 딱 봐도 솜이

도톰한 겨울이불들과 베개, 그리고 두꺼운 겨울옷들이 모조리 하늘로 치솟아 올라 물과 거품, 그리고 잿물과 함께 빙글빙글 맹렬하게 돌고 있었다. 그 모습이 마치 그녀의 집만 태풍에 휩싸인 것 같았다. 이 근처에서 명물로 자리 잡은 민주려의 계절별 대청소는 이미 유명했으나, 처음 본 사람에게는 굉장히 신선한 느낌이었다.

"이야아."

그중에는 규석도 들어가 있었다. 그는 낡은 집 위에서 빙글빙글 춤을 추는 빨랫감을 보며 저도 모르게 말을 몰고 더 가까이 다가갔다. 그리고 어느덧 정신을 차리고 나니 바로 그 집 앞까지 와 있는 상태였다. 가까이서 본 빨랫감의 춤은 더 절경이었다. 반짝반짝 빛나는 물방울과 보슬보슬한 거품들이 제법 예쁘다.

그렇게 바짝 가까이 오니 과연 누군가가 주술을 부리는 것이 보였다. 한 명은 수건을 머리에 질끈 맨 작은 소녀였다. 하지만 지붕 위에 있어 잘 보이지 않았는데, 다른 한 명은 키도 크고 워낙 훤칠하니 잘생겨서 훤히 보였다.

"허."

그래. 너무 잘 보여서 문제였다.

"지야곤?"

그의 말을 지야곤이 들었나 보다. 눈이 딱 마주쳤다. 둘 다 이곳에 있어서는 안 될 사람들이기에 더더욱 놀라고 말았다.

"댁이 왜 여기에 있나?"

둘은 자기도 모르게 이렇게 말해버리고 말았다.

三章

세상에 공짜 밥이 어디 있어?

민주려는 집 안에 떡하니 앉아 있는 이를 보며 불편한 감정을 애써 숨겼다. 규석. 차라리 그것이 성을 뺀 이름이었다면 이렇게 긴장하지 않아도 좋았을 것이다. 하지만 그의 성이 규이고 이름이 석이다. 그래서 그녀는 지끈거리는 이마를 꾹 누를 수밖에 없었다. 규(奎), 그 성을 모르는 차아제국 사람이 있을 리가 없다. 무려 황족의 성이니 말이다.

즉, 저기 싱글벙글 웃고 계신 양반은 신분제인 이 차아제국에서도 맨 위에 앉아 있는 이다. 게다가 그냥 황족도 아니고 무려 현황제의 사촌동생이다. 아이고, 두야. 자신은 흙과 먼지, 그리고 닭을 피해 하늘에서 빨래를 했을 뿐인데 왜 이렇게 되었을까?

차라리 모르는 사람이었으면 모르는 척이라도 했지. 규석은 특이함의 발로를 달리는 황족으로, 자진해서 안 다녀도 될 대학관에 나온 사람이었다. 게다가 얼굴과 이름을 알 수밖에 없는 것이, 민주려가 들었던 수업 중, 상급 주술반에 그가 있었다.

혀를 끌끌 차며 민주려는 차를 우렸다. 자고로 손님이 왔으면 다과를 내미는 것이 옳다.

"차 드세요."

"……이게 다인가?"

"네."

"다과는?"

"저희 집에는 그런 거 없어요."

다(茶)는 있을지언정 과(菓)는 없는지라 대접할 것이라고는 차뿐이었다. 아마 황족인 그에게는 이런 소박하다 못해 단출한 다과상은 처음일 것이다. 아니나 다를까, 고귀한 신분치고 정신줄이 튼튼하던 그도 당황했는지 잠깐 할 말을 잃었다. 그러면서 뻔뻔하게 과자가 있느냐고 또 묻는 것이, 평생 곱게 키워진 티가 났다. 지야곤은 저렇게 아무 불만 없이 차만 홀짝홀짝 잘 마시는데 말이다.

"참, 소박하군."

감상인지 타박인지 모를 말을 하며 차를 꿀꺽. 잠시 잔을 보다가 또다시 꿀꺽. 대체 다도를 어떻게 배웠는지 규석은 단 두 모금만에 홀라당 차를 다 마셨다. 그 뜨거운 차를!

"고소한데. 이건 무슨 차지? 한 번도 마셔본 적이 없군."

"아, 그거 옥수수수염차예요."

"……옥수수도 아닌, 옥수수수염?"

기막힌 듯 규석이 되물었다. 하지만 사실이다. 차 중에서 가장 값이 싼 차를 꼽으라고 한다면 옥수수차다. 옥수수는 재배도 쉽고, 알갱이를 말렸다가 끓이면 되는 차라서, 서민들이 즐겨 마시는 차 중에 하나였다.

그런데 그 옥수수도 아닌 옥수수수염이라니.

물론 이렇게 된 데에는 다 깊은 사연이 있었다. 민주려가 막 조실부모하고 홀로 살게 되었을 때 먹을 것을 구하기가 쉽지 않았더랬다. 당시 돈도 그다지 많이 못 벌던 시절이라 언제나 주린 배를 부둥켜안고 서럽게 살았다. 그때 그녀에게는 옥수수가 그나마 끼니를 때울 유일한 식량이었다. 그것으로 죽을 끓여 먹었음 먹었지 어떻게 차를 끓여 먹는 사치를 부린단 말인가? 절대 아니 될 일이었다.

그래서 고안한 것이 옥수수수염차였다. 옥수수 알은 식량으로 먹고, 옥수수수염으로는 차를 끓여 마시면 완벽했다. 버리는 것이 하나도 없었다.

"이게 맛있고 건강에도 좋아요. 몸도 가벼워지고 얼굴선도 예뻐지고요."

구구절절한 이야기를 하자니 아무리 그녀라도 좀 부끄럽긴 한지라 보통 물어보면 이유를 설명하지 않고 언제나 이렇게 둘러대고 있었다.

"그건 그렇고 놀랐어. 설마하니 야곤 자네가 이곳에서 머슴 노릇을 하고 있을 줄이야."

"머슴이었나?"

"아니에요!"

규석과 지야곤의 대화에 화들짝 놀란 민주려가 소리쳤다. 아가 다르고 어가 다른데 지금 무슨 말을 하는 거란 말인가?

"정당한 노동이에요."

"그게 그거지."

"정당하다니까요? 분명 선배는 저 도와준다고 하셨는걸요. 그렇죠? 선배."

가만히 고개만 끄덕이는 지야곤에게 '봐요!' 하고 민주려가 규석에게 어깨를 당당하게 폈다. 그러자 규석이 팽 하고 비웃는 것이 아닌가.

"저치는 남이 부탁하는 걸 거절하지 못하거든. 설마 이 수준의 부탁까지 거절하지 못하고 다 할지는 몰랐지만."

말투가 마치 민주려가 지야곤을 이용했다는 식으로 들린다. 틀린 말은 아니지만 기분이 나빴다. 지야곤이 남의 부탁을 거절하지 못한다니. 그런 이야기를 들어본 적이 없었다. 적당히 성격 좋다고만 들었다. 게다가 그 누가 지야곤에게 이런저런 부탁을 할까? 민주려는 했지만, 그랬지만 자신은 정당했노라고 애써 다독이고 있는데 규석이 폭탄을 던진다.

"하물며 기혼녀의 부탁이라니."

"아니라니까!"

기혼녀라니, 또 기혼녀라니. 억울하다. 민주려가 버럭 소리를 지르자 규석이 눈을 둥그렇게 떴다.

"결혼한 게 아니었던가? 그게 아니고서야 민주려 후배가 일찍 퇴관할 리가 없다고 생각했는데."

"차라리 그랬으면 조금 덜 억울했겠네요."

역시 대학관에서 여학생이 일찍 퇴관하면 다들 혼례를 올리는 줄로만 안다. 그때 사정을 다 설명하고 나왔더라면 이런 오해를 듣지 않았을지도. 하지만 대학관에 부모님이 돌아가셨다고 사방팔방 알리는 것도 이상하지 않는가. 다시 골이 아파지는 느낌에 그녀는 끄응 신음을 흘렸다. 그리고 적당히 어제 지야곤에게 했던 설명을 그대로 읊었다.

"대학관에서 장학금을 받았으면 되었을 텐데."

그리고 규석도 지야곤과 비슷한 말을 했다. 친구 아니랄까 봐. 아주 똑같다.

"숙식제공과 더불어 학비도 면제해주는 것이 있다고 들었는데. 왜 그것을 하지 않았나?"

"전체학년 수석에게 돌아가는 혜택이잖아요."

"학비만 면제받는 것이라면 차석도 가능했지."

"그 당시 누가누가 있었는지 아시는 분이 왜 이러세요?"

민주려도 그걸 생각하지 않은 것은 아니었다. 전체학년 장학금이 있긴 했지만, 그건 정말 그림의 떡이었다. 민주려가 학관에 다녔을 당시 어마어마한 재능의 소유자가 무려 셋이나 있었다. 손을 댈 수 없는 아득한 영역에서 노는 고학년 남학생 한 명과 바로 그 밑에서 비등비등하게 싸우는 여학생 두 명. 그 셋의 성적을 이기기란 참으로 요원한 일이었다. 사람이 아무리 노력해도 안 되는 것이 있다면 그 셋의 성적을 따라잡는 것이었다.

그에 규석도 어색한 웃음을 흘렸다.

"요컨대 집도 가난하고 성적도 안 되어서 대학관을 그만둔 것이로군."

핵심을 짚는 것이 너무 날카로워서 가슴속을 도려내는 느낌이다. 참 얄밉다. 뭐라고 하고 싶은데 차마 황족이라서 무례하게 굴 수도 없었다. 대학관의 인연으로 꼬박꼬박 말대꾸하는 것이 고작 이었던 것이다. 그녀는 불끈 치솟는 분기를 누르기 위해 혼자 있을 수 있는 장소로 피하기로 마음먹었다. 마침 시간을 보니 좋은 핑계거리가 있었다.

△ ♥ △

민주려가 점심을 준비한다며 부엌으로 사라지자 규석이 그만 웃음을 터뜨렸다. 부엌으로 갈 때 민주려의 표정이 규석을 진심으로 때려주고 싶다고 말하는 것 같았기 때문이었다.

"아, 원래 저런 후배였었나?"

"글쎄."

"너도 그래. 아무리 가문에 있기 귀찮아서라지만 이곳에서 머슴 노릇을 하고 있을 건 또 뭐야? 지 가문의 그 꼬장꼬장한 원로들이 봤으면 게거품 물었을 거다."

규석의 말에도 지야곤은 덤덤하게 차만 홀짝홀짝 마셨다. 옥수수수염차. 의외로 맛있다. 고소하고 담백한 것이 딱 그의 입맛이었다. 가문으로 돌아가면 끓여달라고 말해볼까라는 생각이 들정도로.

"괜찮아."

"들키면 너 얄짤 없이 끌려간다?"

"안 들키면 돼."

"이미 나한테 들켰잖아."

"말할 건가?"

지야곤의 눈빛과 마주한 규석은 곧 쳇 하고 고개를 돌렸다. 희로애락이 좀처럼 비치지 않은 지야곤의 담백한 표정과 눈빛을 마주하고 있노라면 기묘한 기분이 들곤 했다. 마치 무언으로 설득당하는 기분이다. 고작 분위기만으로 사람의 기를 누르다니. 이러니 지 가문에서 지야곤을 싸고도는 것이다. 분명 대단한 가주가 될 거라고 믿는 것일 테지. 하지만 그들의 기대와 지야곤은 다르다. 그에게 출중한 능력이 있는 것은 맞지만, 그뿐이다.

지야곤은 인생을 사는 것이 재미도 없고 흥미도 없는 인물이다. 그래서 시키면 얌전하게 네네 하며 따르는 것뿐이라는 걸 그들은 과연 알고 있는지 모르겠다.

"그건 그렇고 민주려 후배도 대단하지. 감히 지 가문의 소가주에게 허드렛일을 시킬 줄이야."

"이게 허드렛일인가?"

"그럼 아니야?"

"흐음."

허드렛일은 중요하지 않은 일을 뜻하는 말이었다. 그러나 오늘 지야곤이 직접 해보니 중요하지 않은 일은 하나도 없었다. 모두 꼭 필요한 일들이었다. 비가 새지 않고, 지붕의 받침대가 썩지 않기 위해서는 기왓장을 세심하게 바꿔줘야 했다. 그 중간중간 수리도 해줘야 하고, 습기도 말려주고. 벌레가 파먹은 흔적이 보이면 제거도 재깍재깍 해줘야만 했다.

편안하게 방에서 자기 위해서는 지붕도 아기 돌보듯이 그렇게 살펴야 했다. 또 밭 갈기도 마찬가지였다. 밭은 갈아주지 않으면 뿌린 씨가 뿌리를 제대로 내리지 못한다고 그녀가 말했다. 그리고 깨끗한 옷을 입기 위해서 하는 빨래까지, 모두 허드렛일이 아니었다.

적어도 가문에서 쓸데없이 입씨름이나 하고 있는 원로들의 회의보다는 훨씬, 중요한 일이 아닌가.

"내 말에 무슨 불만을 가졌군."

오랜 친구라는 말이 허언이 아니듯 규석이 지야곤의 표정을 읽었다. 그가 뭐라고 더 말하려는 순간이었다.

"점심 드세요!"

민주려가 점심 한 상을 차려왔다. 정말로 한 상이었다. 큰 상을 번쩍번쩍 든 그녀는 대충 지야곤과 규석의 사이에 상을 내려놓았다. 그 공간을 만들기 위해 발로 슬쩍 규석을 민 것은 아주 사소한 심술이었다.

"자요."

큼직한 상이 내려지자 자연스럽게 시선이 쏠렸다. 상 위의 따끈따끈 고슬고슬한 밥에는 노오란 옥수수가 콕콕 박혀 있었다. 갓 지은 옥수수밥에, 봄나물 무침, 장아찌, 맑은 콩나물 국. 거기에 놓인 계란부침 세 장.

"……이게 끝인가?"

규석의 말에 민주려가 고개를 끄덕였다.

"이 고기 하나 없는 밥상이 끝?"

"소박한 저희 집에서 고기를 찾다니 염치도 없으시네요."

"밖에 분명 닭이 있는 걸 봤는데."

"그 닭이 살아 있어서 이렇게 계란부침도 먹는 거거든요."

이 이상 토를 달았다가는 그나마 있는 밥그릇도 치울 기세라 결국 규석은 수저를 얌전히 쥐었다. 그와 민주려가 실랑이를 하는 사이 이미 지야곤은 숟가락에 밥을 그득 퍼 입에 넣고 있었다. 얌전한 얼굴로 냠냠 밥 먹는 모습을 보는 민주려의 얼굴은 흐뭇하다.

"선배, 맛있죠?"

규석과 전혀 다르게 사근사근한 어조로 묻자 지야곤이 고개를 끄덕였다.

"여기 장아찌도 맛있고 봄나물 무침도 정말 향긋하거든요. 많이 드세요."

게다가 친절하게 반찬을 밥을 뜬 숟가락 위에 올려주는 모습이 대놓고 규석과 차별하고 있었다. 분명 규석을 놀려주기 위해 하는 행동이건만, 겉으로 보기에 제 신랑 챙기는 신부와 다를 게 없다. 규석은 그렇게 놀리며 장아찌를 얹은 밥 한술을 뜨다가 눈을 둥그렇게 떴다.

"허."

밥이 맛있다. 옥수수밥은 고소하면서도 달큰했고, 장아찌의 짭쪼롬한 감칠맛이 밥도둑이 따로 없었다. 봄나물은 민주려의 말대로 향긋하면서도 쌉쌀했고 콩나물국은 시원했다. 고기 하나 없는 밥상이건만 전혀 아쉬운 것이 없었다.

게다가 이제 갓 스무 살을 넘긴 청년들의 배는 밑 빠진 독처럼 음식을 원했다. 곧 아무 소리 없이 식사에 열중했다. 그리고 그 모습을 민주려가 음침하게 웃으며 지켜보았다. 그리고 그녀의 음침한 웃음은, 얌전히 식사 중이던 지야곤만 볼 수 있었다. 하지만 이내 그 웃음의 대상이 자신이 아니라는 것을 알고서 지야곤은 말없이 민주려가 숟가락에 얹어준 반찬을 먹었다.

아침에 열심히 노동한 덕분인지 밥맛은 좋았다. 아니, 애초에 민주려의 손맛 자체가 꽤 훌륭했다.

그렇게 두 남자가 밥그릇을 두 그릇이나 다 비웠을 때 그녀가 상을 치우기도 전에 말을 꺼냈다.

"그럼 저희 일을 하러 갈까요?"

"아직 남았나. 그럼 열심히 해라."

"어머. 저는 저희라고 했어요, 규석 선배."

"음?"

"저희라고요, 저. 희."

지야곤은 무심코 아, 하고 감탄사를 뱉었다. 그 웃음의 정체가 이것이었구나 싶다.

"같이 일해야죠."

"일, 이라니?"

"세상에. 지금 이 소박하다 못해 빈곤한 저에게서 밥을 얻어먹고 그냥 빈손으로 가실 거였어요?"

슬슬 발동이 걸리겠구나. 지야곤은 민주려에게서 한 발자국 뒤로 물러났다. 그리고 그는 단정한 자세로 앉아 둘을 지켜보았다. 그녀는 작은 체구에 어울리지 않게 무시무시한 기세를 흘리며 규석에게 한 발 한 발 다가가고 있었다. 그 기세에 밀린 규석이 그만큼 뒤로 물러났지만 곧 벽에 가로막혀 어디로도 갈 수가 없다.

규석과 지야곤의 시선이 마주쳤다.

'도와줘!'

분명 그런 의미의 시선이었겠지만, 지야곤은 아무렇지도 않게 외면했다.

'배신자!'

그러거나 말거나. 무심하다 못해 시큰둥하게 그 시선을 흘린 지야곤은 민주려가 다시 우려 온 옥수수염차를 후식으로 후룩 마셨다. 등 따시고 배부르니 여기가 극락이다.

"규석 선배 설마 양심이 아예 없으신 분은 아니죠? 이렇게 가난한 후배에게 밥을 얻어먹고 입을 쓱 닦으실 리가 없잖아요. 무려 '규'라는 성을 다신 분인데. 그렇죠? 네?"

"아, 아니, 그러니까 민주려 후배……."

"세상에 공짜 밥이 어디 있겠어요? 그렇죠? 그러니까 대가를 지불해야겠어요? 아니겠어요?"

"지불, 그러니까 지불하겠……."

"당연히 노동으로 지불해주시겠죠? 물론 돈도 좋지만, 지금 제게 가장 절실한 것은 노동이거든요. 네, 그 허드렛일 말이에요."

그 말을 듣는 순간 규석은 움찔했다. 그와 지야곤이 했던 이야기를 모조리 다 들은 모양이었다. 그의 시선이 다시 지야곤에게 향했다. 그는 눈빛으로 의사전달을 시도했다. 혹시 알고 있었냐? 라는 물음에 용케 알아들은 지야곤이 고개를 끄덕였다.

그는 이 집 수리를 하면서 이 낡은 집이 소리가 참 잘 들리는 즉, 방음이 거의 안 된다는 걸 알았다. 그래서 부엌에 있었던 민주려도 그들의 대화를 고스란히 들을 수 있었다. 그리고 지금 이렇게 처절한 복수를 하는 것이었다. 낮말은 새가 듣고 밤말은 쥐가 듣는다는 속담이 괜히 있는 게 아니다.

"할 거예요, 말 거예요?"

흡사 저잣거리에서 힘 좀 쥐본 건달처럼 구는 그녀를 당해내지 못한 규석은 결국 항복을 외쳤다.

△ ♥ △

지야곤과 규석, 그리고 민주려의 등에는 각자 망태기가 하나씩 춤추듯 매달렸다. 말을 갖고 있는 두 명의 남자 덕에 제법 멀리 있는 뒷산까지 오게 된 민주려는 손에는 작은 삽을 들고 예의 그 음침한 웃음을 흘리고 있었다.

"그럼 선배들이 해야 할 일을 알려드릴게요."

굳이 멀리 있는 뒷산까지 오게 된 이유는 이러했다. 민주려가 원하는 것은 봄에 나는 싱싱한 나물거리와 지난겨울 추위를 견디지 못하고 죽은 나무와 나뭇가지 등이었다. 전자는 반찬과 함께 말려서 저잣거리에 팔 것들이었고 후자는 직접 아궁이에 쓸 땔감용이었다.

"굳이 이렇게 멀리까지 와야만 했나?"

"이미 사람 사는 곳 근처는 쑥대밭이거든요. 있는 게 없어요."

할머니, 아주머니, 아이들 할 것 없이 봄만 되면 눈에 불을 켜고 나물을 캐기 마련이었다. 왜냐하면 겨울은 춥고, 배고픈 계절이니까. 겨울 내내 굶주려본 사람들은 봄이 되면 보릿고개가 넘어가기 전부터 눈이 뒤집어진다. 일단 입에 넣을 수 있는 거라면 다넣고 보는 것이다. 그러다 보니 가끔 겨울잠에서 덜 깬 개구리도 구워 먹고, 뭐, 그런…… 잠깐 개구리와 뱀 중에 뭐가 더 맛있더라 생각을 하던 민주려는 자꾸 옆으로 새려고 하는 자신을 추슬렀다.

"캐야 될 나물을 먼저 알려드릴게요. 아니, 제가 하나씩 캐서 나눠드릴게요. 그거 잘 보고 똑같은 것을 캐시면 돼요."

그렇게 말하며 민주려가 캔 것은 쑥, 달래, 취나물, 홑잎나물, 참나물, 돌나물이었다. 그 외에는 알려주려고 해도 헷갈려 보이는 것들이라 초보자에게는 무리다. 이 정도면 될 것 같았다. 가장 많이 먹는 나물들을 챙겨주자 알아서 고개를 끄덕인다. 영 못미덥지만 하는 수 없었다.

"그럼 할당량을 알려드릴게요. 봄나물은 최소한 망태기의 절반은 채울 것!"

"많지 않나?"

"안 많아요. 말리면 한 주먹도 안 돼요. 그리고 땔감은 한 묶음. 아시겠죠? 그것 채우기 전까지 절대 못 나가요."

활활 타오르는 불꽃이 민주려 뒤에서 아른거리는 것 같다. 결국 규석은 그 모습에 질려 먼저 캐러 간다며 숲 어딘가로 사라졌다. 민주려는 흥! 하고 콧방귀를 한번 뀐 다음에 흘긋 지야곤의 눈치를 살폈다. 오늘 자신이 알차게 부려먹은 그는 뭘 시켜도 잘 해내는데다가 불만도 없었다.

"그럼 선배는 저랑 같이 가요."

참 말 잘 듣는 사람이라고 생각하며 민주려가 이끈 곳은 바로 근처의 바닥이었다. 여기저기서 나는 새싹은 다 비슷비슷해 보이는데 그녀의 눈에는 그렇지 않은지 양지 바른 곳을 골라서 자리를 잡더니 손으로 가리켰다.

"쑥이에요. 쑥은 무리지어서 한번 발견하면 주변에도 많이 있어요."

"이것을 캐면 바로 먹는 건가?"

"밥 지어먹어도 맛있고, 쑥떡이나 쑥전도 좋아요. 차로 달여마셔도 좋고, 바로 쑥버무리해도 좋고. 쓸데가 많아요. 그리고 쑥은 약재로도 사용하거든요."

"흐음."

"봄에 나는 새싹은 대부분 다 보약이에요. 추운 겨울을 뚫고 돋아난 새싹이 얼마나 강한 생명력을 품고 있겠어요?"

"그리고 그렇게 돋아난 새싹은 우리의 입에……."

"……그런 식으로 생각하면 아무것도 못 먹어요, 선배."

시시콜콜 잡담을 하면서 일을 하니, 어느덧 각자 망태기가 제법 묵직해졌다. 절반 가까이씩 채운 뒤에 겨울을 버티지 못하고 죽은 나무도 몇 그루 발견했다. 그 죽은 나무를 모조리 가져가지는 않는다. 필요한 만큼만 꺾고 베어다가 묶음으로 만드는 거다.

이번에는 운이 좋게도 죽은 향나무를 발견해 민주려의 기분은 날아갈 것 같았다. 같은 값이라도 땔감 중 향나무는 비싸게 쳐준다. 불을 땔 때 향이 올라와서 숯불로 만들거나 고기를 구울 때 쓰기 좋은 재료였기 때문이었다.

"이제 슬슬 규석 선배도 찾아서 돌아갈까요?"

아직 사람의 손을 타지 않아 제법 많은 나물들을 캐다 보니 꽤 깊숙이 들어왔다. 하지만 이만 욕심을 접는 것이 좋을 것 같았다. 슬슬 날도 저물 것이고 짐이 너무 무거우면 말에 실어 나르는 것도 어려울 거다. 그렇게 망태기를 지고 주변을 쭉 돌아보는데, 맙소사.

"심봤다."

정말로 산삼의 그 심봤다는 아니지만, 그에 준할 정도로 대단한 것을 발견해버렸다.

"선배. 두릅이에요, 두릅!"

"두릅이라면 나도 먹어본 적 있는데. 쓴 거."

"그렇죠. 쓰고, 쌉쌀하고, 감칠맛 좋은!"

그것도 무려 두릅 군락지다. 나물을 캐다 보니 잊은 건데 지금 시기는 두릅의 새순이 올라올 때였다. 하도 귀해서 구하기가 어렵다 보니 까먹었던 것이다. 게다가 이곳은 산에서도 제법 깊은 곳, 그것도 언덕 아래에 있어 잘 보이지도 않는 장소였다. 이런 곳이니 사람의 눈에도 잘 띄지 않았으리라.

"많다, 많아. 이 정도면 망태기 가득 채우고도 남겠는걸요?"

"전부 캘 건가?"

"아뇨. 망태기에 남은 자리를 채울 만큼만 캘 거예요. 이 녀석들도 자생해야죠. 대신에."

민주려는 두릅나무를 통째로 뽑아 들었다. 몇 그루나.

"직접 가져가서 키우려고요."

"키울 수도 있는 건가 보지?"

"네. 이거 가져가서 텃밭 한구석에 심을 거예요. 아마 내년이면 두릅이 돋아날걸요?"

두릅은 맛도 좋지만 요리에도 많이 쓰였다. 뭣보다 향이 좋아서 고기 요리와도 잘 어울려 식당을 하는 이들이 많이 찾는 재료이기도 했다. 다만 이렇게 이른 봄이 아니면 먹을 수 없어서 재료가 귀한 편이었다. 이것은 민주려가 종종 일을 하는 미미(美味) 식당의 주인에게 팔 것이다. 그는 재료에 돈을 아끼는 사람이 아니었으니 후하게 값을 쳐주리라.

"음, 묵직하지만 그래서 더 좋네요."

여태까지 캔 나물들은 모조리 지야곤의 망태기에 넘겨놓고, 텅텅 빈 민주려의 망태기에는 이곳에서 딴 두릅들과 두릅나무를 옮겨 담았다. 그런데 전부도 아닌 반의반만 캤는데도 망태기가 꽉 차버렸다. 어깨가 묵직한 것이 곧 돈주머니도 묵직해질 것 같아 그녀는 절로 콧노래가 흥얼흥얼 나왔다.

그리고 그 좋던 기분은 한 마리밖에 남지 않은 말을 보자 간데없이 사라졌다.

"도망쳤군."

지야곤이 상황을 짧게 단축시켰다. 그 말대로, 규석은 지야곤과 민주려가 오기 전에 도망간 모양이었다. 그래도 일은 하긴 했는지 망태기 안에는 갖가지 나물들이 딱 절반만 채워져 있었고, 땔감도 아슬아슬하게 한 묶음은 되었다.

"아무리 그래도 도망치다니!"

민주려가 길길이 날뛰었다. 규석을 굳이 데려온 이유는 나물을 많이 캐기 위해서가 아니었다. 시간을 더 들이면 민주려는 규석이 없어도 세 사람이 캔 몫만큼 캘 수 있었다. 그런데도 불구하고 규석을 데리고 온 이유는 하나였다.

말.

과연 황족이라서 그런지 그는 튼튼하고 좋은 말을 갖고 있었다. 민주려는 그의 말을 이용해 짐을 나르고 싶었던 것이다. 아무리 나물을 많이 캐도 그것을 짊어지고 돌아올 수 없으면 전부 버려야 하니까. 그런데 규석이 딱 자기 분 일만 해놓고 도망갈지 누가 알았단 말인가?

"이걸 어떻게 다 지고 가라고!"

분노에 가득 찬 민주려의 외침이 쩌렁쩌렁하게 산을 울렸다.

△ ♥ △

해가 뉘엿뉘엿 질 무렵, 어떻게 둘은 그 많은 짐을 가지고 돌아올 수 있었다. 꽉꽉 찬 나무망태기 두 개를 지야곤의 말에 싣고, 묵직한 땔감 세 묶음은 지야곤이, 그리고 반만 찬 나무망태기를 민주려가 들고 왔기 때문이었다. 낮에는 말을 타고 훌훌 달려 쉽게 도달했던 거리가 막상 걸어오니 시간이 많이 걸렸다. 그리고 그 긴긴 시간 민주려는 이를 아득아득 갈았다. 규석은 제 욕 때문에 한동안 귀가 꽤나 간지러울 것이다.

'안 힘드나?'

고작 반밖에 차지 않았다고 하더라도 망태기는 무거웠다. 하지만 민주려는 단 한 번의 불평도 없이 그것을 지고 집까지 걸어왔다. 마치 한 마리의 당나귀라도 되는 것처럼 느릿느릿 한 발자국씩 꿋꿋하게 내딛으면서 말이다. 정말이지 씩씩한 후배가 아닐 수 없었다.

"으으윽."

하지만 그것도 잠시다. 민주려의 집 대문 앞까지 오자 민주려의 다리가 흐물흐물 풀렸다. 지야곤은 민주려가 주저앉기 직전에 망태기 윗부분을 잡아챘다.

"선배애애."

"응."

"못 걷겠어요."

한 손으로 지야곤이 잡아챈 망태기에 대롱대롱 매달린 민주려가 허허허 웃었다. 제아무리 두 해에 걸쳐 노동에 단련된 몸이라고 해도 오늘은 너무 무리했다. 집 대청소에 빨래에, 멀고 먼 뒷산까지 가서 나물 캐고, 땔감도 구했다. 그리고 바로 전날에는 속옷도둑 잡겠다고 주술을 펑펑 써댔으니 기력이 남아 있을 리가 없다.

지야곤은 우선 그녀에게서 망태기를 벗겼다. 그리고 짐들을 모두 헛간에 둔 다음, 그의 말을 외양간에 잘 매어두었다. 그리고 숙녀답지 못하게 바닥에 주저앉은 민주려를 번쩍 들어 올렸다.

"엥?"

민주려가 맹한 소리를 내었지만 지야곤은 신경도 쓰지 않고 그대로 척척 안으로 들어가 그녀를 마루 위에 내려놓았다. 지야곤에게 인형처럼 들려 마루까지 모셔진 ― 이걸 과연 모셨다고 표현할 수 있다면 ― 민주려는 두 눈을 동그랗게 뜨고 눈꺼풀만 깜빡였다. 영락없이 작은 토끼가 놀란 모양새라 지야곤은 그녀의 머리를 쓰다듬어 주고 싶어졌다. 하지만 여자의 머리카락이란 남편과 가족 외에는 손댈 수 없는 영역이라 그저 지켜보기만 했다. 잘못하다가는 변태로 몰려 끌려간다.

"더 시킬 일은?"

"아, 없어요."

"그럼 이만 가도록 하지."

피곤한 하루였다. 그가 나지막이 한숨을 내쉬고 몸을 돌리려는데, 뭔가 잡아당겨지는 느낌이 들었다. 시선을 돌려보니 민주려가 그의 옷자락을 꼭 잡고 있었다.

"가지 마요, 선배."

"왜?"

"저녁 들고 가셔야죠."

그 말에 지야곤이 움찔했다. 공짜 밥이 어디에 있냐며 황족인 규석까지 부려먹던 민주려의 모습이 떠올랐기 때문이었다. 그녀는 지야곤의 그 작은 움찔거림을 바로 눈치 채고 눈썹을 찌푸렸다.

"그렇게 막 부려먹지 않아요."

"……."

안 부려먹겠다는 소리는 하지 않는구나. 지야곤은 결국 민주려의 손길을 뿌리치지 못했다.

"게다가 지금 배고프시잖아요?"

그녀의 말대로 지야곤은 꽤 배가 고픈 상태였다. 가문에 있을 때야 모든 것이 준비되어 있어 배고플 틈도 없었다. 이렇게 고되게 노동을 할 필요도, 배가 고프도록 아무것도 먹지 않은 적도 없어서 그로서는 지금 이 공복이 어색하게 느껴질 지경이었다. 그것을 알아챈 민주려가 의미심장한 표정을 지었다.

"아침은 든든하게. 점심도 든든하게. 그럼 저녁은 어떻게 할까요?"

"든든하게?"

"아뇨. 그냥 든든하게는 부족해요. 특히나 이렇게 고된 노동 후에는."

쯧쯧, 혀를 차며 민주려가 검지를 흔들었다.

"'더 든든하게' 먹어야죠!"

그리하여, 뚝딱뚝딱 해가 거의 다 져서 초저녁이 되었을 때, 그녀가 밥상을 내왔다. 점심때와는 차원이 다른 밥상은 정말이지 군침이 돌았다.

한술 떠 입에 넣고 씹으면 달큰한 맛이 나는 현미밥을 고봉으로 쌓고, 오늘 딴 나물을 참기름과 마늘만 넣고 버무린 무침도 싱싱하고 향긋했다. 점심에 소박했던 계란부침을 만회라도 하듯 계란을 무려 세 개나 풀어 만든 계란말이는 도톰하고 짭짤했으며, 아마도 민주려가 '더 든든하게'라고 말한 주인공인 훈제고기는 얇게 썰어 두릅을 돌돌 말아 부친 모양이었다. 기름기가 좔좔 도는 것이 별미였다. 게다가 점심에 먹었던 콩나물국에 고춧가루를 넣은 것뿐인데 뜨끈한 국물이 얼큰하고 쭉 마시니 몸의 피로가 다 풀리는 느낌이다.

길고 긴 설명을 굳이 요약하자면 참 맛있었다. 그야말로 더 든든하게 먹은 느낌이랄까. 그는 밥을 고봉으로 쌓아 두 그릇을 뚝딱 해치웠다. 이렇게 밥맛이 좋은 적은 처음이었다.

"맛있죠?"

"솜씨가 좋네."

"정말로 제 솜씨만으로 맛있는 것은 아닐 거예요."

민주려는 밥그릇에 붙은 밥알을 숟가락으로 긁었다.

"일한 뒤에 먹는 거라서 맛있는 거죠."

"?"

"선배는 처음 먹어보죠? 일하고 난 뒤에 먹는 밥이요."

남은 밥알 몇 개를 날름 먹은 뒤 민주려는 씩 웃었다.

"세상에 공짜 밥은 없어요. 열심히 노력해서 벼도 키우고, 나물도 뜯고, 동물도 키우고, 요리도 해야 해요. 가만히 앉아 있으면 절대 밥이 안 나와요. 그에 상응하는 대가를 내놓아야 하는 거죠. 만약에 선배나 규석 선배가 가만히 있었는데도 밥이 나왔다면, 그것도 분명 공짜는 아닐 거예요. 선배들에게 무슨 기대를 걸고 있고, 무언가를 해주기 바라면서 주는 거라고요."

그 말에 지야곤은 반박할 수 없었다. 민주려의 말이 맞다. 그는 아무렇지도 않게 차려진 밥을 먹었지만, 그것은 지야곤에게 기대를 거는 가문에서 주는 것이었다. 그가 나중에 가문의 가주가 될 것이기 때문에, 가문을 이끌어줄 것이기 때문에 주는 밥이었을 것이다. 그저 막연히 때가 되면 나오는 것인 줄 알았던 밥에도 그런 의미가 있었다.

"그러니까 밥은 소중히. 세상에 공짜 밥은 없지만 대신에 그래서 더 맛있는 거예요. 노력한 만큼 밥맛은 꿀맛이거든요."

민주려는 텅텅 빈 지야곤의 밥그릇에 다시 현미밥을 담아줬다. 평소라면 너무 많은 양에 속이 더부룩했겠지만 이상하게 그는 민주려가 퍼준 밥을 더 먹을 수 있을 것만 같았다.

다시 놓았던 숟가락을 들면서 그는 고개를 약간 숙여 시선을 낮추었다. 주걱을 들고 웃는 그녀의 얼굴이, 참 예쁘다고 생각했다.

四章

고운 것이 벚꽃뿐이랴

이 근방에서 가장 향기롭고 맛좋은 술을 빚는 분취 장인은 주름진 얼굴을 씰룩였다. 때는 오월 초, 벚꽃이 가장 만발하는 시기였다. 코끝을 간질이는 벚꽃 향기가 여기저기 퍼지고, 꽃잎은 살랑살랑 비처럼 쏟아졌다.

이렇게 좋은 날 자연스럽게 열리는 것은 축제요, 그 축제를 가장 반기는 것은 젊은이들이었다. 운치 좋고, 달달한 것이 딱 연애하기 좋은 날이었던 것이다. 이런 날에 칙칙하니 일하는 사람은 분취 장인처럼 투철한 장인 정신을 가지고 있거나, 한몫 벌어보겠다고 팔 걷어붙인 상인이거나.

"분취 할아버지. 이거 얼마만큼 차갑게 해요?"

"서리가 살짝 낄 만큼."

"이거는요?"

"살얼음 낄 만큼."

해맑은 얼굴로 일하는 민주려뿐이다.

분취 장인은 한숨을 내쉬었다. 원래 그의 공방(工房)에서 술을 제조할 때, 주술의 도움을 받는데 평소에는 아들에게 부탁했다.

썩어도 준치라고 대학관 출신인 그의 아들은 술을 만들 때 제법 도움이 되는 주술을 몇 개 알고 있었다. 그러나 그의 아들은 축제인 오늘, 연애 한번 거나하게 해보겠다고 귀신같이 도망쳤고, 부랴부랴 사람을 구했더니 저 똘망똘망해 보이는 민주려가 왔다.

"축제에 안 나가느냐?"

"거긴 왜요? 일감이 없다던데요."

일을 해야 하는 아들놈은 꼬리에 불붙은 망아지처럼 봄기운을 주체하지 못하고 뛰쳐나갔는데, 민주려는 자처해서 일하러 왔다. 게다가 그가 이렇게 한숨을 푹푹 쉬는 이유가 있었으니, 민주려의 나이는 분취 장인의 아들보다도 더 어렸다!

"이 술도 차가워야 하나요?"

"아니다. 그건 데워 마시는 거야."

"그렇구나. 그럼 이것들 얼른 치우고 나머지 일 도와드릴게요."

게다가 싹싹하기까지. 분취 장인은 민주려처럼 곱고 예쁘장한 처녀가 놀지도 못하고 일하는 것이 마음에 들지 않았다. 자고로 젊다면, 이런 날에는 나가줘야 하는 것이다.

"축제에 나가 놀고 싶지 않으냐?"

"일당도 안 나오는데 왜 나가요?"

"……."

그런데 이런 분취의 배려가 무색하게 민주려는 관심이 없다. 아예 없다. 손톱만큼도 없다! 분취는 특유의 묵묵한 눈빛으로 민주려를 보았다. 저 나이 때에 놀지도 않고, 놀 생각도 없어 보이는 민주려를 어떻게 꼬여낼까? 그렇게 고민하던 분취 장인은 곧 좋은 생각이 떠올랐다. 그는 저 구석에 있던 커다란 바구니를 꺼내서 민주려에게 내밀었다.

"축제에 나가서 벚꽃 좀 따와라. 벚꽃주를 만들어야 하는데, 지금이 아니면 빚을 수가 없다. 꽃은 꼭 술이 붉은 것이어야 하고, 바구니를 다 채워서 상하지 않게 내일까지 가져오면 된다."

주술 실력이 뛰어난 민주려라면 그 정도는 쉽게 할 수 있을 것이다. 알았다면서 고개를 끄덕끄덕하며 민주려가 바구니를 받았다. 커다란 바구니를 어깨에 멘 민주려는, 분취 장인을 빤히 바라보았다. 그 동글동글 까만 눈을 보며 분취 장인은 짐작했다. 그래, 알아줬구나. 축제를 즐길 수 있도록 배려해줬다는 것을. 그는 민주려의 다음 말이 예상한 그대로 들려올 거라 생각하고 별거 아니라고 대답해주려고 했다.

그런데 이를 어쩌나. 분취 장인은 아주 중요한 사실을 잊고 있었다.

"그런데 일당은 어떻게 계산하실 거예요?"

민주려가 괜히 돈귀신이라고 불리는 게 아니라는걸.

△ ▼ △

민주려는 바구니를 들고 주변을 둘러보았다. 새하얀 벚꽃은 나무마다 흐드러지게 피었는데, 그 흰 꽃잎이 살랑살랑 떨어지는 모습이 정말 장관이었다. 햇빛을 받은 꽃잎은 그저 꽃잎이 아니라 새하얀 빛으로 만든 가루 같아서 눈이 부셨다. 이렇게 밝고 화사한 봄날에, 그것도 축제인데도 시끄러운 꽹과리 소리 하나 나지 않는 이유가 다 있다. 이토록 아름다운 풍경에 소음을 넣고 싶은 사람은 아무도 없는 것이다.

먹거리 상인도 이렇게 밝은 날에는 노점을 빨리 열지 않는다. 되도록 이 풍경을 해치고 싶지 않으니까 미관에 거슬리는 일들은 되도록 저녁으로 미루는 편이었다. 덕분에 축제에서 보이는 사람은 순수하게 꽃놀이를 즐기러 오는 사람들뿐으로, 대부분 연인이었다. 그 가운데 혼자서 당당하게 바구니를 끌어안고 꽃을 따고 있는 민주려는 눈에 튀어도 너무 튀었다.

그냥 꽃을 따는 거라면 문제가 없지만 표정이 무시무시했다. 흡사 광물이라도 캐는 사람처럼 신중하게 검열해서 바구니에 넣는 모습이 쓸데없이 진중했다.

"좋아, 이걸로 끝."

주위가 어떻게 돌아가건 말건 일을 일찍 끝낸 민주려로서는 그저 기분만 좋았지만 말이다. 민주려는 꽃을 대충 훑었다. 이중에 간첩이 있나 없나 잘 살펴야 한다. 혹시나 붉은 꽃술이 아니라 노란 꽃술의 벚꽃이 있으면 일당이 깎일지도 모르기 때문이었다. 그렇게 바구니의 꽃이 다치지 않도록 조심조심 살펴본 결과 문제없었다. 그녀는 만족스럽게 웃으며 바구니의 뚜껑을 덮었다. 흩날리는 꽃잎이 섞이지 않도록 원천봉쇄를 하고도 모자라 쉽게 열리지 않도록 가벼운 봉인주술을 걸었다.

이로써 일은 완료!

"좋은걸. 내일 드리고 나서 일당을 마저 받고, 오늘은 이제 돌아가볼까?"

남은 일거리가 있었으면 했겠지만, 안타깝게도 오늘은 그녀에게 들어온 일감이 없었다. 이런 꽃놀이 축제는 낮에 한가하기 때문에 사람을 부리지 않는다. 게다가 저녁에 성대하게 열리는 노점도 아주 인기가 있지 않은 이상 가게 주인이 혼자 다 하는 편이라 민주려가 낄 곳이 없었다. 영세하게 반짝 들어오는 벌이는 애매모호한지라 주인들이 인건비로 대부분을 날리는 어리석은 짓을 하지도 않고 말이다.

꽃잎이 흐드러지는 아름다운 풍경 속에서, 민주려는 큰 바구니를 끌어안고 한숨을 내쉬었다. 주변에서 친구들끼리 나온 사내들은 그런 민주려를 몰래 흘끔흘끔 쳐다보았고 말이다.

속이야 어떻든 겉으로 보기에 그녀는 제법 그럴싸한 생김새를 가지고 있었다. 새카맣고 탐스러운 머리카락이 살랑살랑 봄바람에 흔들리고, 벚꽃처럼 희고 말간 얼굴은 보송보송해 보였다. 새카만 두 눈동자는 수심에 잠긴 듯 아련하고 작고 귀여운 손은 바구니를 꼭 끌어안고 있으니, 어딘가 곤란한 처지에 놓인 가련한 소녀 같았다.

알게 모르게 주변 청년들의 눈길을 사로잡는 민주려였지만, 일과 돈 외에 모든 것은 돌멩이로 보이는 그녀로서는 시선을 눈치챌 리가 없었다.

"아, 이게 다 돈이었으면 좋겠다."

허공에 팔랑팔랑 쏟아지는 꽃잎이 다 돈이었다면 얼마나 좋을까? 민주려는 상상만으로도 행복해지는 것 같았다. 입가에 자연스럽게 뿌듯한 웃음이 피어오르고, 주변에서는 청년들의 헉 소리가 절로 들렸다.

"돈, 돈, 돈……."

만약 이 소리를 들었다면 청년들이 그 살벌한 기운에 눌려 뒷걸음치지 않았을까? 민주려는 흥얼흥얼 콧노래를 부르며 기왕 이렇게 된 것! 꽃잎을 더 따기로 했다. 벚꽃도 나름 쓸데가 있다. 전도 부칠 수 있고 차로 마실 수도 있다. 떡 위에 붙이면 벚꽃떡도 되니 꽤 유용한 식재료이다. 다만 바구니에는 이제 놓을 공간이 없어 민주려가 항상 가지고 다니는 보자기에 조심조심 싸야겠지만.

"붉은 꽃술이 좋을까? 노란 꽃술이 좋을까?"

꽃술의 색과 벚꽃의 향은 관계가 없다. 분취 장인이 그래도 붉은 꽃술이어야 한다고 말한 것은 시각적 효과 때문이었다. 아무래도 맑은 술에 담긴 꽃의 꽃술이 붉어야 눈에도 더 잘 뜨이고 예쁘니까.

"둘 다 따자."

하지만 일일이 구분해서 먹기에 그녀는 그리 세심한 편이 못되었다. 결국 허허롭게 웃으며 민주려는 이 나무, 저 나무 돌아다니면서 한 주먹씩 꽃을 땄다. 이렇게 땄는데도 표시도 안 나는 것이 올해도 가득 피워냈구나 하는 생각이 들었다.

"좋아. 이제 다 끝났으니 집에 돌아가…… 응?"

보자기의 끝을 야무지게 묶었는데 문득 눈앞에 보이는 꽃잎이 보였다. 벚꽃. 유난히 크고 반짝이는 벚꽃이 보였는데 무려 꽃잎이 여섯 장이었다. 보통 다섯 장의 꽃잎을 가진 벚꽃과 다른 여섯 장! 주변에서 여섯 장의 벚꽃을 찾으면 돈복이 온다는 미신이 있었는데, 그게 민주려의 눈앞에 나타난 것이다!

"도, 돈복……!"

갑자기 마음이 다급해졌다. 민주려는 한 손에는 바구니를 쥐고 그 위에 보자기를 올려놓은 후, 나머지 한 손을 쭉쭉 뻗었다. 그런데 손이 닿지 않았다. 이럴 때 자신의 작은 키가 원망스럽다. 하지만 그녀는 고작 키가 작다고 돈복(미신)을 포기하지 않는다. 어떻게든 따겠다고 폴짝폴짝 뛰는데, 요망한 꽃이 아슬아슬하게 스치기만 했다. 그렇게 이를 악물고 토끼처럼 팔짝대기를 얼마간, 숨이 차 헥헥 거리는데 등에 뭔가 단단하게 받쳐왔다.

"이걸 원하나?"

낮고도 서늘한 목소리가 머리 위에서 들렸다. 깜짝 놀라 위로 고개를 꺾으니 꽃잎들 사이로 수려한 얼굴이 보였다. 숨이 막힐 듯 잘생긴 얼굴에 그녀는 저도 모르게 고개를 끄덕였다. 그러자 지야곤이 민주려를 품에 끌어안듯이 뒤에서 손을 뻗어, 그녀가 그토록 바랐던 여섯 장의 벚꽃을 톡 하고 땄다.

"자."

콩콩 뛰어도 닿지 않던 꽃은 너무도 쉽게, 지야곤의 손끝에서 톡 떨어져 나왔다. 그리고 그는 그것을 민주려의 손바닥 위에 떨어뜨렸다. 그의 가슴팍에 머리가 닿은 줄도 모르고 넋이 나가 있던 민주려는 곧, 눈앞이 하얘졌다.

"선배 나빠요!"

"응?"

"선배가 따면 어떡해요? 난 몰라. 이게 어떤 건데, 아이고!"

돈복(미신)을 불러온다는 여섯 장의 벚꽃. 그러나 안타깝게도 조건이 있었으니, 반드시 직접 따야 그 복이 데굴데굴 굴러온다는 것이었다. 그런데 그걸 지야곤이 쏠랑 따버렸으니 돈복이 어디로 가겠는가. 자신에게 오는 것이 아니라 돈복은 필요하지도 않은 지야곤에게 가지! 민주려는 그것이 아까워 속이 탈 지경이었다.

"아, 미안."

지야곤은 얼결에 사과했다. 그는 단지 오늘 밖으로 나와 공식적인 일을 마치고, 마침 발견한 민주려가 곤란해 보이자 도와줬던 것뿐인데도 말이다. 하지만 그것으로는 부족한지 그녀는 씩씩거리며 그를 노려보았다.

"찾아요. 여섯 장의 벚꽃, 찾아주세요!"

그리하여 이 젊은 남녀는, 연애가 아니라 돈복을 위해 꽃놀이 한복판에서 헤매게 되었더라는 거다.

△ ♥ △

아무리 지야곤과 민주려라도 사람인 이상 벚나무 하나하나를 다 살필 여력이 없으므로, 당연하지만 중간중간 휴식도 취했다. 수북하게 피어난 벚꽃들 사이로 여섯 장의 꽃잎을 가진 벚꽃을 찾는다는 것은 보통 어려운 일이 아니었다. 아니, 사실 민주려도 이

성으로는 납득하고 있다. 불가능한 일이라는 것을. 때문에 지금
이렇게 그녀가 지야곤을 끌고 다니는 것은 순전히 심술에 불과했
다. 생각해봐라. 비록 미신일지라도 돈복을 줄 꽃을 발견한 건 자
신인데, 다른 사람이 도와준다며 따준다고 복을 홀랑 가져가버렸
다. 다시 생각해도 화딱지가 나는지라 민주려의 뺨은 통통 부풀어
서 도통 가라앉지 않았다.

심통 났구나.

지야곤은 대충 그녀의 심정을 헤아리고 조금이라도 기분을 풀
기 위해 슬그머니 노점이 있는 곳으로 이끌었다. 슬슬 어두워질
때라 그런지 꽤 많은 노점이 문을 열고 있었다. 그는 민주려의 입
에 꼬치를 물려주고 그 외에도 이것저것 사서 손에 들려주었다.
그러자 하늘 무서운 줄 모르고 위로 치켜 올라갔던 민주려의 눈꼬
리가 슬그머니 내려왔다.

사정이야 어떻게 되었든 둘은 꽃놀이를 즐기러 나온 연인처럼
보였고, 덕분에 주변 시선은 제법 훈훈했다. 노점의 상인들도 덤
을 더 주기도 해서 모처럼 즐기는 분위기가 되었다. 아마 이 모습
을 보고 가장 좋아할 사람이 있다면 다른 누구도 아니라 분취 장
인이리라.

"어라. 주술?"

냠냠 파와 마늘, 닭다리 살이 번갈아 꽂히고 잘 구워 양념을
바른 꼬치를 먹던 민주려가 눈빛을 반짝였다. 아주 미약하지만 기
분 좋은 바람의 주술 냄새가 났다. 그것은 민주려 못지않게 주술
실력이 뛰어난 지야곤도 느꼈다. 비교적 쉽게 다룰 수 있는 주술

이지만, 한곳에 붙들기 어려운 성질의 주술이 일정한 곳에서 계속 그 힘의 냄새를 풍기고 있었다. 둘 다 아무래도 주술사인지라 호기심에 발걸음 닿는 대로 가니 보이는 것은 콩주머니를 던지는 놀이였다. 이 장 떨어진 곳에 있는 과녁판에 콩주머니 열 개를 던져서, 점수를 내는 놀이였는데 가운데 맞출수록 점수가 높아졌다. 그리고 둘의 관심을 얻은 바람의 주술은 그 경품에서 나는 것이었다.

"부채네요."

"부채로군."

바람의 주술이 깃든 물건이라니, 나름 귀물이다. 게다가 상성도 좋은 것이, 부채에 바람의 주술을 걸면 제법 세고 시원한 바람이 불었다. 더운 한여름에 돈 좀 있다 하는 사람들이 종종 이 부채를 사서 부치고는 하였다.

"아이고, 도전하시겠습니까? 한 번 도전하시는데 동 여섯 냥이면 됩니다요."

동 여섯 냥. 미묘한 금액이었다. 마냥 싸다고 하기에도, 그렇다고 비싸고 하기에도 애매한 금액이라니. 역시 노련한 상인다웠다. 이렇게 가격을 애매하게 책정할 경우 상인의 입으로 잘 구슬리면 다른 것보다 비싼 거 같으면서도 싼가? 하면서 술술 주머니를 열 테니 말이다.

"저것은 어떻게 하면 받을 수 있소?"

부채는 탐나는데 동 여섯 냥이라는 말에 멈칫한 민주려와 달리 지야곤은 선뜻 주머니에서 은 한 냥을 꺼내며 물었다. 그러자 상인이 두 눈을 번쩍이며 혀를 놀리기 시작했다.

"아아, 저 '바람 솔솔 부채' 말씀이시군요! 저래 보여도 꽤 실력 좋은 장인이 만들었습죠. 높은 관리 분들이 쓰신다는 이름 있는 녀석입니다. 그러다 보니 가격이 조금 나가서 말입니다요, 제가 손해를 보고 내놓기는 했습니다만……."

"그래서?"

"백 점."

상인은 더 길게 자랑하고 싶었다. 바람의 주술이 걸린 부채의 위대함(?)을 피력하고 손님에게 약간의 겁을 주면서 생색을 잔뜩 내고 싶었기 때문이었다. 그리고 그렇게 해놓으면 손님은 부채를 더 원할 것이고, 얻기 위해 기꺼이 동 여섯 냥을 아낌없이 지불하면서 놀이에 빠져들 텐데……. 보통은 참 잘 먹히는데, 지야곤은 달랐다. 그의 앞에 있는 손님은 척 보기에도 귀티 나는 도령이었지만 표정이 밋밋하기 그지없었다. 뭐라고 해도 반응이 없고 묵묵하게 알고 싶은 것만 묻는다.

익숙하지 않은 그 반응에 상인은 헛기침을 하며 경품을 얻기 위한 조건을 말했다.

"제일 가운데 보이는 까만 동그라미 보이시죠? 저게 십 점인데, 콩주머니 열 개를 던져서 모두 맞추시면 드립니다. 단, 한 번의 도전에서 백 점이어야 합니다."

민주려의 눈이 가늘어졌다. 과연. 주술이 걸린 부채가 왜 경품으로 나왔나 했다. 콩주머니 열 개를 던져서 모두 가운데에 맞춰야 한다니. 어렵기 짝이 없는 일이다. 과녁판에 있는 까만 동그라미는 딱! 콩주머니만 했다. 게다가 콩주머니는 땅땅하게 속이 채워져 있지 않고 흐느적거려서 던지기 좋지 않았다. 저걸 이 장 밖에서 던져 맞추라니. 아무도 못 가져가리라.

"여기 있소."

그러나 지야곤은 은 한 냥을 아무렇지 않게 상인에게 내밀었다. 물론 거스름돈은 옆에 있던 민주려가 눈을 부라리며 개수를 일일이 세어서 무사히 다 받았다. 그리고 그는, 콩주머니를 휙휙 던지기 시작했다.

"어? 어? 어?"

상인의 얼빠진 소리가 딱 열 번 났을 때, 바람 솔솔 부채는 민주려의 손에 곱게 들리게 되었다. 상술 뛰어난 상인도 딱 하나 짐작하지 못 한 것이 있었으니, 아무리 꼼수를 부려도 뛰어난 무술 실력을 지닌 지야곤에게 이런 놀이는 누워서 떡 먹기보다 쉬웠다는 것이었다.

"저 주시는 거예요?"

"그래."

"우와, 고마워요. 뭐, 그렇다고 아까 전의 일을 용서한 것은 아니지만요. 흠흠."

뜻밖에 좋은 선물을 받은 민주려는 자꾸 귀에 걸리려는 입매를 씰룩였다. 바람의 주술이 걸린 부채라니. 횡재했다.

"그나저나 정말 좋네요. 이 부채, 상당히 쓸모가 많거든요."

"더울 때 부치는 것이 아닌가?"

"물론 그렇기도 하지만요. 바람의 세기를 높여서 아궁이의 불을 더 크게 키운다든지, 차나 나물 등을 말릴 때 쓴다든지."

더우니까 땀 식히라고 만들어놓은 물건을 참 알차게도 쓸 계획인가 보다. 과연 그녀답다고 해야 할지. 묘하게 납득하며 고개를 끄덕이던 지야곤은 곧 떠오른 의문을 민주려에게 물었다.

"민주려 후배도 바람의 주술은 할 줄 알잖아?"

"제 손으로 부채를 부치는 것이 편하겠어요, 남이 해주는 것이 편하겠어요?"

"아."

뭐, 변변찮은 질문이었다. 지야곤이 고개를 끄덕끄덕하는 동안 살짝 노을이 지려 하고 있었다. 노을의 빛을 받아 붉게 빛나는 꽃잎들이 새삼 더 예쁘다. 그리고 그 사이로 민주려가 흘끗 그를 바라볼 때면, 지야곤은 시선을 뗄 수가 없었다.

"선배."

"?"

"저기 국립극단이네요. 보러 갈래요?"

어느덧 돈복이 온다던 행운의 꽃을 찾는 것도 멈추고 - 사실상 포기하고 - 민주려가 가리킨 것은 야외에 만들어놓은 소극장이었다. 나라에서 운영하는 국립극단. 이렇게 큰 축제가 있으면 어김없이 찾아와 공연을 하는 자들이었다. 그들은 가면을 쓰고, 꽹과리를 치며, 목청을 높이며 연극을 했다. 그런데 그 주제는 대체로 비슷했다.

때는 십수 년 전의 내란에 잠긴 차아제국.

황제에게 반기를 든 역적무리가 나라를 어지럽히지만, 결국 황제의 승리로 끝나 태평성대가 열린다는 내용이었다. 그것을 떠들썩하고도 재미나게 표현하는 것도 나름 재주였다. 다만 역사공부를 제대로 했거나 그 당시를 겪었던 사람들에게는 간담이 서늘한 내용이기도 하다. 만약 그때 조금이라도 잘못 흘러갔으면 차아제국은 여러 나라로 찢겼을 것이다.

"그리하여! 차아제국의 황제 폐하께서 슬퍼어어하시길!"

짧다면 짧고, 길다면 긴 연극이 끝날 무렵, 이야기를 이끌던 화자가 맛깔스러운 목소리로 흐느끼는 척을 했다. 익살스러운 그 모습에 모두가 웃음을 터뜨렸다.

"잃어버린 국보를 되찾아주면 기꺼이 보상이 뒤따르리라! 그렇게 용언(龍言)하시는 것이었다!"

연극이 끝났다. 모두가 박수를 치는 가운데 저 연극의 진실을 꿰고 있는 민주려가 입을 열었다.

"아직도 내란 때 잃은 국보가 모두 돌아오지 않은 모양이네요."

"아무래도 꽤 많이 없어졌으니까."

나라에서 굳이 이런 극단을 운영하는 이유는 다른 것이 아니었다. 십수 년 전에 일어났던 내란 때 나라가 워낙에 뒤숭숭했더랬다. 덕분에 황족이 궁 밖으로 나와 은신처에 숨기도 했던 모양인데, 그사이에 유실된 국보가 상당히 많았다. 그리고 그것을 지금의 황제가 되찾기 위해 이렇게 극단을 이용해 홍보하는 것이다.

"저게 보상금이 꽤 되었었죠?"

"아아. 국보인 것만 밝혀진다면 최소 금 오백 냥이지."

"역시 대단한 금액이네요."

"찾지 않는 건가? 전에 속옷도둑을 잡을 때처럼."

"그때는 눈앞에 있었지만, 저거는 다르잖아요. 도박 같아서 싫어요. 게다가 보상금을 노리고 전문적으로 일하는 국보사냥꾼이 있다죠? 최근에 평판이 굉장히 나쁘더라고요."

정말로 국보사냥꾼은 평판이 바닥까지 떨어져 있었다. 툭하면 국보를 찾는다고 여기저기 행패를 부리고 다녔기 때문이었다.

지야곤은 고개를 끄덕이며 이제 자리를 정리하고 떠나려는 국립극단을 물끄러미 보았다. 오늘 유달리 많이 나온 극단용 소품 중에 청동거울이 있었다. 청수경(靑水鏡). 아직도 회수하지 못한 국보 중에 꽤 중요한 것도 있구나 싶었다.

"그런데 민주려 후배."

"네."

"배고프지 않나?"

꼬르륵.

"……."

아직 젊은 청년답게 지야곤의 배에서는 어서 밥 달라고 주인에게 왕왕 소리쳤다. 곧 있으면 저녁식사를 할 때이긴 한데, 민주려는 집으로 돌아갈 생각이었다. 갑자기 지야곤에게 대접할 밥도 없고 말이다.

그런데 그런 그녀의 발을 붙잡는 말이 이어졌으니.

"저녁을 사지. 좋은 곳도 알고 있으니 같이 먹자."

자고로 공짜 밝힌다고 진짜 대머리 되는 사람은 없다. 흠흠,

뭐 그렇다는 말이다.

△ ▼ △

손도 무겁게 야식거리를 가득 챙긴 둘이 향한 곳은 한적한 벚나무 아래였다. 그곳은 지야곤이 예전부터 알고 있는 비밀 장소였는데, 감탄이 절로 나올 만큼 운치 있는 곳이었다.

"예쁘네요."

얼마나 오래되었는지 짐작도 되지 않는 수령의 벚나무가 가지를 늘어뜨렸는데, 여태까지 민주려가 봤던 그 어떤 벚나무도 이렇게 많은 벚꽃을 피워내지는 못했다. 노란 꽃술 때문에 더 희어 보이는 벚꽃은 하늘하늘 꽃잎을 떨어뜨리고, 그 아래에는 작은 연못이 있었다. 연못 위로는 연잎과 그 연잎 위로 꽃잎이 떨어져 눈길을 끌었다. 연못 위에 뜬 꽃잎이 잔잔하게 흔들려서, 정말 몽환적인 풍경이었다.

"여기는 아무도 안 와."

벚나무 아래, 연못과 가까운 곳에 자리를 잡고 앉으며 지야곤이 야식을 풀었다. 종이에 잘 싼 꼬치가 무려 열다섯 개였다. 닭고기, 돼지고기, 오리고기, 마늘, 파, 떡 등을 꽂고서 잘 구워, 소금을 치거나 양념을 발라 좋은 냄새가 났다. 거기에 종이로 잘 만든 잔에 담긴 식혜나 불에 노릇노릇하게 익은 통닭은 어찌나 먹음직스러운지. 꼬고 있는 다리를 풀면 그 안에 찹쌀도 들어 있었다. 고기만 먹으면 궁합이 안 맞으니 대나무 잎으로 싼 주먹밥도 몇 개

샀다. 거기에 주먹보다 더 큰 만두 네 개에, 주전부리로는 당과나 달달한 떡꼬치, 희고 맛난 엿과 조청을 푹 담근 과일까지 챙겨왔다.

다 못 먹을 것 같은 양이지만 지야곤은 진지하게 다 먹을 수 있다고 말했다. 오히려 모자라다는 말에 민주려는 기겁했다. 그리고 자신이 남자가 아니라는 것에 안도했다. 만약 그녀가 저렇게 식욕이 왕성한 청년이었다면, 식비를 감당할 수 없었을 테니 말이다.

"자, 먹자."

"감사합니다. 잘 먹을게요."

아직 뜨끈뜨끈한 야식을 집어 먹으니 상당히 맛나다. 게다가 풍경은 또 어찌나 예쁜지, 가슴이 콩닥콩닥 뛰었다. 민주려는 빠르게 음식을 거덜내는 지야곤을 보고 있노라니 어느덧 화가 다 풀리는 것만 같았다. 그래, 언제까지 퉁퉁 부어 있을 수는 없는 노릇이다. 맛난 밥 사주는 사람 중에 나쁜 사람 없다지 않은가. 그녀는 이 풍성한 야식으로 오늘 낮에 지야곤이 저지른 무례를 너그럽게 용서하기로 마음먹었다.

한편 지야곤은 민주려가 오물오물 야식을 먹는 모습을 물끄러미 바라보았다. 상추 뜯는 토끼 같다. 입도 작고 손도 작아서 만두가 정말 커 보였다. 게다가 또 어찌나 야무지게 잘 먹는지 만두 한 입, 돼지고기 꼬치 한 입, 만두 한 입, 식혜 한 모금씩 꾸준하게 먹어치우고 있었다. 냠냠 복스럽게 먹는 뺨이 예쁘게 움직여서 그는 자신의 몫을 먹는 것도 잊고 시선을 빼앗겼다.

"잘 먹었습니다."

"음."

입으로 들어가는지, 코로 들어가는지 모르겠다. 하지만 그런 생각과 달리 몸은 착실하게 야식을 비웠다. 남은 종이를 잘 싸서 모은 다음 주술로 태웠다. 그리고 그 재는 땅에 잘 묻어두고 토닥토닥하면 뒤처리까지 완벽했다.

"선배 고마웠어요. 제 고집에 어울려주셔서."

"괜찮아. 좋은 구실이었어."

"아, 네. 그렇죠. 저는 땡땡이치기 좋은 구실이었죠."

하지만 그 구실 좋은 일에 어울리는 것도, 지야곤이 민주려와 함께 있고 싶다는 마음이 있기 때문이다. 그녀는 그것을 알까? 지야곤은 속말을 슬그머니 삼켰다.

"날이 완전히 저물었네요."

이미 캄캄한 저녁이다. 민주려와 지야곤이 번갈아가며 반딧불처럼 작은 빛 알갱이들을 만들어 띄워 주변은 환했지만, 하늘은 컴컴했다.

"축제의 마지막 행사가 시작되겠군. 기대해도 좋아. 이곳은 정말로 명당이니까."

그리고 지야곤의 장담대로, 약간의 시간이 흐르자 하늘 높이 피유우웅 소리와 함께 뭔가가 올라갔다. 그리고 퍼퍼펑! 하고 불꽃놀이가 시작되었다.

퍼펑! 퍼퍼펑!

하늘 가득 수놓는 불꽃놀이가 환하다. 비록 귀는 먹먹하지만 눈은 즐거웠다. 민주려가 헤에 하고 바라보다가 핫 하고 두 눈을 크게 떴다.

"선배!"

"응?"

퍼펑! 피유우웅.

"저기, 저기! 꽃잎 여섯 장이요!"

퍼퍼퍼펑!

환한 불꽃놀이에 반짝하고 보인 것은, 그들이 머물고 있는 벚나무의 가지 끝이었다. 그리고 그 가지 끝에는 여섯 장의 꽃잎이 호화스럽게 매달린 벚꽃이 있었다. 그것을 지야곤도 봤는지 자리에서 벌떡 일어났다. 민주려가 손으로 직접 따야 하지만 이번에도 손이 닿지 않았다. 안절부절못하는 민주려를 위해, 지야곤은 이번에야말로 제대로 도움을 주기 위해 그 작은 몸을 감싸 안았다.

"으앗!"

아기 안듯이 무릎 아래에 팔을 두르고, 떨어지지 않도록 등을 감싸 안아 올렸다. 작고 가벼운 민주려의 몸이 위로 쑥 올라왔다. 깜짝 놀란 그녀가 지야곤의 머리를 끌어안았다.

"손에 닿아?"

"네? 어?"

"진정하고. 꽃 말이야. 손에 닿아?"

그제야 정신을 차린 민주려는 시선을 위로 돌렸다. 애써도 닿지 않던 여섯 장의 꽃잎을 가진 행운의 벚꽃. 지금은 지야곤 덕에 손을 뻗으면 닿을 곳에 있었다.

그녀는 지야곤의 머리를 안은 팔을 얼른 풀었다. 다른 손은 그의 어깨를 붙들어 단단하게 몸을 받치고, 다른 손은 슬그머니 뻗었다. 그리고 마침내, 톡 하고 행운의 꽃이 그녀의 손에 들어왔다.

"되었다!"

돈복이 온다는 행운의 꽃이 손끝에서 살랑이고 있었다. 민주려는 지야곤에게 안긴 채 환하게 웃었다.

"보세요, 선배. 행운의 꽃이에요! 정말 예쁘지 않나요?"

퍼퍼펑 하늘을 수놓는 불꽃놀이. 그 빛을 받아 더 화사하게 아름다움을 자랑하는 벚꽃들. 새하얀 꽃비가 그들 사이로 떨어지고, 희게 웃는 소녀를 보며 지야곤의 눈은 잘게 흔들렸다.

살랑살랑.

그는 세상에서 가장 고운 것을 보고 있었다.

살랑살랑.

그의 마음은 꽃잎처럼 소녀를 향해 한껏 흐드러지고 있었다.

五章
하늘은 맑고 이랑은 끝도 없구나

후두둑.

중요한 서류들을 잘 말아, 단단히 봉해놓은 두루마리들이 바닥에 떨어졌다. 경악스러운 듯 입을 크게 벌리고 있는 지 가문의 가신(家臣), 지만복은 혼이 나간 모습이었다. 그 얼굴을 보며 집무실을 마저 치우고 있던 지야곤의 유모는 곤란한 웃음을 지었다.

"소, 소가주께서는……!"

"오늘치의 일을 다 하셨다며 나가셨습니다."

"그게 정말이오, 유모?"

"네."

"아니 지금 어느 때라고 나가신단 말입니까? 대체 왜! 어떤 이유로!"

오늘 일을 다 했으면 당연히 내일 해야 할 일을 미리 당겨해야 하지 않는가. 그게 옳은 소가주의 태도였다. 꼬장꼬장한 가신은 길길이 날뛰고, 유모는 모른 척 호호 웃었다. 사실 유모는 지야곤이 하던 일을 재빨리 마치고 나간 까닭을 알고 있었다. 자고로 여자의 육감이란 나이를 불문하고 뛰어나고, 기혼녀는 무술의 고수보다 더하다고 한다.

'어떻게 말해요. 도련님 인생에 봄이 와서 나가셨다고.'

유모는 그저 호호 웃으며 지만복이 머리를 쥐어뜯는 것을 방관했다.

△ ♥ △

날씨는 따뜻한 오월. 벚꽃은 우수수 떨어지고 몇 송이만 아슬아슬하게 남아 본격적으로 농번기를 알리는 계절이 찾아왔다. 노동을 하면 살짝 땀이 맺힐 정도의 좋은 날씨 때문인지 곳곳에서 흙냄새가 났다. 그리고 그만큼의 거름 냄새도 지독하게 코를 찔렀지만 이에 아랑곳할 민주려가 아니었다.

"왔군."

농사를 짓는 인근의 사람들이 우루루 몰려 있었다. 그들은 침을 꿀꺽 삼키며 민주려를 보았다. 오늘 그녀의 차림은 대단했다. 흙이 묻어도 전혀 상관없을 것 같은 고동색의 품이 넓은 바지, 그리고 그 바지의 밑단을 걷어서 무릎 위에서 묶어서 흰 다리가 훤히 드러났다. 게다가 맨발이다. 저게 허술해 보일지 몰라도 논에 들어갈 때는 가장 좋은 차림새였다.

거기에 은근 찌듯이 더운 햇볕을 피해 밝은 황토색의 웃옷을 입고, 소매는 내려오지 않도록 어깨까지 걷어붙였다. 짚으로 만든 모자를 푹 눌러쓰고 수건으로 목까지 둘둘 만 모양새가 노련한 농사꾼 저리 가라다.

아니, 그녀는 이미 노련한 농사꾼으로 주변에 소문이 자자했다. 그 '돈귀신 민주려'답게 못 하는 일이 없다는 것을 알리기라도 하듯 어느 곳에서 품을 팔아도 일당 값을 했다. 그래서 농번기만 되면 인근의 농사꾼들은 모두 모여서 때 아닌 경매를 벌였다.

"우리 모내기 좀 먼저 도와줘! 하루 일당 금 다섯 냥!"

"먼저 파고들다니 치사하게 무슨 짓인가! 주려야, 우리 이랑 만드는 것 좀 먼저 해줘. 그렇다면 금 다섯 냥에 동 일곱 냥을 주지. 대신에 우리가 양계장을 해서 새참은 백숙이라고? 어때?"

"어디 그 정도 먹을 것으로 주려를 꼬셔내려는 것인지, 쯧쯧. 민주려 양. 우리 논에 모내기와 밭에 이랑을 만드는 것을 먼저 해준다면 금 일곱 냥을 주지. 다른 곳과는 달라! 일곱 냥이야, 일곱 냥!"

"어디서 이 사람이 약을 팔아? 모내기랑 이랑 내기를 동시에 해놓고 일곱 냥? 은근슬쩍 값을 더 내리지 않았는가. 민 아가씨. 저런 사기꾼의 일을 먼저 해줄 필요 없네. 우리 집은 이미 이랑을 다 해놓았지. 그곳의 파종을 도와준다면 금 여섯 냥. 대신에 겨울 내내 남았던 곶감과 잘 말린 메주 한 덩이를 주도록 하지."

농사꾼들이 이렇게까지 민주려에게 매달리는 이유는 따로 있었다. 민주려의 뛰어난 주술솜씨는 농사에 굉장히 적합했다. 주술사 중에서도 상급이 아니면 거의 손을 대지 못한다는 땅의 주술을 능숙하게 사용하는 편에다가, 이미 그녀 자체도 훌륭한 일꾼이다.

한 사람이 기꺼이 세 사람 몫을 해내고, 주술을 사용하면 열 사람 몫을 해내는데 그 누가 탐내지 않을 수 있으랴! 게다가 일당도 상당히 양심적이다. 다른 사람들의 품삯보다 살짝만 높게 쳐주면 되기 때문에 다들 아귀처럼 민주려에게 달려드는 것이다.

"잠깐만요. 저 할 말 있어요."

민주려의 말에 소란스러웠던 주변이 순식간에 조용해졌다. 그녀는 사람들을 조용히 시키고 자신의 곁에 선 지야곤을 가리켰다. 그는 오늘 갑자기 찾아와 일을 도와주겠다고 말해서 민주려를 당황스럽게 했다. 그래놓고는 대가가 민주려가 만들어준 밥이라니, 너무 싼값에 자신을 파는(!) 것은 아닌가 싶었지만 좋은 게 좋은 거라고. 그녀는 기꺼이 지야곤과 함께 이 자리에 나왔던 것이다.

"오늘 일꾼은 저만이 아니거든요."

사람들은 그 말을 듣고 예상할 수 있었다. 오늘 최대의 변수는 저 곱상하게 생긴 키 큰 청년이라고.

"이래 보여도 무술로 다져진 몸이에요. 제가 예전에 다녔던 학관의 선배인데 주술도 쓰시고 요령도 좋거든요. 게다가 남자! 신체 튼튼한 남자! 저랑 함께 일하실 거니까 계산 다시 해야겠죠?"

그리고 그게 사실로 드러나는 순간 주변은 아수라장이 되었다. 한편 지야곤은 머릿속에서 둥둥 떠다니는 민주려를 잊지 않고 만나러 왔다가 제대로 코 꿰였다. 그녀는 항상 일하고 있고, 그 일을 도와준다는 핑계를 대며 왔지만 이렇게 물건 팔리듯 경매 당할 줄은 몰랐다. 하지만 그것이 또 민주려다워서 그는 그만 속으로 웃고 말았다.

한참 과열되었던 농번기표 경매는 람씨네 밭에 파종하는 것이 선택되면서 끝났다. 람 씨가 내민 조건은 금 스무 냥과 맛난 새참,

그리고 그가 애지중지하며 아껴 키운 커다란 천둥호박과 아내의 손맛이 들어간 양념장 한 단지였다. 아마 농번기 때 이렇게 호화로운 일당을 받는 사람은 민주려 외에 없으리라.

그녀가 일할 곳을 선택하는 것으로 끝나는 것이 아니었다. 지금 이것은 첫 번째로 일하는 것을 선택한 것이고, 앞으로 일할 곳도 미리 정해둔다. 다 할 수는 없으니 세심하게 골라서 하는데 민주려가 일하는 것에 맞춰 다른 이들이 품 파는 것도 조정하는 편이었다.

그렇게 조금 시끌시끌하더니, 다 정해지고 나자 다들 그대로 람씨네 일을 도와주기 위해 우루루 몰려갔다.

"선배 옷 가지고 왔어요?"

"아니."

"오늘 옷 다 버릴 텐데. 아직 버리지 않은 아버지 옷이 있으니까 그거 빌려드릴게요. 오늘 각오하세요. 집 청소와는 비교도 안 되게 힘들거든요."

민주려가 야무지게 두 손을 불끈 쥐었다. 그 작은 주먹을 조물조물 만지면 따귀를 철썩 맞으려나. 지야곤은 맹하게 그런 생각을 하며 그녀의 뒤를 따랐다.

△ ♥ △

"……."

지야곤은 민주려의 말을 얕보고 있었다. 그는 일터에 도착한

지 반 시진 만에 그것을 인정했다. 저번에 그녀의 집을 대청소하는 것을 도와줬을 때도 힘들긴 했지만, 그것보다 더 힘든 일이 있을 줄이야.

람씨네 밭은 정말로 넓었다. 이랑이 무려 오십 줄에, 그 끝이 안 보인다. 굽이굽이 이어진 이랑이 저 언덕 너머로 가도 끊이지 않아 보는 사람으로 하여금 정신을 아연하게 만들었다. 그런데 저 밭에, 이랑 위에 파종을 해야 된단다. 하나도 빠짐없이!

전에 민주려가 그랬다. 세상에 공짜 밥은 없다고. 정말 농작물 하나에 정성이 많이 들어간다는 것을 그는 지금 몸소 깨닫고 있다.

"아이고, 꽤 했네. 여기 새참이에요!"

정신없이 흙냄새를 맡아가며 파종하자 이랑의 절반 가까이를 간신히 할 수 있었다. 이것도 인근의 사람들이 다 달라붙어 이랑 두 개씩 차지하고 쭉쭉 밀고나갔기 때문에 가능한 일이었다. 땅부자답게 밭도 넓기에 혼자 일을 다 못 하는 람 씨는 이렇게 농사일을 하기 위해 사람을 사는 수밖에 없었다. 그런데 워낙 엄청난 넓이를 자랑하는 농토의 소유자다 보니 일에 비해 일당이 오히려 적은 것 아니냐고 사람들이 항의하기도 했다. 그러나 그 항의를 모두 무르는 것이 있었으니, 그의 처가 만든 새참이었다.

"자, 자. 다들 힘드셨죠? 이거 먹고 좀 기운 차리세요."

깡마른 팔에서 무슨 힘이 났는지 커다란 쟁반을 번쩍번쩍 들고 온 람씨네 아내와 딸 세 명이 새참을 내려놓았다. 우르르 몰려든 사람들은 보자기가 걷어지자 탄성을 질렀다.

삶은 계란과 오리 알이 바구니 가득 수북하게 쌓였고, 시원한 식혜가 무려 다섯 주전자에 박으로 만든 그릇에는 이미 한 사람당 먹을 것들이 차곡차곡 준비되어 있었다. 가득 퍼 올린 보리밥, 들기름과 마늘로 양념한 겉절이에 특제 양념이 얹어져 있어 숟가락으로 비비기만 하면 되었다.

게다가 이번에는 큰 인심을 쓴 것인지 무려 돼지고기 수육이 예쁘게 썰려 있었다. 그 푸짐한 양에 다들 놀랐다. 그 수육을 찍어 먹는 매콤한 양념장에, 쌈 채소에, 소화 잘되라고 준비한 물김치까지.

이래서 일에 비해 수당이 적어도 사람들이 람씨네 밭에 품을 팔러 오는 것이다.

"음, 역시 아주머니 음식은 맛있네요."

"배우고 싶으면 주려가 시집오면 되는데. 딸처럼 아껴줄게."

"에이, 아주머니 아들이 이제 아홉 살인 거 훤히 아는데 너무하세요. 아들이 원망할걸요? 늙은 노처녀와 짝 맺어줬다고."

"호호호, 그래도 상관없다고 아들 녀석이 말하지만. 그렇지, 주려가 아깝긴 하지."

여자들끼리 수다의 장을 펼칠 때 남자들 쪽은 조용했다. 그들은 조용히, 그러나 신속하게 새참을 거덜 내고 있었다. 어느 누구는 바가지에 담긴 보리밥에 수육까지 넣어서 쓱쓱 비벼먹었고, 어느 누구는 남자들한테만 주어진 막걸리를 꿀꺽꿀꺽 마시고 있었다.

물론 지야곤이라고 다르지 않았다. 그는 민주려가 장담했던

대로 금방 능숙한 몸놀림으로 파종했는데, 제대로 한 사람 몫을 했던지라 배가 많이 고픈 참이었다. 그는 보리 비빔밥 위에 수육을 올리고 크게 한입 물었다. 묵묵한 표정과 달리 한쪽 뺨이 빵빵하게 부풀어서 모두의 웃음을 샀다.

"크으, 이 새참 먹는 맛에! 내가 이 일당으로 람씨네 일을 해준다니까?"

"아내 잘 둔 줄 알아. 자네, 아내 아니었음 진즉 망했어!"

"허흠, 흠."

얼추 허기가 가시자 남자들도 말문을 트기 시작했다. 여자들의 대화가 주로 시장에서 파는 채소 값이 올랐네, 반찬하기 힘드네, 어느 누가 바람피웠네 등등 소소한 것이라면 그들의 대화는 요즘 세상 돌아가는 일이었다. 정치를 하는 것도 아니요 평범한 농사꾼이지만, 오히려 그렇기에 더 세상을 직관적으로 보았고 나오는 말들은 신랄했다.

"나라가 미쳐 돌아가는 건지, 원."

"그러게 말일세. 아니, 그놈들은 왜 안 잡아간대?"

지금 나오는 주제는 국보사냥꾼이었다. 나라에서 내란 이후 잃어버린 국보를 찾기 위해 국립극단까지 만들어 대대적으로 홍보를 했고, 그만큼 수확도 있었다. 국보사냥꾼이라는 새로운 직종까지 생기면서 어느 정도 진척이 되었지만 그 부작용도 만만하지 않았다.

"쓰벌 것들. 국보를 찾겠다고 멀쩡히 이랑까지 다 만들어놓은 밭을 엎어?"

"저 멀리 사는 장씨네 밭은 파종까지 다 했는데도 엎었더라고."

"아니 그러면 보상을 좀 잘해놓든가. 모종 값이 얼마인데 최저 가격으로 보상하는 거야? 어지간하면 좋은 모종을 쓰고, 그 좋은 모종이 얼마나 비싼데."

"다 때려치우고 엎지나 않았으면 좋겠네. 농사라는 게 돈으로 보상될 것도 아니지 않은가. 시기 놓치면 한 해 농사를 망치는데 뭘. 게다가 새싹 돋고 열매 맺어도 엎는다고 난리 친다고 생각해 보게."

"상상만 해도 열불 터지는구만."

농부에게 작물은 자식과 같다. 그것을 엉망으로 만든 이를 좋아할 리는 없는 노릇이고, 보상도 변변찮아 화딱지만 난다. 그런데 이와 같은 일이 요즘 들어 더 심하게 일어난다며 큰일이라고들 사내들이 수군댔다. 지야곤은 그게 그 정도로 심한가 싶어 물었더니, 사내들이 버럭 소리 질렀다.

"다 굶어 뒤지라는데 화 안 나겠어?"

"관청에는 보고하지 않았습니까?"

"그게 더 속 터지는 일이지. 농부 중에 까막눈이 얼마나 많은데 서식이랍시고 종이를 내밀더니 글을 적으라는 거야. 꼭! 직접! 쓰라니! 아니 글줄 읽을 줄 알았으면 내가 이렇게 농부나 하겠어?"

"옳소, 옳소."

관리가 직접 쓰라고 한 이유는 그 종이에 주술이 걸려 있기 때문이었다. 거짓되거나 쓸모없는 민원을 걸러내기 위해 도입된 것인데 그게 오히려 독으로 작용하고 있었다. 관리들이 저거 도입한다고 난리 치고 예산을 아득아득 뜯어내 만들었던 것을 그는 기억해 냈다. 주술 걸린 서식을 탄원서로 해놓고 무척 뿌듯해하며, 이제 더 나아질 거라던 그들의 모습이 또렷하다. 그런데 그들의 바람과 달리 현실은 영 아닌 모양이다. 이래서 책상 앞에서 제도를 만들면 안 되는 거다.

"오죽하면 장씨네에서는 밖에서 사람 사다 빼곡하게 글 적어 온 걸 그대로 서식에 그렸다더만. 그래도 돌아온 보상이 모종 값이 다라서 말이야. 아참, 이봐 람 씨. 자네 밭은 괜찮은가? 이렇게 넓은데 국보가 있다면서 뒤집으면 어떡하나? 밭도 이렇게 넓은데 다시 하려……면……."

신 나게 나라를 까려던 이는 곧 람 씨의 얼굴이 허옇게 질리자 입을 다물었다. 시시각각 국보사냥꾼의 행패가 알려지는 가운데, 이 드넓은 밭의 농사를 망칠지도 모른다는 말은 람 씨를 겁주기에 훌륭했다.

"……."

"……."

그리고 이윽고 그 침묵은 그 주변을 장악했다. 그냥 웃으며 넘기고 싶긴 한데 상황이 상황이니만큼 심각했던 것이다. 게다가 이곳에 품 팔러 온 사람들은 대부분 집에서 농사를 짓고 있다. 피해 본 다른 농부들의 소식이 영 남 일이 아닌 거다.

수저질도 딱 멈춘 사람들 틈에서 삶은 계란을 냠냠 먹고 식혜까지 알차게 마신 민주려가 침묵을 깼다.

"도와드릴까요?"

"뭐?"

"할 수 있을 것 같아요."

그 말에 모두 눈이 번쩍했다. 그 간절하고도 따가운 시선 속에서 민주려가 짓궂게 씩 웃었다.

"그런데 돈이 좀 들지도 몰라요."

"상관없다! 주려야, 아니 주려 양. 제발 부탁인데 해주게. 응?"

"아니 그럴 거면 우리 밭도 해줘. 우리도 밭이 작은 게 아니란 말이야!"

"그럴 거면 우리도!"

생각보다 더 격한 반응에 민주려는 슬슬 돈 냄새가 솔솔 풍겨오는 것 같아 기분이 좋아졌다. 하지만 지야곤은 불안해졌다. 아마 타인이 밭을 해치지 않도록 경계 주술을 걸 모양인데, 그것은 무척 뛰어난 실력이 아니고선 할 수 없다. 설령 할 수 있다고 하더라도 유지기간도 있고 힘 낭비도 심한데다가 쓸데없이 까다로웠다.

"괜찮겠나?"

"뭘요?"

"주술 말이다. 밭 전체에 걸기에는 너무 넓은데. 어렵기도 하고."

"어머, 선배. 저는 경계 주술을 걸려는 게 아니에요. 정확히는 주술로 밭을 지키려는 것도 아니고요. 그런 효율 없는 일을 제가 왜 하겠어요?"

"그러면?"

지야곤이 궁금해 하자 민주려가 흐흥 하고 웃었다. 그 모습에 지야곤은 흠칫 놀랐다. 얌전하고 토끼 같은 인상과 대비되는 저 시커먼 표정. 학관에서 최강최악이라 불렸던 주술 상급반 선생과 똑같은 표정이었던 것이다. 그래, 그랬었다. 민주려는 상급반 선생이 가장 총애하고 아끼던 제자였다. 그리고 주술 상급반 선생은 실력이 눈에 띄게 뛰어난 학생만 예뻐했다.

△ ♥ △

주술이란 사람의 소원을 입에 담음으로써 발현시키는 것이다. 사람의 뜻(意)이 말(言)에 담겨 특별한 힘을 가지게 된다. 그 힘을 이용해 보통의 사람이 이룰 수 없는 것을 하게 되는 것이다. 다만 그 주술을 얼마나 잘 다루느냐는 얼마나 말에 힘을 잘 담을 수 있 냐에 따라 갈린다. 또한 외적 요소에도 꽤 많이 영향을 받는다. 그 이유는 주술이 사람 혼자만의 힘으로 다 되는 것이 아니기 때문이 다. 사람이 혼자서 해낼 수 있는 힘의 한계가 있듯이 주술도 그렇 다. 그러니 그 이상의 이적을 발휘하려면 당연히 누군가의 도움을 받아야 했다.

그 대표적인 예가 바로 신령이다.

바람에도, 땅에도, 나무에도, 하다못해 풀 한 포기에도 영이

차아채구 열여사 上

깃들어 있다. 영에게 힘을 빌리는 것은 비교적 쉬우나 신령은 다르다. 강한 힘을 빌릴 수 있을지언정, 그 힘을 받기 위해 얼마나 강한 바람을 담아야 하는지 가늠할 수가 없었다. 그래서 신령 중에 가장 강한 힘을 가진 땅의 신령을 불러내는 건 정말 힘든 일이었다.

"신령님들. 나오세요. 제 부탁 좀 들어주세요."

그런데 민주려는 그것을 해냈다. 너무나도 쉽게.

"여기 이랑 낸 밭의 신령님들 나와 보세요. 여기 밭주인이 부탁할 것이 있는데 들어주면 공물도 바친대요."

주술 특유의 기운이 깃든 말에 땅이 들썩들썩한다. 그리고 그곳에서 흙이 잔뜩 묻은 작은 머리가 쏙하고 나왔다. 땅에서 무척 작은 노인 다섯 명이 꼬물꼬물 나오는 광경은 돈 주고도 못 볼 것이었다. 모두가 오오오 탄성을 질렀다. 지야곤도 민주려의 곁에서 감탄했다. 정말로 땅의 신령을 불러내다니. 학관에서 그녀를 가르쳤던 선생이 보았더라면 박수를 한껏 칠 일이었다.

『아이고, 허리야.』

『아니, 갑자기 왜 불렀능교?』

『공물을 주겠다잖아. 오랜만이구먼, 우리에게 공물을 주겠다고 인간이 나서는 건.』

『그러게. 그래, 우릴 불러낸 처자. 부탁할 것이 있는감?』

『있으면 다 들어주겠당께. 어서 말해보랑께.』

땅의 신령들은 모두 작은 노인의 모습에, 대머리였다. 반들반들 빛나는 민머리는 햇볕에 잘 그을린 갈색이었고 수염은 뿌연 흰

색이었다. 파뿌리처럼 마구 얽혀 있는 수염이 그들의 맨 몸을 그나마 가려줬고, 그 외에는 흙이 여기저기 묻어 있었다. 그러나 그 우스운 모습과 다르게 길게 늘어진 눈썹 사이로 흘끔 보이는 눈동자는 깊은 검은색이었다. 그 눈을 본 농부들은 절로 공손하게 무릎을 꿇고 앉았다.

땅의 신령이라니. 농부에게 있어서 수호신이나 다를 것 없는 위대한 이가 아니던가. 마구마구 공경심이 생기는데 민주려는 그렇지도 않은지 편안하게 말을 걸었다.

"요즘 땅을 마구 엎는 사람들이 있대요. 밭도 망치고, 농사도 망치고, 땅도 파헤친대요. 그런 사람 있으면 좀 막아주셨으면 해서."

『아니. 인간들이 밭고랑 내면서 시원하게 내 등 긁어줬는데, 그걸 망친단 말이야?』

『괘씸한 놈들이구만.』

『그래, 그놈들 어디에 있나? 당장 혼내주도록 하지. 물론 공물을 줘야 하겠지만 말이여.』

『어떻게 혼내주면 되겠는감? 그에 따라 공물을 달리 받을 테니께 잘 말해보라고.』

『그려, 그려. 공물만 제대로 주면 다 해줄 거랑께.』

"어떤 공물이 좋으세요?"

공물이란 말에 땅의 신령들이 두 눈을 번쩍였다.

『혹시 말똥 구해줄 수 없나? 그게 그렇게 영양분이 많던데.』

『나는 푹 썩힌 낙엽 없능교?』

『거름이라면 역시 인분이란 말이지! 이봐 인간들, 당장 땅에 푸지게 싸게!』

『어디서 인분을 들이대? 역시 개똥이 최고지. 안 그런감?』

『지렁이, 지렁이가 좋당께.』

거창한 공물을 원할 줄 알았던 땅의 신령들이 바라는 것은 의외로 소박(?)했다. 람 씨는 혼이 빠진 얼굴로 그 정도면 서 말도 구할 수 있다고 대답했다. 그러자 땅의 신령들이 환호성을 질렀다.

『준비만 해주면 땅을 엎는 놈들을 밖으로 내쳐주지!』

그 말에 람 씨의 부인은 아무 말 없이 우선 챙길 수 있는 걸 다 챙겨왔다. 딸들과 함께 코를 막고 개똥 한 무더기와 묵직한 요강 두 개, 그리고 덤으로 소똥까지 가지고 오자 땅의 신령들이 금덩이라도 만지듯이 쓰다듬었다.

『오, 오오!』

『이 빛깔, 이 냄새!』

『건강하군. 아주 질 좋은 거름이야. 일단 이걸로 당분간 밭을 지켜주지. 대신 빠른 시일 내에 우리가 원한 것을 한 말씩 준비하도록!』

땅의 신령들은 거름 한 가득씩을 안고 흙속으로 쑥 사라졌다. 정말 되나 싶어서 누가 한번 땅을 슬쩍 엎어보자, 퉁 하고 밭 너머로 튕겨졌다. 밭의 경계선 사이에 있어서 다행이지 아니었으면 크게 다칠 뻔했다.

그 효능을 제대로 본 람 씨는 두 눈을 번쩍였다.

"고맙네, 주려 양! 주려 양은 우리의 은인이야!"

"그럼 이제 제 노력에 대한 공물도 주셔야죠."

그리하여 민주려에게는 추가수당으로 훈제 오리 세 마리, 수육하고 남은 돼지고기 한 근이 돌아갔다. 일은 그것으로 끝나는 것이 아니었다. 땅의 신령을 부리는 민주려를 본 품 팔러 온 사람들의 눈이 뒤집어졌다. 너도 나도 해 달라며 흥분한 그들을 지야곤이 몸으로 막아야 했다.

흥분이 가라앉았을 때 그들이 가장 먼저 한 것은 민주려에게 줄 대금과 누가 먼저 할 것인지에 대한 순번 정하기였다.

△ ▼ △

"아이고, 힘들다."

"이랑이 끝도 없네, 끝도 없어!"

한바탕 난리를 치르고 나자 사람들은 다시 일을 시작했다. 한 사람당 두 줄씩 맡아 하는데도 끝이 없었다. 무슨 이랑이 이렇게 길단 말인가? 체력 좋던 민주려도 질릴 정도였다. 어쩐지 금 일곱 냥에도 품 팔러 온 사람들이 적다적다 하더니.

"잠깐 쉬어."

"어, 선배?"

"일 장 정도는 내가 하지."

큰 주술까지 쓴 터라 무리한 민주려를 위해 지야곤이 나섰다. 그리고 그는 무려 네 줄을 혼자서 파종하기 시작했다. 키가 큰 만큼 다리도 길어서, 성큼 한 걸음 걸으면 한 이랑, 두 이랑 넘어 움직이기 편한 듯했다. 게다가 저 둔해 보이는 얼굴과 달리 몸은 얼마나 잽싼지 민주려와 함께 일하는 것보다 혼자서 하는 것이 더 빨라 보였다.

"선배."

"응."

"혹시 저랑 호흡 맞추셨던 거예요?"

네 줄도 거뜬히 하는데 두 줄은 얼마나 쉬웠을까? 그러나 지야곤은 절대 혼자 앞서 나가는 법이 없었다. 민주려와 똑같이 진도를 나갔던 것이다. 지야곤은 그녀의 질문에 고개를 끄덕였다. 민주려와 함께 있고 싶어서 일을 핑계로 와 도와주고 있는 건데 떨어지면 무슨 소용이란 말인가.

"그러면 안 되나?"

"안 되는 건 아니지만요."

그럼 문제 될 것은 없었다. 지야곤은 고개를 끄덕이고 혼자서 네 줄을 맡기 시작했다. 그는 민주려의 웃는 얼굴이 머릿속에서 떠나지 않아 만나러 온 거다. 그러니까 지친 표정보다 생글생글 웃는 것을 보고 싶다. 축제에서 봤던 그 웃음처럼.

사실 민주려를 웃게 하는 방법은 생각보다 쉬웠지만 ─ 돈을 주면 무척 좋아한다 ─ 그 수단을 쓰고 싶지는 않았다. 그저 순수하게, 그로 인해 웃는 그녀의 모습을 원했다.

그의 생각을 까맣게 모르는 민주려는 그저 지야곤이 기특했다. 일 한번 해본 적 없다던 도령이 지금은 참 유능한 일꾼이 되었다. 그게 다 자신의 덕이라며 혼자 으쓱해본다. 그리고 그러면서도 말없이 도와주는 모습이 또 흐뭇하고 기분 좋아서 뭐든 해주고 싶었다. 오늘 받은 일당을 절반 떼어 주는 것은 물론이요, 맛난 저녁을 차려서 대접해야겠다고 생각했다.

"선배, 좋아하는 반찬 있으세요? 재료가 있으면 오늘 만들어 드릴게요. 없으면 다음에 해드리고요."

그래서 쉬는 겸에 물었는데 지야곤이 생각에 잠겨들었다. 손은 여전히 분주하게 파종하고 있었으나 그의 표정은 진지했다.

"떡국."

"예?"

"설에만 내오더군. 한 그릇 이상 먹지 못해서 늘 아쉬운 음식이지."

그는 그게 참 억울했다. 설에 딱 한 번 나오는 국이 어찌나 맛있는지 한 그릇 뚝딱 비우고 나면 아쉽기 그지없었다. 따끈하고 구수한 국물에 쫀득쫀득한 식감의 떡, 잘 푼 계란과 시원한 파 등 잊을 수 없는 맛이었다. 하지만 가문에서는 떡국을 설에만 내놓고는 했다. 평소에 내놓지 않은 이유를 물어보니 다른 진귀하고 좋은 음식도 많은데 왜 그런 서민 음식을 먹어야 하냐는 것이었다.

슬그머니 먹고 싶다고 말했다가 가주로부터 면박을 들은 이후로 지야곤은 떡국을 포기했다. 아마 새해에 나이를 먹을 때마다 떡국을 먹는다는 전통도 없었더라면 그마저도 먹지 못 했을 것이다.

그 이야기를 들은 민주려가 화를 냈다.

"너무하네요. 아니, 한 그릇 더 먹을 수도 있지! 쩨쩨하게! 쌀이랑 떡도 많으면서!"

물론 화를 낸 초점이 미묘하게 빗나갔지만.

"농번기 끝나고 나면 제가 떡국 두 그릇, 아니 세 그릇 이상 먹게 해드릴게요. 계란도 두 알 넣고, 파도 팍팍 넣고, 가래떡도 바글바글 넣어서!"

그 말에 어린아이처럼 고개를 끄덕이는 지야곤을 보는 민주려의 마음이 찡했다. 세상에, 이렇게 큰 청년에게 먹고 싶은 것도 맘대로 못 먹게 하다니. 말도 잘 듣고 일도 잘하고 이렇게 참한 사람이 어디에 있단 말인가? 민주려는 마치 제 자식이 굶고 다녔다는 말을 들은 기분이었다. 이유는 모르겠지만 화가 난다. 그리고 결심했다.

나는 잘 먹여야지.

지금도 딱 보기 좋았지만, 민주려는 지야곤의 얼굴이 아주 반들반들 광채가 나도록 뽀얗게 살을 찌울 계획을 잡았다. 그만큼 지출은 늘어나겠지만, 지야곤이 해준 일은 솔직히 그 정도 몫은 되었다. 그러니 아까울 것도 없다.

그렇게 화기애애한 분위기를 냈을 때였다.

"으아아악!"

찢어지는 비명 소리가 밭을 쩌렁쩌렁 울렸다. 화들짝 놀라 비명 소리가 들린 쪽을 보니 웬 수상쩍은 남자가 하늘로 퉁겨졌다. 마치 알까기에서 바둑알이 튕겨져 나가듯이!

"아아악!"

그리고 그것은 무려 네 번이나 반복되었다. 멍하니 그걸 보고 있던 민주려는 핫 하고 정신을 차렸다. 그리고 지야곤과 눈을 마주치자 그도 고개를 끄덕였다.

"국보사냥꾼!"

△ ▼ △

아닌 게 아니라 정말로 국보사냥꾼이다. 허름한 복장은 둘째
치고 가지고 있는 물건이 딱 도굴꾼들처럼 수상쩍다. 허리에 맨
수상한 호리병, 밧줄, 덫, 곡괭이, 망치 등 국보사냥꾼만 아니었
으면 도굴꾼이라며 관아에 신고할 뻔했다.

"아니, 이게 무슨 짓이오!"

사실 '도굴꾼이냐?' 고 묻지 않은 이유는 저 뻔뻔함이 가장 큰
이유였지만 말이다. 남의 밭에 멋대로 침입해서 땅을 뒤집으려고
했던 주제에 저 당당함이란! 그것 때문에 가장 화가 난 것은 당연
하게도 람 씨였다.

"그건 내가 할 말이오. 지금 파종 중인 것 안 보이오? 왜 남의
밭을 건든 것이오!"

"그야 이곳에 청수경이 있을지도 모르니까."

"청수경?"

"국보 말이오, 국보! 하, 이래서 농사나 하는 무지렁이들은."

듣자듣자 하니까 어이가 없어서 화낼 기운도 나지 않았다. 국
보사냥꾼답게 국보를 찾으러 왔다는데, 아니 그럴 거면 일단 주
인에게 허락을 받아야 하지 않겠는가. 물론 허락해 주지도 않았을
테지만 기본예절이라는 것을 두고 온 사람들 같았다.

"그러니 이 이상한 것 푸시오."

"뭐요?"

"여기 땅에 이상한 짓 한 것 아니오! 그러니까 풀란 말이오!"

국보사냥꾼의 행패는 거기서 그치지 않았다. 또 날려질까 봐 소심하게 땅을 콕콕 찌르고 있는 주제에 하는 말은 강도다. 물론 저렇게 행패를 부려도 무서워할 것 하나 없었다. 밭을 조금이라도 망치려고 하면 땅의 신령들이 알아서 튕겨주니까 말이다. 지금만 봐도 잠깐 이성을 잃고 땅을 발로 퍽 찬 국보사냥꾼 한 명이 하늘 높이 날아 저 멀리에 떨어졌다.

"이, 이이……!"

땅은 뒤집고 싶고, 그런데 그게 안 되고. 국보사냥꾼들 약이 바짝 올랐다. 하지만 정작 그게 문제가 아니었다. 저들 때문에 시간을 빼앗겨 일이 자꾸 늦어지고 있는 사람들이 문제였다. 당장 달라붙어 하루 종일 해도 이 드넓은 이랑에 파종을 다 할까 말까인데, 이 진상들 때문에 늦어지고 있었다. 빨리 끝내 집에 가서 지야곤에게 맛난 밥을 지어 줄 생각이었던 민주려는 이제 더는 기다릴 수가 없었다.

"그만하세요."

"뭐?"

"더 이상 방해하시면 관아에 신고할 거예요. 남의 밭에 허락도 하지 않고 마음대로 들어온 것도 문제예요. 사유지에 멋대로 침입해도 죄라는 거 모르세요? 지금 하시는 일은 국보를 찾는 게 아니라 도굴꾼과 다를 게 없다고요!"

"아니 이 쥐방울만 한 년이!"

화가 바짝 난 국보사냥꾼이 손을 번쩍 들었다. 민주려는 주술을 이용해 받아치려고 했다. 하지만 그러기도 전에 먼저 막는 손이 있었으니, 지야곤이었다.

"이, 이거 놔!"

지야곤의 표정이 미묘하게 굳어 있었다. 언제나 담담했던 기색은 어디로 가고 딱딱하게 굳은 그의 안색과 날카롭게 벼려진 눈빛에 국보사냥꾼이 움찔 떨었다. 게다가 힘은 또 어찌나 장사인지 팔이 부러질 것 같았다.

"내, 내 뒤에 누가 있는지 아시오? 만약 그분이 아신다면 당장 네놈들 같은 무지렁이는……!"

국보사냥꾼은 그 뒷말을 잇지 못했다. 그는 진상이 하는 말을 오래 들을 만큼 너그러운 사람이 아니었기 때문이다. 아무 말 없이 지야곤은 국보사냥꾼들을 척척 정리하기 시작했다. 반항하면 때리고, 제압하고, 던졌다. 차곡차곡 이불이라도 개는 것처럼 평온하게 진상들을 정리하는 솜씨에 지켜보고 있던 모두 저도 모르게 박수를 칠 정도였다.

"아이고, 나 죽네! 아이고!"

곡소리가 날 정도로 때렸으나 뼈는 부러뜨리지 않았다. 그게 지야곤에게 남은 일말의 자비심이었다. 그것을 모르는 국보사냥꾼들은 또 진상을 부리려고 했으나…….

"사유지, 그것도 농부의 밭을 해칠 경우 곤장 백 대에 벌금 쌀 열 섬."

"응?"

"나라에서 허락받지 못한 자가 보물을 찾는다며 도굴꾼 짓을 할 경우, 곤장 백오십 대, 손을 자르는 참형(斬刑)."

고저 없이 담담하게 내뱉는 지야곤의 말에 싸늘한 침묵이 감돌았다. 웃기지 말라는 말은 나오지 않을 것이다. 그게 사실이니까.

"아무 잘못 없는 양민을 해칠 경우, 곤장 이백 대에."

지야곤의 말은 강약이 없었다. 고저도 없다. 마치 바람이 부네, 정도의 평평한 어조를 가지고 있었다. 그것은 표정도 마찬가지였다. 평소보다 굳었지만 찡그림 하나 없다. 그러나 그것이 어찌나 소름 돋도록 냉랭하게 느껴지는지, 등골이 쭈뼛 설 정도였다.

"사형(死刑)."

"딸꾹!"

국보사냥꾼은 잔뜩 위축되었다. 사형. 그 말의 무게가 얼마나 무거운지 잘 알고 있다. 누구나 제 목숨은 귀하니 말이다. 덜덜 떠는 그들에게 지야곤은 다시 못 박았다.

"벌을 받지 않을 거라는 자만은 하지 마라. 뒤에 누가 봐주고 있건, 이 나라에서 죄를 지은 자는 조금의 과감도 없이 벌을 받을 것이니."

"대, 대체 당신은 누구요?"

"지야곤이다."

그 이름을 들은 국보사냥꾼은 처음에 얼떨떨한 표정을 지었다. 그러나 그 얼굴이 곧 하얗게 탈색되기까지는 얼마 걸리지 않았다. 가까이 있던 민주려는 알 만하다면서 고개를 끄덕였다. 그렇다. 이렇게 그녀가 알차게 부려먹고 있는 지야곤은 다름 아닌 차아제국에서 명성과 권세가 으뜸이라고 할 수 있는 지 가문의 사람이었다. 이들은 아는지 모르겠지만 무려 소가주이기까지 한 사람이니, 마음만 먹는다면 눈앞에 있는 국보사냥꾼 쯤이야 가볍게 세상에서 지울 수 있는 권력을 가지고 있는 것이다.

"선배, 이쯤 해요. 저희 이대로 있다가 해 져도 파종 다 못 해요."

"아."

"자, 이 사람들은 선배랑 제가 어떻게 처리할게요. 그러니까 다들 일하세요!"

심각하게 흘러가는 분위기를 쌈빡하게 정리한 민주려가 손뼉을 쳤다. 파드득 정신을 차린 농부들은 이내 파종하기 시작했다. 그렇다. 저치들은 그냥 진상에 불과했다. 이번만 잘 넘긴다면 아무런 문제도 없겠지만, 파종은 그렇지 않았다. 지금 손놀림이 느려졌다가는 해가 다 저물어도 일을 끝내지 못하는 수가 있었다.

민주려는 지야곤의 이름에 벌벌 떠는 국보사냥꾼들을 보며 한숨을 푹 내쉬었다. 마음 같아서는 확 관아에 때려 넣고 싶으나, 방금 말했듯이 시간도 없고 귀찮을 뿐이다.

"가세요."

"……보내주는 것이오?"

"네. 대신에 귀찮게 하지 마시고요. 남의 밭도 뒤집지 마시고!"

"그리하겠소. 아, 아니. 그리하겠습니다. 네. 당연하고말고
요."

비굴해져 굽실거리는 그들은 곧 부리나케 도망갔다. 그것을
물끄러미 바라보던 지야곤이 민주려에게 말했다.

"저렇게 보내도 되는 것인가?"

"왜요?"

"관아에 넣는 것이 더 좋을 텐데. 저들이 하는 말은 믿을 것이
못 돼."

"그 정도는 저도 알아요. 하지만 지금 관아에 넣어봤자, 언 발
에 오줌 누기밖에 더 되어요? 국보사냥꾼이 저 사람들만 있는 건
아니잖아요. 분명 또 다른 누가 와서 행패부릴 거라고요."

"그래서?"

"소문 좀 내게 하려고요. 여기 인근에 있는 밭 건드리면 큰일
난다는 소문요. 그러면 좀 덜하겠지요."

지야곤은 무심코 감탄했다. 그녀가 왜 저들을 놓아주나 했더
니 그런 생각이 있었던 것이다. 그가 고개를 끄덕이며 이해했다는
뜻을 알리자 민주려가 씩 웃었다.

"아까 도와주셔서 고마웠어요."

"……."

"이제 일하러 가요."

민주려가 등을 돌려 씩씩하게 밭으로 향했다. 그 등을 보며,
지야곤은 아무도 모르게 살며시 눈매를 부드럽게 휘었다.

"네가 웃는다면."

얼마든지, 무엇이든 할 수 있다. 그의 진심 어린 말은 그녀에게 닿지 않았다. 하지만 그의 발밑에 있는 땅의 신령들은 듣고 킬킬 웃었다. 젊은것들은 역시나 좋아, 이러면서.

△ ▼ △

품 팔러 온 사람들은 드디어 일을 다 마쳤다. 기어이 해가 다 지기 전에! 다들 얼싸 안고 기뻐했지만 동시에 람 씨에게 욕도 구수하게 쏟아냈다. 어디서 사기를 쳐도 이런 사기를 칠 수 있단 말인가. 이렇게 빡센 일은 금 일곱 냥짜리가 아니었다. 하지만 람 씨의 부인이 새참까지 포함이에요! 라고 하자 다들 떨떠름하게 납득했다. 그랬지. 새참만큼은 금 두 냥짜리에 버금갔다.

일을 다 끝내자 람 씨는 빵빵한 돈주머니에서 일당을 나눴다. 그중에 가장 두둑하게 받은 사람은 다름 아닌 민주려였다.

"금 스무 냥에 천둥호박 한 개, 양념단지 하나, 훈제오리 세 마리에 돼지고기 한 근. 정확하네요."

아예 큰 바구니에 내온 일당에 민주려가 행복하게 웃었다. 다만 아쉬운 것은 부피도 무게도 제법 나가서 당장 가져갈 수 없다는 것이었다. 바구니를 머리에 이고 가는 방법도 있지만 지금은 무리다. 오늘 땅의 신령을 불러낸 것은 제법 부담이 가는 주술인데다 노동도 힘들었다. 당장 다리가 후들거리는데 어떻게 들고 간단 말인가? 그녀는 얌전하게 돈주머니와 돼지고기 한 근만 챙겼다. 나머지는 나중에 따로 집으로 가져다 달라고 했다.

"선배."

"응."

"손 좀 펴봐요."

멀뚱멀뚱 정산을 지켜보던 지야곤은 민주려의 말에 두 손을 곱게 내밀어 펼쳤다. 큰 키와 잘생긴 외모와 달리 너무도 공손한 그 자세에 민주려는 그만 풋 웃고 말았다. 역시 사람은 겉만 보고는 모른다더니. 이렇게 잘생긴 청년이 이토록 맹하고 귀여울 수가 있나. 민주려는 짤랑짤랑 금 열 냥을 정확하게 세서 그의 손 위에 올려놨다.

"여기 일당이요."

"내 것?"

"네, 선배의 것이에요. 오늘 일하셨으니 그만큼 일당을 챙겨야죠. 노력했으니 그만큼 대가를 받는다, 당연하잖아요?"

지야곤은 멀뚱멀뚱 금 열 냥을 내려다보았다. 이 정도 금액이야 얼마든지 그도 가질 수 있었지만, 이렇게 노동을 해서 받은 것은 처음이었다. 그는 어쩐지 이 돈은 다른 돈과 다르게 쓸 수 없을 것 같은 기분이 들었다.

뭣보다, 민주려가 다시 웃고 있었다. 그 환한 웃음은 사실 이 두 손에 있는 금 열 냥과 비교도 되지 않는 가치라는 것을 그녀는 알고 있을까?

"자, 이제 집으로 돌아가요. 오늘 맛난 저녁 해드릴게요."

"그래."

"오늘은 돼지고기까지 받았으니까요! 두, 두툼하게 고기를 썰어서!"

"응."

"가볍게 양념해서 잘 졸인 다음에 뜨끈뜨끈한 밥 위에 얹으면 양념돼지고기 덮밥이 되거든요. 거기에 계란을 톡 까서 얹으면……."

재잘재잘. 새가 지저귀는 목소리다. 여태까지 들어 본 어떤 악기의 연주도 민주려의 목소리를 따라가지 못할 것이다. 그만큼 그의 귀에서 그녀의 목소리는, 가장 깨끗하고 선명하게 들렸다.

"헤헤. 선배."

"응."

"저요. 또 다리 풀렸어요. 죄송해요."

지칠 때까지 일하고, 무리한 주술사용으로 다리에 힘이 풀린 민주려에게 지야곤은 기꺼이 등을 내밀었다. 그러자 민주려가 덥석 업혔다. 체면이고 뭐고 당장 쓰러지게 생겼는데 찬밥 더운밥 가릴 처지가 아니었다. 무엇보다 지야곤의 등은 참 넓고 편안해서 잠이 솔솔 오는 것 같았다.

"꼭 저녁 해드릴게요. 맛난 걸로."

"응."

"그리고 다음에 오시면 떡국도 끓여드릴게요. 국물도 진하게 끓여서, 살짝 끈적할 정도로."

"기대할게."

"그리고……."

노을이 지는 시각, 둘의 그림자는 등 뒤로 길게 늘어져 있었다. 한 사람이 업혀 있어 그림자가 뚱뚱하다. 그러나 그림자가 뚱뚱한 만큼, 둘의 마음도 살찌워졌다. 알게 모르게 불어난 그 마음을 서로 모른 채.

　　다만 당사자들보다 먼저 알아챈 땅의 신령들은 킬킬 웃었다. 끊기지 않을 것만 같은 이랑처럼, 어느덧 생겨난 마음의 길에 감정의 씨앗이 뿌려질 것이다. 그리고 그 씨앗이 트고 자라나 영글어질 때면, 그들이 다루는 땅 위에 살 생명이 하나 더 태어나리라.

　　그것은 자연의 섭리였고, 물 흘러가듯 자연스러운 일이었다. 그래, 당사자들끼리야 모르겠지만. 그것이 못내 우습고 재미나서 땅의 신령들은 킬킬 웃기를 그치지 않았다. 둘의 뚱뚱한 그림자가 저 멀리 사라질 때까지.

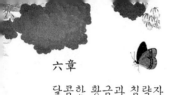

六章
달콤한 황금과 침략자

기친친은 불편한 기색을 감추지 못했다. 이유는 눈앞에서 흐흥 하고 자신만만하게 웃고 있는 민주려 때문이었다. 인근에서 소문난 소금소금 짠소금 기친친은 인건비를 많이 들이는 것을 싫어했다. 자고로 유능한 상인은 최소한의 비용으로 최대한의 수익을 내야 하는 법. 그렇기 때문에 가장 많이 들어가는 비용인 인건비를 경계해야 했다.

그렇다. 인건비, 인건비, 인건비인 것이다. 중요해서 세 번이나 반복했다.

"크흠."

아무리 안 들이려고 해도 기친친이 비싼 인건비를 들일 때가 있으니, 다름 아닌 민주려를 고용할 때가 그러했다. 요 젖살도 빠지지 않은 여자애가 가져가는 인건비가, 때때로 세 사람 몫을 할 때가 있었다. 그것만 생각하면 정말 손이 벌벌 떨리지만 알면서도 부르고야 만다.

돈귀신 민주려. 고용하지 않기에는 그 이름의 위명이 너무도 대단했다. 어떤 곤란한 문제가 생길 때, 일당만 제대로 쳐준다면 뭐든지 해결하는 만능 일꾼이나 다름없었기 때문이다.

그래도 들이는 인건비가 아쉬워 기친친은 되도록 민주려를 쓰지 않았다. 하지만 이번에는 별의별 수단을 다 써도 처치가 곤란한 상황에 처하고 말았다. 그래서 기친친은 민주려를 불렀는데, 방글방글 웃는 그녀를 보니 대체 이번에는 얼마만큼의 금전적 손실이 생길지 가늠할 수가 없었다. 그저 이를 바득바득 갈 수밖에.

"목욕탕에 무슨 일이라도 생겼어요?"

민주려는 남들이 다 하기 어렵다는 대중목욕탕 청소를 쏠쏠한 벌이 정도로 인식하고 있었다. 그만큼 일의 숙련도가 대단하기야 했다.

하지만 이번에는 대중목욕탕 청소도 아니고, 제아무리 민주려라도 헉 소리 나게 어려운 일이었다. 그 민주려가 곤란할 수밖에 없는 일! 그 모습을 떠올리자 기친친은 뒤틀렸던 속이 조금 가라앉는 것 같았다.

"목욕탕은 당분간 부를 일이 없다. 청소한 지 얼마나 되었다고 불러?"

"그럼 무슨 일로 부르신 건데요?"

"양봉이다."

"예?"

"양봉(養蜂)!"

민주려의 두 눈이 동그래졌다. 양봉이라니. 좀처럼 들을 수 없는 단어다. 그도 그럴 것이 벌을 키우는 일은 꿀을 만들어내기 위해서 하는 것이다. 상당한 고수익이 보장되는 일이지만 그만큼 까다롭고 조심스러워서 기르는 이가 그렇게 많지 않았다.

"내가, 큼. 양봉을 하고 있는데⋯⋯."

"세상에, 기친친 할머니 양봉도 하세요? 목욕탕은요?"

"말 좀 끝까지 들어! 뭐, 아무튼 양봉은 그냥 부업거리랄까, 소일거리랄까. 그게 의외로 쏠쏠한 벌이가 되거든. 벌통을 만들어서 꿀벌들이 둥지를 틀게만 하면 알아서 꿀을 채우니 말이다."

"우와."

그거 참 들을수록 탐난다. 기친친의 말만 들으면 양봉이란 정말 하기 쉽고 쏠쏠한 일 같았다. 하지만 민주려는 그것에 마냥 홀리지는 않았다. 뭐든 쉬운 일은 없다. 그렇게 쉬웠으면 너나 할 것없이 양봉을 했을 것이다. 꿀벌이 꿀단지를 안겨주는 고마운 벌레라도 일단 벌이다. 쏘이면 큰일 나는 것이다. 꿀벌 침을 여러 방맞으면 자칫하다가 골로 갈 수도 있었다. 목숨이 걸린 일이라니. 역시 쉬운 일은 없어.

민주려는 아무리 탐나도 양봉 일은 절대 하지 말아야겠다고 마음먹었다.

"그런데 뭐가 문제세요?"

"응?"

"문제 있으니까 절 부르신 거잖아요."

핵심을 짚고 들어오는 민주려의 물음에 기친친의 얼굴이 일그러졌다. 주름지고 심술궂은 얼굴이 찡그리니까 더 성격 나빠 보인다. 하지만 현명하게도 민주려는 그것을 입 밖으로 내뱉지 않았다.

"말벌."

심술이 덕지덕지 묻은 기친친의 한 마디에 민주려의 표정도 뜨악 일그러졌다. 말벌이라니. 예전에 민주려는 밭에서 풀을 베다가 말벌 집을 발견한 적이 있었다. 그 말벌은 무려 땅에 벌집을 만드는 땅벌이었는데, 그 전까지는 말벌 집이 그렇게 크고 흉측한 것인 줄 그녀는 꿈에도 몰랐다. 그런데 막상 보니 얼마나 소름끼치게 생겼는지! 꿀벌보다도 배는 큰 몸집에 뾰족하고 긴 독침! 게다가 딱딱 소리를 내는 턱까지!

민주려가 가장 싫어하는 벌레를 꼽으라면 꼭 다섯 손가락 안에 드는 것이 말벌이었다.

"마, 말벌이 왜요?"

"쯧, 천하의 민주려도 모르는 것이 있구먼."

기친친이 혀를 쯧쯧 찼다.

"말벌은 꿀벌을 잡아먹는다."

듣기만 해도 징그럽다. 꿀벌이든 말벌이든 일단 벌인데, 잡아먹는다니. 가뜩이나 말벌을 싫어하는 민주려는 더 질색했다.

"아니, 같은 벌 아니에요? 왜 걔네는 같은 벌을 잡아먹는 거야?"

"낸들 아냐. 한창 벌집에 꿀을 가득 채워 넣을 꿀벌을, 말벌 고놈들이 족족 잡아먹는 탓에 아주 신경이 곤두서 미칠 것 같다. 이러다가 벌집을 꿀로 가득 채우기는커녕 꿀벌들 씨만 마르겠어!"

이번에 기친친이 민주려를 부른 이유는 바로 이것이었다.

"그러니 너, 말벌 좀 잡아야겠다."

이름하야 말벌 퇴치!

△ ♥ △

말벌은 싫다. 하지만 말벌을 싫어하는 것보다 돈을 더 좋아하는 민주려는 기친친의 의뢰를 받아들였다. 물론 처음에는 그녀도 거절하려고 했다. 말벌은 아무래도 위험해 보였으니까. 민주려는 돈도 좋지만 그보단 목숨이 더 소중했다. 그런데 기친친은 민주려를 잘 알아도 너무 잘 알았다. 소금소금한 기친친은 그녀를 붙들기 위해 쓰린 속을 붙들고 거한 수당을 약속했다.

금 아홉 냥. 거기에 손바닥만 한 꿀단지까지.

보통 다른 곳에서 일을 하면 일당이 금 다섯 냥에서 여섯 냥 사이다. 가장 빡세기로 유명한 농번기에 품 팔러 가야 간신히 일곱 냥을 받을까 말까. 거기에 주술을 사용하고 나서야 금 열 냥을 간신히 챙겨가는 민주려다. 그런데 말벌 퇴치를 고작 하루만 하는데도 아홉 냥이라니. 비록 몇 숟갈 뜨면 없어질 적은 양이어도 귀한 꿀단지까지! 이 정도면 후하다 못해 의욕 팍팍 나는 대가가 아닐 수 없다.

기친친의 예상대로 민주려는 두 눈을 번쩍이며 '하겠습니다!'를 외쳤다. 그런 그녀를 보며 기친친은 참 알기도 쉽다며 혀를 끌끌 찼다.

어쨌든 민주려는 일을 하기 위해 기친친의 집까지 왔다. 기친친은 제법 외곽에 떨어진 곳에서 살고 있었는데, 대중목욕탕 건

물을 가지고 있는 것에 비해 집이 의외로 소박했다. 그리고 그곳에서 얼마 떨어지지 않은 장소에 벌통이 있는지 벌써 꿀벌이 붕붕 날아다니는 소리가 들려왔다.

"이거 입어라."

기친친이 내민 것은 벌복이었다. 두꺼운 천으로 만든 옷이었는데 벌침을 막기 위해 꼭 입어야 한다고 했다. 가뜩이나 더워지는 계절에 벌복이라니. 하지만 벌침을 맞는 건 정말 싫었기 때문에 덥든 말든 꾸역꾸역 입었다. 그러나 거기서 끝나는 것이 아니었다. 두꺼운 장화를 신는 것은 물론이요 장갑도 끼고 모자도 써야 했다. 모자는 그나마 얇아 앞이 훤히 보이는 얇은 천을 빙 둘러서 살 만했다.

"정말 철저하게 입네요."

"한 방 맞는 건 괜찮다. 그런데 두 방 이상 맞으면 위험해질 수 있거든."

기친친도 땀 뻘뻘 흘리며 벌복을 입었다. 그리고 누가 봐도 수상해 보일 정도로 꽉꽉 껴입은 두 여자는 벌통을 향해 전진했다.

부우웅 붕 부웅.

벌이 날아다니는 소리가 시끄럽게 들렸다. 한 마리 날아다닐 때도 신경 쓰일 정도의 소리가, 수십 수백 수천 마리가 넘어가니 거의 소음 수준이었다. 민주려는 이렇게 많은 벌떼를 처음 보았다. 아니, 말벌 집을 발견했을 때 슬쩍 본 적은 있지만 그때 딱 굳어서 식은땀 뻘뻘 흘리며 피했다. 정확히 말하면 발에 불붙은 것보다 더 빨리 도망갔었다.

"자극을 심하게 하지만 않으면 괜찮다."

기친친은 익숙한 듯 벌떼 사이로 쑥 들어갔다. 그녀가 나아가는 방향을 보니 벌통들이 주르륵 놓여 있었다. 이리저리 살피던 기친친이 혀를 크게 찼다.

"봐라."

기친친이 가리킨 방향에 꿀벌이 쓰러져 있었다. 모가지가 톡 하고 떨어진 꿀벌의 사체가 여기저기 흩어진 것이 한바탕 말벌이 습격한 것 같았다. 그리고 실제로 말벌 한 마리가 그 근처를 맴돌고 있었다. 꿀벌들 사이로 확연히 눈에 뜨이는 큰 몸집이었다.

"저것들이 꿀벌을 잡아먹는다."

"왜 말벌은 꿀을 안 먹고 꿀벌을 잡아먹어요?"

"애벌레 때문이지."

챙겨 온 벌레 잡는 채로 말벌 한 마리를 때려잡으며 기친친이 마저 설명했다.

"말벌은 굳이 육식할 필요가 없어. 이것들도 꿀을 먹고 살 수 있다. 벌이니까. 그런데 이렇게 꿀벌을 습격하는 이유는 애벌레 때문이야. 말벌의 유충은 육식성이거든. 이 녀석들도 지들 나름대로 아가들 먹이겠다고 덤비는 것이지. 하지만 그것도 작작해야지 너무 심해. 씨를 말릴 것처럼 다 죽여놓으니 더는 참을 수 있겠느냐?"

꿀벌을 습격하는 말벌을 잡기 위해 기친친은 안 해본 것이 없었다. 일단 벌레 잡는 채로 잡아봤는데, 그건 정말 끝이 없었다. 한 사람이 채를 휘둘러 잡아봤자 얼마나 잡겠는가. 게다가 대중목욕탕을 관리하기 때문에 이곳에 하루 종일 시간을 할애할 수는 없었다. 그다음으로 써본 것은 벌레를 퇴치하는 향이었다. 하지만 그 향에 꿀벌까지 꼬르륵 저세상으로 가서 실패.

함정을 만든 적도 있었다. 달콤한 설탕물과 과일껍질 등을 이용해 함정을 만들었으나 애꿎은 꿀벌만 된통 들어가 죽어서 또 실패. 벌통도 옮겨보고 별의별 짓을 다 해봤지만 도무지 끝이 안 나더라는 것이다.

"그것뿐이면 말을 안 해. 그거 아느냐? 벌 중에는 도둑벌도 있다."

"도둑벌이라니. 꿀이라도 훔쳐가요?"

설마 해서 물어봤더니 정말 그렇다고 한다. 민주려는 역시 양봉도 쉬운 일은 아니라는 것을 깨달았다. 변수도 많고 꿀을 지키기도 정말 어렵다. 이렇게 많은 위험으로부터 지키면서 꿀을 얻어야 한다니. 과연 비쌀 만 했다.

"사실 지금 철이 밤꿀을 수확할 때거든. 말벌만 어떻게 잡을 수 있으면 맘 편하게 꿀을 수확할 텐데."

수심이 가득한 말에 민주려는 고민에 빠졌다. 말벌이라. 어떻게 하면 쫓아낼 수 있을까? 요리조리 궁리를 해봐도 좀처럼 좋은 생각이 떠오르지 않았다.

그런 민주려를 보며 기친친은 입술을 실룩였다. 바로 해결되리라는 생각은 하지 않았다. 다만 지푸라기 잡는 심정으로 민주려를 불렀을 뿐. 말벌 퇴치가 안 된다면 꿀을 채취하는 동안이라도 말벌의 접근을 막아달라고 할 참이었다.

하지만 그 말을 들은 민주려는 파드득 고개를 저었다.

"일당이 줄어들잖아요!"

역시나 민주려. 돈귀신답게 일당이 줄어드는 것에 민감해한다. 기친친은 그 지독한 집념에 혀를 내둘렀다.

"그럼 말벌을 내쫓을 수는 있고?"

"조금 더 궁리해볼게요."

"정말 내쫓거나 잡을 방법을 알게 되면 일당을 더 쳐주마."

그 말에 민주려의 두 눈이 번쩍 빛났다. 기친친은 말을 마친 후 그 모습을 보고 저도 모르게 제 입을 막았다. 혹시 말을 잘못한 것은 아닐까? 생각해보니 지금의 일당도 상당히 후한 편이었다. 금 아홉 냥에 손바닥만 한 꿀단지라니. 그때는 절실해서 무턱대고 내놓은 일당이었는데 지금 생각하니 그것도 많은 것 같았다.

게다가 지금 민주려의 번쩍이는 저 두 눈을 보아라! 어쩐지 성공할 것 같은 불길한 느낌이 오지 않는가!

'이거 정말 성공하는 것 아니야?'

그러면 좋긴 한데, 나가는 지출을 생각하니 공연히 입이 써진다. 불안불안한 마음에 민주려를 보니 이미 자리 잡고 꿀벌과 말벌을 관찰하고 있었다. 그렇게 한동안 관찰하던 그녀가 퍼뜩 고개를 들어 기친친에게 물었다.

"말벌 근처에 꿀벌이 안 가네요?"

"응? 그렇지. 가면 죽을 게 뻔한데 그놈들이 왜 가?"

"그런데 말벌은 말벌끼리 잘 붙고요."

"그래서 더 미치겠다니까! 아니 한 마리만 들어와도 꿀벌 열 마리는 죽이는데 그놈들은 동료까지 끌고 오는 습성이 있어!"

생각만 해도 열불 터지는지 기친친이 고래고래 소리를 질렀다. 그에 깜짝 놀란 꿀벌이 붕붕붕 위험스럽게 날아다녔다. 하지만 두 여자는 두려워하지 않았다. 무겁고 더운 만큼 튼튼한 벌복이 막아주고 있었으니까.

"흐음, 그렇단 말이죠. 흐음, 흐음."

민주려는 감을 잡았다. 어떻게 하면 말벌을 퇴치할 수 있을지 머리에 딱 하고 좋은 생각이 났던 것이다.

"기친친 할머니."

"왜?"

"말벌 잡으면 일당 어떻게 더 쳐주실 거예요?"

"성공이나 하고 말해라, 이년아!"

"이런 건 확실하게 짚고 들어가야죠. 자, 어떻게 해주실 건데요?"

끝까지 집요하게 물고 늘어지는 통에 기친친은 끄응 신음을 냈다. 뭔가 생각이 있어 보이기는 한데 어째 나가는 돈도 그만큼 많아질 것 같다. 대가를 약하게 불렀다가는 저 얍체 같은 민주려가 일을 안 할 위험도 있었다. 딱 받는 만큼 일하기 때문에 어설픈 대가는 부르지 않는 게 차라리 낫다는 것을 기친친은 안다. 결국 이가 부득부득 갈려도 꽤 많은 대가를 내놓아야 한다는 것이었다.

"돈은 더 못 줘. 솔직히 금 아홉 냥이라니. 얼마나 후하게 쳐준 것인지 알지?"

"저도 돈은 더 이상 바라지 않아요."

기친친의 눈이 움찔했다.

저 돈귀신 민주려가 돈을 바라지 않는다니. 이게 무슨 소리인
가 싶지만, 그와 동시에 불안함이 물씬 피어오르고 있었다. 좋은
말 뒤에는 틀림없이 꿍꿍이가 있다. 기친친은 오랜 세월을 살면서
그런 쪽의 촉은 참 민감하게 발달했다.

"마침 밤꿀 수확철이라면서요?"

보이는 것 같다. 아니, 보인다! 벌복 너머로 배실배실 웃고 있
는 민주려의 얼굴이!

"밤꿀 조금만 더 주셔도 되잖아요? 그쵸?"

"네, 네년……."

"어차피 제가 말벌을 퇴치하지 않으면 줄어들 꿀이잖아요. 그
꿀의 일부를 조금 떼어주는 것쯤이야 참 쉬운 일이에요. 안 그런
가요? 기친친 할머니."

구미호다. 여기에 아홉 개의 꼬리를 살랑거리는 구미호가 있
었다! 기친친은 속으로 비명을 질렀다. 그러면 그렇지. 오늘도 민
주려는 제 몫을 거하게 떼어갈 생각인가 보다.

"못된 년, 말벌을 제대로 퇴치 못하기만 해봐라!"

악에 받혀 꽥 소리를 지르자 꿀벌들이 더 놀라 붕붕 날아다닌
다. 그 가운데 민주려가 손을 휙 휘둘렀는데, 탁 하고 떨어진 소리
가 나 아래를 보니 말벌이 쓰러져 있었다. 그 어지러운 가운데 말
벌만 쏙 골라 친 것이다. 그 놀라운 동체시력과 손놀림에 감탄할
사이도 없이, 민주려가 말벌을 주워 들었다.

"기대하세요. 싹 잡아들일 테니까!"

그 무시무시한 기세는 주변에 붕붕 날아다니는 꿀벌 떼조차 움찔할 만큼 살벌했다. 그렇다. 최근 지야곤을 만나 얌전하고 조금은 연약한(!) 아가씨처럼 굴었지만, 어찌 되었든 민주려는 돈을 위해서 말벌쯤은 수천 마리도 때려잡을 수 있는 돈귀신이었다!

△ ♥ △

민주려가 준비한 것은 얇은 나무 판과 끈끈이였다. 기껏 말벌을 퇴치하겠다고 당당하게 말한 주제에 준비한 물품은 단출해도 너무 단출했다.

"설마 그걸로 잡을 거냐?"

"네."

"이게 어디서 사기를 쳐? 끈끈이를 내가 안 해본 것도 아니다. 공연히 꿀벌만 죽으면 돈 물어내는 줄 알어!"

"에이, 한 번만 믿어보시라니까요. 절 그렇게 못 믿으시겠어요?"

"못 믿는다."

"정말 못 믿으셨으면 부르지도 않으셨을 거잖아요. 좀 믿으세요. 이거면 된다니까요."

그렇게 말하며 민주려는 얇은 나무 판 위에 끈끈이를 가득 발랐다. 이 끈끈이는 시장에 가면 흔히 파는 것이었다. 엄청 끈적거리는데 굳지 않아서 접착제용으로는 그다지 많이 쓰이지 않는다. 그저 기다란 종이에 끈끈이를 발라놓고 천장에 매달아놓은 뒤, 파리를 잡을 때나 쓰이는 것이었다.

"흥, 흐흥."

민주려는 이제 콧노래까지 부르며 끈끈이를 잘 펴 바른 뒤, 아까 잡았던 죽은 말벌을 붙였다. 그리고 그것을 벌통 옆에 두고 끝.

"……설마 그게 끝?"

"네."

"이게 어딜 날로 먹으려고!"

"아니에요, 잘 보세요. 벌써 한 마리 잡았어요."

길길이 날뛰는 기친친을 다독이며 민주려가 끈끈이판을 가리켰다. 그러자 정말로, 끈끈이판 위에 말벌 한 마리가 걸려들어 있었다. 신기한 것은 꿀벌통 바로 곁에 두었음에도 꿀벌들은 걸려들지 않고 있다는 것이었다.

"신기하죠?"

"대체 무슨 묘기를 부린 거냐? 주술이라도 부렸어?"

"아까 보셨잖아요. 저 주술 안 부렸어요."

정말 맹세컨대 민주려는 주술을 부리지 않았다. 애초에 그녀는 말벌만 콕 찝어서 유인한다거나 내쫓는 주술 따위 모른다. 그저 이 함정이 성공한 이유는 말벌과 꿀벌의 습성을 잘 파악했기 때문이었다.

"말벌 주변에 꿀벌은 가지 않고, 말벌만 가는 습성을 이용한 거예요. 이렇게 꿀벌통이 옆에 끈끈이를 두면, 꿀벌은 안 가죠? 반면에 말벌은 자기 친구라고 곁에 털썩털썩 내려앉잖아요. 그러면 바로 끈끈이에 붙잡혀서 깨꼬닥하는 거지요."

"그, 그런 단순한 방법으로⋯⋯."

"때로는 가장 단순한 게 정답일 수 있는 거죠."

민주려가 실실 웃으며 새로운 나무판에 또 끈끈이를 발랐다. 그리고 말벌을 한 마리 잡아 척하니 붙인 뒤 또 다른 꿀벌통 옆에 두었다. 꿀벌은 어마, 뜨거라! 하고 피하는데 조금 기다리자 말벌은 친구야! 하면서 내려앉는다. 그렇게 끈끈이판을 여섯 개 만들어 설치하고 반 시진이 흐르자 끈끈이판에 말벌들이 수도 없이 붙잡혀 있었다.

"이야아, 반 시진 만에 백 마리가 넘게 잡혔네요!"

"⋯⋯."

"내쫓지 못하니 반대로 잡는다! 좋은 방법이죠?"

말없는 기친친 앞에서 민주려가 흐흐흐 웃는다. 그리고 곧바로 흥정에 들어가기 시작했다.

"주술도 아니고, 비용도 적게 들고, 쉬운 말벌 퇴치법을 제가 발견했네요. 값은 얼마나 쳐주실 건가요?"

"끄응."

"차라리 주술이었으면 값을 적게 쳐주었을 거예요. 왜냐하면 주술은 영구적이지 않아서 계속 비용이 들잖아요. 그런데 이건 아니죠? 아주우! 쉽게 할 수 있는 방법이에요. 아무도 몰랐던 방법이라고요. 이런 묘안을 고작 꿀 한 단지로 채울 생각은 아니실 거예요. 아무렴요. 무려 이 인근에서 가장 큰 대중목욕탕 건물을 가진, 최고의 상인인 기친친 할머니신데! 돈 계산에 있어서는 철저! 하신 분이니 제가 걱정! 할 필요 없을 거라고 믿어요."

아예 못을 박는다, 박아. 하지만 기친친은 쉽게 휘둘릴 성격이 아니었다. 아무리 돈귀신 민주려라지만 아직 새파랗게 어린 애송이다. 그런 애송이에게 호구같이 뜯긴다면 기친친 자존심이 용납하지 않았다.

"그래, 철저! 하게 한번 가보자꾸나. 밤꿀 한 단지가 마음에 안 찬다면 뭘 원하느냐? 설마 벌통을 통째로 달라는 것은 아니겠지! 아무렴. 딱 일한 만큼 양심적인 일당을 가져간다는 그 민주련데!"

지지 않고 기친친이 세게 나오자 민주려가 윽 하고 한 발자국 물러났다. 과연 기친친이었다. 다른 사람 같았으면 진즉에 말렸을 텐데 말이다. 벌 한 통까지는 아니었지만 그에 준할 정도를 원했던 민주려는 결국 한 발 양보해야 함을 느꼈다. 하지만 한 보의 후퇴는, 두 보 전진을 위한 것이라는 걸 기친친은 깨달아야 할 것이다. 민주려는 으스스하게 웃으며 손가락 하나를 펼쳤다.

"꿀 한 단지만 더 주세요."

"호오? 고작 그것 하나? 너에게는 밑질 텐데?"

"저, 봤어요. 여기 들어오기 직전에, 열린 문 너머에 뭐가 있는지."

"……."

"딱 한 단지만 받아갈게요."

기친친이 입을 뻐끔뻐끔 열었다. 민주려가 뭘 말하는지 알아들었다. 그런데, 정말 어이가 없어서 말이 안 나왔다. 기친친의 방 안에는 여러 가지 꿀이 있었다. 그것은 취미처럼 모아놓은 기친친의 보물 중 하나였는데, 민주려가 그것을 본 것이다!

"대, 대체 뭘 원하는 거냐."

간신히 입이 열렸지만 말이 더듬거려 나왔다. 그런데 어쩔 수 없었다. 민주려가 원하는 양심적인 일당은 꿀 한 단지. 그 양은 지극히 양심적이다 못해 민주려가 살짝 밑질 정도였다. 그러니 양만 본다면 기친친은 기꺼이 달라는 걸 줘야 했다. 그러나 기친친의 방 안에 있는 것은 한 단지씩이나 주기에는 무척 귀한 것들이었다. 덜덜 떠는 기친친을 보며 민주려가 으스스했던 표정을 슬그머니 풀고 수줍게 웃었다.

"거기이, 제일 안쪽에 있는 거 있잖아요."

제일 안쪽. 그 말을 듣는 순간 기친친의 얼굴이 와자작 구겨졌다. 결국 본 것이다. 돈귀신 민주려답게! 가장 비싼 것을 잘도 알아채 눈여겨보고 있던 것이다!

"아이참, 말하기 부끄럽네."

벌복을 입고 민주려가 몸을 배배 꼬았다. 당장 벌복을 벗고 그 행동을 했더라면, 속내 모르는 사내 여럿 껌뻑 죽을 애교였다. 하지만 기친친은 그 애교가 참 무섭고 지긋지긋했다. 마치 말벌처럼!

"인삼 들어간 꿀 있으시잖아요. 그거 딱 한 단지면 되는데에."

분홍색 기류가 퐁퐁 나올 것 같은 달콤한 목소리다. 하지만 그 뜻은 그렇지 아니하였으니, 기친친은 곡소리가 나올 뻔했다.

인삼 들어간 꿀이라니! 그게 얼마나 비싼 것인데!

"대신에 오늘 꿀 따는 것도 도와드릴게요. 설마 이러고도 부족하다고 하실 것 아니죠?"

뭐, 민주려의 말이 맞긴 하다. 부족하지 않다. 딱 적당한 가격이었다. 말벌의 습격을 획기적인 방법으로 줄일 방도를 알려줬으니 말이다. 하지만 그건 그거고 이건 이거였다. 보물 같은 인삼 들어간 꿀을 민주려에게 한 단지씩이나 줘야 하는 기친친의 가슴은 찢어질 것 같았다.

"요망한 것. 네년은 정말 지독한 년이야."

"헤헤."

"내게 있어 말벌은 네년이다. 어찌 그리 돈 냄새는 기막히게 맡는 것인지."

달콤한 황금, 꿀을 만드는 꿀벌을 침략자 말벌에게서는 지켜냈다. 하지만 그러면 뭐하는가. 기친친은 민주려에게 인삼꿀을 빼앗기게 되었는데. 기친친에게 있어 민주려는 그야말로 피도 눈물도 없는 침략자였다. 황금 같은 꿀도, 그 꿀을 만드는 꿀벌도 아닌 진짜 황금을 훔쳐가는 침략자!

△ ♥ △

한바탕 흥정이 끝나고, 누군가는 환호를, 누군가는 쓰린 속을 붙잡고 본격적으로 일을 시작했다. 벌통 하나를 점찍은 뒤, 연기를 이용해 벌을 내쫓는다. 그 뒤에 벌통을 열자 민주려의 입이 벌어졌다.

"우와아, 꿀이 흘러요!"

육각형의 집이 층층이 들어 있었고, 그 안에서 꿀의 윤기가 좌르르 흘렀다. 달콤한 냄새가 폴폴 나는데다가 그 사이사이 유충도 들어가 있었다. 그런데 그렇게 징그럽게 보이지는 않는다. 육각형 집 안에서 몸을 말고 있어서인지 얌전해 보였다.

"다 짜는 거 아니야. 그러면 이 녀석들도 자생하지 못하거든. 그리고 여기 봐라. 여기 이건 여왕벌이 태어날 집이다."

뭐가 다른지 모르겠지만, 기친친은 한구석을 가리켰다.

"여왕벌의 유충은 꿀을 먹고 자라지 않는다."

"그럼요?"

"왕유(王乳)를 먹고 자라지."

그 말을 듣자마자 민주려의 눈빛이 변했다. 왕유라니. 왠지 비쌀 것 같은 단어. 그런 민주려의 기색을 알아챈 기친친은 역시 돈귀신이라고 생각하며 고개를 끄덕였다.

"일 년 동안 고작 손가락 하나 찍을 수 있을까 말까 한 양이 나오는데, 같은 무게 황금보다도 비싸다."

"헉."

"서민들은 먹을 수도 없지. 왕유는 대부분 황실에 진상되거든. 지금은 때가 아니니 채취하지 않아."

여왕벌의 유충이 있는 층을 빼고 다른 유충들도 모조리 훑은 뒤 – 그것도 먹는 거란다 – 기친친은 벌집을 민주려가 들게 했다. 그리고 따라오라는 곳을 갔더니 작은 헛간이었다. 창이 워낙에 커서 안이 훤했는데, 그 안에는 달달한 냄새가 나고 있었다. 아래를 보니 꿀을 담는 작은 대야가 보였다.

"자, 시작이다. 벌집을 잘 올려놔라."

"네."

꿀을 만드는 방법은 너무도 쉬웠다. 작은 대야 위에서 벌집을 꽈아아악 쥐어짜는 것이었으니 말이다. 물론 그렇게 꽉 쥐어짜는 것은 민주려의 몫이었다. 기친친은 뚱한 얼굴로 민주려가 끙끙대는 것을 지켜보았다.

"더 짜라, 더. 아직 한참 멀었어!"

"꿀은 정말 많이 나오는데, 이거 은근 힘드네요."

"그럼 어디 쉽게 얻는 줄 알았어? 걸레 짜듯이 짜봐!"

"네, 네."

야무지게 벌집을 짜내던 민주려가 하다하다 이제 안 나오자, 기친친이 보약 달일 때 쓰는 도구를 주었다. 그것에 넣고 짜는데도 덜 나왔다고 하자 민주려는 결국 주술을 이용했다.

"틀어져라, 틀어져라. 틀어져라!"

비비 꿰어진 벌집은 거의 희게 보일 정도로 뒤틀렸다. 마치 엿가락처럼 늘어지면서 짜이는 것이, 덕분에 꿀은 줄줄줄 흘러내렸다. 정말 한 방울도 남기지 않고 다 짜지자 그제서 기친친의 표정이 풀렸다. 정말 야무지게도 짰다.

"한입 먹어볼텨?"

이왕 이렇게 된 것 인심 쓰자. 기친친의 말에 민주려가 재빨리 검지를 푹 찍었다. 그리고 입에 넣자 뺨이 부들부들 떨릴 정도로 달콤한 꿀이 혀를 감싸는 것을 느꼈다.

"달아요!"

"그렇지. 하지만 밤꿀 맛이 평범한 꿀하고는 다르지 않느냐?"

"으음, 네. 조금 시큼? 아니. 덜 달다고 하나. 담백하다고 하나. 밤 향이 나요. 그러고 보니 색도 조금 짙은 것 같네요."

"그래서 밤꿀만 찾는 사람들이 있어. 맛이 특이하거든."

"정말 맛나네요. 꿀은 무작정 달 줄 알았는데 향도 나고."

"그뿐이랴. 꿀은 그 자체로 보약이야. 기력회복에도 좋고, 쓴약이 있을 때 감초 대신에 먹어도 좋지. 요리로는 또 어떻고? 따끈한 떡을 바로 꿀에 찍어 먹어도 맛 나는데, 꿀을 굳혀서 바로 먹는 꿀 과자도 있지. 강정과자 만들 때 조청 대신 꿀을 쓰면 혀에서 그냥 녹아내려. 그리고 견과류를 꿀에 절여 먹거나, 푹 쪄도 별미야. 쓴맛 나는 약초나 뿌리를 절여도 좋고……."

그 이후로 한참 기친친의 꿀 자랑은 끝나지 않았다. 당장 요리할 수도 없는데 맛난 음식만 나열하니 그저 침만 꼴딱꼴딱 넘어갈 뿐이었다. 이쯤 되니 기친친의 새로운 복수방법이 아닌가 싶다. 정말이지 먹을 수 없는 음식자랑을 듣는 것은 괴로운 일이었다.

"그리고 말이지……."

그런데 정말 괴로운 것은 아직 그 음식자랑이 한참 남은 것 같다는 것이었다. 참 듣기 괴로운데, 또 웃긴 건 그 맛을 묘사할 때는 계속 듣고 싶었다. 결국 민주려는 그날 일을 다 마치고, 밤꿀한 단지, 인삼꿀 한 단지와 금 아홉 냥을 챙겨 부리나케 도망쳤다. 그대로 더 붙들려 있었으면 기친친의 마수에 걸려들어 밤새도록 꿀 예찬론을 들었을 것이다.

뭐, 이 정도면 둘의 신경전은 무승부라고 치자. 그리고 민주려는 한밤중, 고된 노동 끝에 얻어낸 인삼꿀 한 숟가락을 듬뿍 퍼 차를 타 마시는 호사를 즐겼다.

혀끝에 맴도는 달달한 맛을 즐기다 보니 그녀는 말벌이 왜 꿀
벌의 꿀을 훔쳐가는지 알 것 같았다.

七章
하지의 애벌리고

"호호호."

입을 가리고 웃는 지야곤의 유모, 서윤경. 그리고 일감을 후두
둑 떨어뜨린 지만복. 그들 사이로 쌩하니 찬 바람이 불었다. 몸이
허해 드는 착각이었으면 좋겠는데 안타깝게도 착각이 아니다. 정
말로 찬 바람이 불었다.

활짝 열린 창문.

주인, 즉 지야곤이 없는 집무실.

무슨 상황인지 기민한 머리로 알아낸 지만복은 털썩 주저앉았
고, 서윤경은 그저 웃기만 할뿐이었다. 이제 지만복의 몸은 부들
부들 떨기까지 했다. 혹시 우는가 싶었지만, 들리는 것은 울음소
리가 아니라 웃음소리였다.

"후, 후후후. 지 가문의 가신, 이 지만복. 똑같은 수법에 두 번
당하지는 않습니다."

"어머."

"이럴 줄 알고 호위무사 다섯 명을 붙여뒀습죠! 이제 소가주께
서는 제 손에서 벗어나 도망칠 수 없을 겁니다!"

그렇게 당당하게 외쳤건만, 얼마 후 들어온 보고를 받고 지만 복은 다시 쓰러지고 말았다.

다섯 명의 호위무사.

분명 뛰어난 자들이었을 것이다. 그러나 지만복이 하나 잊은 것이 있으니, 지야곤이 그들에게 잡힐 만큼 녹록한 상대가 아니였 다는 것이다. 이미 무술 실력만으로도 어지간한 무사 셋을 압도하 는데다가 대학관에서 소문 자자한 주술 실력의 소유자였으니 어 찌 잡히랴? 그나마 네 명이 실패하고 한 명이 따라붙은 것만 해도 감지덕지였다. 다만 그 한 명이 지야곤을 잡는 것에 신경 쓰지 않 고 따라가는 것만 해서 성공한 것이었다. 지만복의 바람대로 지야 곤이 오늘 안에 집무실로 돌아오기는 글렀다.

"괜찮지 않나요? 어차피 오늘 하실 일도 끝내고 가신 거잖아 요."

서윤경이 잘 타이르고 위로해보지만 지만복은 눈물을 흩뿌리 며 고개를 저었다.

"아무리 그래도 이 뒤숭숭할 때에! 어찌 소가주께서는 가문에 있지 않으시고 밖에 나가신단 말입니까! 정말 너무하십니다!"

"가끔 답답하셔서 바람 좀 쐬시는 걸 거예요."

"바람 좀 쐬신다는 분께서 한번 나가면 하루 종일 안 돌아오시 잖습니까! 마치 마음에 봄바람이라도 든 것처럼 나가서 깜깜무소 식이니 제가 어찌 걱정하지 않을 수 있겠습니까아."

기어이 어형형 우는 지만복을 두고 서윤경은 식은땀을 흘렸 다. 과연 지 가문의 가신, 안 그런 척 무척 예리한 말이었다.

"호, 호호호."

찔리는 구석이 있는 그녀는 그저 어색하게 웃음으로 얼버무리는 수밖에 없었다.

△ ▼ △

"떡국 먹으러 왔다."

지야곤이 민주려에게 찾아온 변명은, 적어도 호위무사 이기호가 듣기에는 빈곤하다 못해 비참했다. 떡국이라니. 지 가문의 소가주면 손만 까딱해도 먹을 수 있는 음식이었다. 아니지, 그 전에 소가주씩이나 되어서 왜 하필 떡국이란 말인가. 물론 설날에 꼭 먹는 명절 음식이지만, 보관이 쉬운 가래떡을 가장 푸짐하게 해먹을 수 있어서 서민 음식이기도 했다. 그런 것 먹을 바에야 기름 좔좔 흐르는 소고기를 먹으라고!

"아, 맞다. 잊고 있었네요. 선배에게 꼭 떡국 해드리려고 했는데!"

게다가 정말로 지야곤에게 떡국을 먹이려는 소녀라니. 이기호는 뭔가 어디서부터 잘못되었는지 가늠도 되지 않았다. 다만 저만치 뒤에서 복잡한 심경이 그득 담긴 눈빛을 보내고만 있었다.

"그런데 죄송해요. 제가 지금부터 일하러 가거든요."

"일을 하지 않는 날이 없군."

"어쩌겠어요. 안 하면 굶는데."

"……."

"선배에게 밥해드릴 만큼은 있으니까 걱정 마세요. 떡국 하려고 가래떡도 잔뜩 사뒀고요, 요번에 닭 한 마리 잡아서 푸욱 삶아둔 물이 있으니까 끓이기만 하면 돼요."

그 말을 하면서 민주려는 우울한 표정을 지었다. 정말 의도하지 않게 닭을 잡게 되었다. 몸보신용으로 잡은 것이 아니라, 길고양이가 와앙 하고 물어서 골로 갔다. 원래 길고양이는 병아리 한 마리만 채갈 심보였지만, 모정 깊은 어미닭은 고양이랑 장렬하게 싸워 병아리를 지켜내고 대신 죽었다.

삐약삐약 어미 잃은 병아리는 울었지만, 민주려는 냉정하게 그 앞에서 뜨거운 물을 부어 털을 뽑았다. 무슨 인정 없는 짓이냐고 누가 그럴지도 모르겠는데 이미 죽은 건 죽은 거고. 고기가 생겼는데 안 먹을 수야 있나. 알 낳는 어미닭이 죽은 것은 뼈아픈 일이지만.

"일, 도와줄게."

"괜찮아요. 더 신세 지면 제가 갚을 길이 없어요."

"다음에 저녁 한 끼, 더 해줘."

음, 흔들린다. 고작 한 끼 식사에 일을 도와주려고 하다니. 민주려는 마음이 흔들리는 것을 느꼈다. 정말 사람 좋네, 하면서도 저렇게 손해 보고 사는 걸 보고 있자니 불안했다. 아무래도 지야곤이 마음에 든 민주려는, 세상을 몰라도(?) 너무 모르는 그를 보고 있자니 물가에 내놓은 아이처럼 불안해졌던 것이다.

"한 끼는 제가 양심이 없어 보이잖아요."

"그런가?"

"두 끼. 대신에 거나하게 상 차려드릴게요. 어때요?"

"좋아."

겉으로 보기에 지야곤은 고작 두 끼 식사에 자신의 노동력을 팔았다. 실은 민주려와 함께 있기 위한 명분에 불과했지만, 그걸 알 리가 없는 이기호는 경악하고 말았다. 아무리 격 없이 친한 사이라고 해도 무려 지 가문의 소가주를 소 부려먹듯이 부려먹다니. 위의 꼬장꼬장한 장로회의 늙은이들이 알면 사달이 일어날 일이었다. 당장 위에 보고를 올려야 마땅한 일이지만, 이기호는 그럴 수 없었다.

'어이쿠, 무서워라.'

발을 살짝 빼서 돌아가려고 하자 찌릿하고 날카로운 기가 주변에 맴돌았다. 딱 그에게만 고정된 기에 그는 어설프게 웃고 말았다. 분명, 보고하지 말라는 경고 차원에서 이리한 것이다. 겉으로는 저 작은 소녀의 앞에서 멍하니 있는 것처럼 보여도, 속으로는 이미 십 장 안의 주변을 제 통제 아래 두고 예민하게 기감을 키우고 있었다.

'내란이 일어났던 때에 장성하셨으면 장군은 능히 해먹었겠군.'

뛰어난 무재(武才)다. 게다가 그 무재 못지않게 머리도 뛰어났다. 상황을 빠르게 파악하고 가장 좋은 길을 찾아 해결하는 능력은, 지 가문에서 이미 소문이 자자했다. 지금만 봐도 자신에게 유리한 길을 철저하게 틀어쥐고 있지 않은가. 저러니 지 가문에서 지야곤에게 껌뻑 죽는 거다. 밖에 이렇게 돌아다녀도 제 할 일은 다 해놓고 나가니 손도 못 대는 것이고.

"떡국 말고 뭐 드시고 싶으세요?"

"아무거나."

"네. 맛난 걸로 준비해드릴게요. 그런데 저 수저를 하나 더 놓아야 하나요?"

이기호가 움찔했다. 아기 토끼처럼 유순해 뵈는 그녀가 손가락으로 저를 콕 하고 찍었던 것이다. 아무리 그래도 몸을 조금 숨겼는데, 이렇게 쉽게 발각될 줄은 몰랐다. 등 뒤로 식은땀이 줄줄 흐르는 그를 아는지 모르는지 민주려의 표정은 진지했다. 밥 한 그릇을 더 퍼야 하나. 그럼 손해가⋯⋯. 등등의 생각을 이미 일찌감치 읽은 지야곤은 무심하게 고개를 저었다.

"밥 주지 않아도 돼."

"⋯⋯무르기 없어요, 그 말."

"그냥 따라붙은 거니까 무시해. 없는 셈치고."

민주려의 맛난 밥은 자기만 먹으면 된다. 지야곤은 그 어느 때보다 자신의 호위무사를 견제했다. 그리고 그 견제를 받는 이기호는 식은땀을 흘렸다. 아니, 자신이 뭐 어쨌다고!

△ ♥ △

오늘 민주려 혼자서 할 예정이었던 일은, 다름 아닌 하지 감자 캐기였다. 이 일은 저번에 말벌 퇴치로 밤꿀 수확량이 팍팍 늘어난 기친친이 선심 쓰듯이 소개해준 일이었는데, 수입이 나쁘지 않앉다. 이 하지 감자 밭의 주인인 임분녀는 이미 환갑이 훌쩍 넘어 고희를 바라보는 나이로, 기친친과 어떻게 친구일지 알 수 없을 정도로 성격이 부드러웠다. 게다가 일당도 기친친과 달리 굉장히 후하게 쳐줬는데, 금 일곱 냥에 하지 감자 한 부대나 준다고 하니 어찌 거절할 수 있으랴.

"에구, 에구. 미안해라. 나 혼자서는 이 많은 걸 다 못 캐거든."

"괜찮아요, 할머니. 여기 이렇게 든든한 남자도 있으니까 부담도 별로 없어요."

"그러고 보니 총각도 있었네. 총각 몫의 일당은 아직 준비 못 했는데……."

"그러실 필요 없습니다."

뭐, 하지 감자가 심어진 밭이 넓긴 했다. 나이 많은 임분녀 혼자서 못하는 것이 당연했고, 민주려 혼자서도 조금 버거운 감이 없지 않아 있다. 하지만 지야곤이 있으니 꽤 수월해지리라. 미안해서 어쩔 줄 몰라 하는 임분녀를 그냥 마루에 앉힌 뒤, 민주려는 그의 손에 호미를 쥐어 주었다.

"감자 캘 때는 절대, 힘 줘서 땅을 뒤집으면 안 돼요."

"왜?"

"감자에 상처 나니까요. 상처 난 감자는 못 팔아요. 나르는 도중에 썩어버리니까. 애기 다루듯이, 살살 파서 캐는 거예요. 알았죠?"

끄덕끄덕 고개를 끄덕이는 지야곤을 두고, 민주려의 두 눈이 가늘어졌다. 일단 감자는 어찌 캐겠는데, 초보자가 끼었다. 조금 수월해지려면 역시 땅의 주술을 쓰는 것이 좋았다.

"흔들려라."

잠깐 지진이 일어난 것처럼 땅이 흔들렸다. 그 미세한 감각에 지야곤의 눈이 그녀에게로 향하자, 씩 웃어 보인다.

"땅을 흔들어놨어요. 흙이 조금은 부드러워졌을걸요."

그 말대로 슬그머니 발로 땅을 누르자 푹 하고 부드럽게 눌린다. 새삼 느끼는 것인데 그녀는 정말로 땅의 주술을 잘 다뤘다.

"그럼 감자를 캘까요? 이거 힘들지만 의외로 재미있어요."

민주려의 말은 틀린 것이 하나도 없다. 감자는 정말 캐는 재미가 쏠쏠했다. 힘 줘서 팍팍 호미질은 할 수 없었지만, 조심스럽게 한 알을 흙 속에서 파내면 알알이 다른 것도 따라 올라왔다. 이 흙속에서 어찌 그리 귀엽게 쏙쏙 나타나는지.

"아이고, 총각 일 잘하네."

옆에서 일을 거들던 임분녀도 홀홀 웃었다. 평생 농사만 짓고 살아서인지 거멓게 탄 피부는 자글자글 주름이 잡혀 있었다. 마치 나무 등껍질처럼, 혹은 그 나이테처럼 드러나는 세월의 흔적에 그는 공손하게 고개를 숙였다.

"아직 서투릅니다."

"아니야. 정말 잘해. 내가 처음 감자를 캤을 때는 말이야, 수도 없이 감자알을 호미로 찍어버렸지 뭔가. 그걸 보고 남편이 어찌나 고래고래 소리치면서 화를 내던지. 눈물을 쏙 뺐더랬지."

"그랬습니까."

"응. 정말 심하게 혼내는 거야. 옆에 있는 시어머니가 한마디도 못 할 정도로. 그것이 참 서럽더라는 거야."

홀홀 웃으며 임분녀가 감자를 캤다. 느릿하고 힘없는 손짓이었지만, 마치 땅속에서 감자가 그녀의 손에 저절로 붙는 것 같았다. 저것이 진정한 요령이자 숙련된 손짓이구나. 어느새 가까이 다가온 민주려도 임분녀의 일하는 모습을 흘끔흘끔 보며 따라 했다. 그런 민주려의 태도에 임분녀가 씩 웃었다.

"그래, 그렇지. 나도 아가씨처럼 눈치로 배웠어. 내가 일을 배우려고 남편의 눈치를 보는데, 남편이 말이야, 나한테는 그렇게 모질게 말하면서도 감자 캘 때는 참 조심스러웠어. 병아리 솜털 만지듯, 민들레 홀씨 쓰다듬듯 애지중지 캐는 거야."

"그래서 더 서럽지는 않으셨어요?"

민주려의 질문에 임분녀는 고개를 저었다.

"아니이."

"정말요?"

"응. 그 사람은 내가 망친 감자를 쪄오면 그걸 남김없이 다 먹었어. 남한테도, 시어머니한테도 주지 않고 다 먹었지. 땅에 떨어지거나 타서 못 쓰게 되었는데도 고집스럽게 먹는 거야. 그런 사람이 왜 밉겠어?"

조곤조곤 임분녀의 목소리가 감자밭에 퍼졌다. 흙냄새가 코를 찌르고, 그사이 그보다 더 짙은 임분녀의 세월의 향기가 슬금슬금 그들의 발치를 스쳐 지나갔다.

"알고 보니 혼내던 것도, 시어머니가 꾸중할까 더 버럭 질렀던 것이더라고. 못난 사람 같으니, 조금이라도 솔직하면 얼마나 좋겠어?"

"그러게요. 남자들은 다 바보래요."

"그렇지, 그렇지. 청년도 솔직해야 해. 안 그러면 나중에 처가 고생한다우."

쭈글쭈글한 손이 흙 사이로 파고들자 흙이 마치 두부처럼 갈라졌다. 그리고 그 사이로 정말 큼지막한 감자알이 딸려 나왔다. 임분녀는 마치 아가 머리 들어 올리듯 조심스럽게 떠올려 흙을 털었다.

"아따, 고놈 맛나게도 생겼다."

주름진 입가에 웃음이 걸렸으나, 그 눈은 그저 꺼멓고 축축하기만 했다. 그것을 지켜보던 민주려는 하던 일을 마치고 임분녀의 손을 붙들었다.

"응?"

"할머니, 오늘 이 일 다 할까요?"

"무슨 소리야. 이걸 어떻게 하루 만에 다 해."

밭이 넓어서 임분녀는 무리라고 했다. 하지만 민주려는 고개를 저었다. 자신만만한 웃음을 지으며 그녀는 허리에 척 손을 올렸다.

"기친친 할머니가 저에게 꽤 많은 수당을 주시거든요. 한번 부르실 때마다 제가 제대로 뜯어먹…… . 흠흠. 아무튼, 그동안 신세진 것도 있으니까 팍팍 도와드릴게요."

"아무리 그래도 다 못 해. 여기 밭이 얼마나 넓은데. 넓고 넓어서 젊었을 적에 시어머니랑 남편이랑 내가 언제 다 할까 한숨을 얼마나 쉬었는지 몰라."

"에이, 걱정 마시라니까요."

"하지만……."

"자, 자. 저희한테 맡겨주시고! 할머니는 저희 새참 좀 준비해 주세요. 아이참, 배가 고파서 움직일 수가 있어야지요. 철도 씹어 먹는 젊은 남녀 굶기지 마시고!"

임분녀는 결국 그녀의 등쌀에 자리에서 주춤주춤 일어나야만 했다. 주저주저하는 임분녀의 태도에 민주려는 비장의 수를 썼다.

"사실 일꾼 한 명 더 있어요."

"아니, 한 명 더?"

"네. 일당 안 늘어나니 걱정 마세요. 그냥 선심 좋게 일 도와주 실 분이 저어어기 있으시니까."

난데없이 가만히 서 있던 이기호가 날벼락을 맞았다. 그는 저 도 모르게 자기를 손가락으로 가리켰고, 민주려는 그럼 누가 있겠 느냐는 표정을 지었다. 그가 얼결에 가까이 다가오자 임분녀는 새 참을 많이 준비해 오겠다며 그제야 발길을 돌렸다.

밭을 벗어나는 그녀를 보며 민주려는 안도의 한숨을 내쉬었 다.

"무슨 일이지?"

지야곤은 그녀가 왜 돈도 안 되는 일을 하려는 것인지 궁금했 다. 원래대로라면 제대로 뜯어먹든가, 아예 일하지 않았을 것이 다. 그런데 이번에는 달랐다. 민주려는 정말로 아무런 대가 없이 일을 더 해주려는 것이었다. 그것도 그의 호위무사까지 써먹으면서.

"분녀 할머니가 왜 급히 일꾼을 사셨을 거라고 생각해요?"

"사람이 없으니까."

"보통 노인 분들은 밭을 자식에게 떼어주세요. 그리고 당신들이 할 수 있을 만큼의 밭만 일구신다고요. 사람을 사지 않는 수준으로."

하지만 임분녀는 사람을 샀다.

혼자서 다 할 수 없으리만치 넓은 밭. 하지만, 혼자라서 어려운 것이지 한 사람만 더 있었다면 능히 삼일 안에는 해치울 수 있는 양이었다. 원래대로라면 노부부가 일궜을 밭이니, 사람을 살 필요가 없었지만······.

머리가 좋은 지야곤은 바로 눈치 챘다.

보이지 않은 임분녀의 남편, 홀로 밭에서 감자를 캐던 늙은 노파.

"혼자시구나."

"네."

"그것도······."

"얼마 되지 않았어요. 남편 분께서 감자를 심고 바로 돌아가셨대요."

오랜 세월 함께한 남편을 잃은 임분녀는 감자밭을 열심히 가꿨다. 마치 제 짝을 잃은 슬픔을 잊기 위해서라는 듯이. 그것이 너무 심해 친구인 기친친이 여러 번 말렸는데도, 그녀는 계속 일했다. 밭을 가꾸고, 감자를 키우고, 그렇게 하지까지 왔다.

"자식은?"

"내란 때 다 잃으셨대요."

"……."

"사실 기친친 할머니가 저를 이리로 보낸 것은, 말동무도 겸사 겸사 해달라는 뜻이었어요. 혼자 너무 외롭게 계신다고요."

그래서 민주려는 따로 수당도 받았다. 그냥 외로운 할머니의 말동무도 해드리고, 밭일도 도와주면 되는 줄 알았다. 하지만 아니었다. 이 넓은 밭을 보고 있자니, 어쩐지 애잔했다. 혼자서 감자 밭을 캐는 임분녀의 꾸부정한 등과 작은 체구가 눈에 밟혔다. 감자를 한 알, 한 알 캘 때마다 젖어 들어가는 그 눈을 보고 있노라니 참을 수 없었다.

가족을 잃은 슬픔, 그녀라고 해서 어찌 모를까.

민주려도 홀로 남은 집의 적막함을 처음에 견디지 못했다. 차가운 방바닥을 맨발로 밟을 때마다 소름이 돋아 더더욱 집에 붙어 있지 못하고 일에 매달렸던 때도 있었다. 지금이야 돈이 좋아 일한다지만, 당시에는 집에 혼자 있는 것이 싫어서 일에 매달렸었다.

"할머니를 쓸쓸하게 내버려두고 싶지 않아요."

"그래."

"저기, 미안해요. 호위무사 아저씨도요. 조금 끌어들이게 되어서……."

"괜찮다."

이기호의 의사야 안중에도 없이 이야기가 진행되고, 잠깐의 먹먹했던 분위기는 반전되었다.

"그러니 저희는 오늘 하루, 할머니의 손자와 손녀가 되는 거예요."

"응?"

"감자 캐기? 하루 만에는 무슨! 한 시진 만에 끝내야겠어요. 그러고 나서 집 보수도 해드리고, 저녁도 맛있게 지어드리고, 청소도 하고, 빨래도 하고!"

활활 타오른다. 누가? 민주려가.

"오늘 하루 안에 다 해치우는 거예요!"

그 기세에 겁먹은 이기호가 덜덜 떨든 말든, 지야곤은 그저 흐뭇하게 고개를 끄덕였다. 이기호는 그것에 기겁했다. 아니, 무슨 호구처럼 고개를 끄덕이고 앉아 있어! 그러나 그는 몰랐다. 지야곤이 민주려에게만 한정으로 호구라는 것을.

△ ▼ △

임분녀는 오랜만에 새참을 두둑하게 차렸다. 찐 감자 한 소쿠리, 소금으로 간을 한 감자전, 그리고 감자와 찰떡궁합인 묵은 김치에 목 메일까 준비한 식혜 한 주전자까지. 머리에 인 바구니는 무거웠지만 그만큼 마음은 든든했다.

임분녀는 이 많은 새참을 먹어줄 민주려와 지야곤을 떠올렸다. 둘 다 참 야무진 젊은이들이었다. 일도 어찌나 열심히 하고,

이것저것 말을 걸던지 지루할 틈이 없었다. 그들이 새참을 복스럽게 먹을 생각을 하니 발걸음이 다급해졌다. 오늘 하루 안에 다 끝나지 않을 감자 캐기도 도와야 하니 말이다.

"이제 오셨어요?"

그런데 맙소사. 임분녀는 자신의 두 눈을 믿을 수 없었다. 그 넓던 밭의 감자가 어느덧 다 캐져 있었던 것이다. 쌓인 감자 무더기를 보던 그녀의 입이 떡 벌어졌다. 그사이 지야곤이 벌써 다가와 새참 바구니를 대신 들었다.

"정말 이걸 다 한 거야?"

"네에."

"아니, 이걸 어떻게 다 했담?"

"기친친 할머니께 못 들으셨어요? 제가 조금 능력이 좋거든요, 에헴."

그야 욕은 실컷 들었다. 인건비 날름날름 다 해먹는 년이라고. 임분녀는 현명하게 그 말을 입 밖에 내지 않았다. 어쨌든, 어느덧 다 캐져 있는 감자밭을 보니 대단하긴 했다. 아주 싹싹 다 훑은 모양인지 쌓여 있는 감자무더기의 크기가 범상치 않았다.

"씨알 봐라. 작년보다도 굵네."

"그래요?"

"응, 작황이 좋아. 풍년이야."

"마실 것 없습니까?"

진이 다 빠진 표정의 이기호가 임분녀에게 다가왔다. 그러자 임분녀는 말없이 식혜를 그릇에 부어주었다. 곳곳에 흙이 묻은 이기호는 식혜를 꿀꺽꿀꺽 마시더니 캬 소리를 내었다. 그리고 곁에서 민주려와 지야곤도 새참을 꺼내 먹기 시작했다.

맛나게 새참을 먹는 그들을 보며 임분녀가 흐뭇하게 웃었다. 특히 지야곤은 정말 복스럽게 먹어서 보는 사람으로 하여금 기분 좋게 했다.

지야곤은 이제 한쪽이 아닌, 양쪽 뺨이 빵빵하게 차오르게 음식을 넣고 먹는 법을 터득했다. 고작 찐 감자와 감자전, 김치뿐인데도 참 맛있었다.

그는 목이 메여 식혜를 마시다가 흘끔 임분녀를 보았다. 평생의 짝을 잃은 사람. 겉으로 보기에 그렇게 쓸쓸한 것 같지는 않았다. 그저 평범한, 어디서나 볼 법한 노파였다. 하지만 민주려는 그 곁에 찰싹 붙어 손녀처럼 종알거렸다. 도무지 혼자 놔둘 수 없는 것처럼. 그는 그것이 이해가 되지 않았다.

"일 다 했으니까, 얼른 집에 가요."

"그래야지. 감자만 옮겨놓으면 오늘 일은 끝이지."

"참, 저희 저녁은요?"

"어이구, 또 얻어먹으려고? 예쁜 아가씨에게는 줘야지. 그런데 저 청년들까지 먹이려면 살림이 거덜 나겠어."

"걱정 마세요. 저녁식사 값은 할 거거든요."

민주려의 말대로, 그들은 저녁식사 값을 톡톡히 해내어야만 했다. 캐낸 감자를 모조리 부대자루에 담아 옮기는 것은 물론이요 집수리에, 청소에, 빨래까지 속공으로 해치웠기 때문이었다. 살림에 있어서, 그 누구보다 노련한 민주려의 노도와 같은 지시에 두 사내는 빠릿빠릿 움직였다. 임분녀는 손 하나 까딱하지 않게 마루에 앉혀놓고, 민주려도 집 안 청소와 빨래까지 해치웠다. 처음에 말리려던 그녀도 민주려의 화려한 빨래 주술에 손뼉을 치며 구경했다.

얼추 집수리와, 청소, 빨래가 끝나자 민주려는 세 명의 사람을 마루에 멀거니 앉혀놓고 밥 짓기에 들어갔다. 임분녀의 허락을 받아, 부엌에 있는 식재료를 마음대로 사용했다. 물론 이 식재료를 쓰는 것도 양심에 걸려, 기친친에게서 받은 수당에서 제할 생각이었다. 그렇게 해가 지기 전에 그녀는 저녁상을 차릴 수 있었다. 정말 모두의 입이 떡 벌어질 한 상을!

"저녁 드세요!"

민주려의 쾌활한 목소리에 대충 몸을 씻은 사람들이 상 주변에 자리를 잡고 앉았다.

"오늘의 저녁밥! 햇감자를 넣고 찐 감자밥에, 나물무침, 시원하고 새콤한 묵은 김치에 짭쪼롬한 감자전! 그리고 뭐니 뭐니 해도 비장의 음식은 이거죠."

감자, 감자, 감자로 도배해놨지만 오히려 침샘을 자극했다. 뭣보다 민주려가 자랑스럽게 내놓은 음식은 푸짐하고 보기도 좋았다.

"수제비!"

묵혀놓은 밀가루를 반죽해서 뚝뚝 떼어 만든 것이 분명했다. 게다가 이 고소한 냄새하며, 아직도 바글바글 끓어오르는 것이 뜨끈뜨끈해 보였다. 떡국은 아니지만 그와 비슷한 수제비라는 음식에 지야곤도 눈을 반짝였다.

"손도 야무지지."

임분녀가 감탄하며 한 숟갈 떴다. 정말 맛났다. 감자밥도 고슬
고슬 촉촉하게 잘되었고, 감자전은 어째 그녀보다 민주려의 것이
더 잘 만든 것 같았다. 기름에 제대로 지진 것인지 끝은 바삭하고
기름진데 속은 야들야들하니 고소했다. 그뿐이랴. 수제비 반죽은
쫄깃하고 국물은 시원했다. 임분녀가 말없이 밥을 먹자 나머지 사
람들도 숟가락을 들었다.

"맛있어."

지야곤이 그렇게 말하자 민주려가 콧대를 세웠다.

"그죠?"

그것이 귀엽다는 듯이 지야곤이 고개를 끄덕끄덕하고, 이기호
는 못 볼 것을 봤다는 식으로 밥을 한가득 퍼 입에 넣었다. 뭐, 밥
이 맛난 건 인정하지만. 그렇게 떠들썩한 식사가 이루어지는 가운
데, 갑자기 임분녀의 숟가락질이 멈췄다. 정말 이상했다.

"거참, 이상하구나."

이렇게 떠들썩하기는 오랜만인데, 분명 즐거워야 하는데.

"왜 이렇게 쓸쓸한고?"

사실 그녀도 그 이유를 안다. 다만 인정하고 싶지 않아 고집을
부렸을 뿐이다. 임분녀는 고개를 들어 민주려에게 시선을 주었다.
똑바로 마주해주는 맑은 눈빛에 임분녀는 눈을 깜빡였다. 그녀는
이제, 기친친이 왜 민주려를 자신에게 보냈는지 알 것 같았다. 깨
닫게 해주고 싶었던 것이리라.

"그래, 한 자리가 비었구나."

임분녀가 인정하고 싶지 않았던, 외면하고 싶었던 것을 말이다.

"영영 채워지지 않을 한 자리가 비었어."

아무리 작은 상 주위를 사람들이 옹기종기 모여 감싼다고 해도, 모두 채워지는 것은 아니었다. 빠진 이 사이로 찬 바람이 들어 시려오는 것처럼, 부지불식 임분녀의 속에서 그리움이란 감정이 스며들었다.

"그이의 수저가, 이제 놓이지 않겠구나."

꽉 찬 상, 그 위에 놓인 네 쌍의 수저들. 하지만 임분녀가 사랑한 남편의 수저는 없었다. 그것을 깨닫고 나자, 임분녀의 표정이 일그러졌다. 도무지 숟가락을 들 수가 없다. 슬픔에, 탄식에 빠져든다. 하지만 그녀는 울지 않았다. 아니, 울지 못했다. 슬퍼 울기에는 그녀가 겪은 세월의 무게가 너무도 무겁기 때문이다.

지야곤은 그제서 임분녀의 절절한 심정을 읽을 수 있었다. 왜 몰랐을까? 처음부터 그녀는 아프고, 괴롭고, 슬퍼하고 있었는데. 단지 그것을 감추고 외면하고 있었을 뿐인데. 그러나 그가 눈치 채지 못한 것과 달리 민주려는 알고 있었다. 아마 그것은 그녀가 임분녀와 같은 고통을 겪은 적이 있기 때문이리라.

"할머니."

"으응?"

"국 식었어요."

민주려는 대뜸 임분녀의 국그릇을 빼앗아 들었다. 차게 식은 국그릇은 옆에 두고 새로운 그릇을 찾아 수제비를 가득 채워 국을 담았다. 그리고 다시 임분녀에게 내밀었다. 따끈따끈하게 김이 피어오르는 그릇을 내려놓고, 수저를 다시 손에 쥐게 한 다음에 입을 열었다.

"밥 많이 드셔야 해요. 그래야 기운 내죠."

"밥맛이 없어."

"그래도 드세요. 꼭꼭 씹어야 해요. 밥 안 먹으면 기운 안 나고요, 기운이 안 나면 몸이 축 처져요. 그러면 아무것도 하기 싫고 마음도 약해져요. 약해진 몸과 마음은 병에 걸리기 쉽고, 병에 걸리면⋯⋯."

"걸리면?"

"나중에 가족들 볼 면목이 없어져요."

"⋯⋯일찍 보고 싶을 때도 있지 않니?"

"일찍 만난다고 좋아할 것 같아요? 전혀 아니에요. 만약 제가 할머니 가족이라면 엄청 원망할 거예요. 이 좋은 이승 버리고 왜 그렇게 빨리 저승으로 왔냐면서요."

"어디가 좋은고? 사랑하는 사람이 없는 세상인데."

이제 아무도 남지 않은 이곳에 무엇을 미련 두고 살아가란 말인가. 그러나 임분녀의 말에 민주려는 크게 화가 난 것 같았다. 민주려는 임분녀의 손에서 수저를 빼앗아 수제비를 떠 직접 입에 넣어주었다. 갑자기 입에 들어온 뜨끈하고 맛난 수제비에 임분녀의 눈이 커졌다.

"세상에 좋은 게 어디 사람만 있대요?"

우물우물.

"이렇게 맛난 것도 있잖아요! 돈도 있고! 밭도 있고! 집도 있고!"

우물우물.

뭐라고 반박하고 싶은데, 이가 거의 남지 않은 임분녀가 수제비를 다 먹는 데는 시간이 오래 걸린다. 그런데 어째 먹으면 먹을수록, 거참. 왜 이리도 수제비가 맛난지. 쫀득쫀득한 식감은 그대로인데 입에 여러 번 굴리자 살살 녹아들었다. 거기에 감자를 넣어 푹 고아서인지 그 눅진한 맛이 혀에 감긴다.

뭣보다, 따뜻했다.

목에 넘기고 나서도 그 온기가 그대로 남아 배 속 그득 채웠다.

"내년에도 감자를 심는 거예요. 밭이 너무 넓으면 사람을 사도 되고, 아니면 일부를 빌려줘도 되고! 땅을 뒤엎고, 거름을 주고, 이랑을 내고, 씨감자를 심고, 잡초를 뜯고……."

민주려의 웃는 얼굴만큼이나 따뜻함이 가득 퍼진다.

"그리고 다시 하지가 돌아오면 감자를 캐요."

임분녀가 자꾸 뒤만 돌아보려는 것을, 민주려가 잡아끌어 앞을 보게 한다. 당장에라도 죽을 것 같았던 심정이 어느새 가라앉는다. 앞날은 컴컴한 것이라고 생각했는데, 민주려의 말을 듣고 있노라면 그렇지 않았다. 그렇다. 임분녀가, 그녀의 남편과 함께 열심히 일구었던 감자밭은 남아 있었다. 그곳에 감자를 심어서, 내년에도 씨알 굵은 감자를 잔뜩 캐야 했다.

언제나 그러했듯이. 비록 함께했던 사람은 땅으로 돌아갔지만, 해야 할 일은 남아 있었다.

앞으로의 일은 아직도 남아 있는 것이다.

"그렇다면 기운을 내지 않으면 안 되겠구나."

"그렇죠. 국이 식었으면 따뜻한 것으로 바꿔드릴게요."

"아니다. 지금이 딱 괜찮게 식었어. 맛있게 먹으마."

임분녀는 수저를 쥐었다. 그리고 국을 떠먹었다. 짭쪼롬하고 감칠맛이 났다. 음식 솜씨가 야무지구나. 그렇게 생각하며 임분녀는 그날 밥을 싹싹 비웠다. 밥알 한 톨 남김없이.

△ ♥ △

이제 가야 할 때다. 민주려는 야무지게도 설거지까지 끝내놓는다며 부엌으로 들어섰다. 아직 완전하게 컴컴하지는 않은, 산 너머로 붉은 띠가 남은 초저녁은 제법 선선했다. 이기호는 어느덧 본분으로 돌아가겠다며 보이지 않는 곳에서 호위를 섰고, 지야곤과 임분녀만이 마루에 걸터앉아 있었다.

바람이 불 때마다 흙냄새가 코를 간질였다. 이제 컴컴하여 거의 보이지도 않건만, 임분녀는 감자밭을 향해 시선을 떼지 않았다. 그리고 지야곤은 그런 임분녀에게 말을 걸었다.

"괜찮으십니까?"

임분녀는 지야곤을 보고 빙그레 웃었다. 이 청년, 그저 말수 없고 잘생긴 청년이라고만 생각했는데, 자세히 보니 꽤 섬세한 구석이 있었다. 물에 물 탄 듯 술에 술 탄 듯 멍한 표정과 달리 주변에 예민한 것 같았다. 자고로 이렇게 남 걱정할 줄 아는 사람 치고 나쁜 사람은 없다.

"처음에는 말이야 그저 가슴이 찢어진지도 모르고 멍했지."

게다가 과묵하니, 입도 무거우리라. 이야기를 늘어놓기에는 좋은 상대였다.

"감자를 다 심고, 기르는 와중에 갑자기 남편이 쓰러졌지 뭔가. 어디 아픈 기색도 없이 잘 살아왔는데 말이야. 의원이 말하길 화병이라고 했지. 못난 사람 같으니. 십 년 전 내란 때 자식들을 죄 잃은 것을 내내 괴로워했던 거야. 누군들 안 슬펐겠느냐마는, 그 사람은 남모르게 속을 더 끓였던 게지. 술만 마시면 그렇게 아들놈을 찾았으니, 갑자기 잃은 그 심정 오죽했을까. 나도 단장이 끊어지는 것 같았는데, 아들놈 몰래 예뻐하던 그 사람은 어떠했겠어."

"……."

"십여 년을 내리 참다가 결국 그렇게 가버렸어. 그때 참으로 얄궂다고 생각했더랬지. 똑같이 늙은 마당에 얼마나 더 살라고 혼자 내버려두고 간단 말인가? 나도 데려가지, 나도 데려가지, 이 못난 사람아 하고 원망했었지."

하지만 아무리 토해내고 원망한들 들어줄 사람은 없었다.

"하루하루 죽고 싶었고, 하루하루 메말라갔어. 홀로 있는 집의 적막감이 싫어 더 부지런도 떨어보고, 저 넓은 밭 혼자서 미련스럽게 가꾸고, 그렇게 했었는데."

막상 감자를 다 캐고 보니, 텅 빈 밭 홀로 서 있게 되자 불쑥 깨달은 것이다. 젊은이들과 떠들썩한 저녁 한 상을 두고, 그만 인정하고만 것이다.

"고집을 부렸던 거야."

이제 혼자라는 것을.

"그 사람은 이미 없는데. 바보같이 있는 것처럼 굴었던 게야. 이미 없는 그 사람의 빈자리를 느낄까 봐 겁먹은 게지. 그 아픔이 무서워 도망쳤던 거야, 눈 가리고 아웅 한 셈이지. 바보같이."

애별리고(愛別離苦). 이별은 본디 애석하고 괴롭다. 그것이 평생 한 몸처럼 함께한 제 짝이면 오죽하랴. 몸을 절반으로 찢는 거만큼 아팠다. 그 고통은 너무도 커서, 임분녀는 도망쳤던 것이다. 인정하지 않고, 고통마저 잊은 것처럼, 그렇게 굴었다.

"도망치는 것은 당연한 겁니다."

자괴감에 다시 빠져드는 임분녀의 귀로 담담한 목소리가 울렸다. 낮고, 의외로 깨끗한 목소리. 지야곤은 당연하다는 듯이 말했다.

"곰이나 호랑이가 갑자기 나타나면 도망치듯이, 당연한 겁니다. 무서우니까."

임분녀의 웃음이 짙어졌다. 왜 처음에 몰랐을까. 이 청년이 이토록 상냥하다는 것을. 아무렇지도 않게 위로하는 지야곤에게, 그녀는 곧 장난스럽게 되받아쳤다.

"하지만 부엌에서 씩씩하게 설거지하는 아가씨가 싸우라고 했지."

"……으음."

"든든히 먹고 잘 싸우라며, 지킬 것까지 다시 상기시켜주는데 어디 도망칠 수 있어야지. 저 아가씨는 곰이나 호랑이를 만나도 때려잡을 거야."

킬킬 웃는 노인의 웃음에 지야곤은 반박할 수 없었다. 곰과 호랑이라. 만약 만난다면 오히려 가죽을 벗기고, 고기가 생겼다며 기뻐하지 않을까? 지야곤은 그만 실없이 웃고 말았다.

민주려.

정말이지 신기한 소녀다. 처음에는 그저 아는 후배에 불과했고, 그다음에는 가문 밖으로 나올 구실이었지만……. 점차 그 의미가 바뀌고 있었다. 무지를 깨우치게 하고, 새로운 경험을 알려주고, 무거움 속에 가라앉은 사람을 기꺼이 끌어올리는 힘을 가진 사람. 그 작은 체구에 비해 지나치리만치 씩씩하고 강해서, 그리고 그것이 더할 나위 사랑스러웠다.

"예, 분명 어떤 어려움에도 굴하지 않을 겁니다. 하지만."

지야곤은 두 눈을 지그시 감았다. 임분녀의 마음속에 빈자리가 저 감자밭만 하다면, 민주려가 그의 마음속에 차지하는 자리는 얼마 만큼일까? 다만 알 수 있는 것은 이미 그 자리가 결코 작지 않다는 것이다. 만약에 임분녀처럼 갑작스러운 이별을 맞이한다면, 그는 견딜 자신이 없었다.

그녀가 그의 마음속에서 차지하는 공간이 자꾸 넓어져서.

"저는 자신이 없습니다."

자꾸, 자꾸 넓어져서.

"그때가 되면 저는 도망칠 겁니다."

나중에 이별을 겪고 나면, 지야곤은 아무것도 남지 않게 될 것이다.

그때는 민주려가 지야곤의 대부분을 차지하고 있을 테니까.

그럴 테니까.

임분녀는 지야곤의 말을 가만히 들었다. 그의 진심을 진지하게 듣고, 말없이 그의 손등을 도닥여주었다. 그것이 그녀가 할 수 있는 최대한의 위로이자 격려였다.

"설거지 다 끝났어요! 이제 돌아가요!"

적막한 분위기가 깨진다. 지야곤의 입가에 어느덧 부드러운 웃음이 걸렸다. 순식간에 주변을 밝고 활기차게 만드는 민주려다웠다.

"선배! 다음에는 꼭 떡국 해드릴게요. 그리고 맛난 저녁도 해드릴 테니까 꼭 들러요. 알았죠?"

"그래."

"저희는 이만 가볼게요. 할머니 끼니 거르지 마세요. 제가 틈만 나면 기친친 할머니한테 물어볼 테니까."

"아가씨도 잘 지내. 거기 총각과 함께."

"네?"

홀홀 웃는 임분녀는 그저 손을 흔들어주었다.

△ ♥ △

집으로 돌아오는 길, 민주려는 기어이 또 다리에 힘이 풀렸다. 하긴, 하지 감자를 그렇게 단시간에 캐는 게 쉬울 리가 없다. 민주려는 땅의 주술을 이용해 땅을 뒤엎었다. 그 넓은 밭을, 주술만으로 엎은 것이다. 그 감자들을 수거해 툭툭 털어 모으는 것도 힘들었지만, 주술을 펑펑 쓴 그녀가 오늘 가장 힘들었을 것이다. 그런 민주려를 업어주면서 지야곤은 왜 이렇게까지 힘들게 일하냐고 물었다. 그러자 그녀는 미워할 수 없는 웃음을 지으며 이렇게 말했다.

"선배가 있으니까 안심하고 힘썼죠."

"나를?"

"네. 매번 이렇게 데려다 주시잖아요. 그러면 저 두고 혼자 가실 생각이셨어요?"

"아니."

"거봐요. 아, 큰일이네요. 선배 등에 업혀 가는 게 습관이 될 것 같아. 왜 이렇게 사람이 좋아요? 선배 자꾸 이러면 저 어리광쟁이가 될 거라고요."

"그래도 된다."

"네?"

등 뒤로 닿아오는 온기에 지야곤은 안정된 걸음으로 한 발, 한 발 나아갔다.

"어리광부려도 된다. 얼마든지 업어주지."

"으아아, 선배는 역시 사람이 너무 좋아요."

"아니, 그렇지 않다."

그렇지 않다. 지야곤은 결코 좋은 사람이 되지 못했다. 그는 남이 시키는 대로 하는 수동적인 사람이지만, 그건 그가 손해를 보지 않기 때문에 잠자코 하는 것이다. 무엇을 하든 손쉽게 해내는 그에게 세상은 그저 평탄하고 잔잔한 것이었다. 마음만 먹으면 무엇이든 손에 쥘 수 있고, 하고자 하는 일은 조금의 노력만으로도 해내었다.

노력과 고난이 없는, 없을 수밖에 없는 삶에서 그는 점차 의욕이라는 것을 잃어갔다. 할 수 있는 것들이 늘어나면, 자연스럽게 하고 싶은 것이 줄어들었다. 점차 그렇게 되다 보니 그는 어느덧 남이 시키는 것 외에 스스로 하는 일이 없어졌다.

그마저도 손해가 가는 일은 딱 잘라 하지 않았다. 아니, 손해 가는 일은 생길 기미만 보여도 지나치게 좋은 요령에 의해 피할 수 있었다. 열심히 사는 사람들에게, 고난을 겪으며 성장하는 사람들에게 그는 일종의 박탈감을 주는 존재였다. 남을 기쁘게 하기보다 좌절하게 만드는 것이 지야곤이라는 존재였다. 다른 이들이 품은 흠모와 존경심이라는 감정은 그가 지 가문의 소가주라는 직책이 없었으면 생기지 않았을 것이다.

그런 그가 좋은 사람이라니.

민주려의 눈은 턱도 없이 낮았다.

"좋은 사람이 아니다."

"아닌데요? 선배는 좋은 사람이잖아요. 저를 도와주고, 묵묵하게 일도 하고! 이제 일한 뒤의 밥이 맛나다는 것도 알고, 곤란한 사람을 도와줄 줄 알고…….'

“민주려 후배.”

“선배, 좋은 사람이에요. 정말이라니까요? 아아, 선배는 좋은 사람! 좋은 사람이라서 이렇게 후배는 편안하게 집에 돌아갑니다아.”

아니, 보는 눈은 낮아도 눈치는 좋은 편이려나. 미묘하게 가라앉은 기분을 귀신 같이 알아채고 이렇게 분위기를 띄우는 것이리라.

“선배.”

“응.”

“오늘 수고했어요. 착하게 일 잘했어요.”

“그래.”

“착해요, 착해.”

아이에게 해줄 법한 칭찬을 들으며 지야곤은 점차 마음이 술렁거리는 것을 느꼈다. 다정한 그 말을 들으며, 어느덧 집 앞까지 왔을 때 이미 피곤에 지친 그녀는 잠들어 있었다. 쿨쿨 잘 자는 민주려를 집 안에 데려다 눕히고, 장롱에서 이불까지 꺼내 덮어주었다. 그리고 곤히 자는 그 얼굴을 보며, 지야곤은 슬며시 손을 뻗었다.

어둠 속에서 닿은 민주려의 속눈썹은 참으로 가볍고 연약한 감촉이었다.

“민주려 후배.”

살며시 닿았다가 떨어지는 그 감촉에 손끝이 떨린다.

“민주려.”

지야곤은 손을 거둬, 말아 쥐었다. 따뜻한 감촉이 녹아나듯 아직도 남은 기분이다.

"너를 잃으면 나는⋯⋯."

참으로 많이 아프겠지. 그리고 그 아픔을 피하기 위해 도망가도, 도망가도 그 끝은 없으리라.

조심스레 자신의 입술에 손을 가져갔다가 마치 도장을 찍듯 민주려의 동그란 볼에 살포시 가져다 대었다. 많이 피곤한지 그녀는 뒤척이지도 않았다. 그 모습을 보다가 지야곤은 자리에서 일어났다. 새근새근 숨을 몰아쉬며 잠든 민주려를 두고 문을 닫으며, 몸을 돌렸다.

문밖에는 그의 이기호가 조용히 서 있었다. 눈치 좋은 이 호위무사는 오늘 있었던 일을 윗선에 보고하지 않을 것이다. 만약 보고하려고 한다면, 그 기미라도 보일 경우 지야곤은 바로 손을 쓸 것이니까.

민주려의 말과 달리 그는 자신을 좋은 사람이라고 생각하지 않았다. 마냥 착하지도, 순진하지도 않다. 지야곤은 하고 싶은 것이 없기에, 손해 보지 않는 선에서 남의 말을 들었다. 하지만 이제 하고 싶은 것이 생겼다. 그가 지키고 싶은 것이 생겼다. 그리고 그와 동시에 하고 싶지 않은 것도 생겨났다.

애별리고(愛別離苦).

민주려와 그와의 사이에, 그런 단어 같은 것은 없도록 할 것이다.

八章
운명의 상대는 번개같이

쏴아아아아.

장대비 한번 대단했다. 땅을 뚫을 듯이 비는 세차게 내리고, 그 소리는 주변의 다른 소리까지 모두 게걸스레 먹어치웠다. 무더운 여름인데도 이렇게 축축하고 양 많은 비가 내릴 때면, 으슬으슬하게 추워지기 마련이다. 며칠째 계속 내리는 이 장마가 오면 집 안이 눅눅해지고 습기가 잘 차 빨래도 여간 어려운 것이 아니었다. 어둑어둑한 날은 사람의 몸을 무겁게 하고, 무거워지면…….

"손님이 끊기지."

기친친 말대로 장마 때는 가게를 하는 상인들의 암흑기가 찾아온다. 우산과 우비 파는 장인들만 쏙 빼놓고!

"이해할 것 같아요. 저렇게 비가 오는데 누가 나가고 싶겠어요? 옷만 젖지."

"그런데 네년은 정말 줄기차게 잘 나오는구나."

"일이 없을까 하고요. 왜, 이맘때 일이 생기잖아요."

돈이 걸려 있는데 그깟 장대비가 대수일쏘냐. 민주려는 우비를 입고 주술까지 쓰면서 대중목욕탕에 찾아왔다. 싱글싱글 웃는 얼굴이 어찌나 얄미운지, 기친친은 비 한 방울 묻지 않은 보송보송한 그 뺨 한번 꼬집으면 소원이 없을 것 같았다.

"그래. 일거리 하나 무니 좋으냐?"

"있죠? 역시 있을 줄 알았다니까!"

두 주먹 앙증맞게 쥐는 것이 사탕 문 아이도 아니고, 허, 참. 묘하게 허탈한 심정에 기친친은 장대비 쏟아지는 바깥을 흘끗 보았다. 오늘은 화를 내고 싶어도 화가 안 난다. 이토록 비가 많이 내리고, 바람도 휘이잉 불고, 천둥도 치는 날에 좋은 추억이 있었기 때문이었다. 물론 추억을 계속 되새김질하고만 있을 수는 없다. 일이 있으니까.

"목욕탕에 습기 찼다. 아무리 청소를 해도 이런 날이 계속되다 보니 곰팡이 같은 것도 생겼어."

"손님들이 알면 위험하지 않아요?"

"손님이 안 와서 지금은 괜찮아. 하지만 장마는 곧 지나갈 테니 미리미리 청소해둬야지."

"음, 그렇다면 어느 정도로 원하세요? 참고로 강도 높을수록 요게 늘어납니다."

민주려는 검지와 엄지를 동그랗게 말았다.

"전과 같이 해줘."

"일곱 냥어치요? 습기까지는 어떻게 안 해주는데요?"

"아니 그것도 안 해준단 말이야? 저번처럼 팍팍 도우란 말이야! 뭐 해주는 것도 없이 날름 일곱 냥 이상이야?"

"에이, 그건 고객확보 차원에서 드리는 거였고요."

"하! 그래서 잡은 물고기에게는 간식을 안 주시겠다?"

기친친의 말에 민주려가 흠흠 헛기침을 했다. 그러고는 아무 말 없는 것이 정말 그런 모양이었다. 아니, 젊은 사람이 하라는 연애는 안 하고! 어떻게 저런 잔기술과 밀고 당기기를 일하는데 쓴단 말인가!

"다음에는 안 부른다."

"요즘 저를 자주 부르시던데요. 제가 얼마나 유능한지 잘 아시면서, 정말 안 부를 수 있으세요?"

"유능하면 뭐해? 아주 그냥 밑천까지 거덜 내는데!"

"그만큼 일하잖아요."

"한마디도 지지 않는 것 좀 봐라."

우르르릉.

번개가 번쩍 내리치고 뒤따라 천둥이 울렸다. 그리고 기친친과 민주려 사이에서도 역시 번개 못지않은 긴장감이 흘렀다. 지금 기세를 잡지 못하면, 이득을 놓친다는 걸 알기 때문이다. 하지만 그 팽팽한 긴장감은 의외로 쉽게 끊어졌다.

"어? 어?"

그들 사이로 스멀스멀 지나가는 무언가.

벌레라고 하기에 너무도 징그러운, 거덕거덕 움직이는 더듬이와 수많은 다리! 그리고 번들번들한 등껍질! 사사사삭 기친친과 민주려 사이로 정확히 지나가는 것을 본 순간 둘은 꽤애애액 비명을 질렀다.

"지네!"

하긴 비가 이렇게 내리고 장마철인데 지네가 나올 만도 했다. 지네라는 것이 잡으면 약재도 된다고 하지만 기친친에게는 다 필요 없고, 자신의 목욕탕에서 지네가 나왔다는 것에 기겁할 뿐이었다.

"당장 잡아! 박멸! 청소에 저 지네까지 박멸해준다면 금 여덟 냐아아앙!"

기친친의 외침은 대중목욕탕 곳곳을 울렸고, 밖으로 삐죽이 나온 순간 빗소리에 묻혔다. 그리고 그사이에서 민주려는 금 여덟 냥의 만족스러운 보수에 바로 승낙했다.

그래. 말벌도 잡았는데 지네쯤이야. 물론 말벌보다 지네가 더 혐오스럽지만, 금 한 냥을 더 준다고 하지 않는가. 민주려는 몰래 들고 온 빨랫감까지 두들기며 행복하게 웃었다. 일한 김에 덤으로 목욕까지 할 셈이었다. 오늘도 제대로 뽕 뽑게 생긴 민주려는 만족스러운 웃음을 지었다.

△ ▼ △

"흐으음."

이제는 이렇게 큰 목욕탕 청소도 그다지 어렵지 않게 느껴졌다. 몇 번 하다 보니 또 익숙해진 것 같다. 민주려는 고작 차 한 잔 마실 시간에 번쩍번쩍 빛나는 대중목욕탕 안을 꼼꼼히 살펴봤다. 곰팡이가 필랑말랑한 곳은 잿물로 벅벅 씻어내었고, 이것도 모자라 탈의하는 곳의 바구니들까지 모조리 주술로 세척한 뒤였다. 심하게 눅눅한 기미가 보이면 바로 뜨겁게 건조시켜 버렸으니, 이제 할 일은 딱 하나 빼고 다 한 것이리라.

"지네가 어디서 나온 것일까?"

청소하다가 지네를 무려 세 마리나 더 보았다. 대부분 목욕탕 안이 아니라 탈의하는 곳이었지만 말이다. 일단 보이는 족족 잡기는 했는데 혹시 알을 까지 않았을까 걱정된다. 기친친이 부탁한 것은 박멸이었으니 말이다. 그게 아니면 눈먼 지네가 들어왔다든가. 그것도 가능한 일일 수도 있지만, 그렇게 치기에는 나온 수가 꽤 된다.

"끄응. 지네, 지네라……."

가장 좋은 방법은 지네가 싫어하는 약을 뿌리는 것이었다. 그런데 약을 뿌려서 잡기에는 석연찮은 게, 지네는 좋은 약재가 된다. 아까 발견한 지네 몇 마리를 전부 잡긴 하되 아예 불태워 없애지 않고 사체를 고이 보관한 이유도 여기에 있다. 등껍질이 붉은 지네는 약방에서 제법 비싸게 치는지라 민주려는 이 지네들을 한꺼번에 소탕하듯 잡았으면 했다. 기친친의 대중목욕탕에서 박멸이라고 했지, 사체를 들고 나가는 거에 대해 뭐라고 하진 않았으니 말이다.

"어디서 분명 가족을 만들었을 거야. 큰 지네는 부부로 다니니까!"

당장 찾는 건 무리고, 일단 할 일을 다 하기로 했다. 옷을 말끔하게 벗은 다음에 목욕하는 것 말이다. 집에서도 뜨거운 물을 쓸 수 있지만, 수도요금이 많이 드는지라 민주려는 목욕탕처럼 느긋하게 목욕하는 법이 없었다. 그래서 지금은 절호의 기회였다. 오랜만에 몸도 좀 불리고, 손가락 까딱이면서 속옷빨래도 했다.

"하아, 극락이야."

몸은 뜨끈뜨끈한 물 안에 있고, 밖에서는 장대비 내리는 소리가 들린다. 그게 또 운치 있어 민주려는 몸도 마음도 노곤노곤해졌다. 노곤노곤하니까 집에 고이 모셔둔 인삼꿀이 떠올랐다. 이렇게 으스스한 날에 펄펄 끓인 물에다가 인삼꿀 한 숟가락이면 정말 꿀맛인데. 게다가 비 오는 날의 파전은 어떻고? 수제비나 국수나 나름 해 먹을 만하지만…….

"왜 생각나는 거지?"

그런데 하필 음식들 속에서 지야곤의 얼굴이 퐁 솟아오르는 걸까? 밍밍한 표정과 달리 양 뺨이 빵빵하게 부푼 지야곤의 얼굴이 자꾸 아른거렸다. 겨울준비 하는 다람쥐도 아니고 음식을 가득 넣고 우물우물 먹는 모습이 나름 귀엽기는 했더랬다. 또 얼마나 복스럽게 먹는지 음식 해주는 맛이 있달까. 툴툴거리던 규석과 전혀 달랐다.

"아, 떡국."

그리고 보니 약속한 떡국을 계속 못 끓여주고 있다. 저번에 임분녀 할머니 일을 도와준 이후로, 바쁜지 찾아오지 않았다. 덕분에 모처럼 끓여놓았던 닭 국물은 민주려가 싹싹 먹어 버렸다. 떡국을 끓일 때는 닭 국물로 해야 제맛인데. 쩝쩝 입맛을 다시며, 머릿속에서 자꾸 늘어가는 지야곤의 얼굴을 손으로 휘휘 저었다.

차
이
처
구
열
애
사

上

188

물론 잘생기긴 했지만, 지야곤은 그것보다 지나치게 귀엽다고 생각한다. 표정이 밍밍하면 뭐해. 음식을 잔뜩 머금은 동글동글한 뺨과 까만 두 눈동자가 빛나는데! 민주려는 생각할수록 지야곤의 치명적인 귀여움에 얼굴이 화르륵 달아올랐다.

"어휴, 그냥 귀여운 거야. 응. 선배도 참 요망한 구석이 있다니까!"

뜨끈뜨끈한 얼굴은 순전히 온탕 탓으로 돌려놓으며 민주려는 코까지 푹 담갔다. 그렇게 계속 목욕을 즐기려고 했지만…….

"이놈드ㅇㅇㅇㅇㅇㅇㅇㅇ으을!"

기친친의 고함이 대중목욕탕 안을 쩌렁쩌렁 울렸다. 민주려는 온탕에서 벌떡 일어섰다. 뭔가, 문제가 일어난 것이 분명했다.

"아이고, 늦으면 혼날 텐데."

물기를 재빨리 날려버리고 옷을 갈아입었다. 그리고 후다닥 아래로 내려오자 보이는 것은 활짝 열려 닫히지 않은 문과, 그 탓에 빗물이 줄줄이 들어와 흠뻑 젖은 바닥. 그리고 험악한 인상의 사내들로부터 둘러 싸여도 목에 핏대를 바짝 세우며 당당하게 서 있는 기친친이었다.

"이 미친놈들아!"

무섭지도 않은지 기친친은 사내들에게 으름장을 놓고 있었다.

"뭐? 여탕에 들어가? 이 천벌 받을 놈들!"

그리고 그 말을 듣게 된 민주려도 식겁했다. 뭐시라, 지금 멀쩡한 남자들이 여탕에 들어가겠다고? 저런 상변태를 보았나!

기겁한 민주려가 기친친에게 얼른 다가왔다. 사내들은 뭐라고 외치고 싶었으나, 민주려를 보더니 입을 다물었다.

금방 목욕한 것인지 그녀의 머리카락은 촉촉했고, 흰 뺨은 발갛게 달아올라 있었다. 게다가 방금 목욕하고 나왔소! 를 여실히 외치고 있는 따끈따끈한 김까지. 그들도 설마 여탕에 여자가 있는 줄은 몰랐는지 움찔했다. 게다가 어린 소녀가, 새카만 눈을 울망울망 뜨며 혐오와 경멸을 담아 보고 있으니 없던 양심도 찔릴 것 같다.

"무슨 일이에요?"

"주려야, 들어봐라. 저 미친놈들이 뭐라고 했는지 아냐?"

"노친네는 입 다무쇼. 아가씨, 여탕 안에 사람 있소?"

"없는데요."

"그렇다면 좀 들어가야겠소."

"들었냐! 저 소리를 하더라니까!!"

사내들과 기친친이 경쟁이라도 하듯 민주려에게 외쳤다. 그 탓에 귀가 아파 두 손으로 막았던 그녀는 사내들을 천천히 훑어봤다. 그런데, 어라. 비록 우비를 걸치고 있지만 그 안에 차려입은 행색들이 눈에 익다. 그리고 그녀는 좋은 머리를 팽팽 돌린 끝에, 사내들의 정체를 알아냈다.

"국보사냥꾼!"

"아가씨, 보는 눈이 있군."

이제야 말이 통한다는 듯이 사내들이 씩 웃었다. 게다가 민주려가 바르르 떨자 자신들의 무서움을 알았냐는 듯이 자신만만한 표정을 짓는데, 착각하지 마시라. 그녀는 아직도 열려 있는 문 사이로 들어오는 비바람에 추워져서 떤 것이다.

"우리는 국보가 있는지 확인만 하려는데, 글쎄 이 노친네가 가로막지 뭐요?"

"뭐? 노친네?"

"노친네가 아니고 뭐요. 여탕에 사람도 없겠다, 들어가서 금방 나오겠다는데 뭐가 문제요?"

"쓰벌! 여긴 여탕이야! 금남구역이라고! 들어오려면 가랑이 사이에 있는 그 고추나 뗀 다음에 와!"

기친친의 저항이 만만치 않았다. 게다가 말은 또 어찌나 적나라한지, 국보사냥꾼들은 저도 모르게 다리를 미묘하게 꼬았다. 민주려도 대충 이해가 되었다. 그렇지. 가장 소중한 보물(?)을 뗀 다음에 오라는데 놀라긴 했을 거다. 그들의 얼굴이 엉망으로 일그러졌을 때, 민주려는 손뼉을 쳐 시선을 집중시켰다. 그리고 자신이 생각하기에도 꽤 좋은 절충안을 내놓았다.

"국보사냥꾼 중에 여자 없어요?"

"뭐?"

"여자요. 여긴 여탕이니까 여자가 들어와야죠."

그렇다. 국보사냥꾼이더라도 여자가 들어오면 되는 일이었다. 기친친도 못마땅한 기색이지만 그것이면 봐주겠노라 거만하게 고개를 끄덕였다. 하지만 국보사냥꾼 중에 여자는 없었다. 그험한 일에 여자가 끼어들 리가 만무했다.

"없소."

"그럼 안 되겠네요."

"우린 꼭 들어가야 하오."

"그렇다면 뭘 찾는지 알려주세요. 제가 들어가서 확인할 테니까요."

"그럴 수 없소!"

이쯤 되자 민주려도 짜증이 나기 시작했다. 이만큼 절충하고 양보해줬는데도 받아들이지 못하다니. 얼마나 대단한 국보이기에 이렇게 똥고집을 피우는지 모르겠다.

그런 그녀의 시선을 알아차린 것인지 국보사냥꾼 중 한 명이 나서서 큰 소리를 땅땅 쳤다.

"우리가 찾는 것은 청수경! 당신들처럼 낮은 눈으로 알아볼 수 있는 것이 아니지. 직접 눈으로 일일이 확인해야겠소!"

"아무리 그래도 여탕이잖아요! 하필 왜 이곳이에요?"

그러니까, 국보사냥꾼들 말은 이러했다. 청수경이라는 국보를 찾는데, 추적하다 보니 이 근처에서 사라졌다더라. 그래서 이 잡듯이 찾고 있는데 가장 거울이 많은 곳 중에 하나가 여……탕…….

"미쳤어요?"

순간 참지 못하고 민주려도 이런 말이 나왔다.

"아니 단순해도 정도가 있지, 거울 많다고 여탕에 쳐들어올 수가 있어요? 그것도 남자가!"

자고로 남자가 여탕 들어올 때는, 만 5세 미만이어야 한다는 것도 모른단 말인가! 이 작자들은! 민주려는 한껏 경멸과 혐오와 더러움을 담아 쳐다보았지만, 이제 그들은 그것에 굴하지 않았다.

힘으로라도 밀고 들어오겠다는 기색이 보이자, 민주려는 주술을 쓰기 위해 슬그머니 힘을 집중시켰다.

그때였다.

꽈앙!

번개가 치는지, 아니면 단순히 문이 바람에 거세게 열렸는지 굉음이 울렸다. 모두가 숨 쉬는 것도 멈추고 밖을 보자, 장대비 사이로 누군가가 있었다. 때마침 다시 번개가 내려치고, 번쩍 빛나는 새파란 세상 아래 의외로 작은 체구의 노인이 서 있는 모습이 보였다. 분명 인자한 표정을 짓고 있었지만, 우중충한 장대비와 천둥번개 속에서 그러고 서 있으니 그저 물귀신처럼 섬뜩해 보였다.

"영감?"

노인의 정체는 기친친의 입에서 밝혀졌다. 그는 기친친의 남편이자, 건너편 남탕을 운영하는 남춘기였다.

"영감이 여기는 웬일이요?"

"시끄러워서 말이오."

"아니, 거기까지 들렸소?"

"그건 아니오. 그냥 삭신이 묘하게 더 쑤시는 것이, 불안해서 임자 얼굴이나 보려고 왔지."

마침 손님도 없어서 편안하게 찾아왔노라 그는 말했다. 그러다가 우연치 않게 돌아가는 상황을 지켜보게 되었고, 이야기도 듣게 되었다고. 그는 국보사냥꾼들을 보며 부드러운 웃음을 지었다.

"이만 돌아가시오."

"이보쇼, 영감!"

"대충 이야기는 들었소. 그런 국보, 우리 목욕탕에 없소. 그런 것이 있었으면 진즉 나라에 진상했겠지. 아니면 고물인 줄 알고 버렸거나. 게다가 거울이란 거울은 바로 한 달 전에 싹 다 갈아 끼웠거든. 새 것으로!"

남춘기의 말을 듣고 있던 민주려가 기친친을 바라보았다. 정말이에요? 라고 묻는 것 같은 시선을 마주하자 기친친이 고개를 끄덕였다. 정말이었다. 거울 뒤편에 습기가 많이 차서, 벌레가 생기는 것 같아 싹 다 갈아 끼웠던 것이다. 물론 그 과정에서 돈이 어마어마하게 나갔기에 기친친은 내내 쓰린 속을 붙들어야 했지만 지네 같은 벌레와 동고동락하고 싶은 마음이 요만큼도 없었기에 단호하게 다 바꿨다.

그렇다면 국보사냥꾼들은 여기서 진상을 더 떨 이유가 없다. 엉뚱한 곳 뒤지지 말고 다른 곳으로 가야 함이 마땅하다. 그런데 그들은 자존심이 상했는지 극구 여탕 안에 들어와야 한다고 고집을 피웠다. 민주려는 속으로 저것들을 어떻게 잡아야 잘 잡았다고 소문이 날까 싶었다.

아니지, 그냥 지야곤이 보고 싶다. 그가 있었으면 쌈빡하게 해결할 텐데! 딱 어디 한 군데 부러지기 직전까지 늘씬하게 패준 다음에 그 묵묵한 얼굴로 겁을 줬을 것이다. 그런데 여기에는 지야곤이 없다. 음. 그녀는 다시 그를 머릿속에서 쫓아내며 사내들을 노려보았다. 그러나 그들은 자신들을 막으며 허허허 웃는 남춘기가 더 거슬리는 모양이었다.

"저리 꺼지시오!"

"젊은이들, 날도 추운데 목욕탕이나 들어가세. 뜨끈한 물에 몸을 녹이면 뾰족했던 마음도 덜어질 것이야."

"이 목욕탕에 들어갈 테니 거 좀 비키시오!"

"사내가 어찌 여탕에 들어간단 말인가? 자고로 고추가 붙어 있는 이상 남탕일세. 고추 여물지 않은 다섯 살 사내아이들도 아니고 어찌 여탕에 들어가려는가. 어머니와 동행하는 것도 아니니 안 되네."

기친친과 다르면서도 어쩜 저리 비슷할 수 있을까. 분명 기친친과 달리 부드럽게 말을 하고 있는데, 속 내용은 어째 똑같다. 듣는 사람 속을 벅벅 긁는 점이! 저래서 부부인가!

"그런데 저거 좀 위험한 거 아니에요?"

"응? 뭐가?"

"저러다가 남춘기 할아버지가 다치시면 어떡해요."

"괜찮아, 괜찮아."

딱 봐도 왜소한 체구의 남춘기는 국보사냥꾼들에게 둘러싸여 보이지도 않았다. 그들 사이의 분위기는 어찌나 흉흉한지 그 속에서 남춘기의 허허허 웃는 소리가 이질적으로 들릴 정도였다.

"할머니는 할아버지 걱정도 안 되세요?"

"안 돼."

"예?"

"그리고 너도 손쓰지 마라. 오늘 같은 날에는 영감은 절대 안 지거든."

"그게 무슨 소……."

민주려의 말에 다 끝나기도 전이었다. 갑자기 남춘기의 웃음소리가 끊겼다.

"말을 듣지 않는다면야, 무력이 제일이지."

"그렇소, 영감. 우리도 무력을 쓸 테니 원망 마시오."

"그럼 나도 원망하지 말게."

슬렁.

민주려의 피부가 따끔따끔 예민해졌다. 저들은 느끼는지 안 느끼는지 모르겠지만, 민주려는 주술사. 주술이 일어날 때마다 그 여파를 예민하게 감지했다. 난생 처음 느껴보는 기운에 몸이 굳은 사이, 활짝 열린 문 너머로 번쩍 번개가 또다시 쳤다. 그런데 그 번개가, 치고 난 다음에도 사라지지 않고 활짝 열린 문 사이로 들어오는 것이 아닌가!

그러자 국보사냥꾼들이 깜짝 놀라 뒤로 물러섰다. 그들이 물러선 덕에 남춘기가 그제야 보였는데, 그의 몸 주변에는 파지직 번개가 맴돌고 있었다.

"혹시 번갯불에 콩 볶아 먹는다는 말 아는가?"

갑자기 눈앞이 번쩍이는 순간, 사내들이 비명을 질렀다. 남춘기는 허허허 웃으며 정말로 그 말처럼 번갯불로 그들을 지졌다. 바삭바삭 고루고루 잘 익도록!

멍하게 그 모습을 구경하고 있는 민주려의 귀로 의기양양한 기친친의 목소리가 들려왔다.

"영감은 번개 주술사거든."

"번개요?"

"드물긴 하지. 보통 바람이니 불이니 물이니 하는 것과 다르게, 번개가 있어야만 부릴 수 있는 주술이거든."

"처음 들어봐요."

"위력이 무시무시하지만, 오늘처럼 우천이 아니면 쓸 수가 없어서 말이다."

"끄아아아아아악!"

비명 소리는 계속 들리는데 아직도 구워지고 있는 모양이었다.

"그래도 비가 오면 가장 늠름하고 강한 사내란다! 내 남편이면 그 정도는 해야지!"

고기 탄 냄새가 모락모락 나고, 억세도 직모였던 그들의 머리카락이 보글보글 볶아졌을 때 남춘기는 주술을 거둬들였다. 그리고 그들을 한데 묶어, 무시무시한 괴력으로 질질 끌고 나가기 시작했다.

"남자는 남탕일세! 허허허!"

이렇게 외치며 말이다.

△ ♥ △

한바탕 소란이 끝나자, 한 일도 없는데 민주려는 기운이 다 빠졌다. 물론 전에 파종할 때도 국보사냥꾼들을 늘씬하게 패준 전적이 있긴 하지만, 저렇게 바삭바삭하게 구운 적은 없었다. 거슬거

슬했던 머리카락과 노릇노릇한 냄새를 풍기며 우천을 뚫고 끌려
간 이들이 조금은 짠해졌다.

"때가 안 좋았어."

불쌍하지 않으냐는 말에 기친친이 딱 한마디 했다. 그렇다. 그
들은 때가 안 좋았다. 적어도 우천이 아니었더라면 남춘기가 직
접 손을 쓰는 일은 없었을 텐데. 그랬을 경우 물론 그녀가 손을 깔
끔하게 썼을 거다. 일단 가볍게 대중목욕탕 밖으로 튕겨낸 다음에
땅의 주술을 써서 아주 진흙범벅으로 만들어줬을 텐데. 어쩐지 모
를 아쉬움에 그녀는 입맛을 쩝쩝 다셨다.

"그런데 정말 놀랐어요. 번개 주술사라니. 학관에서도 못 배웠
네요."

"드물다고 했잖아. 일인전승이라더군. 저게 번개와 잘 맞는 체
질이라는 게 있다나 봐. 그래서 원하지도 않는데 일인전승을 한다
던가. 사실 대중목욕탕을 지은 것도, 이렇게 하면 제자로 삼을 사
람을 좀 더 쉽게 찾지 않을까 싶어서였거든."

"남춘기 할아버지가요?"

"그래. 그래서 나도 여탕을 하나 세웠지. 돈이 모자란 것도 아
니고, 늘그막에 소소한 돈벌이랄까."

"……."

대체 얼마나 부자기에 오층이나 되는 대중목욕탕 두 채가 소
소한 돈벌이인 것일까? 민주려는 오소소 소름이 돋았다. 양봉 때
봤던 그 소박한 집과 비교가 너무 되어서 이젠 말도 안 나온다. 게
다가 소소한 돈벌이치고 너무 악착같이 돈을 번다. 남춘기는 소소

한 돈벌이었을지 몰라도 기친친은 늘그막에 '쏠쏠하고 짭짤한 돈 벌이'로 생각하고 연 것이 틀림없었다.

"그런데 그런 할아버지와 어떻게 만나신 거예요?"

"응?"

남춘기는 인근에서도 인자한 할아버지로 유명하다. 그저 허허 롭게 웃는 느긋한 성품하며, 기친친과 비교가 되어도 너무 된다. 왜 남춘기가 기친친을 부인으로 맞아들였는지는 아직도 풀리지 않는 수수께끼와 같았다. 그래서 어떻게 만나 결혼까지 가게 되었 느냐는 질문은 고이 접어두고, 그녀는 입바른 소리 한번 하기로 했다.

"아뇨, 그냥 금슬이 좋아 보이셔서요."

"흠흠. 그래 보였어?"

금슬 좋아 보인다는 말에 기친친이 싫은 눈치는 아닌지 헛기 침을 했다. 그리고 슬그머니 꺼내는 그녀의 연애담은 의외로 흥미 진진한 것이었다. 기친친이 꽃다운 나이일 적에 그녀의 집은 정말 찢어지게 가난했다고 한다. 얼마나 가난하느냐면, 그때 못 입고 못 쓴 버릇이 아직까지 남아서 돈이 많은 지금도 검소 ─ 라고 쓰 고 왕소금이라고 읽는다 ─ 하게 살게 되었다고.

아무튼 처녀시절 기친친이 주린 배라도 채워볼까 산에 나물을 캐러 올라갔는데, 아뿔싸. 길을 잃었더라는 것이다. 그러다가 날 도 저물고, 비도 내리고, 천둥번개도 쳤더랬다. 거기까지만 해도 아찔한데 하필 굶주린 짐승과 딱 마주쳤을 때는 그냥 다음 생에 부잣집 딸로 태어나 호의호식하고 싶다는 생각밖에 안 들었다나.

"그때 영감이 딱! 나타난 거야."

"호오. 호오."

"등 뒤에 푸른 번개가 쫙 치는데, 소름이 돋더구나. 그렇게 당당하고 용맹한 청년은 처음이었지. 벼락의 신이 강림한 줄 알았어. 쏟아지는 비를 맞으며 선 청년은 뜻밖에 준수했고, 짐승을 손쉽게 번개로 구워내 맛난 식량으로 만들 줄도 알았지! 그래서 아! 싶은 거야."

기친친이 두 주먹을 불끈 쥐고 말했다.

"이 사람이라면 적어도 굶어 죽지 않겠구나!"

그 말에 민주려는 깊은 감명을 받았다. 생계를 책임질 남자와의 운명적인 만남이라니!

"그거 참 중요하네요."

"그렇지. 중요하지."

자고로 가장이라면, 자기 처자식을 굶겨서는 곤란하다. 생계 하나는 든든하게 챙겨줘야 '아, 이 사람 곁에서 평생 함께할 수 있겠구나!'라고 생각하는 것이다. 그런 면에서 남춘기는 정말 훌륭했다. 원치 않게 번개 주술사로서, 일인전승을 하느라 스승과 함께 산에서 거의 살다시피 하는 바람에 생존능력이 아주 뛰어났다. 거기에 귀중한 약초뿌리를 귀신같이 찾아내 캔 다음에 파는 등, 지금의 부를 이루는 기초자금을 잘 마련했다고. 그다음에 돈을 굴린 것은 순전히 기친친의 능력이었지만 말이다.

"어때, 부럽지?"

"네?"

차아채구 열여사 上

"빼지 마라. 네 나이면 진즉 애를 하나 낳아도 남을 나이지 않냐. 나처럼 의식주 걱정 안 시킬 머슴 같은 남편을 얼른 구해야지!"

"아, 아직은 괜찮아요! 혼수준비도 안 끝났고!"

"……혼인할 생각은 있긴 있나 보구나. 내가 듣기로 네년, 모아놓은 돈도 꽤 된다지? 네년이 알부자라는 건 인근에 모르는 사람이 없어"

"허흠! 허흠흠!"

민주려는 혹시 누가 들을세라 헛기침을 크게 했다. 그리고 아직도 열려 있는 목욕탕의 대문을 얼른 닫고, 밑에 홍건한 물웅덩이도 잽싸게 치웠다. 하지만 기친친의 눈빛공격에서 결국 벗어날 수 없었다.

"이제 참한 총각 한 명만 있으면 될 것 같은데……."

"그런 사람이 어디 있어요."

"왜? 너 좋다는 사람 없냐? 아니면 네가 점 찍어둔 청년이라든가."

"에이, 그런 없다니……."

퐁.

"없……."

퐁퐁.

"……."

머릿속에서 퐁퐁퐁 솟아오르는 얼굴이 있다. 뺨은 다람쥐처럼 가득 뭔가를 물고, 여전히 맹한 표정. 하지만 두 눈만큼은 반짝반짝 빛내는 웬 잘생긴 청년이!

"으아아악!"

자꾸 떠오르는 지야곤의 얼굴에 민주려가 비명을 질렀다. 기친친이 깜짝 놀라 욕을 하든 말든, 그녀는 머릿속에 있는 그의 얼굴을 지우기 위해 필사적으로 목욕탕 안을 휘젓고 다녔다.

그 결과 지네 가족의 둥지를 찾고, 지네 가족까지 말끔하게 잡아들여 약재상에 잘 팔았다고 한다. 하지만 우글우글한 지네 대가족이라는 충격적인 장면을 보고서도 머릿속에서 지야곤의 얼굴이 잊혀지지 않았다나 뭐라나.

九章
불놀이보다 위험한

맴맴매앰.

　매미는 한창 시끄럽게 목소리를 높이고 있었다. 그런데 그 소리가 어찌나 크게 들리는지, 귓가에 찰싹 달라붙어 배를 흔드는 것은 아닌지 의심이 되었다.

　맴맴 우는 매미가 짜증스럽게 느껴지는 지금은 한여름. 그것도 장마가 막 그친 시점이라 말도 못하게 더웠다. 처음에는 장대비가 너무 많이 와서, 이러다가 홍수라도 나는 건 아닌가 싶었다. 작물들이 다 물에 잠겨 썩어버리면 흉년이 될 것 아니냐고 위에서도 얼마나 걱정이 많았는지 모른다.

　그러나 그들의 생각을 비웃기라도 하듯이, 장마가 끝나고 뜬 해는 참으로 뜨거웠다.

　그렇다.

　쨍쨍 맑거나 따뜻하다는 것이 아니라, 그냥 뜨거웠다!

　이제는 비가 너무 많이 와서 흉년이 들기를 걱정하기보다는 가뭄이 들어서 흉년이 들지 않을지 걱정해야 할 판이었다. 그나마 다행인 것은 장대처럼 내린 비가 워낙에 많아, 물이 풍부해져서 당분간 우물이나 댐이 마를 걱정은 없다는 거다. 지하수가 넘실넘실 넘쳐나지 않았으면 진즉에 가물었으리라.

햇볕이 뜨거운 만큼 세상은 짙게 푸르러지고 있었다. 그리고 그런 나날이 번복될수록 사람은 지쳐갔다. 주술을 아무리 써도 더워지는 이 계절, 특히 복날에 이르면 이제는 더 이상 참을 수도 없게 되는 것이다. 그것은 체면을 중요하게 생각하는 고위관리들도 다르지 않아서, 높으신 분들끼리 아예 복날을 즐기기 위해 세족하러 꽤 상류의 계곡으로 나왔다.

"허허허. 올해는 어째 작년보다 더 더운 것 같소."

"그러게 말이오. 그래서 얼마 전에, 얼음을 구해다가 목욕을 했지 않겠소. 그런데 그 얼음이 금방 녹아버려서 말이오."

"저런."

"큰 얼음을 네 개나 더 사다가, 아랫사람들에게 잘게 부숴오라고 했지. 정말 곤란한 계절이지 말입니다."

바람의 주술이 걸린 부채를 느긋하게 부치며, 하는 대화들이란 서민들로서는 꿈도 못 꾸는 것들뿐이었다. 예전이라면 그냥 그러려니 듣겠는데, 이제 민주려와 함께 밑에서 열심히 노동을 해서 그들의 삶을 알게 된 지야곤은 어쩐지 말을 들으면서 마음이 불편해졌다.

"그래도 이렇게 더운 날, 세족(洗足)이라니 운치는 있구려."

운치야 좋긴 했다. 각자 바짓단 걷고, 희멀건한 발을 깨끗한 상류에 담그고 있으니 어찌 시원하지 않을 수가 있나. 거기에 주술 걸린 부채하며, 그늘을 만드는 커다란 양산까지. 하지만 원래도 시원한 계곡인데 저렇게까지 해야 하나 싶다.

물론 지야곤도 안다. 저러는 것은 순전히 체면을 위해서라는 걸. 잘 사는 이나, 못 사는 이나 더위를 타는 것은 똑같다. 그러나 더위를 나는 모습은 다르다는 걸 보여주기 위해서 저렇게 하고 있는 걸 잘 알아 더 불편한 것이다.

"수박이 맛나구려."

"특별한 방법으로 수확해서 꿀 같은 맛이라고 하오."

"이렇게 된 것, 꿀도 구하라고 할 걸 그랬소. 잘게 간 얼음 위에 꿀을 얹어 먹……."

아무렇지도 않게 말하는 그들의 대화에 가만히 있던 지야곤은 슬슬 참기가 힘들어졌다.

왜 저들의 대화를 들으면 들을수록 몸이 가려운지 모르겠다. 겉으로야 평화롭고, 멍한 표정의 지야곤이지만 그의 속마음은 절대 그렇지 않았다. 그리고 그것을 안 유모 서윤경과, 눈치 하나는 귀신같은 이기호는 속으로 진땀을 뻘뻘 흘리고 있었다.

'저러다 도망가실 것 같은데…….'

'저러다 튀는 것 아니야?'

같은 생각을 하는 둘을 아는지 모르는지 결국 지야곤은 발을 까닥거리며 주변을 훑어보았다. 어떻게 빠져나갈지 구멍을 찾고 있는 것이다.

서윤경이 최근 거의 전속이 되다시피 한 호위무사 이기호의 팔을 붙들었다. 이기호는 나이가 들었으나 아직도 고운 서윤경이 제 팔을 잡자 지레 놀랐다. 더운데도 땀 냄새가 아닌 향기가 나는 여자가 잡았으니 노총각인 그의 마음이 어떻겠는가. 두방망이질 치는 가슴을 붙들고 무엇이냐고 묻자, 서윤경이 그를 보지도 않고 말했다.

"긴장하세요."

"?"

"도련님, 지금 빠져나갈 구멍을 찾으셨어요."

"!"

모두가 이야기와 수박과 참외를 먹느라고 정신이 팔린 사이, 지야곤은 정말로 빠져나갈 탈출로를 찾았다. 그것은 다름 아닌, 물속이었다!

"이, 망할 소가주가!"

겉으로는 평범하게 세족이라도 하는 것처럼 행동하면서, 미끄러지듯 물속으로 잠수하는 그 모습이라니! 제아무리 상류가 깨끗하다지만 저렇게 깊숙이 들어가서 작은 폭포수처럼 난 하류로 순식간에 떠내려가면 당연히 못 찾는다.

깜짝 놀란 이기호는 서윤경에게 감사인사를 짧게 전하고 재빨리 물속으로 들어갔다. 그런데 그는 지야곤처럼 깔끔하게 들어가지 못해서, 풍덩하고 물을 튀기고 말았다.

"아니, 이게 뭔가!"

그리고 그 물은 고스란히 다른 이들이 맞았지만, 그 원인을 찾지 못해 그들은 갈 데 없는 화를 어쩌지 못하고 멍하니 있어야만 했다.

"푸, 큼큼. 흠."

다만 모든 일을 알고 있는 서윤경은 필사적으로 웃음을 참았다. 그리고 모른 척, 커다란 물고기가 튀어 올랐노라고 아무렇지도 않게 거짓말을 쳤다.

그러자 사람들은 물을 맞은 것도 잊고 낚시라는 풍류를 즐기겠다며 낚싯대를 가져오라고 하인을 불렀다.

그 있는 진상, 없는 진상 떠는 소리는 물속까지도 잘 들린다. 지야곤은 속으로 한숨을 내쉬고 하류로 유유히 떠내려 왔다. 그리고 멀리 떨어지고 나서야 물 밖으로 고개를 내밀었고, 의외로 깊지도 얕지도 않은 수심에 그냥 몸을 내맡겼다.

둥둥 떠내려가며 그는 하늘을 물끄러미 바라보았다. 역시나 햇볕이 쨍쨍하다. 하늘은 맑고, 날은 덥고, 계곡물은 시원했다. 어찌나 시원하고 편안하던지 계속 이러고 싶어졌다. 그래서 그는 허우적허우적 자신을 열심히 따라오는 이기호를 모른 척 그렇게 떠내려가고 있었던 것이다.

아마 그의 머리에 뭔가 퉁 하고 부딪히지만 않았더라면, 바다까지 갔을지도 모르겠다.

"통?"

그는 제 머리에서 부딪힌 것을 손으로 잡았다. 그것은 대나무 통발이었다. 그는 머리를 긁적이며 통을 들었는데, 어라.

이거 안에 뭔가 들었다.

뭔가 퍼덕퍼덕거리는 것이 들어 있는 것 같아 열려는 찰나였다.

"그거 꽉 쥐고 있어요!"

쨍, 하니 시원스럽게 귀에 박히는 목소리.

"입구 얼른 틀어막아요! 뭐 하고 있어요? 어서요, 선배!"

민주려였다.

△ ▼ △

복날은 무척 덥기 때문에, 까딱 잘못하다가는 골로 가는 수가 있었다. 그래서인지 사람들은 이날을 콕 집어 시원하게 몸을 식히고, 맛난 음식으로 몸을 보양하라는 의미를 부여했다. 그러니까 고위관리들도 헛기침하며 상류에서 세족을 하고 있었던 거다. 그러나 몸을 차갑게 식히는 것만으로는 부족했다. 역시 복날에는 보양식! 보양식이 최고였다!

"그래서 장어잡기를?"

"네!"

이번에 민주려가 하는 일은 장어를 잡는 일이었다. 민물장어가 때마침 제철인데다가, 보양식으로는 아주 그만이었기 때문에 수요가 많아 보수가 아주 그냥 끝내줬다.

"삼계탕이 아닌 장어를 보양식으로……."

"드셔본 적 없으세요?"

"복날에는 늘 삼계탕을 먹었으니까. 국물이 진해서, 먹으면 그것만으로 기운이 났지."

아마 지야곤이 먹은 삼계탕은 그냥 삼계탕이 아닐 것이다. 민주려도 너무 더운 나머지, 삼계탕을 먹으려고 한 적이 있었다. 그런데 웬걸. 삼계탕은 보통 손이 가는 음식이 아니었다. 조리과정도 까다로운데다가 들어가는 재료는 또 뭐가 그렇게 많은지. 그중에서도 가장 맛있게 삼계탕을 만든다는 고급음식점 요리사가 슬쩍 비법을 읊기를, 국물용 닭과 먹는 닭은 다르다고 했다.

나이를 많이 먹고 몸집을 크게 불린 늙은 닭으로 육수를 내고, 이제 막 솜털을 벗은 영계의 배에다가 찹쌀과 갖은 약재를 다 넣는다고 했던가. 그렇게 해야 육수가 진하게 우려지고 영계는 야들야들해진다고 들었다.

필시, 지야곤이 먹은 삼계탕은 저런 것이라는데 민주려는 동한 냥을 걸 수 있었다.

"삼계탕도 좋지만, 장어도 기력보충에 좋은 음식이에요. 특히 남자에게 좋대요!"

"커험! 크험험!"

허리에 손을 올리고 야무지게 말하는 민주려의 말에, 좀 떨어진 곳에서 옷을 쥐어짜 물기를 빼던 이기호가 거한 헛기침을 흘렸다. 아니, 저 아가씨는 부끄러움도 없나! 어떻게 다 큰 처녀가 저런 말을 아무렇지도 않게 입에 담는단 말인가?

그러나 이기호의 생각과 다르게 지야곤은 평온하게 고개를 끄덕였다.

"돈이 되겠군."

"맞아요. 바로 그거예요."

남자에게 좋다는 말에 담긴 보통 사람들의 깊은 뜻은 상관이 없다. 이미 사고가 민주려에게 맞춰져 있던 지야곤은 금방 그녀가 원하는 답을 알아내었다.

민주려가 씩 웃으며 대나무로 만든 통발 아홉 개를 들었다. 그리고 촘촘하니 잘 짜여 있는 그물에 탈탈 터니 뱀처럼 굵직굵직한 장어 열 마리가 쏟아졌다. 유난히 큰 통발 하나에 장어가 두 마리나 들어간 것이다.

절로 나오는 것은 콧노래요, 앞으로 두둑해질 돈 주머니를 생각하니 기분은 하늘 끝까지 다다른다.

"몇 마리나 잡아야 하지?"

"스무 마리요. 식당에서 의뢰받은 일은 스무 마리였어요."

"도와주지."

"음……."

다른 때라면 넙죽 받아들였을 것이다. 지야곤은 아주 훌륭한 일꾼이니까! 하지만 매일매일, 만날 때마다 이렇게 도움을 받는 것은 미안했다. 한두 번이라면 기꺼이 도움을 받겠지만 이미 횟수가 여러 번이다.

게다가 그는 대부분 그녀의 일을 보수도 거의 받지 않고 해주었다. 고작해야 원하는 것은 맛있는 식사 한 끼. 그 외의 보수도 민주려가 따로 챙겨주지 않으면 받지 않았다.

만약 다른 사람이라면, 이렇게 좋은 호구……. 흠흠. 좋은 일꾼을 두고 왜 쓰지 않느냐고 물을 것이다. 그러나 그녀도 양심이 있지, 매번 싼값에 부려먹을 수는 없었다.

뭣보다 이제 그녀도 안다. 지야곤이 얼마나 좋은 사람인지. 과묵하지만 상대방에게 배려를 잘하고, 그녀가 곤란할 때마다 어김

없이 나타나 도움을 줄 정도로 호인이다.

이런 사람을 계속 자신이 써도 되는지 이제 슬슬 고민이 되는 것이다.

민주려가 끙끙대며 고민하는 사이, 지야곤은 그녀의 모습을 훑어보았다. 계곡에서 장어를 잡기 위해서인지 그녀의 오늘 옷차림은 심하게 얇고 가벼웠다. 여름이고, 또 무더운 복날이니 얇은 차림까지는 감내하겠는데, 허벅지까지 바짓단을 둘둘 말아 올려서 뽀얀 다리가 다 보인다.

게다가 소매는 또 어떤가. 소매도 어깨까지 말았다. 그리고 길고 긴 새카만 머리카락이 물에 젖어 방해될까 봐 꼼꼼하게 틀어 올렸는데, 희고 가느다란 목덜미가 그대로 드러났다.

너무도, 무방비한 차림새.

이 계곡에 차라리 그와 그녀뿐이라면 괜찮겠지만, 이 근처에는 더위를 피하러 온 사람들로 꽤 북적이는 편이었다.

"도와줄게."

"그래도요, 이번에 도와주셔도 딱히 보수가……."

"보수는, 저녁밥. 장어가 먹고 싶어."

"장어요? 아, 복날에는 드신 적 없다고 했죠? 그럼 조금 더 잡아다가 오늘 저녁은 장어덮밥으로 먹을래요?"

"응."

그래서 그는 익숙하게 민주려를 꼬여내고, 장어를 잡기 위해 심기를 다잡았다. 최대한 빨리 잡아야 했다. 그녀의 무방비한 차림새를 그가 아닌, 다른 남자들에게 더 오래 보이고 싶은 생각은 조금도 없었다.

△ ▼ △

장어를 잡는 방법 중에 가장 정석인 것은 대나무 통발을 이용한 통발낚시다. 통발은 만들기도 쉽고, 장어가 자주 나오는 곳에 잘 꽂아 넣기만 하면 알아서 기어들어가니 잡는 방법으로도 그만이다. 하지만 문제는 장어가 언제 들어갈 줄 아느냐는 것에 있다. 사실 그녀가 지금 수거한 통발은 이틀 전에 놓아둔 것이었다. 통발은 많이 놓아두었지만, 안타깝게도 민주려가 몰랐던 것이 하나 있었으니. 장어 잡는 통발은 사람에게 들키면 끝난다는 것이다.

복날이라 그런지 더위를 피해 사람들이 계곡으로 몰려들었고, 물놀이를 하다가 대나무 통발을 발견한 모양이었다. 안타까운 것은 그 통발을 얌전히 예쁘게 제자리에 놓은 사람이 없었다는 거! 당연하지만 그 안에 잡혀 있었을 장어는 진즉 발견한 사람들 배 속에 들어가고 말았다. 하필 오늘따라 피곤해 조금 늦잠을 자버렸지 뭔가. 조금만 더 일찍 일어났으면 빼앗기지 않았을 텐데. 하지만 이미 지나간 일이고, 미련하게 과거만 붙들고 있을 수는 없는 노릇이었다.

운 좋게 그나마 수거한 통발 안에는 장어가 열 마리나 들어 있었고, 뭣보다 가장 좋은 일손이 그녀의 곁에 있다.

"장어 낚시에는 세 가지 방법이 있어요."

"통발과, 낚싯대를 이용한 것과, 또 있나?"

"아뇨. 통발낚시는 맞는데 장어는 낚싯대로 낚지 않아요. 힘이 워낙에 좋아서 낚싯줄을 다 끊어먹거든요. 아니면 낚싯대가 부러지거나."

장어가 괜히 정력에 좋은 음식이 아니다. 그냥 미끼로 낚을 수 있었으면 진즉 더 낚았을 거다. 하지만 정력에 좋기로 유명한 음식들 중에 꼭 다섯 손가락 안에 들어갈 정도로 힘이 좋아서, 평범한 방법으로는 낚지 못했다.

"첫 번째는, 장어가 있을 만한 곳에 돌담을 쌓는 거예요. 댐처럼 만들고, 진흙으로 메워요. 그러면 장어가 빠져나가기 위해 온몸으로 들이밀다가 끼이거든요."

"이 계곡에서는 불가능한 방법이군."

"맞아요. 시간도 많이 걸리고, 그런 짓 했다가는 여기보다 더 하류에서 노는 사람들에게 욕먹을걸요."

"두 번째 방법은 뭐지?"

"이건 훨씬 방법이 간단해요. 어려워서 그렇지."

민주려는 씩 웃더니 앙증맞은 두 손을 활짝 펼쳐들었다. 아침부터 대나무 통발을 하나하나 확인하느라 그녀의 손끝은 물에 퉁퉁 부어 있었다. 하지만 자글자글 주름진 그 손가락들이 너무도 귀여워서, 지야곤은 무심코 입에 넣고 싶다는 생각을 했다.

"맨손낚시!"

그리고 그런 그의 생각을 꾸짖기라도 하듯, 명랑하고 순진하게까지 느껴지는 낭랑한 목소리가 울렸다.

"장어를 맨손으로 낚는 거예요!"

사실 맨손낚시란 가장 기초에 해당하는 낚시였다. 도구가 아무것도 없었을 때는 다들 맨손으로 시작했을 것이다. 재빠름만으로 물고기를 손으로 낚는 것. 눈썰미 좋고 손이 빠른 사람들은 종종 일부러라도 맨손으로 낚는다고 한다. 낚싯대나 통발보다 더 손맛이 좋다던가.

뿐이랴. 맨손낚시의 좋은 점 중에 하나는 낚는 물고기의 몸에 상처가 거의 남지 않는다는 거였다. 바늘을 이용한 낚시는 아무래도 물고기 입에 상처가 생기는데, 때로 물고기가 깊숙이 미끼를 삼킬 경우 안의 살점까지 뜯어지는 경우가 있었다. 그러면 물고기는 오래 버티지 못하고 깨꼬닥 죽고 만다. 그렇게 되면 신선도가 떨어지고, 신선도가 떨어진 물고기는 맛이 없어진다. 당연하게도 맛없는 물고기는 가격이 많이 깎였다.

"할 줄 알아?"

지야곤의 물음에 민주려의 표정이 슬쩍 어두워졌다. 장점도 많지만 단점도 많은 것이 맨손낚시다. 실패할 확률이 높은데다가, 물고기는 가까이 다가가기만 해도 귀신같이 알아채고 도망가기 마련이어서 접근조차 어렵다. 게다가 장어다. 그냥 물고기도 아닌 장어! 몸도 길쭉하고 미끈미끈해서 잡기도 어렵다.

"으음. 좀처럼 성공은 못하지만요. 그래도 어떻게 하는지는 보여드릴게요."

풍덩풍덩 계곡으로 들어온 민주려는 곧 주변 밑바닥을 뚫어져라 보았다. 꽤 하류에 내려와서인지, 바닥이 얕은데다 발을 옮길 때마다 안에서 흙이 피어올랐다. 그래서 장어는 잘 보이지 않지만 이럴 때를 위해 쓰라고 있는 주술이 아니던가.

"간질여라. 퍼지고 넓혀 내 발을 간질여라."

괴상한 주문이지만 이것이 맞다. 물의 주술 중 하나로, 물과 닿아 있는 신체를 민감하게 하여 물의 흐름을 예민하게 읽어 들이는 것이었다. 처음에 이 주술을 배울 때는 뭐 이렇게 쓸모없는 주술이 다 있나 싶더랬다. 물속에서 감각을 예민하게 하는 주술이라니. 물의 흐름 따위 알아서 어디에 써먹는단 말인가.

그런데 이제 보니 아니었다. 이건 아주 알찬 주술이었다! 세상에 쓸모없는 주술은 없다던 선생님의 말은 거짓 없는 진실이었다.

"일단 장어가 있는 곳을 알아내면, 최대한 조용히 다가가요."

민주려는 슬금슬금 느릿하게 움직였다. 그리고 발을 통해 느껴지는, 길쭉한 뭔가가 있다고 알리는 쪽으로 다가갔다. 그리고 슬그머니 손을 미끄러뜨리듯이 물속으로 넣었다.

"손을 조용하게, 물고기가 눈치 채고 도망가지 않도록 아래에 놓은 다음에……."

재빠르게!

"던지, 으악!"

그녀라고 맨손낚시를 왜 시도해보지 않았겠는가. 장어를 찾아도, 가까이 다가가고 손을 밑으로 쑥 넣어도, 늘 이 부분에서 망쳤기 때문에 쓰지 않았던 것이다. 장어를 손으로 잡아, 땅이 있는 곳까지 던지는 것. 이것은 순발력과 절묘한 힘으로 하는 것인데 민주려의 힘으로는 역부족이었다.

장어는 민주려의 손목을 탁 쳐내고 물 안으로 유유히 빠져들었다. 문제라면 그녀도 같이 물속에 풍덩하고 빠졌다는 것이다.

"대충 요령은 아셨죠?"

물에 쫄딱 젖은 민주려는 불편한 심경을 그대로 드러내는 얼굴을 한 채 말했다. 지야곤은 고개를 끄덕이고는 물속에 들어왔다. 그리고 여전히 바닥에 주저앉아 있는 그녀를 일으켜 세웠다.

"자."

"어?"

"더워도, 계속 젖어 있는 건 좋지 않아."

지야곤이 자신이 입고 있던 상의를 벗어, 주술로 단숨에 말렸다. 그리고 그것을 그녀의 어깨 위에 올렸다. 아직도 주술의 여파로 은은한 열기가 느껴지는 지야곤의 웃옷을 걸친 민주려는 두 눈을 동그랗게 떴다. 그리고 움직이지 않은 고개를 억지로 돌렸다.

그리고 맙소사.

상의를 탈의해서, 상체가 훤언히 드러나는 그의 모습을 보고 민주려의 표정이 딱딱하게 굳었다.

뭘까, 이 남자. 왜 상체만 벗었는데, 다른 남자들 등목 하듯이 그냥 벗었을 뿐인데! 멀쩡히 두 눈 뜨고 보기 어려운 걸까?

계속 보고 있자니 코가 아릿아릿해질 것만 같다. 민주려는 저도 모르게 물에 흠뻑 젖은 손으로 코를 잡았다.

"주려 후배?"

"아뇨. 일단 제가 주술로 장어가 어디에 있는지 알려드릴게요. 그다음에 한번 해보세요."

쓱 시선을 자연스럽게 돌리며 민주려는 허허롭게 웃었다. 차마 계속 볼 수가 없었다. 뭘 먹고 저 남자는 저렇게 몸이 실할까?
보는 것만으로도 이상하게 침이 주르륵 흐르는 것이, 이러다가 바
보가 될 것 같았다.

△ ▼ △

"열하나! 열둘!"

점점 세는 숫자의 수가 많아지고 있었다. 그럴 때마다 민주려
의 웃음은 귀에 걸릴 듯 찢어졌다.

"열셋! 열넷!"

진귀한 광경이 이어지고 있었다. 더운 복날, 더위를 식힐 겸
계곡을 찾았던 사람들이 몰려들 정도로 대단했다. 지금 민주려가
세고 있는 저 숫자는, 지야곤 그가 장어를 잡는 숫자였다. 그는 정
말 빨랐다. 그녀가 알려준 위치에 손을 쓱 집어넣더니, 한 번에 손
으로 쳐 올렸다. 장어는 잡을 때 미끄러워서 어려울 텐데, 처음인
그는 딱 두 번 실패하더니 그 이후로 한 번에 성공하고 있었다.

"열다서엇!"

"오오오!"

주변에서 감탄하기 바빴다. 다들 맨손낚시 한 번쯤은 해봤지
만, 잡기 어렵다는 장어를 무슨 쪽파 뽑듯이 쑥쑥 끄집어내는 지
야곤의 솜씨는 정말 놀라웠다. 게다가 이들은 단순히 장어를 많이
잡기 때문에, 그 신묘한 묘기를 보는 맛으로만 있는 것은 아니었
다.

"거, 내 소싯적 몸이 저랬지. 험험."

"자네 말이 되는 소리를 하게. 불알친구인 내가 보증하건데, 자네는 그때도 빼빼 말랐어."

"어험험!"

"아따, 사위 삼고 싶네잉. 저 몸 봐라. 실하기도 하지."

"오늘 먹은 보신음식 다 저리가라. 저 청년 몸 보는 눈보신이 최고네."

"어쩜, 어쩜. 떡 벌어진 어깨하며, 팔뚝에 힘줄 보게. 알통은 어떻고! 곱상한 청년이 몸도 좋아. 아유, 한 이십 년만 젊었어도……."

화제의 대부분은 다름 아닌 지야곤의 훌륭한 몸(!)이었다. 길쭉하지만 제대로 근육이 붙은 목은 질겨 보였고, 목에서 어깨를 이어지는 선이 호랑이 등선처럼 매끈하고 힘이 있었다. 떡 벌어진 어깨는 어찌나 넓고 단단해 보이는지, 물 여섯 동이는 가볍게 지고 다닐 수 있을 것 같았다. 거기에 팔뚝의 근육은 또 어떤가. 근육이 부드럽고도 실하게 달려 있었다. 무예를 단련한 사람답게 훌륭한 팔뚝이다. 게다가 가슴팍과 빨래판 같은 복근은 또 어떻고?

"하지만 뭐니 뭐니 해도 저거지."

"그렇지? 나도 그 생각을 했다니까."

"하아, 저 너른 등짝에 한번 매달려봤음 소원이 없겠네."

"그럼 자네 남편 소박주고 매달려보든가."

"아니, 순이 엄마 못하는 소리가 없네!"

지야곤이 몸을 돌려 장어를 잡기 위해 숙였을 때, 그리고 다시 일어날 때 여자들이 침을 주르륵 흘렸다. 저 완벽한 등에 쪼개지는 잔근육의 향연이라니! 단정하게 하나로 묶어 내린 긴 머리카락이 젖어 달라붙는 바람에, 어째 보는 내내 외설적(?)인 느낌을 받을 정도였다.

"아가씨. 아가씨는 어떤 것 같아?"

"네? 저요?"

"그래, 아가씨 말이야."

대놓고 수군대던 아낙네들이 슬그머니 민주려에게 접근했다. 척 봐도 일행인 듯하니 사이도 물을 겸, 호기심 충족을 위해 몰려든 것이다. 그러나 그들은 안타깝게도 민주려의 정체를 몰랐다. 물론 민주려도 여자라서, 초반에 지야곤의 몸에 시선도 주기 어려울 정도로 부끄러워했지만 지금은 달랐다.

"저 총각 몸, 대단하지?"

"아, 맞아요. 선배 몸 정말 좋아요. 정말 대단해요!"

"그치? 참으로 실한 게……."

"노동에 최적화된 몸이죠!"

"잉?"

장어를 맨손으로 열 마리 이상 낚는 그 순간부터, 민주려의 눈은 이미 돌아가 있었다.

"저 목을 보세요. 절대 꺾일 일이 없어서 안전해요. 원래 사람이 일할 때 허리도 많이 중요하지만, 목이 똑바르게 서야 중심을 잘 잡거든요. 거기에 저 어깨! 쌀 두 섬은 너끈하게 질 것 같아요. 팔뚝을 보니 힘도 좋을 것 같고, 허리도 유연한 것이 무거운 짐을 들다가 쉽게 나가지 않을 거고요. 게다가 뭐니 뭐니 해도 저 등! 하아아아."

저도 모르게 흥분한 그녀는 숨을 고른 뒤 말을 이었다.

"완벽해요. 삽질, 곡괭이질, 호미질 등 농사일에 그만이죠. 보이세요? 저 등이라면 농번기 때 가장 선호하는 일꾼이 될 수도 있을 거예요! 물론 추수철에도!"

"……."

그제야 아낙네들은 민주려를 흘끔흘끔 보다가 정체를 알았다.

돈귀신 민주려! 과연, 그 눈에는 저렇게 훌륭한 남자도 들어오지 않는 거였다. 남자보다는 돈! 그 인식이 어찌나 확고한지 섬뜩할 정도였다. 저렇게 치명적인 남자를 두고도 흔들리지 않는다니. 어떻게 보면 이미 이쪽에서 득도한 것이 아닌가 싶다.

"선배! 힘내세요!"

두 눈이 금 한 냥씩 딱 박아놓은 것처럼 반짝반짝 빛난다. 그것을 멀찍이서 보고 있던 이기호는 시선을 아예 돌렸다. 그가 모시는 소가주가 마음에 두고 있는 아가씨는 역시 어딘가 이상하다고 여기면서.

"열여섯 마리."

굵고 실한 장어 한 마리를 더 낚은 그가 민주려가 있는 쪽으로 장어를 던졌다. 그러자 그녀는 바람의 주술을 이용해 장어를 낚아챘다. 원래 이런 것까지 주술을 쓸 생각은 없었다. 하지만 땅바닥에 떨어지자마자 은근슬쩍 채가는 사람들이 나타나서 어쩔 수 없다. 도끼 눈 뜨고 노려봐도 시침 뚝 떼고 내빼는데, 천하의 민주려도 두 손을 들었다. 뭣보다 아저씨들보다 아줌마들의 시치미가 가장 무서웠다. 어찌나 능청스러운지 두 눈 뻔히 뜨고 뺏기는 걸 알면서도 방법이 없었다. 그러니 아예 손도 못 대게 하는 수밖에.

"이 정도면 되나?"

지야곤이 슬슬 민주려에게 다가왔다. 그리고 그가 물가에 다가올수록, 물에 젖은 그의 몸이 잘 보였다. 덕분에 뜻하지 않은 수확이 있었다. 도무지 그의 몸을 가까이서 볼 수 없었던 – 다들 코를 막았다 – 여자들이 우루루 뒤로 물러났기 때문이었다. 덕분에 민주려는 신경을 덜 쓰면서 장어가 든 그물을 관리할 수 있었다.

"네. 오늘 할당량은 스무 마리였으니까요. 작은 녀석들을 빼고 나면, 딱 맞아요."

"작은 것?"

"네. 이 작은 장어 여섯 마리는 저희 몫이에요. 기대하세요. 오늘 저녁밥은 아주우! 화려할 테니까요."

"기대하지."

"그런데 조금 아쉽네요. 장어 요리도 제법 가짓수가 되는데, 이 장어들은 조금 작아서 다 할 수 있을지 모르겠어요."

실한 장어만 골라 스무 마리를 따로 빼놓았다. 그리고 남은 여섯 마리는 장어라고 하기에는 좀 작은 녀석들이었다. 아예 새끼라면 놓아주기라도 할 텐데 어정쩡하게 작다. 이거 가지고는 푸짐한 장어 요리를 할 수 없었다. 지야곤에게 대접할 밥은 언제나 가짓수와 양을 많이 하고 싶은 민주려였다. 그를 보고 있노라면 자꾸 욕심을 부리게 된다. 더 맛있는 것을 먹여주고 싶어서.

"충분할 것 같은데."

"아니요. 전혀요. 물론 장어고기는 많은 편이긴 한데요, 제가 할 요리 중에 탕이 있어서요. 장어는 살이 야들야들해서, 푹 고아 놓으면 어죽처럼 고소하고 맛난 요리도 가능하거든요. 그러려면 조금 더 잡아야 해요."

"몇 마리?"

"이 정도 크기라면 다섯 마리. 하지만 씨알 굵은 놈들로 잡으면 세 마리요."

"알았다. 더 잡지."

"네, 부탁할게요."

만약 더 많이 잡으면 몇 마리는 다른 식당에 팔 생각이었다. 특대 장어 한 마리가 식당에서 요리로 먹으면 무려 금 아홉 냥에 팔리는 귀하신 몸이다. 물론 도매가는 이보다 훨씬 쌌다. 식당도 뭐 남겨먹는 것이 있어야 유지가 될 것 아닌가.

남은 장어들은 대부분 요리해 먹을 거지만 기왕 그가 도와주는 것이니 조금 팔아서 금전적으로 남기는 것도 좋을 듯했다.

그렇게 지야곤이 다시 물에 들어갔을 때였다. 마침 물에 발만 담그고 있던 민주려의 발 사이로 뭔가가 지나갔다. 처음에는 그게 장어인지도 몰랐다. 발밑을 쓱 훑고 지나가는 것이, 정말로 커서 꼼짝없이 물뱀인 줄 알고 몸을 굳혔다. 그런데 아니었다.

'저, 저 두께는!'

그것은 물뱀도 아니요, 메기도 아닌, 깜짝 놀랄 만큼 굉장히 큰 장어였다! 민주려는 소리치지 않고 손짓으로 지야곤을 불러들였다. 그는 뭔가 있음을 알고 조용조용 다가왔다. 그리고 민주려가 썩 멀리 가지 않은 놈의 위치를 알려주려고 할 때였다.

풍덩!

물 위에 커다란 돌덩이가 떨어졌다.

"안 돼!"

그리고 당연하지만 민주려가 노렸던, 거짓말 안 보태고 정말 뱀처럼 컸던 장어는 놓치고 말았다. 그녀는 억울했다. 이게 대체 뭐란 말인가! 갑자기 날아온 돌 때문에 장어도 못 잡다니. 하지만 그게 끝이 아니었다.

풍덩, 풍덩, 풍덩.

돌이 막 떨어졌다. 떨어지는 간격으로는 가볍게 조약돌 던지는 것 같지만 전혀 아니었다. 작게는 짱돌에서부터, 무거운 돌까지 쉼 없이 계곡에 떨어지고 있었다. 물보라가 튀고, 덩달아 위험하기까지 했다. 사람을 보지도 않고 계속 돌이 떨어져서 만약 맞으면 정말 골로 갈 것 같았다.

"헉."

방심하고 있던 사이 민주려의 머리 위에도 커다란 돌이 떨어졌다. 미처 피할 시간도 없었는데 가까이 다가와 있던 지야곤이 민주려를 끌어당겨 다행히 다치지 않았다.

"아코!"

갑자기 끌어당겨진 그녀는 지야곤의 가슴팍에 코를 박고 말았다. 어찌나 가슴이 단단한지 코가 다 얼얼했다. 게다가, 물에서 그렇게 있었음에도 그의 가슴은 따뜻했다. 기대기도 좋고 편안한 것이 계속 이렇게 있고 싶은 마음이 스멀스멀 들 정도였다. 그러나 그것도 아주 잠시에 불과했다.

"아니, 이게 무슨 일이래?"

짱돌 폭격은 끝날 줄은 몰랐고, 큰일 날 뻔한 민주려는 화가 나서 고개를 빳빳하게 들었다. 그러자 돌이 어디서 날아오는지 알 수 있었다. 작은 폭포처럼 떨어지는 계곡의 위, 조금 더 윗부분에서 돌이 날아오고 있었던 것이다.

"거기! 당장 멈추지 못해욧!"

짜랑짜랑하게 민주려가 소리쳤다. 그러자 날아오는 짱돌이 멈추는가 싶더니, 다시 돌의 비가 또! 내리기 시작했다. 슬슬 화가 머리까지 뻗친 민주려는 숨을 크게 들이마셨다. 그리고 내쉬었다가 다시 들이마신 뒤 배에 힘을 줬다.

"짱돌 그만 날리라고, 이 불한당들아아아아앗!"

△ ♥ △

사건의 전말은 이러했다. 차아제국 곳곳에 뜨는 민폐의 샛별, 국보사냥꾼들이 계곡을 어지럽힌 것이다. 그들은 국보를 찾기 위해 계곡에 들어와 뒤진 것뿐이라는 뻔뻔한 태도를 보였다.

"그렇다고 돌을 날리다니! 위험하잖아요!"

"상관없지 않소. 날도 더워 죽겠는데 그만 열 내고 볼일도 보쇼."

"아저씨들 때문에 지금 저희들 다 죽을 뻔했다고요. 이 짱돌로 한번 아저씨들도 맞아 볼래요?"

"거참 아가씨 엄청 땍땍거리네. 지금 우리가 찾는 국보가 어떤 건 줄 아슈?"

"몰라요! 하필이면 이 더운 날에 나와서 왜 사람들 많은 계곡의 바닥을 다 뒤엎는 건데요? 하다못해 할 거면 좀 얌전하게 뒤지든가!"

"깨끗하기로 유명하다는 계곡에 이유가 있겠지! 국보라든가, 국보라든가, 국보라든가!"

국보사냥꾼들과 민주려의 말싸움이 한바탕 이어졌다. 다른 때라면 조용히 손을 쓰는 방식으로 갈 텐데, 이번에는 그럴 수가 없었다. 그 짱돌, 제대로 맞았으면 머리에 혹이 나는 수준으로는 끝나지 않았을 거다. 게다가 민주려뿐만 아니라 다른 사람들에게도 민폐를 끼쳤고 더 열 받는 건 전혀 반성할 기미가 보이지 않는다.

정말 국보사냥꾼들이란 왜 다 저 모양일까?

"계곡물 맑으면 국보 때문이고, 비가 엄청 쏟아져도 국보 때문이고, 아저씨들 성격이 희한하고 이상한 것도 국보 때문이겠네요?"

"그렇……. 아니, 이 아가씨가 해보자는 거야?"

점점 과열되는 그 상황에 지야곤이 끼어들었다. 그는 욱해서 민주려에게 다가와 손을 들려는 국보사냥꾼들을 견제했다. 국보사냥꾼들은 웃옷을 벗고 있어 드러난 지야곤의 몸을 보고 움찔 뒤로 물러섰다. 몸의 근육 봐라. 딱 봐도 제대로 훈련한 흔적이 보이는 몸이니, 그들 서넛 정돈 어렵지 않게 상대할 것 같았다.

"강에 전세 낸 것도 아니고 조금 얌전하게 찾으시란 말이에요."

"그럴 수야 없······소. 우린 급하고 이 계곡을 오늘 다 뒤집어봐야 하니까."

"그렇지, 그렇지. 이곳의 계곡물이 맑은 이유를 꼭 알아야 하니 말이오. 분명 이유가 있을 거요. 국보인 것이 틀림없소. 우리의 감이 그렇게 말하고 있단 말이오."

막말을 하려다가 지야곤의 눈치를 본 그들은 말을 바꿨지만 태도는 여전했다.

"아니, 계곡물이 맑으면 맑았지 대체······."

말문이 막힌다. 결국 이 말싸움은 끝나지 않을 것 같았다. 게다가 지야곤이 가만히 있자 또다시 빈정거리기 시작한 그 태도에 슬슬 화도 났다. 그리고 그것은 그라고 다르지 않았다. 지금은 얌전히 참고 있지만, 속으로는 꽤 화가 나 있는 상태였다. 저들 때문에 민주려가 다칠 뻔했다고 생각하니 아주 그냥 속이 삼계탕처럼 부글부글 끓고 있는 것이다.

"······물이 맑은 이유를 찾는다고 하셨죠?"

"그렇지."

"그럼 상류로 가시면 되겠네요?"

지야곤은 흠칫 놀랐다. 민주려가 그늘진 얼굴로 웃으며, 손을 들어 그의 등에 뭐라고 적고 있었다.

던져라.

단 한마디였지만 그는 찰떡 같이 알아들었다.

"어흠흠. 상류는 윗분들이 계셔서 조금……."

"에이, 뭘 사양하세요. 그냥 맑은 물 좀 먹고, 겸사겸사 어딘가에 가라앉아 있다는 그 국보도 찾고. 정신도 번쩍 들 거예요. 자고로 물은 위에서 아래로 내려오는 법. 당연히 상류부터 뒤져야지. 안 그런가요?"

이미 주술을 많이 쓴 민주려와 다르게 지야곤은 힘이 많이 남아 있었다. 그리고 그는, 대학관을 졸업하고 난 뒤 오랜만에 제대로 주술을 쓰기 시작했다.

그가 가장 자신 있어 하는 주술은 바람의 주술이었다. 바람의 주술은 처음 배울 때 생각보다 쉽게 익힐 수 있지만, 중급 과정부터는 말도 안 되게 난이도가 올라가는 분야이기도 했다. 덕분에 보조 형식으로만 익히지 지야곤, 그처럼 제대로 익히는 자는 의외로 많지 않았다. 하지만 그는 바람의 주술을 고급과정까지 수월하게 익혔다. 민주려가 땅의 주술에 재능이 있다면 그는 바람의 주술에 재능이 있었다.

"바람의 아가씨, 도와주오."

땅의 신령이 인자한 할아버지의 외견과 성품을 가지고 있다면, 바람의 신령은 변덕스러운 아가씨였다. 자신들과 다르게 흔들림 없이 올곧은 성품과 기를 가진 사람이 아니면 힘은커녕 장난만 치는 이들이 바람의 신령이다. 그래서 그 도움을 받기란 쉽지 않지만, 만약에 제대로 도움을 받으면 굉장한 힘을 내서 인당 백의 몫을 한다.

『날도 더운데, 땀을 식혀줄까?』

바람의 신령이 개구진 표정을 지었다. 그 눈길은 지야곤의 몸에 향해 있었지만, 그는 익숙하게 무시하고 날도 더운데 불쾌지수만 올려놓는 국보사냥꾼들을 가리켰다.

"이제부터 사람을 날릴 겁니다."

『어머, 그래서?』

"멀리 날려주십시오. 상류 쪽에 빠뜨릴 수 있으면 더 좋습니다."

『오늘은 불의 신령들이 날뛰는 날이지만, 한번 힘 써보지 뭐. 다음에도 또 보자, 나무 같은 사람아.』

희미해서 거의 윤곽만 보이는 바람의 신령은 힘을 끌어올렸다. 그러자 주변에서 살랑살랑 시원한 바람이 불기 시작했다. 그리고 때를 맞춰 지야곤이 국보사냥꾼들에게 덤벼들었다. 깜짝 놀란 그들은 저항을 하려고 했지만, 그의 실력은 굳이 호위무사 이기호가 따라붙지 않아도 될 만큼 훌륭했다. 너무도 쉽게 그들을 제압한 뒤, 그는 무지막지한 힘과 바람의 신령의 도움으로 뻥뻥 하늘로 날려 보내기 시작했다.

"끄아아아악!"

"으아아아아악! 사람 살려어어어어!"

"……."

하늘에서부터 기절한 사람, 비명 지르는 사람, 어머니를 찾는 사람 등등. 너무도 통쾌하게 날아가서 보는 사람들 가슴이 뻥 뚫렸다.

지야곤은 순식간에 임무를 끝내고 잘했냐는 듯이 민주려에게

다가와 멀뚱멀뚱 눈을 마주했다. 방금 전까지 건장한 사내 여럿을 하늘 높이 띄워놓고, 지금은 귀엽게 칭찬을 바라는 눈을 하고 있는 그를 보며 민주려는 손이 간지러워 어쩔 줄 몰랐다.

아, 어떡하지. 이 남자 너무 귀엽다. 이러면 안 되지만 막 머리를 쓰담쓰담 해줘야 할 것 같은 기분이었다. 하지만 보는 눈도 많고, 연상의 남자에게 그러면 실례여서 곤란하니 그녀는 그의 어깨를 손으로 토닥토닥 두들겨주는 것밖에 할 수 없었다.

"잘했어요. 선배가 최고!"

"음."

"아주 속이 다 시원했어요. 주술도 예전보다 훨씬 더 효율적으로 쓰시던데요? 학관 선생님들이 보셨으면 정말로 좋아하셨을 거예요."

바람의 주술이 까다롭다지만, 땅의 주술 정도까지는 아니다. 아마 학관으로 돌아간다면 그녀야말로 칭찬을 받을 것이다. 하지만 지야곤은 입을 굳이 열지 않고, 현명하게 민주려의 칭찬세례를 기꺼이 받아들였다. 가끔 가만히 있어 더 좋을 때도 있는 거다.

"장어 마저 잡고 우리 맛난 거 많이 먹어요."

해맑게 웃는 그 얼굴을 보고 있으니 마음이 간질간질하다. 게다가 발도 간질간질한 것이…….

"장어군."

아까 민주려가 잡으려고 이를 갈았던 커다란 장어가 그들 사이로 지나가고 있었다. 그리고 그 장어는, 지야곤의 눈에 띈 이상, 그리고 민주려가 침을 질질 흘리며 원하는 눈빛을 한 이상 빠져나갈 수 없었다. 그날 계곡에서는 강에 사는 게 장어가 아니라 새끼 용이었다는 말이 떠돌았다나 뭐라나.

△ ▼ △

장어 스무 마리와 무지막지하게 큰 장어 한 마리를 식당에 넘기면서 받은 돈이 금 스물세 냥이었다. 정말 복날 한정 한철 장사다. 덕분에 짭짤한 돈을 벌었지만, 민주려는 어김없이 그 돈에서 절반을 뚝 떼어 지야곤의 손에 쥐여주었다. 만약 그가 나타나지 않았더라면 저 돈도 다 못 받았을 것이고, 집에서 먹을 장어 아홉 마리 – 결국 더 잡았다 – 도 구하지 못했을 테니까 말이다. 게다가 손해 보는 장사가 아니다. 만약 일에 실패했을 경우 신뢰도가 떨어져서 몸값도 떨어질 테니까, 오히려 지금은 이득이라고 할 수 있었다.

"조금 오래 걸렸죠?"

모처럼 만난 지야곤이다. 최근 바쁜지 드문드문한데다가, 만나면 늘 일을 도와주는 것이 감사해서 떡국만으로는 모자라다고 생각했다. 그렇게 벼르고 있었는데 때마침 복날에 장어라니. 그야말로 최고이지 않는가.

민주려는 정말, 여태까지 보여준 상과 비교도 되지 않을 만큼 음식을 차려놓았다. 곁에서 보고 있던 이기호도 놀라 입을 떡 벌릴 정도였다.

"오늘의 저녁밥상! 복날에 가장 맛있는 보양식!"

에헴, 하고 헛기침을 귀엽게 하던 민주려는 마치 장사꾼이라도 된 것처럼 화려하게 음식을 소개했다.

"시원하고 고소한 장어탕! 그리고 그 장어탕을 푸우우욱 고아서 만든 어죽! 매콤달콤한 장어 덮밥에 소금과 향신료를 가미한 장어구이! 그리고 섬세하게 발라낸 뼈는 자글자글하게 튀겨서 과자로 만들었어요."

그 외에도 장어 찜, 장어 회, 달달하게 조린 장어조림 등 요리의 가짓수가 정말 대단했다. 게다가 맛은 어찌나 기가 막힌지 지야곤은 한동안 말도 없이 그릇을 비워내기 바빴다. 전투적으로 다리가 부러지게 차려놓은 상을 거덜 내는 지야곤을 부럽게 지켜보던 이기호는 자신의 앞에 놓인 작은 반상에 놀랐다.

"선배 따라다니느라고 고생하셨죠? 조금 드세요."

그에게 온 것은 장어덮밥과 장어탕 한 그릇, 그리고 장어뼈 튀김뿐이었지만 그것도 감지덕지였다. 그렇게 호위무사 이기호도 거하게 밥 한 상 얻어먹게 되었다.

"잘 먹었어."

"잘 먹었습니다."

푸짐하게 차려놓아서 다 못 먹을 거라고 생각했는데, 어찌나 맛이 좋은지 결국 그릇은 싹싹 비워졌다. 음식점 하나 내놓아도 부끄럽지 않을 솜씨에 지야곤은 혀가 호강했다.

"솜씨가 좋아. 사랑받는 신부가 될 거야."

"에이, 그 정도는 아니에요."

적당히 덕담도 오가고, 장어 뼈튀김을 오독오독 씹으며 한차례 여운을 즐겼다. 옥수수수염차 한 잔과 장어 뼈튀김의 궁합은 최고였다. 그렇게 소소한 대화가 오가다가, 결국 낮에 있었던 가장 열 받은 일로 화제가 바뀌었다. 국보사냥꾼들의 횡포에 대해서.

"그거죠? 물 맑아진다는 국보는 하나밖에 없잖아요."

"청수경."

"맞아요, 그거. 사실 얼마 전에도 여탕에 찾아와서는, 그곳에 있는지 없는지 확인하겠다고 진상을 부리는 거 있죠? 저 그때 목욕하다가 내려왔는데 얼마나 놀랐는지 몰라요. 어이도 없고."

불퉁한 얼굴로 장어뼈를 오독오독 씹는 민주려와 달리, 지야곤의 표정은 여전히 잠잠했다. 하지만 조금 떨어져서 마찬가지로 장어뼈 튀김을 먹고 있던 이기호는 마른침을 꿀꺽 삼켰다. 민주려의 눈에는 보이지 않지만 그의 눈에서는 훤히 보였다. 상 아래에서 불끈 쥔 지야곤의 주먹이!

"그래서?"

"건너편에 남탕하고 있는 남춘기 할아버지가 오셔서 모조리 끌고 가셨어요. 그런데 그거 아세요? 그 할아버지가 번개 주술사시래요. 전승하기가 까다로워서 일인전승하고 있는데, 아직도 제자가 없대요. 혹시 대학관에 말해두면 도움이 될까요?"

"알아보지."

"고마워요. 만약 도움이 된다면 남탕에 공짜로 하루 다닐 수 있도록 말해볼게요."

옥수수수염차까지 다 비우고 나자, 한숨을 푹 쉰 민주려는 짜증이 가신, 가시가 살짝 빠진 목소리로 국보사냥꾼들에 대한 이야기를 더 털어놓았다.

"그러고 보니 청수경을 많이 찾네요. 물을 맑게 해준다는 주술 걸린 국보. 어떻게 생겨먹은 물건이기에 그렇게 매달릴까요?"

"청동거울이라는 것 외에는 나도 자세한 것은 모른다."

"청동거울이 어디 한두 개냐고요. 당장 청동으로 만들어진 것만 해도 저희 집에 얼마나 많은데. 문고리도 청동, 자물쇠도 청동, 여기 냄비받침대도 청동, 고물은 죄다 청동이잖아요!"

다시 화가 난다는 듯 샐쭉해지려는 눈매. 하지만 그는 민주려가 화를 내는 것보다, 웃는 얼굴을 하고 있는 것이 더 좋았고, 안 좋은 감정을 오래 품고 있는 것도 마음에 들지 않았다. 그래서 그는 그에게 남아 있던 뼈 튀김을 장어조림 국물에 찍어서 그녀의 입에 쏙 넣어줬다. 그러자 맛있는지 오물오물 씹는 얼굴이 확 풀어진다.

"화내지 마. 웃어."

"쩝. 화낸 거 아니에요."

"그래."

화내기 전에 장어를 먹이긴 했지. 지야곤은 그저 고개를 끄덕끄덕했다. 하지만 덤덤했던 그의 표정은 지금 산산조각 부서지기 일보 직전이었다.

'보양식이 과했어.'

아침부터 대추와 인삼을 듬뿍 넣은 삼계탕을 먹은 참이었다. 거기에 오늘 장어로 만든 음식을 얼마나 먹었는지, 몸에서 기운이

펄펄 넘친다. 이 무더운 복날에 기운이 빠지지 않고 보충된다는
건 좋은 일이지만 과유불급(過猶不及). 넘치는 것은 모자라느니만
못하니, 그는 몸속에서 끓어오르는 열을 식히기가 참으로 어려웠
다.

몸에서 불이 나는 것도 아니고, 자꾸 충동이 인다.

오물오물 움직이는 입술을 만지고 싶다. 앙증맞은 손가락을
잡고 하나하나 입에 넣어보고 싶고, 반질반질 빛나는 머리카락을
손가락 사이로 훑어보고 싶고, 발그스름한 뺨을……

"위험해."

"네?"

가슴에서부터 시작된 불놀이에 지야곤은 한숨을 내쉬었다.

네가 위험해.

그 말이 목구멍까지 나왔다가 쑥 들어갔다.

十章
그 과일은 당신의 것이 아니다

"날씨 좋고, 과일은 반짝이고…….."

까악까악, 크지 않지만 또렷한 소리가 민주려에게 들렸다.

"도둑은 여기저기 모이는구나!"

입가에 웃음이 그려지는 순간 이미 상황은 정리되었다. 탐스럽게 열린 열매를 스리슬쩍 부리로 쪼려던 산비둘기가 민주려에게 딱 걸린 것이다. 그녀의 손끝에서 주술이 날아간다. 동글동글 맺혀진 작은 물방울이 산비둘기 머리를 톡 건드리고, 깜짝 놀란 산비둘기는 푸드득 날아갔다. 보송보송 복숭아 솜털 하나 다치지 않고 서리도둑 하나를 이렇게 물리친 것이다.

"좋아, 아주 믿음직스러워! 역시 소문대로인 것 같네."

그리고 그 모습을 지켜보던 과수원 관리인은 시원스럽게 미소를 지으며 안심했다.

"저만 믿으세요. 과일은 곱게 포장되어서 출하되는 그때까지 무사히 가지에 달려 있을 거예요!"

주먹을 불끈 쥐고 씩씩하게 걸어가는 것이 마치 천군만마를 얻은 기분이다. 관리인은 자신의 선택이 옳았다는 걸 느끼면서 과수원 구석구석을 전부 민주려와 같이 돌았다.

지금은 만물이 비와 햇살 아래 쑥쑥 자라고 있는 여름. 또한 사계절 중 가장 달고 맛있는 과일이 많이 나오는 철이기도 하다. 수박, 복숭아, 포도, 자두 등등! 품종이나 종류에 따라 약간씩 수확 시기가 차이나긴 하지만 차아제국의 과수원들은 한창 잘 익은 과일을 따서 시장에 내다 팔기 바빴다.

올해는 날씨가 좀 변덕스러워 골치가 아팠지만 다행히도 막판에 해가 쨍쨍 비춘 덕에 과일들이 전부 참 잘 익었다. 크기도 크고 맛도 달고 색도 고왔다. 문제는 이런 과일들이 과수원 주인들의 눈에만 좋게 보이는 게 아니라 주인이 아닌 자들에게도 좋게 보인다는 것. 그녀가 오늘 온 이 과수원은 그 규모가 크고 심는 과일의 종류도 다양해 매번 서리꾼들이나 기타 과일을 노리는 자들에게 피해를 입었다.

그래서 이번에는 과수원 관리인이 독하게 마음을 먹고 예산의 큰 부분을 뚝 떼어 거액을 걸고 사람을 불러 모았다. 실력이 뛰어난 파수꾼을 차아제국 전역에서 수소문해 데려온 것이다. 망보기는 밤샘이 기본이다 보니 한 사람이 오랫동안 하기에는 체력적인 부담이 커서 대충 개인적인 사정과 실력에 따라 순번을 정했다. 그리고 오늘부터 모레까지는 민주려의 차례였다.

"이제 어느 정도 지리를 익히셨나?"

"네. 그런데 정말 크네요."

"차아에서 다섯 손가락 안에 꼽히는 과수원이거든. 그래서 나 혼자서는 역부족이지."

야산 하나가 전부 과수원이다. 당연히 이 넓은 곳을 사람이 다 지키는 건 무리라서 과수원과 다른 곳의 경계에는 울타리도 쳐두고 주술로 방비도 해놓았다. 하지만 모든 서리꾼을 다 막을 수가 없기에 이렇게 사람이 망도 보는 것이다. 그리고 차아제국의 법상, 도둑을 잡아넣으려면 목격자가 있어야 일이 편했다.

"새참은 내 부인이 시간마다 가져다줄 거니까 걱정 마. 이래 봬도 근동에서 제일 손맛 좋기로 소문나 있으니 기대해도 좋을 거야."

"오오, 그런가요?"

"그래. 그리고 여기 이 나무에 달린 복숭아랑 저기 저 밭에 있는 과일들은 맘대로 먹어도 돼."

관리인이 가리키는 손끝을 잘 본 민주려는 고개를 갸웃거리며 물었다.

"어째서 먹어도 돼요?"

"어차피 상품가치가 떨어져서 못 팔거든. 잘 봐, 열려 있는 수박은 크기가 작지? 그리고 요기 복숭아도 봐봐. 옆에 있는 나무들이랑 다르잖아."

정말 자세히 보니 그랬다. 그녀의 주먹보다 더 큰 복숭아가 주렁주렁 달려 있는 다른 나무들과는 달리 관리인이 딱 집어준 나무는 크기도 작고 복숭아 알도 훨씬 작았다.

"품종이 다른 건가요?"

"응, 산복숭아 나무야. 원래 여기에 과수원을 만들기 전부터 자라고 있던 거라서 일부러 놔두었지. 팔지는 못하고 그냥 일하는 사람들이 따먹어. 모양이 안 예뻐서 그렇지 맛은 제법 좋아."

"그럴 거 같아요. 목마르면 하나씩 잘 먹겠습니다."

민주려 사전에 먹을 걸 거절한다는 법은 없다. 흐뭇하게 웃으며 그녀는 위치를 잘 기억해 두었다.

△ ♥ △

"그럼 난 이만 가보겠네. 내일까지 복숭아 서른 상자를 내야 하거든."

"네. 조심히 가세요."

복숭아는 일단 잘 익은 것들을 따서 크기별로 분류한 다음 시장에 판다. 그래서 수확철이기도 한 지금은 관리인이 죽을 만큼 바빴다. 그가 빠른 걸음으로 허둥지둥 일을 하러 달려가자 민주려는 야산 중간 가장 높은 곳에 있는 원두막으로 올라가 편하게 자리에 앉았다. 이곳에서는 과수원 전체가 보인다.

"이 밭이 전부 금 밭이야, 금 밭."

그녀의 두 눈이 반짝이다 못해 번쩍였다. 사실 수도와 먼 이곳까지 민주려가 굳이 올 필요는 없었다. 일단 집을 오래 비우는 것도 그렇고 원정을 나오지 않아도 일감은 충분히 들어오니 말이다. 하지만 무시무시한 보수가 너무 달콤하고 매혹적이었다.

"일흔 냥! 동도 은도 아닌 금 일흔 냥이 이 밭에서 나오는 거야!"

이틀만 죽을 각오로 밤새면 자그마치 이백십 냥을 거머쥐게 된다. 이틀을 내리 밤새고, 거리도 멀고, 일의 강도도 높아서 거절하려고 했던 마음을 잽싸게 고친 이유도 이것 때문이었다. 일흔 냥이라니. 같은 하루여도 기친친 할머니의 대중목욕탕을 청소하는 것의 무려 열 배! 이런 쏠쏠한 일을 어찌 놓친단 말인가. 주변에서 일을 맡기러 온 사람들도 있었지만 죄다 거절했다. 우리 사이에 이럴 거냐고 강짜 부리는 이들에게 보수의 양을 말하니 다들 입을 다물더라. 그럼 그렇지. 이틀에 금 이백십 냥이라는데 어디 일감을 내밀 수 있을까.

그렇게 민주려는 눈물로 배웅하는 이웃들을 뒤로했다. 갈아입을 옷이 든 보따리만 안은 채 이 과수원에 왔다. 생각보다 넓은 규모에 움찔했지만, 하루 금 일흔 냥! 을 외치다 보니 그럭저럭 할 수 있을 것 같았다. 고럼. 금이 반짝반짝 빛나는 금 밭인데 어떤 고생인들 못하랴.

"좋아!"

두 주먹을 옴팡지게 쥐고 팔을 쭉 뻗었다. 아예 기지개까지 킨 다음, 그녀는 기둥에 걸려 있는 검고 긴 막대기를 손에 꼭 쥐었다. 작은 유리알이 양쪽 끝에 달린 막대기는 망원경. 그냥 망원경도 비싼데 이건 유독 더 비쌌다. 유리에 주술이 걸려서 멀리 있는 것이 훨씬 더 크고 잘 보였기 때문이었다.

"동, 서, 남, 북! 다 확인하라고 했지."

관리인이 가르쳐준 요령을 잘 새기면서 그녀는 사방으로 빙빙 돌았다. 하도 크고 넓어서 이렇게 도구의 힘을 빌리지 않으면 아무리 실력 좋기로 소문난 그녀라도 다 지키는 게 힘들었다.

"어엇! 저저, 저!"

북쪽을 살피고 있던 민주려의 눈이 순간 험악해졌다. 하늘에서 산비둘기 떼가 날아와 살포시 나뭇가지 위에 내려앉더니 그 탐욕스러운 부리를 열고 과일을 쪼아 먹는 것이다! 달려가면 늦다. 그녀는 허리춤에 찬 부채를 들고 과수원 전체에 쩌렁쩌렁하게 울려 퍼지는 목소리로 주술을 부렸다.

"바람아, 불어라! 밀어내라!"

봄에 지야곤이 축제에서 따준 부채는 고급품이었다. 그 자체만으로도 훌륭히 기능을 하지만 이렇게 주술의 매개체로 써도 적은 힘으로 손쉽게 원하는 바를 이룰 수 있었다. 과연, 이걸 지야곤이 땄을 때 그 아저씨 표정이 너무 울상이더라. 성능이 지인짜 끝내줬다.

살랑살랑. 부채 끝에서 나간 바람은 술렁술렁 나무를 타고 넘어가면서 그 크기가 한껏 커지더니.

구구구!

산비둘기들을 나무에서 죄다 밀어 올려 허공에 내팽개쳤다.

구구구구구!

깜짝 놀란 산비둘기들은 날개를 퍼덕였다. 그리고 불만 가득한 울음소리로 울었다. 모처럼 달달한 별식을 즐기는 중이었는데 방해받아 화가 난 것이다. 하지만 민주려의 분노가 훨씬 더 컸다. 여기는 일당이 엄청 많지만, 많은 만큼 까다로운 조건이 붙었다. 과일에 상처가 많이 나면 받는 돈을 깎기로 한 것이다. 상처 나서 못 쓰게 된 과일 세 궤짝 당 금 한 냥씩 푹푹 깎이는데 화가 어떻게 안 나겠는가! 밤을 꼴딱 새고도 적은 돈 받을 거면 여기 안 왔다. 일 못해서 평판 깎일 거 애초에 왜 시작했겠냐고!

"저리 가서 벌레나 쪼아 먹어! 새면 벌레를 먹어야지 무슨 과일이야? 한번 쪼아 먹고 다른 새 열매를 쪼는 주제에!"

산비둘기고 까마귀고 까치고, 진짜 새들이라면 넌더리가 났다. 새들은 과일을 콕콕 쪼아 먹다가, 땅바닥에 떨어지면 안 먹는다. 예쁘고 반질반질한 새 과일에 다시 부리를 콕 찍는 것이다.

"과일도 먹어 육질이 향긋하다고 자랑할 거니? 그대로 고아 먹기 전에 얼른 가!"

그녀의 서슬 퍼런 기세에 산비둘기 떼도 그만 겁을 먹고 방향을 돌려 둥지가 있는 곳으로 날았다.

"흥!"

이렇게 과일을 노리는 약탈자 한 부대를 쫓아내는 데 성공한 그녀는 다시 망원경을 들고 과수원 구석구석을 살폈다. 대차게 소리를 질렀더니 다행히도 아직까지는 아무런 문제가 없었다.

"혹시나 사람이 훔치러 왔더라도 어느 정도는 겁을 먹었겠지. 역시 이런 건 기선제압이 중요해."

고개를 끄덕이며 민주려는 목을 한번 휙 돌렸다. 그러고 보니 바람의 주술을 쓰기도 했고 소리를 질러서 그런가, 목이 칼칼했다. 원두막 한구석에 놓여 있는 시원한 물을 마셔도 되지만 그럼 좀 입이 심심하다. 역시 더울 때 먹기 좋은 건 수박이지. 차게 식힌 수박을 한 입 쓱 베어 물면 지루한 망보기도 조금은 즐거우리라.

관리인이 분명히 지정해준 나무와 밭에 있는 것들은 먹어도 된다고 했다. 민주려는 다람쥐 같은 몸놀림으로 높은 원두막에서 내려왔다. 그리고 쪼르르 복숭아나무로 달려갔다.

"맛있겠다."

알이 작긴 해도 예쁘게 익어서 무척 맛있어 보였다. 혼자서 망을 보는 거니 많이 필요하지는 않으리라. 민주려는 제일 커 보이는 서너 알만 땄다. 그리고 조금 떨어진 곳에 있는 밭으로 가서 수박 한 통을 땄다. 상품으로 팔기에는 너무 작지만, 혼자 먹기에 딱 좋은 수박이었다.

"내가 세 번째라고 그랬지. 그 전에 했던 사람들도 꽤 많이 먹었구나."

수박이 열린 고랑 옆에는 참외도 자라고 있었는데 큰 건 다 따 먹었는지 정말 작은 열매들만 조롱조롱 익어가고 있었다. 아무래도 전에 망 본 사람은 참외를 엄청 좋아한 것 같았다.

"아주 싹 쓸었네. 참외야 수도에서도 얼마든지 먹을 수 있으니까 아쉽지는 않은데, 이건 좀 심하다."

여름에 먹을 수 있는 달달한 참외는 꽤 싼 축에 속한다. 다들 더운 여름을 대비해, 비교적 키우기 편한 참외를 텃밭에 기르기 때문이었다. 그래서 참외는 비싸지 않았다. 하지만 복숭아는 손이 무척 많이 가는지라 하급품도 한 상자에 금 두 냥씩 한다.

멀리 동쪽에서 시원한 바람이 한 줄기 불어와 그녀의 **뺨**을 스쳤다. 이마에 흐른 땀을 닦아내고 민주려는 둘레둘레 주변을 보았다. 그리고는 바로 수박 밭 옆에 있는 작은 개울에 과일을 씻었다.

"음, 굳이 주술을 쓸 필요는 없겠다."

산 위에서 내려오는 개울물은 엄청 차가웠다. 담가놓자 과일은 금방 시원해지고, 먹기 딱 좋아졌다. 챙겨온 바구니에서 꺼낸 식칼로 수박을 쩍 갈라 썩썩 붉은 속을 도려내었다. 숟가락 젓가락도 필요 없이 손가락으로 집자 단물이 주르륵 흐른다.

"아이고, 맛있어. 완전 꿀이로구나."

냠냠 먹자 시원한 단맛이 가득 퍼졌다. 수박 한 통이 순식간에 비워진다. 새 떼가 또 올지도 모르니 쉴 때 잘 먹어야 했다. 민주려는 복숭아도 솜씨 좋게 깎아 칼로 한 조각씩 뚝뚝 떼어 입에 집어넣었다.

"아, 좀 신맛이 강하네. 그래도 이거 괜찮다."

물렁하고 달달한 보통 복숭아와는 사뭇 다른 맛이었다. 왜 팔지 못하는지 먹어보니 바로 이해가 되었다. 그래도 이렇게 일하는 짬짬이 먹기에는 나쁘지 않은 맛이다. 너무 단 것도 아니라 또 묘하게 중독성이 있어서 정신을 차리고 보니 벌써 따온 걸 다 먹은 뒤였다.

껍질은 자연으로 돌아가도록 땅의 신령들에게 던져주고 개울물에 손과 얼굴을 씻었다. 기분이 좋아지니 왠지 수도에 있을 지야곤이 생각났다. 주면 뭐든 잘 먹는 사람이니 이 과일들도 같이 먹었으면 좋았을 텐데. 자고로 나무에서 방금 딴 과일이 제일 맛있는 법이다. 둥실둥실 떠오르는 얼굴을 허공에 멍하니 그리다가 민주려는 고개를 흔들었다. 자신은 날렵한 독수리처럼 이곳을 감시해야 하는데 이러면 안 된다.

"에비에비. 안 돼!"

손으로 양 뺨을 짝짝 치고 그녀는 다시 원두막으로 돌아가기 위해 몸을 돌렸다.

△ ♥ △

"새참이야."

해가 질 때쯤 저녁을 가지고 관리인의 부인이 나타났다.

"아, 순옥 아주머니."

"힘들지 않았어?"

"네. 볼 곳이 너무 넓어서 부담스럽긴 한데 어려운 건 아니네요."

푸짐한 느낌의 얼굴과 몸을 가진 정순옥은 이고 온 넓적한 바구니에서 새참을 꺼내 들었다. 여름이라 날이 더워서 일부러 식초가 들어가는 음식으로 만들었다. 새콤달콤한 유부초밥에 차갑게 식힌 초계탕, 그리고 후식으로 배앓이를 방지하는 매실차. 단출하지만 손이 많이 가는 음식들로 구성되어 있었다.

"우와, 그냥 백숙으로 주셔도 저 잘 먹는데. 안 힘드셨어요?"

"에이, 이 더운 여름에는 오히려 이게 나아. 우리 집 애가 주술을 좀 쓸 줄 알거든. 끓이는 거야 장작을 잔뜩 넣어두면 그만이고 적당히 익을 때쯤에 냉기 한번 쫙 쏘아준 다음 발라내면 편해."

아무래도 과수원 관리인 부부의 자식은 냉기 주술을 잘 쓰는 모양이었다. 살얼음이 언 초계탕을 숟가락에 가득 담아 꿀꺽 삼켰다. 겨자와 식초의 톡 쏘는 맛에 아삭한 채소가 일품이었다. 식힌 닭육수에 잘게 찢은 닭고기를 넣어 먹는 이 요리는 손이 워낙 많이 가서 민주려도 혼자서는 만들어본 적이 없었다. 마을 아주머니들이 하는 걸 보고 옆에서 시키는 대로 따라 하기만 했지. 마을 잔치 때나 맛볼 수 있는 귀한 음식이라 그녀는 싱글벙글 웃으면서 대접을 들고 먹었다. 물론 도중도중 유부초밥으로 쌀을 든든하게 배에 채운 건 물론이다.

"굉장히 맛있었어요. 감사합니다."

"뭘. 어차피 다 하는 김에 한 건데. 오늘 별다른 일은 없었지?"

"아, 저 혼자서 쫓아내는 게 가능한 수준이었어요."

"원래 낮이 더 쉬워. 밤이 문제지. 망 잘 봐. 별별 인간들이 다 오니까."

"네!"

빈 바구니를 들고 정순옥은 바쁜 발걸음으로 총총히 내려갔다. 망보는 민주려의 밥뿐만 아니라 과수원에서 일하는 사람들의 밥도 챙겨 줘야 하기 때문에 사실 몸이 두 개라도 모자랄 지경이었다.

"웃챠, 배부르다."

둥글게 부른 배를 껴안고 민주려는 벌러덩 바닥에 누웠다. 첫날이라서 그런지 아직 많이 피곤하거나 힘들지는 않았다. 관리인이 신신당부하기를, 원래 둘째 날이 체력이 딸려서 가장 힘들다고 했다. 그래서 체력 안배를 잘하라고 미리 주의를 주었었다.

"일흔 냥, 일흔 냥, 두 밤 자고 나면 사흘이고 이백 냥이 넘는

다네!"

흥얼흥얼, 절로 콧노래가 나왔다. 두둑하게 받을 일당 생각을 하면 잠이 오다가도 절로 달아난다.

"좋았어! 한 바퀴 돌고 이 닦고 씻어야지. 아, 팔다리만 씻을 수 있는 건 좀 불편하네."

한숨이 나와도 할 수 없다. 남자들이야 웃통을 벗고 첨벙거리는 게 가능하다지만 여자들은 밤에 주변 망을 봐가면서 동동 걷어 올린 부분만 씻을 수밖에. 따로 목욕탕이 없으니 말이다. 그래서 일부러 그녀는 갈아입을 옷을 많이 들고 왔다. 최대한 자주자주 갈아입고 더러워진 옷들은 틈틈이 빨아 널 생각이었다.

"가자."

다시 쪼르르 사다리를 타고 내려왔다. 그리고 매서운 눈으로 과수원 한 바퀴를 쭉 돌았다. 그냥 눈으로만 봤을 때 과일들은 전부 다 잘 달려 있었다. 하지만, 따아아악 눈에 뜨이는 것이 있었으니.

흔들흔들.

꽤 멀리 떨어진 곳에서 가지가 움직이는 것이 아닌가. 도망가 버리면 잡을 수 없다. 원인은 뿌리 뽑아 제거해야 하는 법! 민주려는 살금살금 나무 뒤로 숨어서 몸을 움직였다. 저 멀리 도둑이 알 수 없도록. 낮에는 새 떼가 와서 정신 사납게 하더니만, 이번에는 과연 무엇일까?

"어머, 저 복숭아 정말 맛있겠다."

"그래? 따 줄까?"

"여기 과수원 아니야? 돈 내야 하는 거 아닐까?"

"괜찮아, 괜찮아. 지금은 아무도 없잖아."

뭣이여? 나무 뒤에서 이야기를 들은 그녀는 기가 막혔다. 아니, 괜찮긴 뭐가 괜찮아! 척 봐도 연인으로 보이는 남녀가 서로 시시덕거렸다.

"저기 있는 열매는 닿을 것 같다."

"기다려, 따줄게."

따주기는 뭘 따줘? 따먹고 싶으면 돈 내고 가져가라고! 민주려는 품에서 부채를 꺼내들었다. 공짜 좋아하면 대머리 된다! 물론 나한테 공짜로 주는 건 좋지만! 그리고 훔쳐가는 것은 명백한 절도죄라고!

주술에 휘감긴 부채가 살랑살랑 힘을 싣는다. 조그마한 소리도 크게 퍼지도록 손을 쓴 뒤, 민주려는 숨을 가다듬었다. 그다음에……

"복숭아 도둑이야아아아아아아!"

"으아악!"

"엄마야!"

과수원 밤하늘 아래 쩌렁쩌렁 외쳤다. 훔치려면 서로 마음이나 더 훔치지 어딜 복숭아를 넘보는 거야? 이 도둑놈들!

△ ▼ △

"죄송합니다."

"정말 죄송해요."

연인은 나란히 고개를 숙여댔다. 까딱하면 절도죄로 끌려가도 할 말 없는 짓이기 때문이었다. 서리를 너무 쉽게들 생각한다. 이렇게 많은데 조금쯤은 가져가도 되겠지…… 라는 안일한 생각 때문에 한 해 열심히 일한 농부만 바보 된다. 그래서 벌금도 무척 세게 때리는데, 다행인지 불행인지 두 남녀는 열매를 건드리지 않았다.

"한 번만 봐주세요."

날도 더우니 선선한 산으로 나들이 나왔는데 과일나무가 많아 하나쯤이라는 생각을 했단다. 그 말을 들은 민주려는 어이구! 소리가 절로 나왔다. 하나쯤이라니! 열매를 따지 않아 절도죄나 벌금은 물지 않겠지만 이 사람들에게 딱 하나 적용할 죄가 있었다.

"사유지 불법침입이에요."

분명히 이 야산 전체에 울타리를 쳐놨는데 넘어온 것은 침입이라고 친다. 울상이 되든 말든, 그녀는 두 사람을 과수원 관리인에게 넘겼다.

새 떼를 몰아내고, 과일 서리를 하려던 사람을 잡고. 오늘의 수확은 좋았다. 일단 무조건 깔끔하게 금 일흔 냥은 확보! 열심히 위협해놓았으니 아마 이후의 밤은 조용하리라. 그녀의 예상처럼 밤은 그나마 조용했다. 서리꾼들은 주로 밤에 나온다는데, 아까 민주려가 외친 '도둑이야아아아!' 때문인지 그날은 잠잠했다. 하룻밤 자고 일어나 쭉 둘러보는데 열매들이 멀쩡하더라.

"훗. 역시 소리 지르길 잘했어."

자화자찬하며 복숭아 하나를 베어 물었다. 이때가 아니면 또 언제 복숭아를 실컷 먹으리. 신맛이 나지만 그래서 더 잠 깨기 좋은 산복숭아를 먹는데, 심상치 않은 소리가 들려왔다.

푸드덕 푸드덕.

구구구구구.

푸드덕 푸드덕 푸드덕.

구구구구구구구구.

"뭐, 뭐지."

딱 들어도 산비둘기 떼다. 그런데 날아드는 소리가 장난 아니었다. 그녀는 황급히 고개를 꺾어 하늘을 올려다봤다. 그리고 꽥 소리를 내었다.

"저게 하늘이야, 먹구름이야!"

아예 하늘을 통째로 메울 듯이 산비둘기 떼가 일제히 날아들고 있었다. 그 수가 헤아릴 수 없이 많았는데, 저것들 죄다 내려앉으면 이 과수원의 수확은 오늘이 마지막이다. 완벽하게 끝이야! 민주려는 그와 함께 날아갈 자신의 일당까지 생각하자 온몸에 소름이 돋는 것을 느꼈다.

"이놈드으을!"

여기서 중요한 것은 속도! 민주려는 부채를 꺼내들었다. 그리고 살랑살랑 바람을 부치기 시작했다.

"회오리쳐라! 빙글빙글 회오리쳐라!"

바람에서 회오리바람이 나간다. 하지만 그것은 일부만 흐트러뜨렸지, 별 효용이 없었다. 민주려가 지닌 솜씨로 해결 보기에는 수가 많아도 너무 많았다. 그렇다고 물의 주술을 쓰려고 해도, 잘

못해서 저 새 떼가 과일나무 위에 떨어진다면? 복숭아는 상처 나고 일당은 호로록 날아간다.

그건 절대 안 돼!

민주려는 손목이 저리도록 부채질을 했다. 하지만 산비둘기 떼는 코웃음이라도 치는지 구구구 거리며 잘만 피했다. 화가 나서 두 팔을 번쩍 드는데, 그런 그녀의 손목을 부드럽게 잡는 큰 손이 있었다.

"어?"

"잠시만 빌리지."

부채가 그 큰 손에 들렸다. 부드럽게 휘저어지는 부채, 그리고 그곳에서 흘러나오는 힘 있는 바람이 산비둘기 떼에게 날아갔다.

"바람의 아가씨, 도와주오."

낮고 덤덤한 목소리에 까르르 바람의 신령이 웃었다. 그리고 산비둘기 떼들을 강하게 후려쳤다! 하늘에서 산비둘기 떼의 깃털들이 우수수 쏟아지고, 강한 바람에 의해 저 산 너머로 새들이 날려갔다. 굉장한 바람의 주술력. 민주려는 이렇게 주술을 잘 쓰는 사람을 잘 알고 있었다.

"세상에, 선배!"

지야곤. 그가 나타났다.

△ ♥ △

장어를 먹은 그 뒤로, 바쁜지 좀처럼 만날 수 없던 그를 이곳에서 보게 될 줄은 몰랐다. 민주려는 두 눈을 깜빡이며 그를 살펴봤다. 머릿속에서 계속 생각난 요망한 얼굴이 바로 이 얼굴이렷다.

"에잇."

"뭐지?"

"아, 아무것도 아니에요."

너무 유심히 뜯어본 탓일까. 지야곤이 고개를 옆으로 갸우뚱했다. 분명 다 큰 성인인데, 얼굴도 덤덤하니 잘생겼을 뿐인데, 왜 저렇게 귀여운 거지? 민주려는 끄으응 신음을 내며 화제를 애써 돌렸다.

"그런데 선배, 여기는 웬일이세요?"

"별장에 왔다."

"별장이요? 이 근처에 선배네 별장도 있어요?"

"응."

이 과수원 전체가 지 가문의 소유야. 뒤에 이어지는 말에 민주려는 그만 넋을 놓았다. 어쩐지 관리인만 있고 주인은 없더라니.

"도와줄까?"

이제 그는 아주 능숙하게 도와주겠다고 했다. 하지만 그녀는 말려야 했다. 고용인이 일해야지 고용주가 일하면 어쩐단 말인가.

"끄응. 그 정도는 제 선에서 할 수 있어요."

"아까의 산비둘기 떼를?"

"……."

"까치도 있고, 까마귀도 있지. 과수원이 워낙에 넓어서 혼자서는 어려울 텐데."

할 말이 없다. 어제까지만 해도 잘할 수 있을 거라고 생각했는데, 아까 새 떼를 보고 나니 자신을 잃었다. 과일에 상처 없이 도둑을 쫓아낼 비장의 수가 민주려에게는 없었다.

"폐가 되잖아요."

"괜찮아. 대가는……."

"가마솥 볶음밥. 고기기름에 마늘 넣고, 죽순과 비장의 파 양념을 넣은 것. 참고로 고기는 돼지 앞다리살!"

"음, 충분해."

손발을 맞춘 지 꽤 되어서인지 거래성사도 빨랐다. 민주려는 산복숭아를 그의 손에 쥐어주고, 수박 한 통과 복숭아 몇 알을 더 따서 원두막 위로 올라갔다. 그리고 망원경을 쥐고 주변을 쓱 훑어보는데, 지야곤의 몸이 별안간 아래로 튀어나갔다. 망원경을 들고 민주려가 그의 움직임을 따라가자, 그 끝에는 꼬맹이 여럿이 서리하기 위해 손을 쭉쭉 뻗고 있는 모습이 보였다.

그렇지. 서리는 뭐니 뭐니 해도 어린 꼬마들이 가장 많이 한다. 한창 배고플 나이이고, 벌이 무서운 줄 모르니 말이다. 그리고 이렇게 달달한 복숭아가 어디 흔하겠는가.

"볼기를 때려줘야 하는데."

얼얼한 엉덩이를 붙들고 엉엉 눈물을 흘리고 나서야 아, 내가 잘못했구나! 를 알지 않을까? 혀를 끌끌 차는데 어느새 아이들을 잡은 지야곤이 휙 고개를 돌렸다. 민주려가 망원경으로 자신을 보고 있다는 것을 어떻게 알았는지 정확히 시선이 마주한다.

"뭐라는 거야?"

그가 입을 벙긋벙긋 열었다. 어떻게 처리해? 그 의미에 민주려는 데리고 오라고 손짓했다. 크게 붕붕 휘두르는 그녀의 손짓에, 지야곤은 아이들을 몸에 주렁주렁 꿰고 다가왔다. 옆구리에 두 명, 어깨에 얹어진 한 명, 그리고 훌쩍훌쩍 울면서 따라온 한 명.

도둑이 도합 네 명이로다.

"요놈들! 잘못했어? 안 했어?"

"했어요…….."

"훔쳐 먹으면 도둑 되는 거야. 무서운 아저씨들이 잡으러 온다?"

"으아아앙."

울음을 터뜨리는 애들을 더 어르고 달래, 다시는 하지 않겠다는 약속도 받았다. 그리고 입에다가 산복숭아를 하나씩 물려줬는데 아이들의 얼굴이 팍 일그러진다. 민주려의 눈이 가늘어졌다. 이것들, 서리가 하루 이틀이 아니로구나. 달달한 복숭아 맛에 익숙해져 있어. 그녀는 상습범의 냄새가 나는 아이들을 관리인에게 맡겼다. 관리인은 지야곤을 보고 깜짝 놀랐지만, 민주려와 아는 사이라기에 고개를 꾸벅 숙이고 말았다.

"어휴. 일이 많다, 많아."

관리인이 새참 가지러 간다고 말해놓고 사라지자, 민주려는 고개를 설레설레 저었다. 무슨 일이 이렇게 많은지 끝이 안 보인다. 서리꾼도 많고, 복숭아를 노리는 짐승도 많다. 아이들을 넘기고 나니 곰이 나타나서 어찌나 놀랐는지.

"좀 자."

"안 돼요. 그럴 순 없어요."

"한숨 자고 더 열심히 일해."

주술을 남발하기도 했지만, 야산 전체를 감시한다는 것은 참 피곤한 일이었다. 이래서 둘째 날이 힘들다고 관리인이 말했던 거로구나. 민주려는 감기는 눈에 혀를 찼다. 그런 그녀에게 지야곤은 좀 쉬라고 했다. 나머지는 자신이 하면 된다면서. 미안해서 거절하고 싶어도 눈꺼풀이 이미 반쯤 감겼다.

"선배."

"응."

"가마솥 볶음밥 위에 계란부침 추가해줄게요오……."

최소한의 타협을 외친 뒤 원두막 기둥에 머리를 기대자마자 스르르 잠이 쏟아졌다.

"……자나."

지야곤은 색색 소리를 내는 민주려를 흘끔 보았다. 장어를 먹었을 때였나. 그 복날에 어찌나 몸이 뜨겁고 가슴이 간지럽던지 민주려를 볼 낯이 없었다. 인내심이 간당간당했고, 그 기운은 무려 며칠이나 지속되었다. 그래서 나갈 수 있음에도 나가지 않고 얌전히 일만 했었다. 덕분에 지만복은 좋아 죽으려고 했지만, 그는 뜨거운 몸을 식히기 위해 어쩔 수 없이 참았을 뿐이다.

"후우."

한숨을 폭 내쉰다. 대체 누구 때문에 몸이 달았는지 민주려는

찾아줘 열애사 上

254

모를 것이다. 별장에 내려왔는데 그녀를 딱 마주친 지야곤의 심장이 어떻게 내려앉았는지도. 잠든 모습을 보니 손이 근질거린다. 지야곤은 잠시 머뭇거리다가, 그 손으로 망원경을 잡았다. 사실 망원경이 없어도 뛰어난 시력은 이 주변을 보기에 부족하지 않다. 다만 민주려에게서 시선을 떼기 위해 보조수단으로 쓴 것이다.

그는 간간이 날아드는 새나 짐승을 좇아냈다. 때로는 뭣 모르고 다가오는 사람들도 주술로 경고했다. 바람을 통해 목소리를 실어 밖으로 나가라고 전한 것이다. 주술이었지만 멋모르는 사람들은 귀신인 줄 알고 사색이 되어 달렸다. 지야곤이 그렇게 이것저것 신경 쓰며 일을 처리하는데, 어깨에 가벼운 뭔가가 얹어졌다.

"우음."

기둥에 잘만 기대 자더니만, 민주려의 머리가 쓰러지며 그의 어깨에 닿은 것이다.

"우우웅."

새근새근 잘만 잔다. 남의 속도 모르고. 지야곤은 손가락을 들어 그 폭신한 뺨을 쿡 찔렀다. 요 며칠 사이 머릿속에서 떠나지 않은 얼굴이 이 얼굴이다.

"아우, 이우으으."

신경을 곤두세우고 일하는 것이 힘들었는지 민주려의 잠꼬대가 유독 심하다. 손발을 휘적이는데 이대로 내버려두면 떨어질지도 모른다.

지야곤은 허공을 휘적이는 작은 손을 잡았다. 그리고 그 보드랍고 작은 손을 꼭 쥐고, 그녀를 끌어안았다. 품에 쏙 들어오는 민주려. 머리가 그의 턱 끝에 닿았다. 아이 안듯이 안아놓고 내려다보자 잘만 자는 태평한 얼굴이 보인다.

지야곤은 고개를 숙여, 그녀의 이마에 자신의 이마를 콩 맞대었다.

"네가 좋아."

아무도 듣지 못할 그의 속내.

"민주려."

과수원 안 원두막 안에서 나무에 주렁주렁 달린 복숭아 열매만큼 달콤한 냄새가 풀풀 난다.

△ ▼ △

"소문대로 훌륭한 일꾼이더군! 내년에도 잘 부탁한다!"

과수원 관리인은 싱글벙글 웃었다. 민주려가 맡은 지난 이틀 동안은 완벽하게 과일들을 사수했던 것이다. 여태까지 쓴 인력 중에 제일 좋다며 칭찬을 듬뿍 쏟았다. 진심이 칠할 정도 들어갔고, 민주려가 보기에 지야곤과의 친분 때문에 아부를 삼할 정도 섞은 듯했다.

"네! 맡겨만 주세요!"

하지만 알면서도 모른 척 해주자. 금 이백십 냥이 짤랑짤랑 주머니를 가득 채웠으니 말이다. 뭣보다 이런 짭짤한 일이라면 얼마든지 할 수 있었다. 내년에도 한 탕 뛴다면 가계가 아주 풍족해지리라.

착
이
제
주
열
애
사
上

"이제 가는 건가?"

보수를 받고 기분 좋아 헤헤거리고 있는데 지야곤이 다가왔다. 과수원 관리인이 허리를 반으로 접었지만 그는 반쯤 무시하고 있었다. 민주려는 볼을 긁적이며 입을 열었다.

"네. 이틀 열심히 일했으니까요. 이제 돌아가야죠. 선배는요?"

"조금 더 있다가 돌아간다."

"그렇구나. 그럼 돌아오시면 곧바로 찾아와주세요. 가마솥볶음밥, 계란부침, 돼지고기 앞다리살에 마지막 남은 오리고기 훈제를 드릴게요."

어째 음식이 점점 늘어나고 있다. 하지만 지야곤은 얌전히 고개를 끄덕였다. 미묘하게 눈이 빛나는 것이 그녀의 요리를 기대하고 있는 것이리라. 아유, 우리 귀여운 선배. 맛난 밥 해드릴게요! 민주려는 헤벌쭉 웃었다.

"그럼 잘 가."

"아? 아, 예."

"조심히 들어가도록. 어디 다치지 말고."

"네에……."

요리는 다음이고 일단은 헤어지는 것이 맞기는 하지. 하지만 왜 이렇게 아쉽지? 민주려는 아쉬움에 입맛을 쩝쩝 다셨다. 옷이든 보따리를 들고 나서는데 자꾸 고개가 돌아간다. 흘끗흘끗, 지야곤의 모습을 찾는 눈길을 잡는다. 에비, 대체 무슨 생각을 하는 거람?

"과, 과일이 아쉬운 거야."

민주려는 보따리가 다 구겨지도록 꽉 움켜잡았다.

"그렇지. 맛난 과일이니까. 하지만 내 과, 과일은 아니라고!"

끄아악! 민주려는 속으로 비명을 질렀다. 자기최면을 거는데
도 머릿속에 떠오르는 것은 탐스러운 복숭아가 아니라 지야곤의
얼굴이었다.

十一章

그들보다 더 간절하게

부스럭거리는 소리를 내며 검은 빛깔의 책상 위에 한 뭉치의 종이
더미가 또 쌓인다. 이 커다란 책상의 자리가 부족할 정도로 가득
쌓인 종이더미들 중에 지만복이 다시 집어 든 것은 고작해야 반
뭉치. 내려놓은 것의 반밖에 되지 않은 양이었다. 일하는 사람의
기운이 쏙 빠지게 만들 정도였다.

지야곤은 종이더미에서 시선을 떼며 물끄러미, 호소력 짙은
눈빛으로 지만복을 바라보았다. 하지만 그는 지야곤의 눈빛에도
코웃음을 쳤다.

"그렇게 보셔도 소용없습니다. 아직 더 남았으니 말입니다!"

"……."

허구한 날 어디론가 사라지는 지야곤이 드물게 집에 있는 날이
이었다. 이런 날에 설마 나가지는 않겠지. 아니, 나갈 수 없게 해
야만 했다! 지만복은 최소한의 일만 해두고 사라지는 지야곤을 놓
칠세라 차 한 잔 마실 틈도 없이 일을 가져왔다. 덕분에 지야곤은
아침부터 일에 파묻히다시피 했다. 엉덩이 붙이기 무섭게 밀려드
는 종이의 홍수 속에서 허우적거렸고, 열심히 일한 후 이제 간신

히 강둑으로 나와 숨 좀 쉬어보려는데…….

"해가 지기 전까지 다 해주셔야 합니다, 소가주."

"……이거, 내가 할 일이 아닌데."

"허험. 영민한 분이시니 지금이 어느 때인지는 아시겠지요. 유비무환(有備無患)입니다."

다시 발끝까지 밀려온 물결에 휘말려 빠진 느낌이다. 지야곤은 한숨을 내쉬었다. 그가 처리해야 할 일은 사실 이렇게까지 많지 않았다. 소가주가 처리할 수 있는 일의 상한선이라는 것이 있으니까. 하지만 지만복의 말대로 지금은 때가 좋지 않았다. 지 가문의 가주가 병석에 누운 지 벌써 몇 개월. 그가 처리해야 할 일이 밀리기 시작하면서 그 부담은 자연스럽게 소가주인 지야곤이 지게 되었다.

"가주님은……."

"입에 담으시면 안 됩니다."

"……."

"이 지 가문의 소가주란 언제나 입이 천근처럼 무겁고, 그 태도에 빈틈이 없어야 하며, 언제든지 가주를 물려받을 자리. 그 몸가짐을 잊지 마십시오."

그 말을 끝으로 지만복은 집무실을 나갔다. 홀로 남은 지야곤은 자신의 손에 들린 지필묵을 보았다. 지만복의 말이 왜 이렇게 새삼스레 들리는 것인지. 가벼운 한숨을 내쉰 뒤 그는 붓을 들어 다시 마저 일을 처리했다. 눈으로는 읽으면서 손은 쓰고, 간간히 도장도 찍었다. 손은 분주했지만 놓치는 것이 없었고, 빠르게 써

내려가는 글자는 흐트러지지 않았다. 도장 역시 인주가 번지지 않아 반듯하고 깔끔했다. 깔끔한 일처리. 지만복은 항상 무리한 것을 시키지 않는다. 그도 지야곤이 이 정도쯤이야 해낼 수 있다는 것을 알기에 일을 주는 것이다. 예전이었다면 지야곤도 별말 없이 했을 터다.

"후우."

하지만 예전의 지야곤과 지금 여기에 있는 지야곤은 다르다. 민주려와 만나기 전의 지야곤과, 만난 후의 그는 정말로 다르다는 것을, 지만복은 모른다. 아직도 잔뜩 남은 일들을 옆으로 치우며 고개를 돌려 달력을 보았다. 한쪽 벽에 걸린 달력에는 오늘이 며칠인지 적혀 있었다. 칠월칠석. 견우와 직녀가 만나는 날이다.

차아제국에서는 보통 칠월칠석을 연인들의 날로 여긴다. 평소에 못 만났던 이들도 얼굴을 보기 위해 일부러 약속을 이 날로 맞추어 정하고, 마을에서 축제를 열기도 했다. 연인끼리 온 사람들에게는 선물을 주거나 덕담을 한다. 오래오래 연이 이어지도록 격려하는 풍습이 오래도록 이어지고 있다.

일이 없었다면 지야곤도 여느 때처럼 밖으로 나가서, 아마 어디에선가 일하고 있을 민주려를 찾아 어슬렁어슬렁 돌아다녔을 것이다. 혹은 바람의 신령에게 부탁을 하거나. 하지만 소가주라는 위치가 마냥 한가로운 것은 아니라 이렇게 남들이 다 노는 날에도 그는 소처럼 일할 수밖에 없었다.

'이걸 다 하면 내일은 일이 없을까?'

지야곤은 자신의 곁에 쌓인 일들을 붓의 끝으로 쿡 찍었다. 물론 먹이 찍혀 있는 곳이 아니라, 손잡이 쪽이었다. 그러자 와르르 종이더미가 무너진다. 쓸모없는 기대라는 건 안다. 이 일은 당장 다 한다고 해서 없어지지 않는다. 하다못해 일을 형제들과 나눴으면 좋겠지만, 그의 두 동생은 스물도 채 되지 않았다.

남동생이 이미 그 나이 때 지야곤이 했던 것의 두 배 가량의 일을 떠맡고 있었다. 게다가 막내인 여동생은 어떠한가. 고작 열여섯의 나이에 짊어진 책임은 위의 오빠들 못지않았다. 오래전부터 비어 있던 가모의 자리까지 채운다고 애쓰는 중이라 많은 일을 다 해내는 것이 버거울 지경이니.

하다못해 여동생만이라도 짐을 덜어주고 싶지만, 예전에 돌아가신 어머니가 살아 돌아오는 것은 불가능한지라 방법이 없다. 집안의 안살림은 가모 고유의 권한으로, 제아무리 가주라도 손댈 수 없는 영역이기 때문이었다.

민주려와 만나는 동안 소가주로서의 일을 소홀히 한 것은 아니지만, 그래도 알게 모르게 두 동생이 떠맡은 일의 부담이 커졌을 터. 그것에 대한 미안함 때문에라도 지야곤은 이번에 되도록 많은 일을 해야만 했다.

"일단 이것부터."

가장 급한 것부터 처리하자. 지야곤은 눈앞에 아른거리는 민주려를 애써 떨치며, 끝이 말라 갈라진 붓을 다시 들고 먹을 듬뿍 찍었다. 한 눈 팔면 팔수록 일은 늘어난다. 그리고 여유시간은 줄어들겠지. 가장 좋은 방법은 역시 빠르고 정확하게 업무를 끝내버리는 거다. 말처럼 쉽지가 않아서 문제지.

"도련님."

다시 정신없이 일하는데 문이 작은 소리를 내면서 열렸다.

"좀 쉬면서 하세요."

유모 서윤경이, 잘 차린 다과상을 들고 들어왔다. 지야곤은 글씨를 다 쓴 서류를 내려놓고 조심스럽게 옆으로 치웠다. 그리고 다과상을 확인하는데 고개를 갸웃했다. 오늘은 한 사람 몫이 아니라 두 사람 몫이다.

지야곤이 성인이 되고 나서 같은 자리에 다과상을 차리지 않던 서윤경이 두 사람 분을 차려오다니. 그의 의문에 찬, 혹은 뚱한 시선을 아는지 모르는지 서윤경은 다과상을 책상 위에 제대로 차려놓았다.

"아침식사도 제대로 하시는 둥 마는 둥. 그러다가 몸이 상한답니다."

그녀는 방글방글 웃으며 약간 큰 찻잔에 차가운 매실차를 가득 부었다. 지야곤은 서윤경이 내미는 찻잔을 받았다. 그리고 그의 시선이 떨어지지 않는 나머지 찻잔은 창문 바깥에 서서 호위하고 있던 이기호에게 갔다.

'그래서였군.'

의문이 풀리자 지야곤은 찻잔을 기울였다. 호로록. 차갑고 새콤달콤한 매실차 덕에 몽롱한 머리가 조금 깨이는 것 같다. 흘긋 창문 박 외벽에 기대어 서 있는 호위무사 이기호를 보았다. 사실 원래 호위라면 사람이 들어오는 문을 지키는 것이 정석이다. 하지만 그는 말만 호위지 엄밀히 말해 지야곤 한정 도주방지용 감시자였다. 때문에 아예 창문 밖에 서서 또 도망가는지 안 가는지 대기를 타고 있는 것이다. 머리는 좋아 보이지 않는데, 감 하나는 좋다. 지야곤은 창문을 자주 이용하는데, 그곳에서 딱 버티고 있으면 그를 놓치지 않는다는 것을 본능적으로 알고 있는 것이다.

"저도 주시는 겁니까?"

이기호는 찻잔을 들고 어벙벙하게 눈을 껌벅거렸다. 손에 쥔 매실차는 얼음을 넣었는지 무척 차갑다. 창문 밖에 있는지라 이더운 여름 땀을 삐질삐질 흘리는 그에게 더할 나위 없이 고마운 음료다. 고맙긴 한데 왜 준 것인지 알 수 없어 그는 끙끙거렸다.

마치 밥그릇을 받은 강아지 같은 모습에 서윤경은 절로 웃음이 나왔다. 항상 지야곤의 뒤를 기가 막히게 잘 쫓고, 인상도 날카로운지라 속이 단단한 사람인가 했다. 그런데 이게 뭔가. 속은 아무래도 생긴 것과 영 다른지 서툴러 보였다.

"예. 매번 도련님을 따라다니면서 고생하시는 거에 대한 보상이라 생각하시면 됩니다. 몸을 잘 챙겨야 안 놓치실 거 아닌가요?"

"크흠, 그럼 감사히⋯⋯."

후덥지근한 날씨에 덥기는 했는지 순식간에 차 한 잔을 동내는 걸 보고 그녀는 급히 한 잔 더 따라주었다.

"많이 있으니까 더 드세요."

매실차는 꿀을 넣어서 새콤하면서도 단맛이 일품이었던지라 이기호는 사양하지 않고 한 잔을 더 마셨다. 그리고 접시 위에 있는 쑥떡도 맛나게 세 개나 먹어치웠다. 매번 동에 번쩍, 서에 번쩍

하는 지야곤의 뒤를 쫓는 보상치고는 소소했지만 나쁘지 않았다. 그리고 그 모습을 찬찬히 지켜보고 있던 지야곤은 아무 말 없이 혼자서 떡을 먹고 차를 마셨다.

다과상을 말끔히 비운 그는 서윤경을 불렀다.

"오늘도 오셨나?"

그 질문의 대상이 누군지, 이제 서윤경은 익숙하게 알아들었다.

"지금 약을 달이고 계셔요. 일을 끝내시고 나서 만나시면 될 것 같습니다."

가주의 수명을 늘리고 있다고 해도 과언이 아닌 대단한 의원을 묻는 것이리라. 그의 솜씨는 참으로 신묘하여 아직까지 가주의 숨을 붙들고 있었다. 그가 아니었더라면, 지야곤은 지금쯤 소가주가 아닌 가주가 되었으리라.

"오늘은 나가지 않으시나요?"

"응."

"아쉽네요. 모처럼, 칠월칠석인데."

"……."

이제 겨우 스물하나. 서윤경은 저 젊고도, 혹은 어린 나이에 무거운 책임을 진 지야곤이 안쓰러웠다. 마음에 두고 있는 여인에게 당장 달려가고 싶겠지. 하지만 지 가문의 의무가 그의 발목을 잡는 것이리라.

그녀는 한숨을 옅게 내쉬고는 빈 잔과 접시를 치웠다. 그리고 집무실에서 나왔다. 나가는 그녀의 등 뒤로 이기호가 고개를 꾸벅 숙였고, 언뜻 본 그녀는 문틈 사이로 웃어주는 걸 잊지 않았다.

△ ♥ △

여름이므로 밤이 늦게 찾아온다. 보통 낮이 긴 여름에는, 해 지기 전 저녁을 차려먹지만 지 가문의 직계들은 달랐다. 워낙 분주한 탓에 도통 남들과 비슷한 때에 끼니를 챙기기 힘들기 때문이었다.

"형님, 오늘 밤은 쉬셔도 될 것 같습니다. 아직 수확량 예측 보고서가 오지 않았거든요."

"늦어지면 일정에 차질이 빚어질 텐데."

"늦은 이유가 갑작스러운 호우 때문이랍니다. 그럴 때를 대비해 있는 지침서대로 행동하고 있을 터이니 걱정 없습니다. 태풍 및 폭설 등 자연재난이 닥쳤을 경우……."

"이곳에서 할 일까지 조금 덜어다가 하게 되어 있지."

"예, 맞습니다."

밥을 먹으면서 하는 동생의 말에 지야곤은 고개를 끄덕였다. 올해 열아홉 살인 동생 지야혼은 머리도 좋고 일도 잘했다. 특히 업무처리를 잘해서 큰 도움이 되었다. 그가 종종 민주려를 만나러 갈 수 있는 것도 실은 지야혼을 믿기 때문에 가능한 것이었다. 그리고 지만복은 지야곤보다 지야혼을 더 신뢰했다. 하긴 소가주 지야곤보다 더 성실하고 일도 열심히 하니 그럴 만도 했다. 하지만 처리하는 일의 양은 여전히 지야곤이 더 많았다.

"다른 곳은?"

"계획대로 가고 있습니다. 그런데 식량을 옮기는 운반 쪽에서 주술이 깃든 물건을 하나 들였으면 좋겠다는 건의가 들어왔습니다."

"이유는?"

"더운 여름이 되면 식량이 상하기 쉬워, 손실 보는 것이 제법 된다고 합니다."

"기각한다. 운반하는 동안 온도를 유지할 물건은 값이 비싸다. 게다가 유지기간도 한정되어 있지. 손실된 식량의 값보다 크면 들여놓는 의미가 없어."

수저질을 멈춘 지야혼이 고민에 잠기더니, 곧 좋은 수를 내놓았다. 더위에 상하기 전, 선도가 떨어지기 시작한 식량을 그 자리에서 파는 것이다. 값을 약간 적게 책정하여 판다면 금액 손실도 줄일 수 있고, 괜히 버릴 필요도 없다. 지야곤은 지야혼의 영리한 판단에 흡족했다.

이렇게 똑똑한 동생을 두니 그나마 일이 줄어든다. 만일 그 혼자 직계였더라면 민주려를 만나러 나가는 일은 불가능했다. 아니, 혼자서 그 많은 서류를 다 볼 수 없을 것이다. 다 품앗이로 일을 나누니 가능한 거다. 이래서 자식이 복덩어리라는 말이 있다.

지야곤은 돌아가신 어머니에게 감사하다는 말을 속으로 중얼거렸다. 몸이 약한 어머니가 무리해서 동생들을 낳아주시지 않았으면 큰일 날 뻔했다. 어떻게 낳아주셔도 이렇게 똑똑한 동생들만 낳아주신단 말인가. 만약 지야혼이나 여동생인 지야희가 없었으면 그는 꼼짝없이 집무실 안에서 시들시들 말라갔을 것이다.

"오라버니들, 이것 드세요."

막내 여동생 지야희가 반찬을 밀었다. 소고기를 양념에 푹 재워뒀다가 만든 갈비찜이었다. 세 남매가 둘러앉아 먹는 식탁 위에 가장 먹음직스러운 고기반찬이 두 사내 앞으로 밀어진다.

"배가 든든해야 몸도 튼튼해지고, 그래야 일도 더 할 수 있어요."

"그럼 너는?"

"곧 성인 될 여자에게 옷맵시가 예쁘게 떨어질 몸매가 얼마나 중요한데요. 최근에 보양식을 많이 먹었더니 위태롭답니다. 관리에 들어가지 않으면 성인식을 위해 맞춘 옷을 못 입는 수가 있어요."

그럴듯한 변명이다. 하지만 정말 그것 때문에 고기반찬을 양보한 것이 아니라는 건 그녀의 오라버니들이 더 잘 알았다. 지야곤은 말없이 갈비찜에서 가장 큰 고기 한 점을 지야혼의 밥 위에 올려주고, 자신도 한 점을 올렸다. 그리고 나머지는 모두 지야희에게 넘겨주었다.

"오라버니?"

"먹어라."

"절 뚱뚱하게 찌우시려고요?"

"오히려 수척해진 것 같다. 더 먹어도 돼."

길지 않지만 필요한 뜻은 다 담겨 있다. 멍해 보여도 챙길 건 다 챙기는 장남이었다. 열여섯 어린 여동생은 큰오라버니의 말에 얼굴을 붉혔다. 젓가락을 들고 지야희가 머뭇거리자 지야곤이 챙겨준 고기 한 점을 크게 베어 문 지야혼이 거들었다.

"반찬이야 더 내오면 된다. 성인식 옷이 걱정된다면 그때 가서 다시 치수를 재면 되지 않느냐. 이 작은오라버니가 그 정도도 못 해줄까. 그리고 퉁퉁해져도 넌 예쁠 거다."

"그런 말이 어디 있어요?"

"그래서, 그 고기 정말 안 먹을 거냐?"

지야혼이 젓가락을 들자 지야희가 반사적으로 고기 한 점을 물었다. 지야혼은 피식 웃었다. 지야희는 소고기 갈비찜을 정말 좋아했다. 그걸 양보하면서까지 오라버니들 생각해준 것은 기특하다만, 이쪽 입장에서는 지야희가 잘 먹어주는 것이 더 좋다. 여동생이 맛있게 냠냠 먹는 걸 보는 지야곤과 지야혼은 그저 흐뭇했다.

"정말, 살쪄도 몰라요."

"그래."

"오라버니들이야말로 더 드셔야 한다고요. 그것으로는 부족해요!"

"반찬을 더 내오지."

"걱정하는 제 마음도 모르시고, 흥."

투닥투닥 이어지는 대화가 정겹다. 지야곤은 멍하니 그 대화에 귀를 기울였다. 예전이라면 이런 느낌도 몰랐을 텐데. 그저 동생들이 반듯하여 좋다고 생각하는 것이 고작이었으리라. 서로 챙기며 정을 나누는 세심함을 모르고, 밥을 깨작거리기만 했겠지.

밥상에서 나누는 정과 대화는 온전히 민주려에게서 배운 것이었다.

'민주려.'

또, 보고 싶다.

"오라버니?"

"……."

"야곤 오라버니!"

잠깐 상념에 빠진 사이 지야희가 그를 불렀다. 그녀는 멍한 그의 반응에 뭐라고 하지 않았다. 지야곤은 항상 멍했으니까.

"무슨 일이지?"

"아버지 건강에 대해 묻고 있었어요. 오늘도 최고의 의원이 왔다가 진찰하고, 약도 달이셨다죠? 차도는 어때요?"

"……."

"얼른 자리를 털고 일어나셔야 할 텐데 말이에요."

그는 지야혼을 보았다. 지야혼은 고개를 살짝 가로저었다. 알리지 않는 것이 좋다는 뜻이었다.

사실 가주의 상태는 많이 좋지 않았다. 지 가문의 가주는 십수 년 전에 일어난 전쟁에서 혁혁한 공을 세웠지만, 그 덕에 잃은 것도 많았다. 첫 번째가 몸 약한 아내와 사별할 때 곁에 있어주지 못한 것이요, 두 번째가 건강한 몸이었다. 민주려의 부모가 8급 관리로서 과로에 매일 시달렸던 만큼, 지 가문의 가주도 그에 못지않게 전쟁에 앞장서야 했다. 젊어서 얻은 크고 작은 부상과 과로는 노쇠한 시점에서 큰 병으로 도지고 말았다.

처음 쓰러질 적에는 별거 아니라고 생각했다. 하지만 시간이 지날수록 깨닫는 것은 잔인한 진실이다. 지 가문의 가주는 시간이 얼마 없다. 아마 예전처럼 자리를 털고 일어나 일선에 복귀하는 것은 어려우리라. 아니, 불가능할 것이다. 하지만 지야곤은 그 이야기를 지야희에게 해줄 수 없었다. 어린 막내딸을 가주가 예뻐했던 만큼, 지야희도 아버지인 가주를 퍽 좋아했으니까.

"의원도, 나도, 그리고 지 가문의 모든 식구가 최선을 다하고 있다."

그러니 최소한의 진실만 알리는 것이다.

"곧 모두 좋아지겠죠?"

"……."

"오늘은 장독대에 물을 떠놓고 빌어야겠어요."

열여섯, 아직 성인도 채 되지 않은 여동생은 방긋 웃었다.

"원래 칠월칠석은 연인의 날만은 아니잖아요. 물 떠놓고 소원을 빌면 이루어진다지요. 저는 아버지의 건강을 기원할래요. 덧붙여서 오라버니들의 건강도요."

"고맙다."

"세상에, 정말 많이 변했네요."

"?"

"큰오라버니 말이에요. 예전이라면 시큰둥하게 고개만 끄덕였을 텐데, 이제는 고맙다는 말도 하시네요? 비꼬는 것이 아니에요. 그저 신기해서요."

누가 우리 큰오라버니를 변하게 한 거죠? 물론 좋은 쪽이지만요! 그렇게 말하며 지야희가 다시 고기 한 점을 물었다. 살찐다고 말한 것치고는 참 잘 먹는다. 지야곤은 마저 밥 한 술을 더 떠먹으며 속으로 지야희의 질문에 답했다.

'날 변하게 한 건 그녀야.'

어떤 고난이나 시련 앞에서도 씩씩한 사람.

'그녀란다.'

작은 밥상 앞에 놓인 정 한 줌을 숟가락 위에 올려준, 그 사람.

'민주려.'

지야곤이 다시 한 술을 뜬다. 밥은 이미 싹싹 비워졌지만, 그는 빈 숟가락 위에 그리움과 따뜻한 정을 얹어 입에 넣었다. 그리고 꿀꺽 삼킨다. 그의 속이 조금은 더 따뜻하고 애달프게 채워졌다.

△ ▼ △

"좋아. 오늘도 짭짤했다!"

민주려는 두둑한 주머니에 마음이 다 풍요로웠다. 칠월칠석은 연인의 날이라 대목이다. 자고로 사내들이란 연인 앞에서 주머니를 팍팍 여는 법이거든! 그녀는 오늘 복주머니를 잔뜩 팔고 왔다. 다른 상점에 가서 일손을 돕는 것도 좋지만, 이런 날에는 직접 노점상을 하는 편이 더 나았다. 일 년에 한 번뿐인 연인절(戀人節)답게 팔 물건은 정해져있고, 그것은 그녀도 할 수 있는 것이기 때문이다.

칠월칠석에 가장 잘 팔리는 건 바로 한 쌍의 복주머니! 이날에 관련된 미신 중에 하나는 연인의 물건을 바꿔가지거나 하면 오랫동안 인연이 지속된다는 것이었다. 그리고 그 물건을 넣을 주머니는 기왕지사 복주머니가 좋지 않겠는가. 누가 봐도 한 쌍임을 증명할 수 있음 더 좋고!

"흐흐흥. 내 복주머니는 돈을 불러들이는 복주머니인가 봐."

이날을 위해 민주려는 틈만 나면 복주머니를 만들었다. 하나, 둘, 셋…… 솜씨 좋게 만들어진 복주머니는 무려 오십 쌍에 달했고, 오늘 모두 팔아버렸다. 하지만 팔면서 조금 질리긴 하더라. 이 마을에 연인이 무려 오십 쌍이나 있다는 뜻이니까. 아니, 적어도 오십 쌍 이상이구나. 다른 데서 사는 사람도 많이 보았으니. 다 팔고 나자 민주려는 기분이 좋으면서도 조금 속이 쓰렸다.

"그래. 나는 이것만 있으면 돼. 그런 동정에 찬 눈빛은 필요 없다고!"

주머니를 사가는 연인들이 그녀를 불쌍하다는 듯이 봤기 때문이다. 세상에. 이런 날에 혼자서 물건이나 팔다니! 요런 느낌이랄까. 작년에는 대수롭지 않은데 올해는 어째 그 눈빛들이 많이 거슬렸다.

"오늘이 지나면 텅텅 비어 쪼들리는 주머니가 아니야. 연인절에 돈을 펑펑 쓰지 않는다고. 오히려 잔뜩 모아서 통통해진 주머니가 훨씬 멋있어. 응, 다 팔았는걸."

애써 다독이며 복주머니를 흔들었다. 연인이 있는 것은 아니지만 사실 민주려도 자신의 복주머니를 만들긴 했다. 오늘따라 돈

주머니가 부족할 것 같아서⋯⋯는 아니고, 그냥 만들다 보니 천이 남기에 팔지 않을 용으로 한 쌍 더 만들었다. 다른 것과 달리 알록달록한 천을 쓴 것도 아니고 자수도 많이 안 들어갔다. 실용적이지만 수수한 복주머니.

"이거 하나는 어쩌지?"

그런데 무심코 한 쌍을 만들어버린 건 또 뭔가. 그녀는 덩그러니 돈이 빵빵하게 든 복주머니 옆에 놓인 다른 주머니를 들었다.

"누굴 줄까?"

팔기는 그렇고, 선물하며 좋을 것 같다. 먼저 든 생각은 지야곤. 도움도 많이 받았으니 줘야지 싶다. 그런데 이거 전해주면 연인처럼 서로 나눠 갖는 건가?

"여, 여, 연인은 무슨!"

펑! 민주려의 얼굴이 붉게 달아올랐다. 하하, 하하핫. 어색한 웃음을 흘리며 민주려는 복주머니를 마루 위에 살짝 내려놓았다. 그리고 나는 아무 생각도 안 했다, 안 했다를 끝없이 중얼거렸다.

"나란 애는 정말 무슨 생각을 하는 거람."

최근 들어 더 심해진 것 같아. 지야곤을 만날 때는 그저 좋은데, 곁에 없으면 무지하게 생각난다. 민주려는 뺨을 긁적이며 한숨을 내쉬었다.

"밥이나 먹자."

꼬르륵. 일하느라 끼니를 걸렀다. 배 속에서 이제야 눈치 챘냐며 마구 보챈다. 그녀는 부엌으로 들어와 솥뚜껑을 열었다. 밥이 조금밖에 남지 않았다. 아침에 해 먹은 국이 떠올라 곁에 있는 돌솥의 뚜껑을 열자 국물이 제대로 졸아 있었다. 하지만 개의치 않고 불을 피워 국물을 더 졸아들게 한 다음에 밥을 넣고 비볐다. 지글지글 익는 소리에 참기름을 조르륵 따른다. 그리고 가운데를 살살 파내어 계란 한 알 톡 까서 넣으면 꽤 괜찮은 저녁거리가 된다.

"돌솥 비빔밥, 아니 볶음밥 완성."

다른 거 다 필요 없다. 졸아든 국물은 짭짤하고, 건더기는 훌륭한 반찬거리였으며, 구수한 참기름 냄새 때문에 침이 다 고인다. 그녀는 '잘 먹겠습니다!'를 외치고 한 수저 크게 떴다. 그런데 웬걸. 머릿속에 두둥실 떠오른 사람은 또 지야곤이다.

"아이고. 선배. 왜 자꾸 머릿속에서 맴돌아요?"

이유는 별거 없다. 맛난 밥만 보면 그냥 지야곤이 생각난다. 이걸 그에게도 먹이면 좋을 텐데 하면서 말이다. 정말 중증이다. 민주려는 머리를 휘휘 흔든 후 크게 뜬 숟가락을 입에 냠 물었다. 맛 좋다. 맛난데 지야곤이 보고 싶다. 일손이 달려서 힘든 것도 아닌데 그냥 보고 싶다.

"왤까?"

알 것 같은데 역시 모르겠단 말이지. 그녀는 돌솥의 표면에 눌러 붙은 부분까지 싹싹 긁어먹었다. 그리고 옥수수수염차 한 잔을 꼴깍꼴깍. 배가 바로 불뚝 일어난다. 일단 배가 부르니 몸이 노곤해지면서 졸음이 쏟아졌다. 대충 씻은 뒤 민주려는 지야곤에 대한 생각을 뒤로 미루기로 했다. 대신에 큰 대야에 맑은 물을 떴다. 그리고 그것을 장독 위에 올려놨다.

"음."

무슨 소원을 빌까? 민주려는 잠시 머뭇거렸다. 작년은 정말 망설임 없이 '나흘에 한 번은 고기반찬 먹게 해주세요!'라고 빌었다. 그 소원은 이제 이뤘다. 마음만 먹는다면 나흘이 아니라 이틀에 한 번도 먹을 수 있었다. 푸짐하게는 아니지만, 먹을 수 있다는 게 어딘가. 그렇다면 다른 소원을 빌어야 한다.

"선배랑⋯⋯."

지야곤이랑?

무심코 흘러나온 말에 민주려는 화들짝 놀랐다. 이게 무슨 미친 소리래. 스스로에게 깜짝 놀라서 민주려는 말을 더듬거리며 꽥 외쳤다.

"그냥 부, 부자가 되게 해주세요!"

지극히 그녀다운 소원이었지만 어딘가 어색하다. 어흐흠! 크게 헛기침한 민주려는 곧장 방 안에 들어갔다. 벌게진 얼굴을 감추기 위해서. 후다닥 들어간 그녀의 뒤로 밝은 달빛이 비추고 있었다.

그리고, 마루 위에 덩그러니 남은 복주머니를 주워 든 사람은 지야곤이었다.

△ ▼ △

"도련님, 오셨나요?"

굉장히 늦은 시각. 서윤경이 집무실에서 따뜻한 차를 준비해 놓고 있었다. 지야곤은 고개를 끄덕이며 창문을 통해 안으로 들어왔다. 그러자 그 뒤로 피곤한 표정의 이기호도 따라왔다. 오늘은 얌전히 있을 줄 알았는데, 그가 또 밖으로 뛰쳐나갈 줄 누가 알았겠나. 이기호는 방심했다가 그를 놓칠 뻔하고 허겁지겁 쫓아갔더랬다.

"자, 여기요."

"감사합니다."

"뭘요."

수고한 이기호에게 서윤경이 따뜻한 차를 손에 쥐어 주었다. 보리와 다른 잡곡을 함께 볶아서 우린 고소한 차다. 거기에 달달하고 차게 식힌 경단을 쥐어주니 맛있게 먹는다. 복스럽게 먹는 것을 보고 흐뭇해하던 그녀는 지야곤의 손에 들린 낯선 것을 보았다. 복주머니. 그것은 그의 것이 아닐 터였다. 유모인 그녀가 지야곤의 물건을 모를 리가 없으니까.

"어머나."

칠월칠석의 복주머니라. 달리 생각할 것이 없다.

"그 안에 정인의 물건은 담아주셨나요?"

연인절에 서로 나눠 갖는 복주머니라니. 모처럼 그녀가 짓궂게 질문했다. 사실 홀쭉한 것을 보고 그냥 복주머니만 가져온 줄은 안다. 하지만 요즘 피곤한 그를 위해 잠깐 쉬어갈 겸 입을 연 것인데, 뜻밖의 대답이 나왔다.

"곧, 나눌 수 있으면 좋겠지."

"예?"

"유모, 부탁할 것이 있어."

그가 책상의 작은 서랍을 열더니, 자개함을 하나 꺼냈다. 주술이 걸린 함의 뚜껑을 복잡한 방법으로 열자 안에 작은 보석이 몇 개 들어 있었다. 청녹라(靑祿螺). 지 가문의 직계에서 직계로만 내려온다는 귀한 비취였다. 오로지 그들만이 쓸 수 있는 보석. 직계의 장남이 가문을 잇지 못하면 아예 가문의 보석까지 바꿔야 하기에 굉장히 귀하게 다뤄지는 것이었다.

지야곤은 그중에 하나를 집어 들어 서윤경에게 넘겼다.

"이걸로 비녀를 만들어줘."

"도련님, 그 말씀은……."

"안 잊히더라."

언제나 멍했던 그의 표정이 처음으로 뚜렷해졌다. 서윤경은 속으로 놀랐다. 그의 눈빛이 저렇게 빛난 적이 있던가? 세상에 흥미를 잃은 일곱 살 이전을 제외하고 처음이지 않던가.

"계속, 생각났어."

"……."

"아까 전에도 얼굴만 보고 오려고 했는데……."

방으로 들어가는 그 뒷모습을 보는 순간, 두 팔을 벌려 끌어안을 뻔했다. 전부터 제가 민주려를 이성으로서 좋아하고 있음을 그는 알고 있었다. 하지만, 이렇게 깊음을, 그를 바꿔놓고 있음을 절절하게 깨달은 것은 처음이었다.

"평생, 곁에 두고 보고 싶다는 것만 깨달았어."

"도련님."

"부탁해, 유모."

"······꼭 청녹라가 들어간 비녀야 하나요? 그것이 어떤 의미인 줄 모르시는 것은 아니겠죠."

차아제국에서 여인의 머리카락이란 아주 중요한 의미를 가진다. 가족이 아닌 이상 남자는 여인의 머리카락을 만져선 안 된다. 그것은 아주 파렴치한 행동으로, 정식으로 손을 대기 위해서는 딱 하나의 방법밖에 없었다.

연인, 혹은 부부로서 관계를 맺는 것이었다.

"자개 장식이 좋겠어."

그중에 가문의 보석이 들어간 비녀의 의미는 더 깊게 들어간다.

"오래 걸려도 좋아. 벚꽃 색의, 그래. 나비 모양의 비녀가 잘 어울릴 거야."

정실(正室)부인으로서 가문에 들이겠다는 것이기에.

"그녀에게는 그 외의 비녀는 줄 수 없어."

서윤경은 아무런 말도 하지 못했다. 그리고 결국 그의 부탁을 받아, 청녹라를 조심스럽게 감싸 자신의 품 안에 넣었다.

十二章
다시없을 신 개념 냉동용기

"민주려 살려어."

햇볕은 쨍쨍. 모래알은 반짝. 그런데 햇볕이 어찌나 강한지 모래알은 반짝이다 못해 타들어가고 있었다. 장마가 끝나니 본격적인 무더위가 시작되었다. 저번에 치른 복날과는 비교도 되지 않았다. 이 무슨 미친 날씨란 말인가.

바람의 주술이 걸린 부채로는 더위를 물리칠 수 없었다. 그 좋던 밥맛이 뚝 떨어질 정도의 더위에 민주려는 혀를 빼물었다. 오죽하면 홰를 치며 돌아다닐 수탉도 암탉과 병아리들과 함께 꼼짝하지 않았다. 그것도 그냥 그늘이 아니다. 무려 마루 밑으로 기어들어가 있었다.

"아이고. 덥다, 더워!"

주술로 이 더위가 해결되면 참 좋겠지만, 그건 아니 될 말이다. 주술도 결국 자신의 힘이라 쓰면 지친다. 누가 시원하자고 기진맥진하게 힘을 쪽 빼놓는단 말인가.

사실 이렇게 더우면 이미 기운이 다 빠져서 주술 쓸 힘도 남지않는다.

"어쩔까."

민주려는 검지로 귀를 팠다. 매미가 시끄럽게 맴맴 운다. 그 소리에 귓밥이 다 떨어질 것 같았다. 날은 덥고, 땀 때문에 끈적끈적 아주 그냥 불쾌감이 하늘 끝까지 찌를 것 같았다.

이럴 때 좋은 게 뭐 있더라. 멱이나 감을까? 아니다. 어차피 지금 물을 틀어도 다 미지근할 것이다. 날이 더우니까! 그럼 계곡? 그것도 아니 될 말이다. 거기는 사람이 바글바글 몰려 있을 테니까. 복날도 아닌데 이 정도로 더우면 사람들은 계곡에 식량 싸들고 가서 옴짝달싹 안 한다. 여름 최대의 불청객인 무더위 다음 가는 모기들에게 뜯기면서도!

"그래. 그게 있었지!"

마침 좋은 것이 생각 난 민주려는 자리에서 벌떡 일어났다. 최대한 얇게 차려입던 옷도 훌훌 벗어 던지고, 조금 두껍고 긴 옷을 입는다. 마음에 들지 않지만 꼭 필요한 작업이었다. 그리고 그녀는 곧장 집 밖으로 나와 달리기 시작했다.

"으아아!"

텁텁한 공기가 입 안으로 마구 밀려온다. 그래도 그녀는 달리는 것을 멈추지 않았다. 땀은 뻘뻘, 뜨거운 햇볕에 얼굴을 익혀가며 도착한 곳은 얼음가게였다.

"아저씨!"

"오, 주려 아니냐."

"일을, 일을 주세요!"

그렇다. 민주려의 피신장소는 다름 아닌 시원한 얼음가게였던 것이다.

△ ♥ △

한여름에, 그것도 장마가 끝나 무더위가 시작된 시점에 가장 바쁜 가게를 꼽으라면 주저 없이 얼음가게를 꼽을 것이다.

"주려야. 여기 얼음 몇 궤짝 더 만들어야겠다."

"그래요?"

"이번 여름이 얼마냐 덥냐. 그러니 미리미리 만들어두어야지. 안 그러면 큰일 날라."

"하긴 그렇겠네요. 조금만 기다려보세요."

민주려는 얼음을 만들기 위해 미리 찰랑거리는 미지근한 물을 넣어둔 틀을 바라보았다. 얼음이 잘 떨어질 수 있도록 표면이 물과 섞일 수 없는 기름으로 덧발라져 있다. 작고 커다란 틀들이 바닥에 주우우욱 깔렸다. 그 안에 든 물은 가득 채우지는 않고 약간 모자라게 부어 넣는다. 물은 얼음이 되는 순간 부피가 커지기 때문이었다.

"후우. 시작할게요."

"힘내라!"

"넵."

물을 얼음으로 만드는 주술은 요령만 알면 어렵지 않게 해낼 수 있다. 하지만, 지금 민주려가 하려는 주술은 조금 더 까다롭다. 그냥 꽁꽁 얼리는 것이 아니라 상품으로 팔려갈 것들이기 때문이었다.

그냥 얼리면 얼음은 하얗게 언다. 그것은 좋지 않은 얼음이었다. 잘 부서지는데다가 빨리 녹는다. 좋은 얼음은 투명했다. 아주 잘 얼리면 그렇게 되는데, 쉽게 깨지지도 않을뿐더러 빨리 녹지도 않았다. 그런 얼음이어야 이런 무더위에도 버티는 법이었다.

"물이여."

하지만 그렇게 만들기란 참 어려운 일이었다. 민주려는 바람의 주술이 담긴 부채를 펼쳐들었다. 그리고 살랑살랑 부쳤다. 단순히 물만 중요한 것이 아니다. 얼음을 만들 때는 바람의 주술도 함께 섞여 들어가야 했다.

"아름답게 줄지어라."

찰랑찰랑하던 어느 순간 틀 안에서 변해가기 시작했다. 바람의 주술이 작업공간 안을 배회했다. 점차 온도는 떨어지고, 틀 안에 담긴 물은 가운데서부터 변하기 시작했다.

"차고 아름답게 줄지어라!"

왜인지는 알 수 없으나, 물을 얼음으로 만드는 주술은 '얼어라.'가 아니라 '줄지어라.'였다. 그 이유를 정확히 아는 것은 궁에 있는 주술사뿐이라고 해서 민주려도 모르지만 말이다. 이번에는 유독 주술이 잘 들었다. 쩌저적, 소리와 함께 틀 안에 담긴 물이 모조리 얼었다. 맑고 곱게.

"오오, 대단해. 역시 민주려라니까!"

기분이 좋아진 얼음가게 주인 파빙이 벙긋 웃었다. 그는 얼음 장사를 위해 겨울 내내 물을 얼려 얼음을 만든 다음, 주술이 걸린 창고에 쟁여둔다. 하지만 그가 만든 얼음은 품질 좋은 것이 되지 못했다. 이렇게 투명하고 좋은 얼음을 얻기 위해서는, 꽁꽁 언 강에 가서 목숨을 걸고 채취하든가 주술을 써야만 했다.

"어때요? 쓸 만한가요?"

"그럼. 내가 근처에 아는 주술사 중에 제일 잘 만들어. 어디 맛 좀 볼까?"

가장 작은 틀에 있는 얼음을 깨뜨린다. 그리고 입에 넣고 오도독 씹으니 상쾌하면서도 시원했다. 게다가 작업공간은 민주려의 주술로 한차례 온도가 낮아져 선선했다. 바깥의 땡볕더위와는 아예 사는 세계가 다른 것만 같았다.

"최고야! 이 정도라면 그 비싸다는 빙수를 파는 요리점에서도 가져가겠다고 성화일 거다."

"정말요?"

"이 파빙을 못 믿는 것이냐? 얼음 장사만 벌써 이십 년째다. 이 정도 상질의 얼음이라면 특별히 더 비싼 값에 팔 수 있지!"

그는 귀한 얼음들을 얼음창고로 얼른 옮겼다. 조금이라도 녹으면 값이 상하기에 민주려도 도왔다.

"그런데 주려야."

"네?"

"일당은 내일 쳐주마. 지금도 더운데 내일은 더 더울 거다. 아마 내일이 가장 대목일 것 같은데, 그때까지 일해주면 좋을 것 같구나."

"그럼 저야 좋죠. 일당은 얼마나 쳐주실 건데요?"

"얼음이 팔리는 대로 줄 수 있지. 오늘 것까지 합쳐서 내일 주마. 이틀에 금 열여덟 냥. 어떠냐?"

민주려의 두 눈이 바깥에 내리쬐고 있는 햇볕만큼 번쩍였다. 열여덟 냥! 그러하면 하루에 금 아홉 냥! 이렇게까지 호화로운 일당이 대체 얼마만이던가? 요즘 아주 굵직한 일들만 들어오는 것 같았다. 아니, 올해는 그냥 금전 운이 트였다. 봄부터 속옷도둑을 잡아 현상금을 두둑이 받지를 않나, 기친친 할머니와 친분(?)을 돈독하게 한 덕에 일감이 감자알처럼 굴러 들어오질 않나. 농번기 때 판 품팔이부터 과수원 일까지 아주 그냥!

'어라라?'

그런데 뭔가 이상하다. 굵직굵직 돈이 들어온 일들을 일일이 세어보니 대부분 지야곤과 함께했다. 그와 함께 있으면 이상하게 가만히 있다가도 돈이 들어왔던 것이다. 민주려는 핫! 하고 놀랐다.

그 선배, 알고 보니 돌아다니는 복덩이가 아니었을까?

"그러고 보니 선배는 태생부터가 달라."

차아제국에서 지 가문의 장자로 태어나다니. 그야말로 금수저를 제대로 물고 태어난 것과 다를 게 없다. 그냥 걸어 다니는 재물 복덩이나 다름없었던 거다.

"응? 뭐라고?"

그녀가 한참 지야곤의 복덩어리설을 고민하고 있을 때 파빙이 손을 휘저었다. 그러자 정신 차린 그녀는 곧장 파빙의 두 손을 잡았다.

"부려만 주세요!"

이 더운 날, 어차피 부르는 사람도 없다. 이렇게 시원한 곳에서 일하는데다가 이토록 많은 일당이면 무얼 더 바라랴? 환영, 대환영이었다.

"아주 꽝꽝 다 얼려놓겠어요!"

작은 얼음, 큰 얼음, 하얀 얼음, 투명한 얼음 가릴 것 없이 죄다 얼려버릴 테다. 활활 타오르는 그녀의 눈빛을 보며 파빙이 깊게 감동했다.

"잘만 팔린다면 조금 더 얹어주지. 아니, 얼음을 주겠네!"

"감사합니다!"

그렇게 두 사람은 투지에 불타 일하기 시작했다. 어차피 이렇게 더운데 얼음이 설마 안 팔리겠냐는 계산도 있었다. 파빙은 얼음창고에 있는 얼음이 부족할 것 같다며 민주려에게 많은 수량의 얼음을 부탁했다. 계속되는 주술에 민주려는 지쳤지만, 그래도 더운 바깥에 있는 것보다 낫다는 생각과 금 열여덟 냥을 생각하며 버텼다. 중간중간 깨먹는 얼음도 맛있었고 말이다.

그리고 그렇게 일한 다음 날.

"네? 보수가 없다고요?"

민주려는 청천벽력 같은 소리를 들었다.

△ ▼ △

그야말로 꽈과광! 머릿속에서 천둥번개가 몰아치는 답변이었다. 민주려는 처음에 귀가 잘못 된 줄 알았다. 귓병이 났는지 이상한 소리가 들린다 싶어서 열심히 귀를 후벼 팠다. 그리고 다시 물었다.

"제 보수는요?"

"말했지 않느냐. 못 준다고."

"왜요? 어째서? 아니 얼음 가게잖아요! 지금 제일 잘 팔리는!"

"그 잘 팔리는 얼음이 안 팔리니 이렇게 말하고 있지 않느냐!"

버럭 소리치는 민주려보다 파빙의 안색이 더 안 좋았다. 그는 어제까지만 하더라도 기분이 좋았다. 얼음은 잘 팔리고 있었고, 주문수량도 넘쳐났다. 그래서 얼음 창고를 더 일찍 개방해 준비도 하고, 민주려에게서 얼음도 많이 받았다. 이제 팔기만 하면 된다고 두 팔을 걷어붙였는데…….

"그놈의 냉동옹기가 생길 줄 누가 알았겠냐고!"

복병이 나타났다. 그것도 아주 큰 복병이!

"냉동옹기요?"

"갑자기 나타난 주술용품이다. 아주 신기하고 유용해."

파빙은 울음 섞인 한숨을 내쉬었다.

"얼음을 만드는 주술용품은 아주 비싸잖아요?"

"그렇지. 오죽하면 나도 그 용품을 사지 못해 겨울에 얼음을 쟁여놓으니까."

주술용품 중에 비싸다고 알려진 것 중에 하나가, 바로 냉동고(冷凍庫)다. 이 주술용품은 놀랍게도 물을 넣어만 두면 얼려주는 대단한 물건이었다. 하지만 그건 시중에 돌아다니지 않았다. 원래

물의 주술은 바람의 주술보다 더 고정하기 어려운 성질이어서 대량생산이 불가능했다.

게다가 얼음으로 만들려면 물과 바람의 주술을 동시에 엮어야 하는데 그게 얼마나 어렵겠는가. 철저하게 주문품만으로 만들어지는데 무려 금 칠백 냥이나 되었다.

금 칠백 냥.

정말 어마어마한 액수의 고가품이다. 게다가 얼음 가게에서는 영 쓸모가 없는 것이, 냉기로 물을 얼리기 때문에 굉장히 느렸다. 냉동고의 기능은 물에 직접적으로 주술을 담는 것이 아니라, 주술용품 안을 겨울처럼 춥게 만들어 얼리는 원리였다.

"그런데 냉동옹기는 물을 넣으면 바로 얼음이 된다고 하더구나. 마치 주려, 네가 주술을 쓰는 것처럼 말이다."

"세상에. 그런 물건이 나왔다고요?"

"그래. 게다가 값도 아주 싸. 금 여섯 냥이면 산다고 하더구나."

"거짓말!"

"나도 거짓말이었으면 참 좋겠다. 좋겠어."

파빙이 두 손에 얼굴을 파묻었다. 포동포동했던 그의 두 뺨이 하룻밤 사이에 폭 들어갔다.

그도 맨 처음에는 놀라서 고개를 내저었다. 그럴 리가 없다고 말이다. 얼음을 쉭쉭 만들어내는 옹기라니. 그런 것이 진즉 있었으면 그는 얼음 가게를 계속 꾸리고 있지 않았을 것이다. 한겨울에 꽁꽁 언 두 손 호호 불며 얼음을 만들지도 않았을 테지. 그냥 냉동옹기를 하나 들여놓고 여름에 빙수나 팔았을 거다.

"나도 내 눈을 의심했다. 하지만 정말 있더구나."

"그럼 아저씨 얼음은요?"

"보면 모르냐. 냉동옹기가 불티나게 팔려서 다들 얼음을 쉽게 만들어 먹는다. 금 여섯 냥이면 여름 내내 실컷 차가운 얼음을 만들어낼 수 있는데 얼음 가게에서 비싼 돈 주고 사는 사람이 어디에 있겠어."

덕분에 잔뜩 만들어놓은 얼음은 팔리지 않았다. 창고 가득 쌓인 얼음은 이제 가장 쓸모없는 짐이 되어버린 지 오래다. 파빙은 팔리지 않는 얼음 때문에 앞날이 아득해졌다.

"뭔가 이상해요. 그렇게 막 찍어낼 수 있는 주술용품이 아닌데."

"어쨌든 이렇게 되어 미안하구나. 지금 나는 도무지 네 일당을 줄 능력이 되질 않아."

"아저씨."

"이제 나는 망했어, 망했다고."

기어이 주저앉아 엉엉 우는 파빙을 보며 그녀의 마음도 좋지 않았다.

무엇보다 일당! 열심히 일했는데 일당을 주지 않고 무보수가 된다니. 이 상황을 그대로 둔다면 돈귀신 민주려라는 별명이 울 것이다.

"기다려요. 어떻게 된 일인지 당장 알아보고 올 테니!"

민주려는 기합을 단단히 넣었다. 얼음 가게를 망하게 한 그 냉동옹기라는 것을 알아보기 위해 날다람쥐처럼 빠르게 뛰었다.

△ ▼ △

"신기하다, 신기해! 물만 넣으면 얼음이 만들어지는 옹기! 단
돈 금 여섯 냥이면 이 무더운 여름을 시원하게 날 수 있습니다.
자, 다들 보세요, 보세요!"

뻐드렁니가 인상적인 사람이 두 손뼉을 치며 장사하고 있었
다. 이 더운 날, 장사판을 벌려놓은 사람은 오로지 그뿐이었다. 유
독 눈에 뜨이는 장사꾼은 두 손을 활짝 펼쳐들었는데, 그의 앞에
는 번쩍거리는 옹기들이 예쁘게 진열되어 있었다.

"자자. 이것이 그 유명한 냉동옹기입니다. 이번 기회를 놓치면
다시는 오지 않아요. 그러니 어서 보세요!"

게다가 사람은 또 어찌나 많은지 우글우글 모여 있었다. 민주
려는 땀을 훔치며 사람들 틈에 파고들었다. 그런데도 들어가지 못
하고 튕겨 나왔다. 무슨 아줌마들 힘이 이렇게 좋단 말인가? 결국
민주려는 방법을 바꿨다. 어차피 사려는 것도 아니고 확인하기 위
해 왔으니, 이미 손에 넣은 이에게 접근하기로 한 것이다.

"기친친 할머니!"

운이 좋다. 때마침 기친친이 냉동옹기를 들고 나오고 있었다.
민주려가 잽싸게 달라붙자 기친친이 학을 뗐다.

"아니 이년이, 이 더운 날에 왜 달라붙어?"

"잠깐 그 냉동옹기 좀 봐요!"

"이 욕심 많은 년! 그래도 냉동옹기는 주지 않을 거다. 어떻게 구했는데?"

"달라는 게 아니에요. 그냥 좀 궁금해서 보겠다는데 자꾸 이러실 거예요?"

한참 실랑이 끝에 더위에 지친 기친친이 냉동옹기를 내밀었다. 만약 망가뜨리면 열 배를 물어내라는 으름장이 있은 후였다. 민주려는 고개를 끄덕이고는 잽싸게 옹기를 집어 들었다. 생각보다 옹기는 크지 않았다. 작은 장독 정도랄까. 딱 가정에서 쓸 것 같이 생겼다. 민주려는 우선 옹기의 표면을 훑었다. 주술은 여기에 새겨져 있지 않는 듯 깨끗하다. 하지만 표면을 보면 재질을 알수 있는데, 어디에서나 흔히 쓰이는 옹기였다.

"이상하다? 옹기는 주술이 잘 안 먹히는 재질인데?"

주술이 가장 잘 드는 용품은 가공을 거의 거치지 않은 재질로 만들었다. 그중 가장 좋은 것은 돌과 나무다. 돌은 단단해서 강한 주술도 잘 받을 수 있고, 나무는 불을 제외하고 어느 주술이든 상성이 좋았다. 그런데 그것들이 아닌 옹기? 흙을 불에 구워 만든 옹기가 어찌 물과 바람의 주술이 깃들었는지 알 수가 없었다.

"게다가 굉장히 가벼운 것이 싼 티가 팍팍 나."

"그런 말 할 거면 이리 줘라. 그래 보여도 금 여섯 냥이나 주고 산 거다."

"이거 왜 사셨는데요?"

기친친은 굉장한 수전노였다. 이렇게 더운 날에도 부채 하나로 버틸 사람이고, 정 더우면 목욕탕의 냉탕에 들어가면 될 일이었다. 그런 사람이 냉동옹기를 샀다니 민주려는 믿기지 않았다.

"이거 하나 사서 얼음을 계속 만들면 더 이득이니까."

"그냥 얼음도 있잖아요."

"가져가다가 녹지 않느냐. 그러면 얼음이 작아지는데 누구 좋으라고?"

"아아."

"집에서 해 먹을 수 있다는 것도 마음에 들어. 물을 얼려 잘게 간 다음에, 꿀을 얹어 먹을 거다. 그러면 아주 입에서 살살 녹겠지."

무려 꿀빙수를 먹을 계획 중이라고 한다. 민주려는 절로 침이 줄줄 흘렀다. 저번 양봉 일로 남은 인삼 꿀은 지금 극히 소량만 남아 있었다. 요리에도 쓰고 그냥 차에 타 먹기도 해서 아주 조오오 오금 남아 아예 밀봉했다. 그런데 그런 꿀을 빙수 위에 뿌려먹다니! 정말 맛날 것 같았다.

"그러니 얼른 내놔."

"주술식만 확인하고 드릴게요."

빙수 먹고 싶다. 빙수! 마음속의 외침을 삼키며 민주려는 옹기 안의 주술식을 확인했다. 가볍게 주술을 집어넣자 우웅하고 찬 바람이 안에서 슬그머니 피어올라왔다. 혹시나 해서 주술로 물을 넣으니 바로 얼어 동그랗게 뭉쳤다. 이건 의심할 것 없이 물을 얼리는 주술이었다. 하지만…….

"에게?"

주술을 쓰자 안에 있던 힘이 팍 줄어들었다. 그래도 계속 얼음을 얼릴 수는 있지만, 사용할수록 물건의 수명은 줄어들었다.

주술용품은 시중에 많지 않다. 있어도 비싼 편이고. 그 이유 중에 하나는 만들기가 더럽게 어렵기 때문이다. 물론 주술사라면 물건에 주술을 깃들게 하는 법을 다 안다. 하지만 깃들게 하는 것과 '완전한 고정'은 달랐다. 주술의 힘이 물건에서 사라지지 않고 깃들게 하거나 몇십 년이고 지속할 수 있게 반영구적으로 만드는 것은 차원이 다르게 복잡하고 어려웠다. 그래서 주술용품이 값비싸게 팔리는 것이고 말이다.

그런데 지금 주려 손에 들린 이것은 '완전한 고정'이 되어 있지 않은,

"불량품이잖아!"

빼도 박도 못하는 불량품이었다.

그야말로 대량생산해서 수명이 고작 열흘밖에 되지 않는 냉동 옹기! 민주려는 기겁해서 기친친에게 물었다.

"이거 수명이 얼마라고 그랬어요?"

"응? 수명?"

"저 상인이 뭐라고 했는데요? 수명이 열흘이라고 정확히 말해 줬어요?"

"아니, 그게 무슨 소리야!"

뭔가 심상치 않음을 느낀 것인지 기친친이 민주려에게 소리 질렀다. 그 소리에 냉동옹기를 하나씩 품에 안은 사람들도 관심을 보였다.

"이건 평생 쓰는 거야. 여름 내내 시원하고 맛난 빙수를 만들

얼음제조기라고!"

"그러니까 그게 아니래도요. 이거 주술의 수명이 고작 열흘이에요, 열흘! 게다가 지금 보아하니 오늘을 넘기지도 못할 불량품이라고요."

"거짓말 마라. 그런 걸 대체 누가 금 여섯 냥에 판다는 것이냐?"

"사기꾼이요!"

"그럼 내가 사기꾼에게 당했다는 것이냐? 이 기친친이?"

둘의 떠들썩한 싸움에 사람들은 움찔했다. 불량품? 슬그머니 각자 품에 안은 냉동옹기를 본다. 물을 집어넣으면 뚝딱 얼음을 만들어내는 신기한 주술용품. 그 모습을 보니 홀려 금 여섯 냥을 내고도 아깝지 않았다. 여름 내내 얼음을 가지고 여러 음식을 먹을 생각에 푹 빠져 있었으니까. 빙수는 물론이요 동치미 국수나 냉면에 얼음을 동동 띄울 수도 있고, 수박화채에도 그만이리라. 그런데 그 기대를 민주려가 확 깬 것이다.

"네! 사기꾼이요! 기친친 할머니는 당하셨어요!"

"네가 얼음 가게에서 일한다는 것 모를 줄 아냐? 어디서 헛바람질이야?"

"제 말 좀 들으시라니까요. 이건 딱 봐도 사기꾼이 만든 거예요. 응? 아니면 제가 아까 그 상인에게 가서 한번 따져⋯⋯!"

민주려의 말은 다 이어지지 못했다. 어느 사이에 냉동옹기를 다 팔아치운 뻐드렁니 상인이 사라졌기 때문이었다. 그 재빠름에 민주려가 입만 벙긋대었다. 술렁술렁. 사람들은 얼른 물을 구해다가 자신의 냉동용기에 부었다. 그런데 얼음은 잘만 생긴다. 곧 민주려를 향한 사람들의 시선이 날카로워졌다. 가뜩이나 더운데 해괴한 말만 늘어놓는다고 말이다. 그것을 눈치 챈 민주려가 다시 입을 벙긋 열려고 하는데.

"주려."

그녀의 어깨를 잡아 멈춰 세운 사람이 있었다.

"어, 어."

"안녕."

"선배……랑 규석 선배?"

아니, 사람'들'이.

△ ▼ △

"도와줘."

찜통 속 고기만두가 되어가는 것은 신분고하를 막론하고 모두 같았다. 그게 황궁이라고 다를 것이야 어디 있나. 다 똑같지. 서류를 처리하다가 픽픽 관리들이 쓰러졌다. 일이 정말 첩첩산중으로 밀렸다. 저번 장마로 인해 재해를 입은 지역에 관한 것부터 가뭄이 올지 몰라 준비해둔 물자 확인, 교역 등 쉴 틈 없이 일이 돌아갔다. 그러다가 과하게 일한 늙은 관리부터 하나 둘 자리보전하더니 이제는 아예 삼분지 일이 못 쓰게 되었다.

일할 노동력이 없으니 황궁은 아주 잠깐 마비가 왔다. 그쯤 되니 일을 줄여야겠다고 여긴 황제가 가장 골치 아픈 민원 일을······.

"그 망할 형님이 내게 맡겼다고!"

할 일 없이 빈둥빈둥 노는 사촌동생, 규석에게 맡겨버린 것이다.

규석이 징징거리며 매달린 인물은 지야곤이었다. 그도 지 가문의 일로 바빴으나, 그것은 순전히 가문 내의 일이지 궁과는 거의 관련이 없었다. 오히려 소가주 치고 관리가 아니어서인지 궁과 관련된 일은 거의 하지 않다시피 했다. 그 덕에 지야곤도 잉여인력(!)으로 간주되어 규석과 함께 일하게 되었다. 지야곤은 민주려를 보러 가지도 못하고 일하게 된 것을 꽤 불만족스럽게 생각했지만, 얼마 안 가 소란의 중심에 그녀가 있는 것을 보고 후다닥 달려갔다.

"주려."

간질간질한 가슴. 어깨를 잡는 손을 통해 뛰는 심장을 알아채지 않았을까?

"선배?"

그러나 둔한 민주려는 아직 모르는 모양이다. 지야곤은 그래도 좋다며 웃고는 그녀의 어깨를 뒤로 당겼다. 규석까지 발견한 그녀는 입을 뻐끔거렸다.

"잠깐 자리를 피하지."

더 소란스러워지기 전에. 그의 말에 민주려가 고개를 끄덕였다. 그리고 이끄는 대로 얌전히 따라왔다. 규석과 지야곤, 그리고 민주려는 곧 그늘진 골목길에서야 제대로 인사할 수 있었다.

"이 더운 날 어쩐 일이세요?"

"일이 있었다."

"일이라니. 선배야말로 집에 일 많으시잖아요. 그에 비해 규석 선배는……."

"……거참 불손한 눈빛이군."

눈을 가늘게 뜨고 흘겨보는 그녀에게 규석은 대놓고 불편한 표정을 지었다. 하지만 설전을 벌이기에는 날씨가 너무 안 좋다. 벌써 땀이 줄줄 흐르는 것이 당장 시원한 물이나 차가운 얼음 등, 더위를 식혀줄 무언가가 급했다.

"민원이 들어와 일하고 있다."

"민원을 규석 선배가 처리하나요?"

"아니, 보통 관리가 하지. 하지만 지금 황궁도 더위 먹은 관리들이 픽픽 쓰러져 나가서. 가장 골치 아프고 힘든 민원을 내가 맡게 되었어."

그리 말하며 규석을 혀를 끌끌 찼다.

"아주 골치 아프지."

"무슨 민원인데요?"

"냉동옹기."

뜻밖의 말에 민주려의 눈이 커졌다. 그녀는 규석의 말이 맞냐는 듯이 지야곤을 올려다봤는데, 그 동글동글한 눈매에 그는 자연스럽게 머리에 손이 가려는 것을 말렸다.

"마을을 돌아다니며, 냉동옹기를 팔아치운 사기꾼의 민원이 접수 되었다. 돈을 주고 샀는데, 며칠 후에 효력이 사라져서 큰 손해를 봤다는 거야. 그런데 그런 민원이 마을 단위로 열흘마다 올라왔어. 그 진상을 알아보기 위해 나와 야곤이 온 것이고."

"그렇다면 아주 잘 찾아오셨어요!"

이후 민주려는 냉동옹기에 걸린 주술에 대해 설명했다. 그 이야기를 들은 규석과 지야곤은 고개를 끄덕이며 결론을 내렸다.

"사기로군."

"사기인가."

하긴 큰 규모의 사기가 일어나는 일은 심심찮게 있다. 다만 이번이 유독 클 뿐. 규석에게 올라온 민원에 의하면 한 마을 당 냉동옹기가 적어도 백 개 이상 팔렸다고 한다. 시세는 금 다섯 냥에서 일곱 냥 사이. 다섯 냥으로 잡는다고 하더라도 한 마을에서 금 오백 냥 이상은 팔아치웠다는 뜻이 된다. 옹기 하나의 값이 은 다섯 냥인 것을 생각하면 그 이문이 어마어마했다.

"금 오백 냥이면 서민에게는 큰돈이겠지?"

"그걸 말이라고 해요?"

"감이 잘 안 와서."

"금 오백 냥이면 저 혼자서 일 년은 거뜬하게 나요! 오히려 조금 넉넉하게 살걸요. 네 명 기준으로 한 가정에서 한 달에 쓰는 돈이, 알뜰살뜰하게 아끼면 금 예순 냥으로 해결 되니까요."

그러니까 한 마을 당 한 가정이 거의 열 달을 버틸 수 있는 돈을 가로챘다는 것이다. 그런데 그 피해 본 마을 수도 만만치 않았다. 정식으로 민원서가 들어온 마을만 여섯 개고, 아마 추후에 들어올 마을도 서너 군데 될 것이다.

"도움을 좀 구해도 될까?"

"저야 좋죠. 얼른 범인을 잡지 못하면 전 얼음 가게에서 일한 보수를 못 받거든요."

어쩐지 아까 그렇게 흥분하고 있더라니 그런 이유가 있었다.

"그럼 자세히 더 들어볼까요? 이거 하루 이틀 안에 다 못 할 수도 있으니까요!"

"그 전까지 협력하려고?"

"해야죠. 해야 제 보수가 나온다니까요."

맛난 거 잔뜩 사놔야 선배도 먹인단 말이에요. 중간에 엉뚱한 소리가 나온 것 같지만, 어쨌든 민주려는 일을 도울 생각인 것 같았다.

그리고 그 말을 듣고 가장 기분이 좋은 사람은 지야곤이었다. 일 덕분에 민주려와 함께 만날 수 있게 되었으니 말이다. 아무도 뭐라 할 사람이 없고, 도망칠 필요도 없으니 얼마나 좋을까.

오죽하면 범인을 영영 잡지 말았으면 좋겠다는 생각이 들 정도였다.

"선배도 그 사기꾼 열심히 잡아주실 거죠? 제 보수를 떼어먹게 한 나쁜 놈이니까!"

"응."

그는 민주려의 부탁이라면 뭐든 다 해줄 수 있었다. 그리고 감히 그녀가 일당을 받지 못하게 하다니. 지야곤은 지야곤 나름 화가 났다. 한편 규석은 묘한 표정으로 그런 지야곤을 바라봤다.

'저거 설마⋯⋯.'

뭐, 설마가 늘 사람 잡는 법이다.

△ ▼ △

그들이 우선 맨 먼저 시작한 것은 방금 전까지 냉동옹기를 팔던 뻐드렁니 상인을 찾는 일이었다. 생각보다 뻐드렁니 상인은 쉽게 찾았다. 다른 저잣거리에서도 냉동옹기를 팔고 있었기 때문이었다. 그는 자신이 왜 붙들려야 하냐며 분통을 터뜨렸다. 그러나 민주려의 설명을 듣고는 그 자리에서 펄쩍 뛰었다.

"사기라니요. 그런 것 아닙니다요!"

"그럼 이거는 뭐예요? 이거 불량품이잖아요!"

"불량품인 줄 그 누가 알겠습니까? 저는 그저 사재기해서 파는 것뿐인데."

"사재기?"

"예, 예. 이문으로는 금 한 냥밖에 받지 않았습죠."

금 한 냥의 이문도 무척 많다. 게다가 아무리 몰랐어도 사재기라니 그건 범법이었다. 차아제국에서는 내란이 한 차례 번진 적이 있었는데, 그때 가장 곤란했던 일 중에 하나가 사재기였다. 내란이 벌어질 줄 알고 있던 상인들이 중요물품은 사재기했다가 무척 비싸게 풀었기 때문이었다. 그때 곡식 한 줌의 가격이 은 한덩이였다는 말이 있었다. 그것을 치를 떨며 지켜본 황제는 내란이 끝나자마자 사재기를 아예 법으로 금지시켰다.

"잡아가요."

뻐드렁니 상인은 친절하게 묶여 이송되었다. 그가 번 돈도 압수한 뒤, 수사는 다시 원점으로 돌아왔다. 대체 누가 냉동옹기를 팔았단 말인가?

"그런데 좀 이상하네요."

"뭐가?"

"규석 선배. 아까 이야기했던 바로는, 열흘 단위라고 했잖아요. 냉동옹기 사기가 열흘 단위로 이 마을에서 저 마을로 옮겨갔다고요."

"조사한 바로는 그렇지."

"정확히 열흘이에요?"

"그럴 거다. 네 말이 맞다면 냉동옹기 주술은 열흘 지나면 끝이니까. 그게 끝나기 전에 얼른 마을을 떴겠……, 이런."

말을 잇던 규석이 미간을 찌푸렸다. 마을과 마을 사이를 가기 위해서는 보통 이틀이 걸렸다. 노새를 부지런히 끌더라도 이틀이다. 왜냐하면 사기 칠 냉동옹기를 잔뜩 짊어지고 가야 하니까. 그러니 냉동옹기가 팔리고 열흘 가까이 날이 지난 이곳에는 더는 범인이 없을 거라는 이야기였다.

"다른 마을에 아직 피해 소식은 없죠? 냉동옹기를 판다든가."

"그것도 없었지."

"그렇다면 참 이상하네요. 아까 사재기했다고 하더라도, 냉동옹기가 아직도 풀리고 있다는 건 물량이 많이 남아 있다는 소리니까요. 그 범인, 다른 곳으로 안 갔을 수도 있겠어요."

"허?"

"음음, 그럴지도. 그러니까……."

생각에 빠져든 민주려를 보며 규석이 한숨을 푹 내쉬었다. 사건은 지지부진하고, 날은 덥고, 하기 싫은 일 때문에 몸은 축 늘어졌다. 그 가운데 벗이라고 할 수 있는 지야곤은 민주려의 옆에 딱 달라붙어 움직이지 않는다. 봄부터 유독 그녀를 따르더니, 바라보는 눈빛이 어째 끈끈했다. 그 끈끈함의 정체를 읽은 규석은 더더욱 힘이 빠졌다. 저 맹한 놈도 인생에 봄바람 부는데 자신은 여기서 뭘 하고 있는 것인지 모르겠다.

"더워서 쓰러지겠군. 아주 그냥 쓰러지겠어. 어디 쉴 곳이라도 없나?"

"그거예요!"

"응?"

"그거라고요, 규석 선배!"

민주려가 손뼉을 짝 쳤다.

"열흘이 다 되어가도록 아직 풀리고 있는 냉동옹기! 다른 마을에는 아직 피해 없음! 그 말은 아직도 범인은 이곳을 빠져나가지 않았음을 의미해요. 왜? 왜 그럴까요?"

"빠져나가지 못할 이유가 있었다?"

"정답은 바로 이 더위예요!"

그녀가 손가락으로 하늘을 가리켰다.

쨍쨍. 눈부신 햇볕을 정면으로 보는 미친 짓은 저지르지 않는다. 지금 그 햇볕 아래 서 있는 것만으로도 힘이 쭉 빠지니까.

"올해 더위는 정말 대단하죠. 그야말로 불볕더위! 얼음 가게 아저씨는 이렇게 말씀하셨어요. 올해는 정말 덥다고. 얼음이 줄줄 녹을 정도로 더우니 그 어느 때보다 얼음 장사가 잘될 거라고요!"

"허어?"

"그 정도로 더운데 사람이 더위 한번 안 먹었겠어요?"

"!"

"그것도 열흘 단위로! 부지런히! 쉬지도 않고 냉동옹기를 팔았을 범인이!"

기가 막힌 추리다. 저 작은 머리에서 어떻게 저런 추리가 나올 수 있을까? 아니. 지금은 그게 중요한 것이 아니었다. 규석은 손을 휘저었다. 그러자 그의 주변을 지키고 있던 그림자 호위들이 불쑥불쑥 솟아 나왔다.

"의방, 약방, 그리고 더위 먹었다는 손님이 묵고 있는 여관을 다 찾아봐."

그리고 거짓말같이 반 시진도 되지 않아 범인은 잡혔다. 수색을 시작하자마자 잡힌 범인을 보고 규석은 너털웃음을 터뜨렸다. 범인은 더위를 단단히 먹어 의방에 누워 골골하는 중이었다.

정말 이렇게 빨리 잡을 줄은 몰랐다. 그는 민주려를 새삼스럽게 보았다. 그래. 대학관에서도 나름 야무졌던 민주려다. 대학관을 나오고 나서는 야무진 것이 아니라 독해졌지만. 그리고 총명함은 갖은 고생 속에 갈고 닦아져 지금은 마치 보석처럼 빛이 나는 것이었다.

"난 바로 입궐할 거다."

"안녕히 가세요."

"현상금은 나중에 저 녀석에게 받아가라."

손을 팔랑팔랑 흔드는데, 지나가듯이 흘린 규석의 말이 콕 하고 박힌다. 민주려는 웃는 얼굴 그대로 지야곤을 바라보았다. 그는 여전히 멍했다. 규석이 함께 있자 아예 입도 다물고 그녀 곁에만 꼭 붙어 있었다.

"현상금?"

"아."

"그게 뭐예요?"

냉동옹기 사기 사건에 피해 입은 사람들이 건 현상금이 있었던 모양이다. 지야곤은 그것을 말하며, 현상금은 그녀에게 돌아갈 거라고 했다. 규석은 황족이니 현상금을 받지 않고, 그도 공적인 일을 했기에 사적으로 받을 수 없다며 말이다. 게다가 현상금은 무려 금 백이십 냥. 그 액수에 민주려가 입을 딱 벌렸다.

"역시 선배는 복덩어리인가 봐요. 아니, 재물복?"

"응?"

"아니에요. 그냥, 선배랑 있음 저절로 돈을 버는 기분이랄까."

가슴이 쿵쿵 뛰어서 같이 있으면 괴롭지만. 그래도 돈을 생각하면 꼭 붙어 있고 싶다. 저 재물복 좀 옮겨 받고 싶어!

"그건 그렇고 더운데 우리 빙수나 먹을까요?"

"빙수?"

"지금 일당 받으러 얼음 가게 갈 거거든요. 자초지명을 설명하고, 보수랑 얼음을 좀 얻을 거예요. 그걸로 우리 빙수 해 먹어요."

순순히 고개를 끄덕이는 그를 끌고 민주려는 씩씩하게 얼음가게로 향했다.

△ ▼ △

"으하하하핫!"

얼음을 사려고 길게 늘어선 줄을 보면서 파빙은 입이 찢어질 정도로 웃었다. 대박, 초대박이었다.

"오, 주려 왔구나! 잠깐만 기다려라. 내가 이것만 팔고 줄게."

짜그랑짜그랑 금이 쌓이는 소리가 얼마나 경쾌한지. 덥고 찝찝한 공기마저 다 날려버리는 것 같았다. 둘은 가장 시원한 얼음 창고 문 앞에 서서 파빙이 얼음을 다 팔 때까지 기다렸다.

"으으, 시원하다. 난 정말 여기서 여름이 다 갈 때까지 살고 싶어."

"확실히 시원하군."

지야곤이 민주려의 말에 동의하면서 적당히 문과 민주려의 거리를 잰 다음 팔을 자기 쪽으로 끌었다. 혹 감기에 걸릴 수도 있으니 말이다. 급격한 온도 변화는 몸에 그리 좋지 않았다.

"자, 보수다!"

얼음을 많이 팔아 기분이 한껏 좋아진 파빙은 두둑한 주머니를 민주려의 손에 턱 얹어주었다.

"이것도 가져가라. 최상급 얼음이다. 빙수를 해 먹으면 무척 맛있지."

그리고 덤으로 꽤 큼직해 보이는 얼음 덩어리도 하나 잘 포장

해 주었다. 문제는 민주려의 집까지 이걸 들고 가면 더운 날씨를 못 이기고 얼음이 녹아버릴 가능성이 크다는 거다. 그녀는 이 자리에서 고급 얼음을 해치우기로 결정했다.

"아저씨, 큰 그릇 하나만 빌릴게요. 그리고 혹시 과즙이나 꿀 있나요?"

"오호라, 빙수를 만들어 먹을 생각이구나. 있지, 있어. 잠깐만 기다려라!"

얼음가게 주인인 파빙은 빙수를 만드는 데도 일가견이 있었다. 애당초 얼음가게 자체가 한가할 때는 빙수 가게를 겸하고 있다. 지금은 손님이 너무 많아서 빙수 재료들을 꺼내지 않았지만 말이다.

파빙이 과일에 설탕을 넣고 달콤하게 졸여 만든 즙을 가지고 나와 민주려에게 주었다. 그리고 그녀는 주변을 휘휘 둘러보다가 곧 좋은 걸 찾았다는 듯 지야곤의 손을 꼭 잡았다.

"선배, 선배는 검을 잘 쓰시죠."

"음."

"그러니까 허리에 장검도 차고 계시는 거고요."

지야곤은 민주려의 의도를 알아채고는 가만히 검을 빼들었다.

"불이여! 감싸라!"

검날을 화려한 불꽃이 한번 스치듯 지나갔다. 순식간에 소독이 된 검으로 그는 최상급 얼음을 삭삭 갈아 내기 시작했다.

"소복하게 담아야 해요. 과일즙이 들어가면 안으로 푹 꺼지니까요!"

"응."

지야곤은 민주려가 말한 대로 하얀 얼음을 그릇에 가득 담아 그녀에게 내밀었다. 그리고 그 위에는 빨갛고 노란 과일즙이 잔뜩 뿌려졌다.

"아움!"

한입 크게 문 민주려는 달콤하고도 짜릿한 그 맛에 어깨를 부르르 떨었다. 정말 더위를 쫓는 데는 최고다.

"자, 이제 선배도 한 입!"

위의 가장 달콤한 부분을 푹 떠서 그녀는 그의 입 쪽으로 숟가락을 가져다 대었다. 잠시 그녀를 보던 지야곤은 곧 순순히 그녀가 퍼주는 대로 빙수를 받아먹었다.

"맛있죠?"

"응."

"한 그릇 더 먹을까요?"

"배가 아플지도 몰라."

"괜찮아요. 날이 이렇게 더우니까요."

"그런가."

워낙 곱게 간 얼음이라 사실 양이 얼마 되지 않았다. 그렇게 둘은 빙수 두 그릇을 한 입씩 나누어 먹으며 불볕더위를 이겨내었다.

十三章
덥다고 정신줄을 놓으랴

"후우."

가만히 있는 데도 불구하고 입에서 더운 숨이 턱턱 새어나오는 찌는 날씨였다. 지 가문의 찬모들은 땀을 수건으로 닦아내면서 손을 바쁘게 움직였다.

"자자, 얼른 담아! 곧 상이 나가야 하니까!"

오늘은 말복. 큰 가문일수록 이런 날은 꼬박꼬박 다 챙겨서 특별한 음식을 만들곤 한다. 보통 집에서야 닭이나 한 마리 잡고 말지만 지 가문은 차아의 제일가는 명문가. 당연히 말복에 먹는 음식도 차원이 달라야 한다고 원로원에서는 생각했다.

위에서 닦달하면 아랫사람들은 어찌하든 그 요구를 들어주어야 한다. 그래서 부엌에서 일하는 사람들은 머리를 짜낸 끝에 아주 귀하고 평소에는 먹을 수도 없는 재료를 구해왔다.

"오메, 이 크기 좀 봐."

"전 태어나서 이런 건 처음 봅니다요."

"나도 처음이야. 근데 정말 이렇게 하는 게 맞는 건가?"

식칼을 들고 있는 아주머니들이 머리를 맞대며 고민하고 있는데 주방장이 달려왔다.

"아, 맞어! 내가 스승님한테 이건 딱 요렇게 요리를 해 먹는 거라고 들었다니까!"

"몸에 좋은 거도 맞지요?"

"당연하지! 다 먹으면 머리가 그저 핑핑 잘 돌아가고 눈도 번쩍! 산삼만큼 좋은 거라고 적혀 있었어."

"적혀 있었다고요?"

"응. 요리책에."

그 말에 부엌 안에 있던 사람들의 시선이 전부 주방장에게로 모였다. 그는 슬슬 밀려오는 민망함에 고개를 부르르 흔들고는 다시 큰 소리를 쳤다.

"자자, 아침식사까지 얼마 남지 않았으니까. 얼른 내드리고 우리도 밥 먹읍시다!"

그리고 다시 부엌은 소란스러움에 푹 잠겼다. 달그락거리는 그릇 소리와 함께 먹음직스러운 음식들이 하나하나 상에 올려질 준비를 마쳤고 가장 중요한 요리는 식지 않도록 뚜껑을 꼭 닫은 채로 시녀들이 들었다.

"소가주께서는 집무실에서 드시겠다고 하셨고 작은 도련님이랑 아가씨께선 같이 드신다 하셨지?"

"네."

"그럼 넌 그것 들고 집무실로 가고 너희들은 나랑 같이 가자."

명문가에서 일하는 시녀들은 몸가짐부터가 아예 다르다. 허리를 꼿꼿하게 세운 시녀들이 우아한 발걸음으로 천천히 목적지를 향해 걸었다. 음식이 엎어지면 부엌에서 다시 수고를 해야 하므로 절대 뛰지 않는 것이 가장 중요하다. 가끔 아직 경험이 부족한 젊은 시녀의 몸이 휘청거리긴 했지만 전부 다 무사히 도착하는데 성공했다.

"아침식사이옵니다."

아직 이른 시간인데도 집무실에는 서류가 수북하게 쌓여 있었다. 한 가지 다행인 건 그나마 다 처리를 해서 도장이 찍혀 있는 서류가 대부분이라는 거다. 나머지는 다 시일이 있어 당장 볼 필요는 없는 것들이었다.

지야곤은 뻐근한 목을 한 바퀴 돌린 후 자리에서 일어났다. 마침 새벽부터 일을 해서 허기가 지던 참이었다.

요즘은 너무 더워서 오히려 대낮에는 집중이 더 안 되기 때문에 중요한 건 새벽에 미리 처리를 했다. 그나마 서늘해서 머리를 쓰기가 더 쉽기 때문이었다. 그리고 낮에는 잠깐 낮잠을 자는 걸로 부족한 수면시간을 보충했다. 하지만 그것도 영 시원찮은 것이, 낮에는 너무 더워서 자고 일어나도 찝찝했다. 피로해서 눈 좀 붙였다가 일어나면 더워서 흘린 땀에 몸이 절어 있기 일쑤였다. 차라리 기온을 낮추는 주술용품이라도 쓸까 싶지만, 의원은 그러지 말라고 단호하게 말렸다. 그러면 몸이 쉽게 상한다면서 말이다.

안 그래도 가주의 건강 상태가 그리 좋지 않은 시점에 소가주까지 아플 수는 없었다. 그의 몸 상태는 원로원에서 무척 신경을 쓰고, 일을 하는 시간을 조절하는 것까지 허용했다. 뿐이랴? 보양식도 알차게 챙겼다. 너무 더운 낮에는 몸의 기운을 차게 해준다는 꽃게탕을 올리는가 하면 밤에는 기운이 솟아나라고 홍삼달인 물을 줄 정도였다. 덕분에 지야곤은 어찌어찌 버텨 지금까지 일할 수 있었다.

"오늘이 말복인지라 특별히 준비한 보양식입니다."

시녀의 손이 조심스럽게 냄비의 뚜껑을 열었다. 지야곤은 냄비의 정체를 추측해보았다. 냄비니 분명 탕 종류일 터. 무엇일까? 저번처럼 맑게 끓인 꽃게탕? 아니면 삼계탕? 혹은 기력보충을 위해 자라탕일 수도 있다. 하지만 이미 한 번씩 먹어봤던 요리다. 다른 요리가 나올 수도 있겠지. 지야곤은 숟가락을 들었다. 어쨌든 먹어야 기운을 차리니까.

"……."

가끔 어린아이들이 맛없어 보이는 외견에 편식을 할 때가 있다. 지야곤은 어릴 때부터 아무거나 잘 먹었지만 말이다. 하지만 지금, 그는 처음으로 어린아이처럼 편식을 하고 싶어졌다. 이 음식, 절대 못 먹는다.

"이게 뭐지?"

"참치 눈알이옵니다."

꽤 큼직한 냄비 중간에 커다란 눈알 하나가 둥둥 떠 있었다. 차마 꿈에서 보기도 싫을 만큼 무서운 광경이었다. 눈알이, 생선 눈알이 이렇게 클 수 있나? 평소 참치라면 두툼한 살점을 빨갛고 예쁘게 썬 회로 먹거나 먹음직스럽게 구워서 내온 것만 봤던 그는 충격을 받았다. 그도 그럴 것이 생선 눈알이 무슨 큼직한 고기완

자만 했다. 그렇게 큰 눈알이 있는 것만으로도 끔찍스러운데 뽀얗고 검게 익혀진 그 모습이 혐오 그 자체다. 지야곤은 한여름인데도 갑자기 몸이 으슬으슬 떨려오는 것 같았다.

숟가락으로 조심스럽게 쿡 찔러보았는데, 데구루루 탕 속에서 한 바퀴 돈다.

"다 드셔야 하옵니다."

움찔, 그의 어깨가 떨린다. 이런 걸 먹으라고? 그의 시선을 아는지 모르는지, 시녀는 태연하게 무척 귀한 것이라고 설명했다. 바다에서 들여오느라 애를 먹었다는 말까지 하며 방글방글 웃는다. 국물 한 방울도 남기지 않고 보양하라는 말을 남겨놓고, 시녀는 문을 닫고 나갔다.

"참치 눈알……."

맛있을까? 혐오스러운 외견과 달리 맛나다면 참아줄 수 있다. 두 눈 꼭 감고 먹으면 되는 것 아닌가. 그리고 다른 생선눈알은 잘 먹었다. 조기를 기름에 지졌을 때, 그 눈알을 쏙쏙 빼먹는 것도 나름 별미였다. 비록 이것은 탕이지만!

"음."

민주려가 음식을 남기면 죄라고 했지. 그는 사랑스러운 제 사람을 떠올리고는 결심을 굳혔다. 그래. 한 입만 먹어보는 거다. 다시 숟가락을 들고 커다란 눈알을 뜨기 위해 푹, 탕에 담갔다.

그러나.

그는 보았다. 밑바닥에 가라앉은 무. 수. 한 참치 눈알이 흔들거리며 그를 향해 인사하는걸. 참치 눈알은 하나가 아니었다.

"……."

이걸 먹는 건 미친 짓이야. 그리고 그건 조금 떨어진 곳에서 있는 듯 없는 듯 호위 – 감시 – 하던 이기호도 마찬가지였다. 그의 표정은 이미 메스껍게 변해 있었다.

탁.

숟가락을 내려놓는다. 지야곤은 말없이 좌우앞뒤를 살폈다. 그 시선 안에 이기호가 들어왔지만, 이번만큼은 그도 인정하겠다는 듯이 고개를 끄덕였다. 지야곤은 고맙다는 듯 고개를 마주 끄덕인 다음에 자리에서 일어났다. 그리고 활짝 열어놓은 창문 밖으로 조금의 고민도 하지 않고 몸을 날렸다. 이기호는 이번에 따라가지 않기로 했다. 요즘 일만 많이 한 그의 뒤를 쫓으면 무슨 사달이 일어날지 모른다.

△ ▼ △

"으아아악!"

지야곤이 그렇게 공포의 참치 눈알에서 도망친 후, 지 가문의 다른 방에서는 비명 소리가 울려 퍼졌다. 형보다 마음이 조금 심약한 편인 지야혼이 그만 참치 눈알 요리를 보고 충격을 못 이겨 기절한 것이다. 입에 거품을 물고 꼬르륵 넘어가는 모습에 더 놀란 시녀들이 의원을 부른다며 난리가 났다.

그리고 마침 다른 일을 하고 오느라 식사 시간에 조금 늦은 여동생 지야희만 태연하게 참치 눈알을 다 먹었다. 젓가락과 칼로 능숙하게 해체한 다음 후루룩! 그 모습에 유모는 어쩌면 지 가문 삼남매 중 가장 강한 건 막내일지도 모르겠다는 생각이 들었다. 첫째는 기겁해 아예 저택 밖으로 탈출했고, 둘째는 기절했는데 오히려 여자이면서 가장 어린 막내만 저리도 잘 먹으니 말이다.

"아가씨, 맛있으세요?"

"아, 응. 괜찮은데? 그렇게 뜨겁지도 않고 국물도 간이 적당히 되어 있어서 맛있어. 근데 야혼 오라버니는 왜 이걸 보고 기절하신 거지? 어제 안 좋은 꿈이라도 꾸셨나?"

"날이 더워서 밤에도 제대로 자기 힘든 날이 많으니까요."

"하긴, 그렇지. 그나저나 저건 안 드시는 건가?"

"네에."

의원이 처방한 쓴 약을 먹고 겨우 일어난 지야혼은 눈알의 눈자만 나와도 진저리를 치며 손을 내저었기 때문에 결국 손도 안 댄 냄비 하나가 덩그러니 남아버렸다. 지야희는 음식을 남기면 벌을 받는다며 남은 것도 결국 혼자서 다 먹었다. 크기는 컸는데 막상 양은 얼마 안 되어서 가능한 일이었다.

게다가 참치 눈알, 뜻밖의 별미였다. 겉은 좀 징그러운데 입안에 넣고 나면 살짝 딱딱한 표면이 느껴졌다. 하지만 깨물면 톡 터지면서 특유의 감칠맛이 났다. 중독되는 맛이다.

"후우, 배부르다. 아버님도 드실 수 있었으면 좋았을 것을."

"가주께는 미음만 올리라고 의원님께서 당부하셨으니 별수 없지요."

"다른 사람들도 야혼 오라버니처럼 쓰러지면 큰일 나니까 점심때 보양식을 넉넉하게 하도록 해요. 닭도 많이 잡고."

"호호호, 다들 좋아할 겁니다."

참치 눈알은 다들 기겁하니 이번에는 좀 평범한 보양식을 내어가야 할 것 같았다. 물론 아랫사람들에게 전부 내갈 정도로 양이 많지도 않다. 비싸고 좋은 약재를 당장 찾아 넣는 건 무리다. 하지만 마늘과 파를 듬뿍 넣는 것 정도는 어렵지 않다. 마늘과 파는 흔한 편이지만, 사실 둘 다 굉장히 보양에 좋은 식재이기도 하고 말이다. 유모 서윤경은 아가씨가 참 사려 깊게 자라서 다행이라고 생각했다.

"그럼 점심은 백숙인가."

"예. 통마늘이 물렁물렁해지도록 푹 고은 백숙으로 올리겠습니다."

"부탁해."

고개를 끄덕인 서윤경은 부엌으로 달렸다. 지 가문의 식솔은 그 수도 장난이 아니라 점심때 무슨 음식을 다 같이 먹으려면 미리 알려주어야 했다.

△ ♥ △

'그늘로만 다녀야지.'

말복이 괜히 말복이 아닌지라 시장은 마지막 대목을 잡아보겠다는 상인들이 닭, 자라, 탕으로 고아 먹으면 좋은 물고기까지 이것저것을 들고 나와서 판다며 난리였다. 하지만 더운 날씨 때문에 지치는지 연신 찬물을 들이켜는 모습이 자주 보였다. 보신음식은 어쩌 상인이 더 필요한 것 같았다.

게다가 보신음식보다 더 잘 팔리는 것은 차갑고 산뜻한 빙수였다. 쉽게 녹지 않도록 주술이 걸린 상자 안에서 꺼낸 얼음을 으다다다 갈아서 과일즙을 끼얹어 먹는 빙수는 최고의 인기를 자랑했다. 그리고 얼음과 과즙을 갈아 섞어, 틀에 고정시킨 다음 막대에 꽂아먹는 얼음과자는 이미 다들 하나씩 입에 물고 있다. 그 정도로 더운 날이었다. 땅에서 나온 열기에 발바닥이 지저지고, 하늘에서 내려오는 햇볕에 피부가 지글지글 익어가는 말복.

아주 그냥 사람 기를 쪽쪽 빨아간다.

이래서 더 보신을 해야 하지만……. 참치 눈알은 아니다. 참 떠올리기도 싫다. 어떻게 시각적으로 그리 흉물스러운 음식이 있단 말인가? 숟가락에 닿았던 감촉도 그렇고, 탕 아래 가라앉아 데구르르 구르던 눈알들을 떠올리기만 해도 속이 메스껍다.

"……더워."

참치 눈알 때문에 그야말로 물 한 모금 마시지 못한 채로 나왔다. 지금 그의 상태는 배고프고, 덥고, 힘든, 그야말로 불쌍한 사람의 표본이었다. 물론 겉으로 보기에는 그다지 땀도 흘리지 않고 서늘한 표정으로 쑥쑥 나아가서 안 그래 보이지만 말이다.

지야곤의 머릿속에는 예전에 민주려가 했던 말들이 윙윙 맴돌고 있었다. 그녀가 틀림없이 말했었다. 언제든지 밥을 먹으러 오라고. 그가 자신을 도와줬으니 자신도 그가 먹고 싶어 하는 음식들을 만들어주겠다고 말이다. 거기에 '평생'이라는 단어가 유독

차아쩌구 열애사 上

마음에 든다. 그녀는 조금도 다른 의미로 생각하지 않는 것 같지만.

"없군."

시장에 나온 수많은 상인들 중 민주려의 모습은 보이지 않았다. 그건 즉, 그녀가 오늘 집에 있다는 소리다. 돈을 무척 좋아하지만, 그보다 자신의 몸을 더 소중하게 여길 줄 아는 사람이 민주려다. 말복의 대목이지만 이런 날은 그냥 하루 집에서 쉬기로 마음먹은 것 같았다. 훌륭한 결정이다. 이런 날씨에 무리를 했다가는 번 돈을 전부 의원에게 고스란히 가져다줘 버리게 되는 수가 있다.

지야곤은 민주려의 집으로 발걸음을 돌렸다. 그리고 민주려가 해줄 만난 요리를 상상했다. 생각만 해도 입에 침이 고였다. 닭요리도 좋고, 그냥 숭늉도 맛있게 먹을 수 있을 것 같다. 뭐든 참치 눈알만 아니면 되는 것이다.

가마솥 앞에서 불을 떼면 무척 뜨거울 테니 주술로 도와줘야겠다는 생각을 하며 지야곤은 민주려의 집까지 한달음에 달렸다. 그리고 몇 걸음만 더 가면 되는 지점까지 왔을 때 꼬꼬댁! 울리는 닭울음소리를 들었다.

"이 녀석이? 어서 이리 못 와? 게다가 이것들은 또 뭐야! 썩 꺼져!"

벼락같이 나오는 민주려의 목소리도 똑똑히 귀에 날아와 박혔다. 아무래도 뭔가 일이 생긴 것 같았다. 남의 집에 들어오면 인사를 하는 것이 당연한 예의지만, 들을 사람이 눈앞에 없으므로 그는 대문 앞에서 해야 하는 인사말을 생략했다. 대문이 열리고, 소리가 나는 쪽으로 가 보니 빗자루를 든 민주려가 눈을 빛내며 닭과 사투를 벌이고 있었다.

"복날이면 얌전히 내 배 속으로 들어가는 것이 너의 운명이야! 어디서 정해진 순리를 거부하고 있는 거야? 이리 와!"

이제껏 쌀겨와 자투리 채소를 주어가며 정성껏 키웠다. 그러니 오늘 같은 복날에 그 값을 하라는 것이 말의 요지였다. 그런데 닭도 눈치가 있는지라, 봄에 자신과 함께 벌레를 쪼던 동무가 어느 날 운이 없게도 고양이의 습격을 받아 명을 달리한 뒤로 왠지 자신을 보는 주인의 눈이 나날이 심상치가 않았다.

"원래 가마솥에 퐁당 빠질 애는 다른 애였지만, 고양이 배 속에 들어간 걸 어쩌니? 네가 친구 대신 들어가야지!"

사실 고양이 배 속으로 들어간 건 아니고 고양이가 물어서 저세상으로 가버리는 바람에 민주려와 지야곤이 먹어치운 것이지만 그녀는 자세한 설명은 간단하게 생략했다.

꼬꼬댁! 꼬꼬!

"생각해보렴. 내가 죽으면 네 병아리들도 죽는 거야. 내가 부양하니까! 너희와 너희들의 병아리까지 부양하는 날 위해 한 몸 희생해!"

꼬오옥! 꼭! 꼬꼬꼬!

어떻게 돌아가는지 대충 알겠다. 말복. 오늘도 그녀는 보양식으로 닭요리를 할 예정인 듯했다. 다만 닭이 어찌나 잽싸던지 잡히지 않는 것이다. 지야곤은 그녀의 곁에 다가갔다.

"주려."

"잠깐만요! 바빠요! 어, ……선배?"

신경질적으로 대답하던 민주려가 움찔 고개를 돌렸다. 그 바람에 닭이 홰를 치며 저 멀리 도망갔다.

"악! 잡아요, 잡아! 지금 돌아다니면 다른 것들에게 실컷 보신 시켜주는 거란 말이에요!"

그녀는 꾹 쥐고 있던 빗자루를 휙 던졌다. 그러자 빗자루가 던 져진 곳에서 닭을 호심탐탐 노리고 있던 담비가 화들짝 놀라 도망 갔다. 담비뿐만이 아니다. 닭을 노리는 적은 많았다. 하늘 위를 날 아다니는 것은 솔개요, 담 너머 고개를 삐죽 내민 것은 살쾡이다. 뿐이랴. 멍멍멍 담 밖에서는 들개도 짖고 있었다.

복날. 닭 한 마리 알차게 먹어 몸보신하려는 자는 사람뿐만이 아닌 모양이었다.

"다른 닭과 병아리들은?"

"우리에 다 넣었어요. 저 닭만 보신하려고 꺼내놓은 건데!"

팽팽한 신경전이 벌어졌다. 닭 한 마리를 놓고 사람 둘, 살쾡 이 한 마리, 담비 두 마리, 그리고 담장 밖 들개 몇 마리와 머리 위 에서는 솔개 한 마리가 빙글빙글 돈다. 이들 중 승리자가 무더운 여름, 제대로 몸보신 하리라.

"그런데 작아."

"아, 그건 영계라서 그래요. 저번에 병아리 깐 게 벌써 저만큼 컸거든요."

이제 막 벼슬이 나기 시작한 닭을 영계라고 한다. 아직 어린

닭인데, 크기는 작지만 속이 야들야들한 것이 영계백숙으로 해 먹으면 아주 맛났다. 비록 국물은 푹 우려도 늙은 닭만큼 맛있게 우려지지 못하지만, 찹쌀 가득 넣고 통마늘 몇 개에 대파 숭숭 썰어 넣어 맑게 끓이면 이 더운 날 보신하기에 아주 그만이었다.

게다가 닭이 계속 병아리를 까게 할 수도 없다. 민주려가 닭들에게 줄 수 있는 먹이에는 한계가 있고, 또 암탉은 병아리를 까고 나면 달걀을 잘 낳지 않는다. 그래서 늘 일정 수만 병아리를 까게 하고, 병아리가 어느 정도 크면 잡아먹거나 장에 내다 팔고는 했다.

"선배. 도와줘요."

"응."

"오늘의 영계백숙은 아주 특별할 테니까요. 그럼 역할 분담을 해볼까요?"

지야곤이 적들을 견제하는 사이, 민주려가 닭을 포획한다. 아주 간단하지만 서로의 호흡이 중요했다. 민주려는 침을 꼴깍 삼키고 셋을 셌다. 하나, 둘, 셋!

"이야압!"

우선 소리를 질러 모두 놀라게 한다. 흐트러지는 사이 닭이 도망치기 시작하고, 그에 따라 적들이 눈을 휘번뜩 빛내며 따라붙었다. 하지만 닭에게 접근하기도 전에 넘어야 할 산이 있었으니, 더위와 갈증에 지쳐 신경이 부쩍 날카로워진 지야곤이었다.

캬아아앙!

끼에엑!

살쾡이가 달려들자 목덜미를 낚아채 힘껏 담비들 쪽으로 던졌다. 나긋한 몸을 가진 살쾡이는 재빨리 중심을 잡았지만, 갑자기 날려진 것에 충격을 받아서 **뻣뻣**하게 얼어 있었다. 게다가 담비들은 계속 자신들 쪽으로 뭔가가 날아오자 혼비백산 흩어졌다. 그리고 많은 것이 움직이자 하늘 위에 떠 있던 솔개는 생각을 바꾼 모양이었다. 그래. 영계만 먹이는 아니지. 담비도 먹을 수 있었다. 솔개의 발톱이 담비를 노리기 시작하자 담비들은 아예 줄행랑을 쳤다. 살쾡이도 분위기가 흉흉하고 지야곤이 앞으로 나서자 후다닥 담장 밖으로 나갔다.

그런데 아뿔싸.

캬아아아옹!

멍멍멍!

컹컹!

담장 밖에는 들개들이 서성거리고 있었다. 한 차례 소란스러운 드잡이질이 끝나자 지야곤은 흘끔 민주려를 보았다. 그녀는 마침내 닭을 잡았는지 날개 아래에 손을 쑥 집어넣고 들어 올렸다.

"선배! 잡았어요!"

뜨거운 태양 아래, 푹푹 찌는 더위가 싫지 않다. 그녀가 웃어서일까. 지야곤은 희미한 웃음을 걸치며 고개를 끄덕였다.

△ ▼ △

영계백숙은 한 마리가 아니라 두 마리가 되었다. 장에 내다 팔기로 했던 닭 한 마리는 지야곤을 위해 일찍 명을 달리해야 했다.
하지만 민주려는 개의치 않았다. 이놈의 암탉들. 아까 푸닥질하다
가 발견한 알이 두 개나 있었다. 그런데 살짝 숨구멍이 나 있는 것
이 곧 병아리가 나올 것 같았다. 그새 알을 숨겨놓고 있었던 것이
다. 하여간에 대단도 해. 그녀는 혀를 끌끌 차며 알을 암탉들 품에
넣어줬다.

"흠. 흠흠."

콧노래를 흥얼거리며 완성한 영계백숙은 그 자태만으로도 침
이 줄줄 흘렀다. 아주 더운 한낮이 지나, 공기가 살짝 시원해졌을
때 뜨끈뜨끈한 김이 피어올랐다. 푹 삶아진 영계는 수줍게 다리를
꼬고 있었다. 커다란 그릇에 영계를 담아서 지야곤에게 넘겼다.
그는 숟가락을 들어 영계의 배를 갈랐다. 그러자 그 안에 찹쌀이
드러나 반지르르 흐르는 윤기를 자랑했다.

"대추는 없나?"

"말린 대추는 남지 않았거든요. 그리고 대추 없어도 맛있어
요. 거기 뭐가 들어갔는지 봐요."

"버섯?"

"네. 아주 맛있다고요?"

찹쌀 안에는 잘게 다진 버섯과 통째로 들어가 말랑말랑하게
익은 통마늘이 있었다. 숟가락으로 살짝 떠 후후 불어 먹으니, 간
이 따로 필요 없었다. 그 자체로도 충분히 맛있다. 국물도 대파로
맑게 끓여서인지 깔끔하고 시원했다.

"살짝 소금 쳐서 먹어도 좋고요. 아니, 사실 그게 다가 아니

죠."

주려는 후후후 웃으며 비장의 김치를 꺼냈다. 아주우 깊숙하게 묻어놓은 장독에서 꺼낸 묵은 김치는 새콤했다. 게다가 차가운 땅 속에 있어서 시원하기까지 했다. 새콤매콤한 묵은지와 시원하고 깔끔한 영계백숙은 찰떡궁합이었다. 영계는 살도 야들야들하고, 잘 불린 찹쌀과 씹는 감촉이 좋은 버섯. 그리고 한입 톡 깨물면 특유의 향과 맛으로 간이 저절로 되는 통마늘까지. 대파도 남길 수 없이 맛났고, 가끔 심심하고 뜨겁다 싶으면 묵은지를 쭉 찢어 먹었다.

"그런데 오늘 찾아오실 줄은 몰랐어요."

숟가락을 물며 민주려가 말했다. 오물오물 한 입 더. 그렇게 두 입을 먹은 뒤에야 다시 말을 이었다.

"선배, 말복에는 가문에서 최고의 복달임을 할 거라고 생각했거든요. 가령 특별한 보신 음식이라든가!"

"……"

"선배?"

복달임 삼아, 그래. 보신 음식이 나오긴 했다. 하지만 그게 과연 최고라고 말할 수 있을까? 지야곤은 최고가 아닌 최악이었던 참치 눈알을 떠올렸다. 새삼 소름이 다시 돋는다. 그 탕을 먹을 바에야 차라리 굶는 게 나았다. 지금은 이렇게 민주려가 해준 음식을 먹지만.

"가문의 보신음식은 특……별하지만, 난 이게 더 좋아."

"그래요?"

"응. 네 음식은 언제나 맛있어. 따뜻하고, 배부르고."

지 가문에서도 뛰어난 요리사는 많을 것이다. 하지만 그럼에도 불구하고 그녀의 요리가 가장 맛있다고 지야곤이 말해준다. 민주려는 얼굴이 붉어졌다. 그냥 인사치레였으면 고맙다고 말하고 말 텐데, 그는 진심이다. 정말로 맛있다는 듯이 웃고 있으니까.

'그러고 보니 언제부터였더라?'

언제나 멍하기만 한 그의 얼굴에 다른 표정이 깃들기 시작한 것은.

'언제부터, 선배가 내 이름을 불렀더라?'

달그락. 민주려의 숟가락질이 멈췄다. 지야곤이 무슨 일이냐는 듯이 눈을 마주쳐 왔다. 허공을 멍하니 응시하던 예전의 그 모습을 이제 찾을 수 없다. 그는 변했다. 그것을 깨닫자 민주려는 숨이 조금 막히는 기분이었다. 대체 왜 변했을까? 민주려의 곁에서, 무엇이 그를 변하게 했을까?

"주려?"

"아, 네?"

"어디 아프다면……."

"아뇨. 아프지 않아요. 더위 먹은 것도 아니고요. 네. 그렇고말고요."

말은 이렇게 했지만, 그냥 더위 먹은 기분이었다. 주려는 묵은 지를 큼직하게 찢어 입에 가득 물었다. 그러자 새콤한 맛이 강하게 돌았다. 새콤하다 못해 시큼함이 정신을 차리게 도와줬다. 국물을 두 숟가락이나 떠먹으며 주려는 헤헤 웃었다.

덥다고 정신줄 놓을 수는 없는 노릇이었다.

열심히 그릇을 싹싹 비우고 나자 배가 통통하니 올라온다. 게다가 지금은 날이 슬슬 저물 때였다. 지야곤은 아직 갈 생각이 없는 것 같아, 그녀는 준비해뒀던 커다란 대야를 가지고 나왔다.

"이건?"

"파빙 아저씨가 준 선물이에요."

대야 안에는 물이 한가득 부어져 있었는데, 얼음이 동동 떠 있었다. 원래는 아주 커다란 얼음이었다가 녹으면서 물로 변한 것이다. 이런 물이 정말 시원한 법이었다.

"복달임의 마지막은 뭐라고 해도 세족 아니겠어요?"

사실 더운 여름에 가장 좋은 피서 방법은 시원한 강가나 호수에서 수영을 하는 것이다. 하지만 높으신 분들이 보는 눈이 많은 그런 곳에서 옷을 다 벗고 놀 수는 없는 노릇이라. 할 수 없이 궁여지책으로 발만 물에 담그는 세족으로 더위를 식히곤 했다. 그리고 집이 아닌 곳에서 목욕을 할 수 없는 여성들도 물론 이 방법을 자주 애용했다.

"시원하게 발을 담그면 더위도 싹 날아가고 남은 여름도 문제없이 보낼 수 있을 거예요. 자!"

적당한 위치에 대야를 놓은 다음 민주려는 조그만 발을 대야에 담그었다.

"저, 다른 대야는?"

"없어요. 빨래할 때 쓰는 건 너무 크거든요."

결국 같은 대야에 발을 담그라는 소리다. 그는 잠시 고민하다가 슬쩍 물 안에서 노니는 그녀의 발을 보았다. 꼼지락거리는 모습이 꽤 귀여웠다.

"아, 좋다. 맨날 얼음물이 있었으면 좋겠네."

서늘한 기운이 머리끝까지 올라가는지 표정도 훨씬 밝아졌다. 지야곤은 천천히 신발을 벗고 버선도 벗고 드러난 맨발을 대야 속으로 밀어 넣었다.

△ ▼ △

'더워.'

찬물에 발을 담그고 있으면 더위가 좀 가셔야 하는데 어째 머리에는 열이 더 올라오는 것 같았다. 대야는 민주려의 두 발이 담겨 있을 때는 그 크기가 커 보였지만 그의 두 발까지 들어가니 좁기 그지없어서 자꾸 발이 부딪쳤다.

어떻게든 피해보려고 티 나지 않게 움직였지만 여의치가 않아서 결국 그는 포기했다. 발 네 개가 나란히 담겨 있다 보니 대야의 물이 거의 끝까지 올라와서 조금만 움직여도 귀한 얼음물이 후두둑 바닥으로 떨어졌다.

'후우.'

포기하면 편하다는 말이 괜히 있는 건 아닌지 심장은 뛰지만 적어도 얼굴이 시뻘겋게 변하는 것만큼은 면한 것 같았다. 간신히 안도하고 옆을 본 그는 왜 민주려가 조용한지 그 이유를 알고는 조금 웃어버렸다.

꾸벅꾸벅. 더위에 지친 그녀는 밀려오는 수마를 이기지 못하고 졸고 있었다. 닭을 잡는다고 한참을 씨름한데다가 뜨거운 불 앞에서 요리도 오래 했으니 아마도 곤했을 것이다. 그는 위태롭게 흔들리는 머리를 보고 자신의 어깨를 슬쩍 움직였다.

톡.

작은 머리는 커다란 어깨에 안정적으로 얹혔다. 자세가 편해지자 기분이 좋은지 민주려의 입가에도 작은 미소가 드리워졌다.

그 모습을 만족스럽게 지켜본 그는 하늘을 보았다. 아침에 해가 쨍쨍 나서 그런지 오늘따라 구름 한 점 없이 유독 맑아 달빛이 환하게 세상을 비추고 있었다.

운치도 좋고 밤이 되니 뜨겁던 공기도 나름 식어서 시원하고. 그는 두근거리는 가슴을 억누르며 다시 옆쪽을 보았다.

살랑살랑. 부는 바람에 길게 늘어진 민주려의 머리카락이 조금 흔들렸다. 그 흔들리는 머리카락 사이로 말간 이마가 언뜻 드러나기도 했다.

새근새근. 푹 잠이 들었는지 어찌 보면 앉아서 어깨에 기댄 그다지 편하지 않은 자세인데도 숨소리가 고른 편이었다. 그래서 그는 안심하고 고개를 살짝 숙였다.

그건 소리도 나지 않은 가벼운 스침이었다. 하지만 분명히 확실하게 닿았다. 그는 입술에서 느껴지는 촉감에 만족하면서 천천히 고개를 들었다. 지금은 이 정도로 충분했다. 뭔가 마음이 가벼워지면서 기분도 한껏 들떴다.

'헉.'

하지만 민주려는 아니었다. 달콤한 잠에 푹 잠겨 있다가 점점 차갑다 못해 시려지는 발의 느낌에 잠에서 깨고 있던 그녀는 처음에는 꿈인지 생시인지 구분이 안 가다가 무릎 위에 올려져 있는 손이 의지대로 움직인다는 걸 알고는 속으로 화들짝 놀랐다.

꿈이 아니었다. 자신이 헛것을 본 것도 아니었고.

머리카락에 입을 맞추었다. 지야곤이 그녀의 머리카락에 입을 맞춘 것이었다.

화들짝 놀라서 벌떡 일어나는 게 정상이겠지만 문제는 그럼 지야곤에게 자신이 깨어 있다는 사실을 들켜버리고 만다. 그래서 민주려는 꼼짝 않고 자는 연기를 계속했다. 무술에도 일가견이 있는 그를 속이려면 고도의 연기력이 필요했기 때문에 숨소리가 흐트러지지 않도록 주의를 기울였다.

그런 그녀에게 깜박 속아 넘어간 그는 혹시나 여름감기라도 들까 봐 그녀를 깨우는 그 순간까지 민주려가 잠이 들지 않은 상태라는 것을 몰랐다. 비밀은 비밀이 아니게 되었다는 사실도.

十四章
인내심이 쌓여 보름달까지 닿겠네

"주려야, 다 되었니?"

"잠깐만 기다리세요. 뭔가가 빠졌어요!"

길디 긴 두루마리를 보며 민주려는 눈을 날카롭게 이리저리 움직였다. 그리고 곧 빠진 재료가 뭔지 알아냈다. 송편을 만들 때 꼭 필요한 솔잎이 안 적혀 있었다.

"세상에, 제일 중요한 건데 이게 빠졌네."

급히 붓으로 맨 아래에 적어 넣은 후 그녀는 잽싸게 입으로 후후 불었다. 그리고 먹물이 잘 마르자 두루마리를 솜씨 좋게 둘둘 말아 기다리고 있는 동네 아주머니 한 사람의 손에 척 하고 건네주었다.

"이게 이번에 마련해야 하는 제사음식 재료들이에요."

"어휴, 꽤 많네."

"마을 사람들이 전부 다 먹어야 하니까요. 아, 그리고 상다리도 한번 잘 살펴봐야 해요. 작년처럼 부러지면 큰일이니까요."

"정말 놀랐지. 제사 내내 마음이 조마조마했다니까."

이틀 뒤에는 둥근 보름달이 뜨는 추석이었다. 차아에서는 추석 때 수확한 햇곡식으로 만든 요리를 장만해 크게 제사를 지냈다. 그래서 그 준비를 하느라고 지금 이렇게 다들 바쁜 것이었다. 만들어야 하는 요리의 가짓수도 양도 워낙 많으니 말이다.

사실 원래는 집집마다 따로 상을 차려서 제사를 지냈었다. 지금도 명문가나 전통을 중시하는 집에서는 여전히 그렇게 하고 있다. 하지만 내란 때 가족을 많이 잃은 민주려가 사는 마을에서는 합동 제사를 지냈다. 따로 음식을 잔뜩 하자니 비용도 너무 많이 들고 만드는 사람도 힘들다는 이유에서였다.

집집마다 돈이나 음식 재료를 일정량 이상 낸 다음 그걸 모아서 아주 큰 상을 차렸다. 그리고 위패를 올려놓은 다음 절을 한다. 제사가 끝나고 나면 남은 음식은 마을 사람들끼리 나누어 먹으며 작은 축제를 열었다. 이 새로 생긴 신 풍속은 수도에서 차아의 시골까지 순식간에 번져서 요즘은 거의 모든 마을이 이렇게 합동 제사를 지내고 있었다.

"아이들도 추석 때는 놀아서 다행이야. 명절이라서 일손이 필요하니."

"자자, 다들 장을 보러 가십시다. 주려야, 여기 주머니 있다."

"네."

가장 중요한 돈주머니가 민주려의 허리춤에 달렸다. 주술을 쓸 수 있는데다가 돈귀신이라는 별명까지 붙은 그녀는 소중한 마을 공동자금의 수호자로 안성맞춤이었다. 어지간한 소매치기들도 차마 민주려의 근처에 얼쩡거릴 생각은 하지 못했다. 게다가 올해 목욕탕 속옷도둑까지 잡아버리면서 그 명성이 마을뿐만 아니라 수도 전체에 널리 퍼졌다. 그래서 아주머니들은 공동 자금을 여러 개의 주머니에 나누어 넣었던 작년과는 다르게 나가기로 한 것이다. 전부 민주려의 관할에 맡기는 걸로 말이다. 물론 가격을 깎는 흥정도 그녀의 몫이었다.

"소랑 돼지부터 사러 가지. 몇 마리나 사야 하나?"

"소는 두 마리, 돼지는 다섯 마리요. 작년에 돼지를 너무 적게 잡는 바람에 먹을 게 별로 없었잖아요."

"하긴, 정작 우리는 실컷 만들어놓고 수육 한 점 못 먹었지. 좋아, 한번 해보자고."

아주머니들의 주먹이 불끈 쥐어지며 눈이 활활 불타올랐다. 그리고 장바구니를 든 그녀들은 씩씩한 발걸음으로 앞으로 나아갔다. 자고로 일찍 일어나는 새가 많은 먹이를 잡는 법. 소와 돼지는 빨리 가는 사람이 더 좋은 놈들을 살 수 있었다.

△ ▼ △

"아, 그 가격에는 힘들어."

"대신 이 돼지, 전부 사잖아요. 이거 전부 다 파셔야 하는 거 아니에요?"

"그거야 그렇지만……. 아무리 그래도 육질이 일등급인 놈들인데 이등급 가격에 팔라는 게 말이 돼? 나는 뭐 먹고살라고!"

"에이, 대신 마을에서 축제를 열거나 아니면 잔치 하는 집이 있을 때 아저씨한테 바로 연락드릴게요. 돼지만 하시는 게 아니라

오리랑 닭도 하시잖아요."

민주려의 방긋방긋 웃는 얼굴을 보고 돼지를 팔러 온 주인이 고민에 잠겼다. 확실히 다섯 마리를 한꺼번에 사가는 큰 손이 없긴 했다. 오늘 몰고 온 열다섯 마리 돼지 중 가장 큰 놈들은 미리 예약을 해놓은 단골들이 다 데려갔고 이제 남은 놈들만 팔면 그는 집에 가서 두 다리 뻗고 푹 쉴 수 있었다.

"어차피 얼른 집에 가서 청소도 하고 제사 준비도 하셔야 하잖아요. 그러니까 깔끔하게 저희한테 다 팔고 가세요. 낮잠 푹 자고 청소하면 얼마나 좋아요?"

"에잉, 알았어! 팔게. 돈 줘!"

민주려와 아주머니들의 얼굴에 웃음꽃이 활짝 피었다. 아득바득 우긴 끝에 금을 스무 냥이나 아끼는 데 성공한 것이다. 깎았어도 원래 돼지 값이라는 게 장난이 아니기 때문에 민주려는 주머니에서 전표를 꺼내 내밀었다. 차아에서 가장 재정이 탄탄한 국영상단에서 발행하는 것으로 이걸 가지고 가면 적힌 금액만큼의 돈을 내주었다. 물론 약간의 수수료를 내야 하긴 한다. 하지만 차아처럼 돈이 금속이라면 몇백 냥이 보통 무게가 아니기 때문에 수수료를 주더라도 전표를 사용하는 것이 훨씬 편리했다.

"제가 주술 하나 걸어드릴게요."

"오, 그럼 좋지."

오는 게 있으면 가는 것도 있어야 하는 법. 민주려는 큰돈을 도둑맞지 않게 돼지 주인의 돈주머니 입구를 딱 붙여버리는 주술을 걸어주었다. 아주 가벼운 주술이었다. 국영상단에도 주술사가 있으니 그곳에 가면 알아서 주머니를 열어줄 것이다. 주술을 부릴 줄 아는 사람이라면 다 이렇게 해서 가니, 그쪽에서도 공짜로 주술을 풀어주고는 했다.

"얼른 가서 넣어야지. 거, 아주머니들도 명절 잘 보내시오."

돼지의 목을 묶었던 줄을 넘겨주고 주인은 허겁지겁 상단으로 달려갔다. 그리고 민주려는 꿀꿀 울어대는 돼지의 엉덩이를 보며 흐뭇하게 김이 모락모락 나는 수육을 떠올렸다. 살이 잘 올라서 아마 맛있을 것이었다.

"아저씨들! 돼지랑 소, 다 샀어요!"

무거운 짐을 나르기 위해 시장 한구석에서 수레를 끌고 와 기다리고 있던 사내들이 민주려의 외침에 우르르 달려왔다. 음식을 만드는 건 여자들의 몫이고 소와 돼지를 잡는 건 남자들의 몫이다. 부위별로 고기를 해체하는 건 상당한 힘과 기술을 요했기 때문에 마을에서 힘 좀 쓴다는 사내들은 오늘 전부 다 이 일에 투입되었다.

"이야, 요놈들 보게. 아주 통통하고 좋구만. 털도 윤이 반지르르하고."

"국도 끓여야 하고 할 일이 많으니까 얼른 잡아주세요. 고기가 있어야 산적도 만들고 음식이 된단 말이에요."

"아, 알았어. 아직 재료를 덜 샀으니 넷은 여기 남고 나머지는 일단 가지."

귀한 소에는 사람이 셋씩 붙고 돼지에는 둘씩 붙었다. 그리고 짐꾼으로 쓰기 딱 알맞은 청년들만 수레 옆에 덩그러니 남았다.

"이제 뭐가 남았지?"

"음, 채소야 집에 있는 밭에서 뽑아 오면 되지만 두부랑 밀가루, 쌀가루, 물엿, 조미료랑 과일도 사야 해요."

"어휴, 한참 남았네. 자, 가자!"

아주머니들의 마음이 급해졌다. 가장 중요한 고기를 해결했지만 아직 장을 봐야 하는 것들이 산더미같이 남아 있었다. 그녀들의 뒤를 따른 청년들은 한 가게를 지나가면 갈수록 점점 무거워지는 수레를 끄느라 녹초가 되어갔다.

"아직 멀었습니까?"

"한참 남았네. 이대로는 안 되겠어. 거기 셋은 일단 마을 광장에 갔다가 다시 와."

한 수레가 벌써 그득 차서 더 이상은 물건을 실을 수가 없었다. 둘이서는 도저히 끌지를 못해서 혀를 쯧쯧 찬 아주머니들이 셋이 다녀오라는 너그러운 명을 내렸다.

암울한 표정으로 청년들은 젖 먹던 힘까지 다 짜내 수레를 밀기 시작했다. 제사음식을 준비하기 위해 임시 주방이 마련된 마을 광장은 별로 멀지 않았지만 음식재료가 너무 많았다. 쌀가루와 밀가루만 몇 포대이니 그 무게만 해도 상당했다.

"아, 왜 그렇게 힘이 없어! 그렇게 해서 장가가겠어?"

"팍팍 밀어봐. 어느 세월에 다시 올 거야!"

아주머니들의 타박에 청년들은 슬그머니 억울한 마음이 들었다. 하지만 반항은 금물이다. 그들이야 짐만 나르면 귀찮은 일은 끝나지만 그녀들은 이제부터가 시작이었다. 준비해야 하는 음식의 가짓수와 양이 엄청나기 때문에 첫날인 오늘은 철야가 기본이었다. 즉, 밤을 새는 것이다. 고로 이날만큼은 식칼을 든 집안 어머니들의 말에 다들 수족처럼 따라야 했다. 직접 제사음식 준비를 할 게 아니라면!

"요령이 부족하네. 무게 중심을 잘 잡고 밀어 봐요. 끄는 사람은 팔에만 힘을 주는 게 아니라 온몸을 튕긴다는 느낌으로 해보고요. 몸무게를 이용해야 해요."

보다 못한 민주려가 시범을 보였다. 자세를 딱 잡고 몸무게를 힘껏 실어서 두 손으로 힘차게 미니 수레가 쑥쑥 앞으로 나갔다. 그 모습에 청년들은 멍하니 입을 벌렸다. 가느다란 민주려 혼자서 민 거리가 건장한 청년 둘이서 민 거리보다 훨씬 길었다.

이쯤 되면 남자의 자존심이 걸렸다. 청년 둘은 정말 죽기 살기로 수레를 밀기 시작했다. 아까보다 훨씬 빠른 속도로 길을 나아가는 수레를 보며 아주머니들은 그제야 만족했다. 그와 반비례해서 청년 둘의 얼굴은 붉고 거멓게 물들었지만 말이다.

△ ▼ △

"다 샀지?"

"네. 나머지 것들은 다들 집에서 들고 오니까요."

"좋았어. 이제 역할 분담을 해야지. 자, 불고기는 소씨네부터 정아 엄마까지 다섯이 맡어. 그리고 쉬운 전은 오씨네 새댁이랑 아직 시집 안 간 아가씨들 다섯이 맡고. 탕이랑 국은 나랑 명이 엄

마가 할 테니까. 과자 종류는 떡집 향이 엄마가 해마다 하니 되었
고. 약과며 팥고물이며 일이 많으니 과자에는 열 명은 가야겠네.
너희들은 과일을 씻어서 깨끗하게 닦으렴. 제기는 남자애들보고
꺼내라 하면 되겠지. 송편이랑 인절미 반죽은 주려가 맡아라. 떡
메 칠 놈들은 나중에 저기 모여 있는 애들 중에 서넛 데려다가 쓰
면 된다."

"네."

"생선은 어물전 고씨네가 맡고 밤이랑 대추는 할아버지들 보
고 치라 그래. 애들은 할머니가 봐주시고 있으니 젖 물릴 사람들
은 알아서 다녀오고. 자, 역할 분담이 대충 되었지? 다들 제자리
로 갑시다."

수십 명 모인 아주머니들이 각자 자신의 자리로 알아서 흩어
졌다. 그리고 다들 집에서 가져온 식칼과 도마를 꺼낸 후 재료 손
질을 시작했다. 파를 다듬고 무를 썰고 생선 비늘을 벗겨내고. 민
주려는 일단 손이 많이 가는 인절미부터 만들기 위해 찹쌀 씻기부
터 시작했다.

"으아, 양이 정말 장난이 아니네."

"이렇게 해도 우리 입에 한 덩어리 들어오면 잘 먹는 거야. 주
려야, 전부 다 해라!"

갓 만든 인절미는 인기 있는 음식 중 하나였기 때문에 해마다
암만 만들어도 모자랐다. 노란 콩가루를 묻힌 그 맛이란 정말 일
품이었기 때문에 이번에는 아주머니들이 큰맘 먹고 엄청난 양의
찹쌀을 인절미 만들기에 배당했다.

그래서 그녀는 물의 주술로 찹쌀을 씻어내기로 마음먹고 지금 열심히 큰 대야에 찹쌀과 물을 붓는 중이었다. 한 번 하는 걸로는 어림도 없어서 도합 세 번은 반복해야 했다.

"후우, 일단 이 정도만 해볼까? 자, 돌아라, 돌아라, 휙휙 돌아라!"

민주려의 손바닥이 둥글게 모양을 그리기 시작했다. 그리고 곧 물과 찹쌀이 하나의 흐름이 되어 빙글빙글 허공을 맴돌았다.

"인절미는 아기들도 먹으니까 깨끗해져. 더 돌아라!"

찹쌀 한 톨까지 전부 반짝반짝 빛나도록 그녀는 여러 번 주술을 썼다. 거의 아주머니 서너 명이서 몇 시간 동안 할 몫을 그녀 혼자서 말끔하게 해치운 것이다. 찹쌀은 오래 불려야 하므로 쌀 씻기가 끝나자 그녀는 대야를 먼지가 일어나지 않는 곳으로 옮겨 두었다. 물론 드는 건 남자들이 했다.

"에구에구, 이제 송편에 넣을 소를 만들어야지."

팥, 깨, 콩 등등. 송편 안에 넣을 소도 설탕과 꿀로 간을 잘 맞추어야 했다. 특히나 콩을 맛나게 삶는 것이 참으로 어려운지라 정신을 바짝 차리지 않으면 큰일 나는 수가 있었다.

"너무 무르게 삶기면 이번 추석에 콩송편은 다 먹은 거지. 암, 그렇고말고."

가마솥에 부글부글 끓는 물을 쳐다보며 민주려는 날카롭게 콩의 상태를 지켜보았다. 골고루 잘 익도록 콩이 부서지지 않게 저어주는 것도 나름대로 기술이 필요하다. 불조절도 잘해야 하고 말이다.

그녀는 어느 샌가 이마 위로 흘러내린 땀을 목에 걸고 있던 수건으로 훔친 뒤 주변을 슬쩍 살펴보았다. 다들 숙련된 손놀림으로 일을 하는 중이었다. 하지만 양이 많아서 역시 오늘 밤 새는 건 피할 수 없을 것 같았다.

"에휴, 추석이 지나고 나면 괜히 의원에 아주머니들이 약을 지으러 가는 게 아니라니까. 나야 미리 보약을 한 첩 먹었지만 말이지."

작년 추석이 지난 후 몸살이 나 여러모로 고생을 한 경험이 있는 민주려는 이번에 미리 의원을 찾아 가서 약을 지어 먹었다. 좀 비싸긴 했지만 확실히 효과가 좋아서 몸에 힘이 넘쳤다. 주술을 써도 그다지 피곤하지 않고 말이다.

"효과가 진짜 좋네. 용하다고 소문난 곳에 가길 잘했지."

빙글빙글 웃는 그녀가 먹은 보약의 효과가 좋은 이유는 사실 따로 있었다. 보통 의원에서는 평소에 구비하고 있는 약재들로 약을 만드는데 일반적으로 먹는 보약은 가격이 별로 안 비싸므로 단가가 싼 저급의 약재들을 사용했다. 하지만 그녀는 자신이 직접 캔 약초를 몇 가지 가져가 그걸 넣어서 달여 달라 했기 때문에 이렇게 기운이 펄펄 넘치는 것이었다. 혹시나 의원에서 비싼 약초를 자신 몰래 꿀꺽할까 봐 직접 약탕기에 넣어 달이는 모습을 보기까지 했다. 그러니 당연히 똑같은 처방이라도 더 효험이 좋은 게 당연했다.

콩을 다 삶아놓은 뒤에도 민주려의 일은 줄어들지 않았다. 오히려 훌륭한 일꾼으로서 그 유능함을 빛냈다. 그 야무짐과 뛰어난

일솜씨에 아낙네들 눈빛이 달라졌다. 원래도 잘했지만, 작년보다 올해 더 물이 오른 솜씨다. 그녀들은 속으로 자신의 아들 나이를 손으로 꼽았다. 만약 민주려를 며느리로 들일 수만 있다면 집의 경제가 피는 것은 순식간일 텐데!

모두가 바라는 일등 신붓감은 그 속내를 아는지 모르는지 일 하느라 눈이 돌아갈 지경이었다. 소를 다 만든 그녀에게는 이제 송편 반죽이 남아 있었다.

"누구야? 차가운 물 내놓은 게!"

그런데 이게 웬걸. 쌀가루와 함께 손이 다 시릴 차가운 물 한 바가지가 준비되어 있었다. 민주려는 어이가 없어서 바가지를 잡고 꽥 소리쳤다. 소란스러웠던 주변이 아주 조금 조용해지고, 다들 그녀를 바라보았다.

"송편 반죽은 쌀가루로 하는 거라서, 익반죽을 해야 하는데 차가운 물로 언제 다 해요? 대체 누가 이걸 놓은 거야!"

범인은 자진해서 손을 들었다. 삐삐 마르고 주근깨가 듬성듬성 난 여자아이였다. 명절 일 돕는 게 이번이 처음인 것 같았다. 차마 화는 더 못 내고 민주려는 송편 반죽은 뜨거운 물이라고 재차 강조했다. 그러자 여자아이가 고개를 끄덕였다. 정말 큰일 날 뻔했다.

"에휴. 엄청 놀랐네."

안도의 한숨을 쉬고 적당한 비율로 쌀가루와 물을 섞었다. 어느 정도 섞고 나자 그것을 또 다섯 뭉치로 나눴다. 송편은 명절인 만큼 조화를 이루는 다섯 가지 색을 내야 했다. 아무것도 넣지 않은 반죽은 흰색으로 두고, 갖가지 재료를 넣어 색을 냈다. 반죽은 어느덧 흰색, 노란색, 초록색, 분홍색, 검은색이 되었다. 저 색을 내려고 얼마나 고생했는지 모른다. 특히 분홍색은 오미자청을 넣은 건데 가격이 말도 못하게 비쌌다. 만약 인맥으로 구하지 않았으면 금 몇 냥을 더 주었을 수도 있었다.

반죽에 빛깔이 예쁘게 돌기 시작하자 민주려는 맨손으로 슬슬 쌀가루를 쓰다듬었다.

"뭉치고 돌아라. 돌고 돌아 뭉쳐라."

쌀가루에 스며든 물이 방울방울 쌀가루와 함께 콩알만 하게 뭉쳐졌다. 그리고 움직이면서 점차 서로 섞이고, 엮이고, 돌면서 끈기가 생겼다. 더 이상 뽀얀 쌀가루가 훌훌 날리지 않게 되자 주술을 거둔 뒤 민주려는 호흡을 가다듬었다. 송편은 명절에 가장 많이 만들고, 또 먹는 음식이었다. 이렇게 많은 분량을 반죽으로 만든다는 건 결코 쉬운 일이 아니다. 그러니까, 아주 특별한 요령이 필요했다.

"자아, 준비하시고……."

작년에 이미 그녀가 송편 반죽을 하는 걸 봤던 사람들은 좋은 구경거리에 눈을 빛냈다. 민주려의 손에서 슬금슬금 힘이 모여들었다. 커다란 쌀가루 덩어리가 꿈틀거린다.

"쏘세요!"

그러자 반죽 덩어리가 하늘 높이 올라갔다. 하늘에 점이 될 때까지 올라갔던 반죽은 곧 떨어졌다. 쉬이이잉 퍽 소리와 함께 반죽은 바닥에 치대지자마자 바로 또 올라갔다. 수십 번 그것을 반복하자 어느덧 송편 반죽이 완성되었다. 차지고 커다란, 아주 쫄 깃쫄깃한 반죽이었다.

"송편 반죽 완성이요! 여기에 완성한 고물, 숟가락, 쟁반이 필 요해요! 다들 얼른얼른 움직이세요!"

명절에 꼭 필요한 음식은 송편이요, 풍습은 송편 빚기였다. 예 전에는 방 안에 오순도순 모여서 조금씩 예쁘게 빚었었다. 그런데 지금은 달랐다. 무려 마을 단위로 하는지라 송편을 소모하는 양 도 장난이 아니었다. 이 마당에 누가 예쁘게 빚고 앉았단 말인가. 인절미가 가장 인기 있는 간식이라면, 송편은 약과와 함께 그다음 순위를 다투는 음식이었다. 달달하고 고소한 고물을 감싼 쫄깃한 떡을 대체 누가 싫어하느냐 말인가! 게다가 솔잎을 깔고 쪘기 때 문에 은은한 향이 배어나오는 것이 아주 그냥 별미였다.

"송편은 아주 많이 쪄야 하니까 최대한 빨리 만들어요!"

이제 척하면 착이다. 두 명의 사람이 들러붙어 가래떡처럼 반 죽을 쭈욱 늘리더니 손으로 뚝뚝 떼어서 옆으로 휙휙 넘겼다. 숙 련된 솜씨가 빛을 발한다. 순식간에 동글동글한 반죽 덩어리가 가 득가득 쌓였다. 각각의 고물 앞에 말이다.

"소 넣기 전에 간 좀 볼게요."

송편을 빚기 전에 제대로 간이 되었는지 확인해야 했다. 먼저 콩고물. 콩은 그녀가 삶았기에 가장 신경이 쓰였다. 설탕으로 잘 조려서 그런지 반질반질 윤이 난다. 살짝 집어서 먹으니 콩 특유 의 풍미가 느껴졌다. 단맛은 적지만 담백해서 의외로 찾는 사람이 많았다.

옆의 깨고물을 먹자 먼저 달달한 맛이 확 풍겼다. 하지만 씹을 수록 깨 특유의 고소한 맛이 진하게 난다. 깨고물은 아이들이 가장 좋아했다. 송편 고물 중에 가장 달았기 때문이었다. 다음은 팥. 깨고물에 지지 않겠다는 듯이 아주 달달하게 간이 되어 있었다. 게다가 이거 왠지 끈적끈적하기까지!

"전에는 좀 더 싱겁지 않았나요?"

"어유, 팥고물은 아무도 먹으려고 들지 않아서 말이야. 그놈의 찐빵이 애들은 물론 남자들 입맛도 버려놨다니까?"

지난 겨울부터 선풍적인 인기를 끈 간식이 있었다. 바로 찐빵이었다. 찐빵의 원류는 큰 만두였다. 도시락 대용으로 주먹밥과 함께, 커다란 만두 안에 야채와 다진 고기 등을 넣고 들고 다니던 것을 누가 달달하게 조린 찐 팥을 넣어 팔기 시작했던 것이다. 뽀얗고 김이 모락모락 피어오르는 찐빵을 찢으면 혀가 데일 정도로 뜨거운 팥고물이 나왔었다. 까맣고 보랏빛이던 팥고물은 혀가 녹아내릴 정도로 달았다. 너도나도 한 입씩 베어 물었었지. 민주려는 고개를 끄덕였다. 하긴 그날 이후로 팥이면 당연히 달아야 한다고 사람들이 생각한 모양이었다. 팥죽도 달게 먹기 시작했다고들 하니 말이다.

"그래도 간을 조금 낮출까요? 팥 특유의 맛이 좀 더 잘 날 수 있게요. 너무 달면 물을 많이 마셔야 하거든요. 깨고물이 다니까 조금 더 팥을 섞어요."

"이 정도로?"

"네. 충분해요. 그럼 이제 송편을 빚어야겠네요."

송편 빚기는 한두 사람이 할 수 없는 것이었다. 조금이라도 여유로운 사람이라면 다 달라붙어야 얼추 끝낼 수 있기 때문에, 여자들 눈이 번쩍번쩍 빛났다. 병아리 채가려는 매처럼 샅샅이 훑어보다가, 딴짓하는 사람을 재빨리 낚아챘다. 그리고 궁둥이를 딱 붙이게 한 뒤 숟가락을 하나씩 쥐여주었다.

"그럼 송편 빚을까요?"

민주려가 환하게 웃었다. 그리고 놀려다가 잡힌 아이들은 울상을 지었다. 하필 송편 빚기라니. 아이들은 죽었다 깨어나도 송편 빚기만큼은 피하려고 했다. 해도해도 끝이 없는 일이기도 했거니와 정말 불편한 자리였기 때문이었다.

"아니, 그래서 옆집 순이 엄마가 그런 말을 했다니까?"

"어머나 어머나. 어쩜 그래? 자기 아들이 그렇게 잘난 줄 알고 있단 말이야?"

"그렇대도! 세상에 생각해봐. 천자문 갓 뗀 애가 신동이라고 동네방네 소문내고 다니다니 왜 그러는 줄 모르겠어."

"참. 요즘 기순 엄마는 어때? 요즘 우리 딸은 사춘기가 온 것 같아. 뭘 해도 흥흥거린단 말이야. 고 얄미운 계집애. 이 엄마가 자길 위하는 줄도 모르고!"

"나도 그래. 우리 아들은 있지……."

……이러니까 정말 싫다는 거다. 자식들을 도마 위에 올려놓고 다지는데 누가 좋을까. 아이들 표정이 점점 죽어 가는데 한 줄기 빛이 내려왔다.

"주려, 송편 참 예쁘게 빚는다."

"정말요? 감사합니다!"

"주려는 송편 예쁘게 빚으니까 예쁜 딸 낳을 거야."

"따, 딸이요?"

"그래. 이 김에 묻자. 언제 혼인할 거야? 이제 나이도 다 차지 않았어?"

자식이 가루가 되도록 까던 아주머니들은 민주려로 관심을 돌렸다. 그녀는 송편을 빚다 말고 흠칫 몸을 굳혔다. 여기서 걸리면 끝이다!

"에이, 아직 혼인자금도 모자라고요. 조금 더 모았다가 생각하려고요."

"시치미는 떼지 않아도 된다니까. 우리 중에 주려가 알부자라는 거 모르는 사람이 누가 있다고."

"집도 건사해야 하고요. 생활도 좀……."

"아이고, 집이 있잖아. 집이! 세상에 요즘 집을 가진 처녀가 몇이나 된다고 그래? 생활이야 결혼해서 남자랑 합치면 자연스럽게 해결되는 거지. 그렇지?"

"그렇고말고."

"기순 엄마, 말 잘한다!"

"……."

이거 어째 위험하다. 잘못 걸리면 당장 여기서 선자리가 줄줄이 쏟아질 것 같은 예감이 들었다. 그래서 민주려는 강수를 두기로 했다.

"실은 제가 좋아하는 사람이 있어서요."

"뭐?"

"그냥 짝사랑인데 감정정리가 되지 않아서⋯⋯."

적당히 시선은 피하고 뺨에 손을 얹으면 된다. 이러면 다들 알아서 물러가기 마련이었다. 그러나 민주려가 모르는 것이 있었으니.

"그 남자가 누군데?"

아줌마의 호기심은 상상을 초월한다는 거였다. 능구렁이처럼 피하는 것도 슬슬 지칠 때 폭탄을 던진 것은 순하게 웃고만 있던 새댁이었다.

"요즘 만나는 그 남자 아니에요? 그 훤칠하고 잘생긴 총각 말이에요. 늘 붙어 다니던데."

"헉."

"최근에 보이지 않던데, 무슨 일이 있나 봐요. 아쉽다. 봄부터 쭉 봐왔는데."

새댁의 입이 화근이었다. 불붙은 들처럼 아줌마들의 눈빛이 활활 타올랐다. 결국 민주려는 송편을 빚다 말고 인절미 만들 찹쌀을 살펴보러 간다면서 도망쳤다.

"미쳤어, 미쳤어!"

얼굴이 붉게 타올랐다. 아주머니들 눈빛에 얼굴이 익었다. 애써 잊고 있었던, 아니지. 잊으려고 노력했던 그날이 떠올랐다. 머리카락에 작게 닿아왔던 그 사람의 입술. 부딪혀 오던 맨발과 찰랑이던 차가운 물을 기억한다.

"으아악!"

바쁜 일로 잊으려고 했던 그녀는 결국 실패했고, 번뇌로 가득한 명절 하루가 그렇게 지나갔다.

△ ▼ △

시간이 흘러흘러 명절 당일. 여자들의 노고가 빛을 발하는 순간이 왔다. 제사상이 다 차려진 것이다. 걱정했던 상다리는 다행스럽게도 휘청거렸지만 부러지진 않았다. 마을 공동 제사이기 때문에 큰상도 집집마다 있는 걸 전부 꺼내서 주루룩 다 붙였다. 가장 장관인 건 일렬로 늘어서 있는 위패였다. 돌아가신 분들의 이름이 적혀 있는 위패는 그 수가 만만치 않아서 정말 틈 하나 없이 빽빽하게 붙어 있었다. 일대(一代)만 가져왔는데도 그랬다. 즉, 그만큼 돌아가신 분들이 많다는 소리다. 그놈의 내란이 문제였다.

"다 놓았나?"

"네. 총 백스물세 가구 삼백쉰여덟 개. 전부 다 있습니다."

"자, 이제 시작하세."

잘 다려 깨끗한 옷을 입은 사람들이 돗자리 위에 신발을 벗고 올라갔다. 그리고 데운 술이 잔에 쪼로록 따라졌다. 두 손을 공손하게 모은 사람들은 숙연한 표정으로 하나하나 절차를 밟아나갔다. 밥과 국을 올리고 제문을 읽고. 향 냄새가 솔솔 거대한 마을광장을 옅게 메웠다.

문제는 제사가 중반 정도 지났을 때 일어났다. 엄마의 눈을 피한 어린아이가 상 뒤에 펼쳐놓은 병풍 뒤에서 불쑥 나온 것이다.

그리고 아장아장 걸어가 위패 쪽으로 손을 뻗었다. 앞에서 서 있던 마을 어른들의 눈빛이 순식간에 당황으로 물들었다.

'안 돼!'

'건드리지 마!'

이미 늦었다. 아이의 손은 위패의 중간 부분을 탁! 쳤고 마치 태풍에 쓰러지는 벼처럼 위패는 주루룩 넘어졌다.

'으아아아아!'

소리 없는 절규가 마을광장에 울려 퍼졌다. 하지만 다행스럽게도 위패가 하도 틈 없이 다닥다닥 붙어 있었던 덕분에 완전히 다 넘어져 상에서 떨어지는 천인공노할 사태가 일어나진 않았다. 다만 좀 기울어진 채로 비스듬히 누웠을 뿐. 그 모습이 흡사 심기 불편한 조상이 삐딱한 자세로 흥흥거리는 것 같아 자손들은 등 위로 식은땀이 뻘뻘 흘러내리는 것이었다.

아이는 아이 엄마가 조속히 손을 잡고 밖으로 끌고 나갔다. 그리고 철썩철썩 차진 소리와 으아아앙 터진 울음소리가 들리는 걸로 보아, 엉덩이를 맞는 참혹한 최후를 맞이한 모양이었다.

여기서 문제가 끝났다면 참 좋았을 텐데. 사고는 거기서 끝나지 않았다. 워낙 위패가 많고 빽빽하다 보니까 절하는데 영 엉뚱한 조상에게 절하는 경우가 빈번히 일어났다. 그래서 누구는 절을 할 때 머리 좋게도 몸을 빙글빙글 돌려 절하기도 했다.

사건사고 많은 제사가 끝나자 여자들의 본격적인 노고가 시작되었다. 제사 끝낸 사람들 배를 채울 점심을 만들어야 했기 때문이었다. 가녀려야 할 그녀들의 팔은 이미 장정 못지않게 힘줄이 툭툭 튀어나와 있었다. 그리고 그 핏줄의 굵기와 반비례하여 그녀들의 신경줄은 점점 얇아졌다.

소고기와 무를 넣어 국을 큰 솥에 끓였다. 소고기와 무는 많은 조미료가 없어도 훌륭한 맛을 내는 좋은 재료였다. 게다가 대량생산에도 용이하고 말이다. 국과 제사상을 차리면서 함께 준비한 명절음식이, 이번에는 정말 상다리가 파들파들 떨릴 만큼 잔뜩 차려졌다. 제사를 지내느라 지쳤던 사람들이 우르르 몰려 앉아 숟가락을 각자 하나씩 쥐고 눈을 빛내고 있었다.

"국! 밥!"

밥과 국이 와야 먹기 때문에 다들 소리 지르기 바빴다. 여기서 여자들은 한번 화를 꾹 눌러 참았다. 아니, 이 인원이 먹는데 빨리 빨리가 어떻게 가능하단 말인가! 그래도 제사 지내느라 수고한 것을 참작하여 국과 밥을 얌전히 가져다주었다.

"한 그릇 더!"

"각자 한 그릇씩이야!"

"뭐? 이 여편네가! 우린 배가 고프단 말이야!"

"각자 한 그릇씩 가져가지 않으면 누구 한 사람은 굶는 거 알아, 몰라? 으으으응?"

난동부리는 남자 앞에 풍채 좋은 아줌마가 나서서 주걱을 들고 위협했다. 어마어마한 인원에게 퍼 주는 주걱은 보통 주걱보다 두 배는 컸다. 저걸로 맞으면 뺨이 붓는 수준에서 끝날 것 같지 않았다. 결국 남자는 깨갱 꼬리를 말고 얌전히 자리에서 일어났다. 그리고 빈 그릇까지 다소곳하게 풍채 좋은 아줌마에게 넘겨줬다.

"착하게 구니 얼마나 좋아?"

아줌마는 껄껄 웃으며 남자의 등을 퍽퍽 쳤다. 그런데 그 힘이 어찌나 좋던지 남자의 입에서 억억 소리가 절로 나왔다. 여자들은 따로 모여 밥을 챙겨먹기로 했다. 상이 부족했던 탓이었다. 마당에 둘러앉아 각자 그릇을 놓고 앞에 수북이 쌓인 반찬을 집어 먹었다. 상에 올린 것들은 양이 정해져 있지만, 여자들이 먹는 명절 음식은 양이 정해져 있지 않았다. 이런 이득이라도 없으면 명절음식 만드는 재미가 훨씬 없었으리라.

"맛난 조기가 값이 비싸져서 못 올린 게 아쉬워."

"뭘. 조기 대신에 도미를 올렸잖아. 이번에 도미가 풍년이어서 값이 조기보다 내려가 다행이야."

"그러게. 작년만 해도 도미값이 천정부지여서 먹지도 못했는데."

"여기 이 소고기 산적 먹어봐. 아주 그냥 잘해놨어."

"불고기도 양념이 기막힌걸?"

지치지도 않는지 떠드는 그 사이에서 민주려는 말도 안 하고 밥만 푹푹 퍼먹었다. 여기서 입 열었다가 이틀 전처럼 이야기 도마 위에 오르는 수가 있다. 처참하게 해체되는 도미처럼 그녀는 뼈만 남을지도 몰랐다.

'맛있어.'

게다가 음식도 정말 훌륭했다. 명절음식이 가장 화려하고 손도 많이 가서인지, 좀체 먹을 수 없던 것들이 가득했다. 국에 밥만 말아 먹어도 진수성찬일 텐데 그에 각종 전이며 나물, 그리고 잘 구운 김도 나름대로 별미였다. 호화스럽게 이것저것 고명을 올린 잡채도 한입 가득 물면 고소한 참기름 냄새가 솔솔 올라왔다.

물론 잘게 다져 양념한 불고기도 아주 일품이었다. 소를 잡는 건 일 년에 몇 번 되지 않았기 때문에 이런 때가 아니면 좀처럼 먹을 수가 없었다. 그래서 민주려는 슬금슬금 눈치를 살피며 집중적으로 가장 중심에 놓여 있는 불고기 접시를 공략했다. 순식간에 비워진 밥과 국과 달리 반찬은 많이 남아 있었다. 이제 이것들은 각자 분배하여 집으로 가져갈 것이다.

한 이틀 정도는 따로 반찬을 하지 않아도 되므로 아주머니들은 싱글싱글 웃으며 미리 준비해둔 바구니에 가족 수만큼 정확하게 음식의 양을 나누어 담았다. 일곱 식구인 집에는 듬뿍, 한 식구인 집에는 딱 혼자서 먹을 양만큼만. 너무 많이 담아줘도 어차피 다 못 먹기 때문에 다들 욕심을 부리지 않았다.

△ ▼ △

배부르고 즐거운 날. 제사도 지내고, 명절음식도 먹고 후식으로 너의 간식 나의 간식 인절미와 송편까지 두둑하게 배에 집어넣었다. 슬슬 자리를 정리하고 집으로 돌아갈 시기가 되었다. 날이 저문 뒤부터는 마을 공동이 아니라 진짜 가족끼리 보내는 명절이니 말이다. 하지만 앞에서 사건사고가 많았듯이, 날이 저물어도 영 평탄하게 흘러가지 않을 모양이었다.

"그래서요? 뭐라고 했어요, 영감?"

"허흠. 남자들끼리 의리도 다져야 하고, 모처럼 옆 마을에서 온 오랜 지기와 회포도 풀어야 하지 않겠소."

"네네. 그렇게 말했지요. 그래서 결국 뭐라고요?"

"……."

남자는 말도 못 하고 입을 꾹 다물었다. 그리고 슬금슬금 눈치를 살피며 주저주저 입을 열었다.

"당신 친정에는 나중에……."

"그걸 말이라고 해욧!"

"아니. 안 간다는 것이 아니지 않소. 나중에 간다는 것이지."

"아 디질래? 처터진 주둥이라도 해도 되는 말이 있고 안 되는 말이 있제. 와 아주 난 뒤지고 싶어 환장을 했다고 하지 그냐? 그 나이씩이나 처먹어가지고 눈깔에 뵈는 게 없다고. 야 꺼져라 니. 안 꺼지냐? 아 그래 오늘 니 죽고 나 죽고 판을 쳐봐야 정신을 차리겠다 이 말이제?"

사투리가 막 튀어나왔다. 지방에서 먼 길 올라와 시집온 아낙네가 친정 안 간다는 남편 말에 결국 터진 것이다. 그런데 이게 이 부부만 그런 것이 아니었다. 여기저기서 심심찮게 보인다.

기껏 몸 부서져라 일해서 먹여놓고 다 해놨더니, 남자들은 배가 무거워져 일어나기 싫다고 투정 부렸다. 자기들 집안일이 다 끝났으니 되었다고 입을 싹 닦는 것이었다. 그것에 화가 난 여자들은 그런 남편들을 잡고 닦달하기 시작했다. 이 근처 옆 마을에서 온 처자는 그나마 말을 바르고 또박또박 썼지만, 멀리 떨어진 지방 출신은 과연 달랐다.

"이놈의 양반이! 확 그놈의 주둥이를 꼬매버릴까 보다! 지금 출발해도 친정에 가면 얼마 있지도 못하는디. 엉? 뭐? 못 가? 그래, 가기 싫으면 가만히 여기서 들눕어 있어. 난 애들 데리고 가서 다시는 안 올 거니께! 혼자서 한번 잘 살아보쇼! 할 일이 천지빼까리인데 나 없이 한번 잘 살아보라고!"

"그란디. 지금 내가 친정 못 간다고 말했슈? 그라구 내가 욕봐가면서 멕이고 입히고 했더니 이렇게 말하는 거유? 안 되겠구먼. 내는 친정으로 확 도망칠까 봐유. 아니면 그냥 여서 당신이랑 나랑 갈라스든가유."

"날름날름 고 미운 말 하는 혀를 확 뽑아뿔까? 그까까? 고 혓바닥 한 번 더 그 따구로 놀렸다가 니 주뎅이에 옥수수까지 털리는 줄 알아래이. 이케도 내 말 못 알아들으면 그 귓구멍 뽑은 혓바닥으로 막는 수가 있다카이. 뭘 그렇게 보노? 그 눈깔도 파주까? 아, 싸게싸게 짐 안 싸고 뭐 하노! 퍼뜩 움직여라!"

식겁스러운 욕설들이었다. 아니, 사투리로는 욕설이 아니라고 하는데 듣는 사람 입장에서는 무시무시한 협박이었다. 말만 해도 정신이 뻥한데 분노에 찬 여자들은 곱게 말로만 화를 내지 않았다. 때리고 꼬집는 식의 애교는 없다. 그녀들은 도마와 식칼, 주걱, 국자, 놋쇠로 만들어 튼튼한 밥그릇과 국그릇, 심지어 상까지 집어다 던졌다. 그야말로 깽판이었다.

사태의 심각성을 파악한 어리석은 사내들은 그제야 손이 발이 되도록 빌었다. 처음부터 그랬으면 얼마나 좋았을까. 딱 가자고 했을 때 궁둥이 떼었더라면 감동한 아내들이 보약 한 첩과 맛난 음식까지 바리바리 해줬을 텐데 말이다. 그들은 자신이 왕이 될 기회를 저버린 것이다. 하여간 사내들이란 예나 지금이나 맞을 짓을 꼭 하고 돌아다닌다.

"쯧쯧."

그 광경을 지켜보던 민주려는 혀를 찼다. 역시 여자는 약해도 어머니는 강하다. 자기도 혼례를 올리면 저렇게 되는 것일까? 그녀는 결혼한 자신의 미래를 상상해봤다. 얌전히 밥 짓는 민주려. 남편에게 조신하게 고개 숙이는 민주려. 친정이 없는지라 뭐라고 대들지도 않을 테고 딱 현모양처처럼 얌전하게 지낼 것 같……진 않다. 응. 영 머릿속에 자신의 얼굴이 떠오르지 않는다.

그런데 미치겠다.

"으억."

신부가 된 자기 얼굴은 안 떠오르는데, 왜 신랑 얼굴에 지야곤이 떡 들어가 있는지 모르겠다. 민주려는 고개를 붕붕 저었다.

"배가 고픈 거야. 그냥 기가 허한 거야! 그래. 이번 명절 음식은 조금 더 챙겨가야겠어."

어느덧 혼자 먹기 충분한 양을 넘어선 음식이 바리바리 쌓였다. 쌓인 음식은 보자기로 야무지게 싸고 두 손에 들었다. 그리고 누가 볼세라 민주려는 부모님 위패를 제 소매 속에 쏙 넣고 집으로 두다다 달려갔다. 누가 자신의 얼굴을 보면 엄청 부끄러울 것 같았다. 자기가 무슨 생각을 하는지 다른 사람은 모를 텐데도.

"으으으. 따라오지 마!"

달리는데 자꾸 보름달이 따라온다. 둥글고 커다란 보름달. 달

위에 지야곤 얼굴이 거울처럼 비쳐진다. 결국 지야곤이 따라오는 것이다. 민주려의 마음을, 그가 성큼성큼 따라온다.

"오지 말라니까아아아!"

거의 울듯이 민주려가 소리쳤다. 이미 얼굴은 붉다 못해 터질 것 같았다. 집까지 전력질주하자 숨이 헉헉 차오르고 혼이 쏙 나갔다. 음식 보따리를 마루 위에 던져놓고 그녀는 몸을 날렸다. 차갑게 식은 마루 위에 누운 채 한동안 민주려는 죽은 듯이 일어나지 않았다.

"이게 뭐야."

민주려는 두 손으로 눈을 가렸다. 자기도 모르게 눈물이 흘러나올 것 같았다. 하지만 씩씩한 그녀는 절대 울지 않았다. 그저 소매 속에서 어느새 튀어나온 위패를 손가락으로 건드리며 입술을 꾹 깨물 뿐이었다.

자꾸 생각이 났다. 말복에 이 마루에서 일어난 그날의 비밀이. 한동안 만나지 못해서일까. 오늘따라 그 낮은 목소리와 큰 손이 굉장히 그리워졌다. 쓸쓸한 집에 혼자라서 더욱 그런 듯 했다.

하지만 지야곤은 없다. 아마도 지금쯤 그 커다랗고 넓은 가문의 저택 안에서 바쁘게 무언가를 하고 있을 것이었다. 민주려는 낮게 한숨을 쉬었다. 이놈의 연정이라는 것은 이리도 사람을 미치게 하나 보다.

어떻게든 제정신을 차리려고 그녀는 차가운 마룻바닥에 볼을 댄 채로 데구르르 한 바퀴를 돌았다. 아까 그녀를 끈덕지게 따라온 보름달은 어느새 조용히 멈춰 서서 대자로 누운 민주려를 비추고 있었다.

명절이 지난 다음 날, 그녀는 간신히 지야곤에 대한 소식을 들을 수 있었다. 시장의 모든 사람이 수군거려서 귀가 뚫린 이라면 모를 수가 없었다.

차아의 전역에 지 가문의 가주가 위독하다는 소식이 퍼졌다.

外傳 一

닭 대신 꿩!

저벅저벅, 길옆에 풀이 난 곳으로 그는 가볍게 걸었다. 간만에 비가 그치고 해가 조금 난 여름날, 다행히도 바람이 불어 날이 제법 시원했다.

'또 비가 오려나.'

지야곤은 우산을 든 손을 뒤로한 채 하늘을 쳐다보았다. 구름 사이로 보이는 햇살이 퍽 아름다웠다. 하지만 시기가 시기이니 아마도 구름이 점점 더 많아진다면 또 가려져 하늘은 회색빛으로 변하리라.

언제 비가 쏟아질지 모르다 보니 차아제국의 사람들은 요즘 매일같이 우산을 들고 다니는 게 일상이었다. 어린아이부터 노인까지 전부 한 손에는 꼭 우산을 쥐고 외출했다. 잊었다가 갑자기 비가 쏟아지면 피하기도 여의치 않을뿐더러 길가에 파는 새 우산을 매번 사면 낭비기 때문이었다. 그리고 지야곤도 남들과 다르지 않았다.

물론 그는 우산을 백 개씩 사도 상관이 없다. 지 가문은 명문가에 엄청난 부를 소유하고 있으니 말이다. 하지만 갑자기 떨어지는 비를 한 방울도 맞지 않고 피하는 재주는 그도 가지지 못했다. 그래서 늘 유모가 챙겨준 튼튼한 진초록색 우산을 나올 때 잊지 않고 손목에 걸었다.

오늘은 운이 좋아서 귀찮은 호위들을 전부 떼버리고 나올 수 있었다. 항상 그의 뒤를 놓치지 않던 이기호가 훈련을 하기 위해 연무장으로 간 틈을 타 잽싸게 빠져나왔다. 아마도 지만복은 엉엉 울고 있을 테지만 요 며칠간 성실하게 일해서 대부분의 급한 일은 해 두었으니 괜찮다.

올 때 시장을 통해서 왔기 때문에 민주려가 보기 드물게 집에 있다는 사실을 알고 있었다. 추적을 어렵게 하기 위해서 그는 일부러 발자국을 남기지 않고 무공을 사용해 최대한 가볍게 걸었다.

평범하게 가는 것처럼 보이지만 그 걸음에 담긴 무공의 깊이는 결코 가볍지 않았다. 좀 더 빠르게 뛰어갈까 하다가 그는 곧 눈에 띠면 곤란하다는 생각이 들어서 그냥 평소처럼 편하게 가기로 했다. 조급해하면 할수록 일은 꼬이고 실수는 잦아진다. 가끔은 허허실실한 태도를 가지는 것이 좋을 때도 있었다.

그렇게 쭉쭉 가던 그는 곧 저 멀리 보이는 민주려의 집 지붕을 보고 미소를 지었다. 목적지가 바로 코앞인 것이다. 주변을 살펴보니 따라온 이들은 없었다. 느긋하게 쉴 생각을 하면서 그는 아무 생각 없이 우산으로 무성하게 자란 풀숲을 한번 훑었다. 그리고 어디선가 희미하게 들리는 푸드덕! 날갯짓 소리를 들었다.

'뭔가 있다.'

"바람이여……."

나지막한, 언뜻 듣기에 느긋하게 느껴지는 그의 말에 힘이 담긴다. 얇지만 날카로운 바람이 소리가 들린 방향으로 쐑 소리 나게 날아갔다. 그 후 시끄러운 소리와 함께 꽤 높이 솟아오른 정체불명의 무언가! 지야곤은 우산을 고쳐 잡고, 그 끝으로 강하게 쳐냈다.

퍽.

공중에 떠오른 것을 쳐냈다고 하기에 믿기지 않을 만큼 짧고 강한 소리가 울린다. 꾁, 꾸억! 단말마의 비명 같은 것도 함께 곁들어서.

"으음."

좋은 손맛이다. 빙긋 웃음 지으며 지야곤은 바닥에 툭 떨어진 것을 우산 끝으로 쿡 찔렀다. 그의 발 앞으로 갈색의 깃털이 우수수 떨어졌다. 의외의 수확물이다. 큼직하고, 통통하기까지. 영양 상태가 좋았는지 깃털도 풍성했다. 하늘하늘 떨어지는 솜털 중 하나가 그의 긴 속눈썹에 걸렸다.

깜빡깜빡. 그는 두 눈을 가만히 깜빡였다. 팔랑이던 솜털이 살짝 떨어져나가고, 지야곤은 허리에 찬 주머니에서 끈을 꺼내 수확물의 다리를 꽁꽁 묶었다.

"좋아하겠군."

급하게 나온다고 빈손이었는데 운이 좋게도 선물이 굴러들어왔다. 정확히는 우산으로 때려잡은 거지만, 본인은 굴러들어왔다고 생각하니 그냥 내버려두자.

하여간 그렇게 지야곤은 한 손에 묵직한 선물을 들고 그녀의 집 대문 안으로 들어섰다.

△ ▼ △

"선배 오셨…… 꿩! 꿩이다!"

역시 민주려. 손님보다 손님이 들고 온 것을 먼저 보았다. 꿩을 흔들자 그녀의 두 눈이 도로록 따라온다. 그 모습이 귀여워 희미한 웃음이 걸쳐진다.

"이 앞에서 잡았다."

"여기에 꿩이 있었어요? 별일이네요. 원래 사람이 사는 곳까지 잘 안 내려오는데. 어쨌거나 참 큰 놈이네요. 게다가 장끼고!"

민주려의 얼굴에 환한 꽃이 피었다. 꿩은 비싼 식재료였다. 게다가 닭보다 키우기가 훨씬 힘들어서 농장이 그리 많지 않았다. 또한 그 몇 개 없는 농장도 대부분 황궁에 납품하거나 크고 유명한 식당에만 고기를 댄다. 그러니 보통 사람들이 꿩 고기 맛을 보려면 이렇게 직접 잡는 수밖에 없었다.

"식당에서 손질해본 적은 있지만 이렇게 큰 놈은 처음이에요! 세상에, 이걸로 뭘 해 먹지? 만두? 고기를 얇게 썰어 육수에 살짝 데칠까요? 아니면 불고기? 뭐가 좋을까? 아, 그런데 선배. 저희 집에는 웬일이세요?"

좋아서 팔짝팔짝 뛰다가 민주려는 문득 왜 지야곤이 자신의 집에 왔는지 궁금해 무심코 물어보았다. 그리고 그 물음에 그는 순간 말문이 턱 막혔다. 딱히 이유 같은 건 없었다. 그냥 보고 싶어서 온 것일 뿐.

하지만 그렇게 말하자니 왠지 얼굴이 조금 화끈해지는 것이……. 그래서 그는 재빠르게 머리를 굴려 곧 타당하다고 생각할 만한 이유 하나를 찾아내었다.

"떡국. 전에 해주겠다고 약속했었지."

그 말을 듣자 민주려는 곧 납득하고 고개를 끄덕였다. 좋아하는 데 마음껏 먹지 못해 슬픈 그 떡국! 전에 닭 국물로 끓여주려고 했지만 감자를 캐러 가는 바람에 결국 만들어주지 못했다.

"떡도 집에 있고 채소들도 집에 있고. 아직 밥을 안 해서 지금부터 만들면 돼요. 점심은 드셨어요?"

"아니."

벌써 오후인데 아직 점심식사를 하지 않았다는 말에 그녀는 놀라버리고 말았다. 아니, 지 가문은 쌀도 없나? 소가주가 이 시간까지 밥도 안 먹고 돌아다니게? 그 곳간에 가득 쌓인 식량은 다 누가 먹는지 모를 일이었다. 민주려는 속으로 혀를 쯧쯧 찼다.

"저기 앉아서 기다리고 계세요. 그동안 제 일을 많이 도와주셨으니까 보답으로 오늘은 제대로 실력발휘를 해볼게요. 마침 꿩도 있겠다, 아주 호화스러운 떡국을 끓여드릴게요!"

민주려가 주먹을 불끈 야무지게 쥐고 외친다. 그는 고개를 끄덕이고 그녀가 가리킨 곳에 무릎을 모으고 얌전하게 앉았다. 이제 시원한 매실차를 마시면서 그녀의 요리가 완성될 때까지 가만히 기다리면 된다.

부엌으로 온 민주려가 싱글벙글 웃으며 묶인 꿩의 다리를 번쩍 들었다. 바람의 주술이 깃든 부채로 화력을 높이고 물을 뜨겁게 끓인다. 살짝 껍질을 데치자 물렁물렁해졌다. 민주려의 입가에 씨익 웃음이 그려졌다.

"으랏차!"

쭉쭉쭉 잘도 뽑히는구나! 얼쑤!

뜨거운 물에서 건져낸 꿩의 깃털이 그녀의 손에 우두둑 다 뽑혔다. 꿩은 수컷인 장끼의 깃털이 훨씬 색이 곱고 아름답다. 암컷인 까투리는 몸집도 작고 갈색이어서 솔직히 땅에 바짝 붙으면 눈에 잘 보이지도 않았다.

민주려는 크고 예쁜 깃털을 잘 주워 모아 따로 챙겨두면서 속으로 개수를 세었다. 지야곤은 잘 모르지만 이 꿩 깃털이 꽤나 값이 나가는 물건인지라, 가져다 팔면 제법 돈이 되었다. 그에게 요리를 잔뜩 해주고도 식재료비 그 이상이 나올 만큼 말이다. 그래서 거침없이 움직이는 그녀의 손놀림이 오늘따라 유독 흥겨웠다.

"선배, 떡국 말고 뭐 드시고 싶은 거 있으세요?"

"음."

부엌에서 민주려가 우렁찬 목소리로 물었다. 지야곤은 잠시 생각하다가 고개를 흔들었다. 영 생각나는 것이 없다. 민주려도 그가 뭘 먹고 싶어 하는지 고르지 못함을 알아차렸다.

때마침 하늘에서 비가 쏟아지기 시작했다. 쏴아아, 장마철답게 시원하게 내리는 비를 보며 그녀는 오늘의 저녁 요리를 간단하게 정할 수 있었다.

"그럼 파전 먹어요. 마침 쪽파가 싱싱하거든요. 맛있을 거예요."

비오는 날에는 역시 기름에 지져 노릇노릇한 전이 최고다. 꿩한 마리를 순식간에 해체해 가마솥 안에 던져 넣고 민주려는 쪽파를 깨끗하게 씻었다. 얼마 남지 않은 밀가루를 오늘 다 털어버릴 요량이었다. 습기가 가득한 장마철에는 식료품을 오래 저장하기가 힘들었다. 특히 밀가루, 쌀가루 같은 것들은 곰팡이가 피기 십상이라 빨리 먹는 게 좋았다.

"김치도 꺼내야지."

도마 위를 커다란 식칼이 마치 춤추듯 노닐었다. 썩썩 재료를 써는 기분 좋은 소리가 마치 노래처럼 들린다. 흥얼흥얼 움직이는 손 아래에서 순식간에 맛난 음식들이 만들어졌다.

'맛있는 냄새.'

문밖으로 좋은 냄새가 퐁퐁 흘러나와 지야곤의 코끝에 도달했다. 입에 절로 침이 고이는 걸 느끼면서 그는 자리에서 일어났다. 요리도 노동이다. 또 오늘은 날이 여름치곤 시원한 편이라지만 역시 불 앞에서 있으면 덥기 마련이었다. 그러니 상을 들고 들어가는 건 힘이 남아도는 자기가 할 생각이었다.

△ ▼ △

"많이 있으니 더 먹고 싶으면 말만 하세요."

"응."

푸짐하게 상이 차려졌다. 커다란 대접에 가득 담은 꿩고기 떡국과 바삭하게 부친 파전, 그리고 장독에서 꺼내 한입 크기로 먹기 좋게 썰어낸 김치까지. 밥은 없었다. 떡국의 떡도 어차피 쌀로 만드는 거니 말이다. 밥 한 공기보다 더 많은 양의 하얀 가래떡이 배를 채워줄 것이기 때문에 민주려는 일부러 밥을 하지 않았다.

노란 달걀지단이 소복하게 담겨 있고 부순 김가루는 화룡점정으로 그 위를 장식했다. 그는 쓱쓱 숟가락으로 저어 국물을 떠 마셨다. 적당히 끈적거리고 잘 우러난 육수가 굉장히 맛있었다. 닭으로 육수 낸 것과 맛이 뭔가 달랐다. 조금 더 담백하고 깊은 맛이 난다. 국물도 기름기 하나 없이 사골처럼 뽀얗다.

후후 불어 국물 한 입 더 마신다. 고소한 국물이 혀와 입천장, 그리고 목구멍을 천천히 적셨다. 적당히 데워진 입에 바로 큼직하게 잘라진 가래떡 하나를 건져 넣고 씹는다. 쫀득쫀득한 떡이 육수에 적당히 풀어져 부드럽게 풀렸다.

"꿀꺽."

가래떡까지 한 입 넘기고 나자 못 참겠다. 그는 그릇을 거의 삼킬 기세로 숟가락을 움직이기 시작했다.

"어어?"

옆에 있던 민주려가 놀라서 당황할 정도였다. 하지만 생각해보면 그는 아침에 밥을 먹은 이후로 해가 진 이 시간까지 거의 쫄쫄 굶다시피 했다. 본인도 모르게 허기져 있었던 거다.

"선배, 천천히 먹어요. 그러다 체해요!"

민주려가 말렸지만 소용없었다. 천천히 먹으라고 했더니, 먹는 속도를 줄이기는 했다. 한 숟갈 듬뿍 뜬 다음에 후후 입 바람을 조심스럽게 불어 떡을 식혀 먹었으니까. 문제는 그 덕에 양 볼 가득하도록 식힌 떡을 물었다는 거다. 순식간에 그릇을 뚝딱 비우니, 지금 가지고 온 양으로는 모자랐다. 가마솥 가득 끓여뒀던 것을 커다란 냄비에 떠와야 할 것 같았다.

"……."

그릇이 비자 파전과 김치를 우물거리는 지야곤의 두 눈이 반짝반짝하다. 민주려는 큭 소리 내며 제 가슴을 잡았다. 아기 새, 아기 새처럼 먹을 것을 간절히 바라는 저 눈빛이라니! 그녀는 어미 새가 된 기분이었다. 도무지 거절할 수 없다. 당장에라도 가마솥을 부엌에서 떼어다가 바쳐야 할 것만 같은 심정이었다.

"잠깐만요. 잠깐만 기다리세요. 아직 많이 있으니까!"

"응."

"파전 여기 더 있으니까 들고 계세요. 물김치도 여기에 있고요. 금방 떡국 가져올게요."

후다닥 부엌으로 들어가 민주려는 가장 큰 냄비를 찾았다. 그리고 급한 김에 주술로 씻은 다음, 가마솥에 남은 열기로 아직도 부글부글 끓는 떡국을 가득 떴다. 흘러넘칠 것 같이 가득하게! 힘좋은 민주려라도 큰 냄비를 번쩍 들고 가는 것은 무리다. 그래서 주술을 낭비하면서까지 들고 가자 파전을 이미 다 먹어치운 지야곤의 두 눈이 번쩍번쩍 거린다. 그는 자리에서 벌떡 일어서더니 그녀에게서 냄비를 받았다.

"이거 말고도 더 남았으니까, 천천히 먹기예요?"

마치 어린아이에게 주의를 주듯 당부하는 그녀의 말에 지야곤이 끄덕였다. 묵직한 냄비를 냄비받침대 위에 조심스럽게 놓고는 평상시처럼 식사한다. 눈앞에 떡국이 많다는 것을 확인하니 여유를 찾은 듯했다.

"파전 반죽이 아직도 남아 있어요. 더 부쳐 올게요. 그리고 떡국 안에 있는 꿩 고기는 몸에 좋은 거니까 꼭꼭 씹고요. 떡도 마찬가지예요. 그냥 꿀떡꿀떡 삼키면 체할 수 있으니까요."

흡사 어린아이 대하는 태도다. 하지만 그것도 나쁘지 않아 지야곤은 고개를 끄덕끄덕했다. 민주려는 참 다정하다. 세심하고, 따뜻하다. 지야곤은 떡국을 숟가락으로 한 차례 저었다. 뜨끈한 김이 피어오르는 떡국에서 민주려의 냄새가 난다. 고소하고 따뜻해서 마음까지도 감싸주는 다정한 냄새.

"맛있어."

"그래요?"

"응."

"어디 저도 맛 좀 볼게요."

지야곤이 하도 잘 먹어서 지켜보기만 했던 민주려도 한 숟갈 떴다. 음. 맛있다. 역시 닭이 아닌 꿩으로 국물을 내니 더 깊은 맛이 우러나온다. 황제가 먹는 떡국은 무조건 꿩 고기로 한다더니 다 이유가 있던 거다. 아까 국물을 우리면서 느낀 건데 꿩 고기는 끓여도 기름이 거의 나오지 않았다. 닭은 기름 걷어내기 바쁜데 말이다.

"햅쌀로 만든 가래떡이라 그런지 굉장히 부드럽다."

게다가 떡은 또 어떻고. 쫀득쫀득 잘도 씹힌다. 질기지도 않고 입 안에서 금방 풀어져 살살 녹는 게 아주 그만이었다. 송송 썰어 놓은 파 덕분에 국물도 더 시원하고, 비 쏟아지는 소리 들으면서 먹는 것이 아주 그냥 별미였다.

"응. 맛있네요."

"정말 맛있어."

"파전 더 부쳐 올게요. 반죽 해놨으니까 금방이에요."

지야곤만큼은 아니지만, 그의 준할 정도로 빠르게 한 그릇 비운 그녀가 다시 부쳐 온 파전은 무려 다섯 장이었다. 기름에 부쳐 선지 냄새가 아주 고소하다. 지야곤은 파전에서도 가장 맛난 가장자리를 떼어, 먼저 민주려의 숟가락에 올려주었다. 그를 챙기느라고 정작 만든 사람인 민주려는 한 점도 먹지 못했기 때문이었다.

"아, 고마워요."

왠지 부끄럽기도 하고 기분이 묘하기도 한 것이, 이상하다. 민주려는 급히 숟가락을 입에 물고 고개를 돌렸다. 어째 지야곤과 눈을 마주치기 뭐했다. 그래서 밖을 보는데 비가 정말 끝없이 쏟아지고 있었다. 상 위에 떡국과 파전을 두고 있지 않았더라면 조금 으슬으슬하리만치.

꿀꺽. 입에 물고 있던 파전을 삼켰다. 살살 소금 간을 잘한지라 반죽이 잘되어 맛이 기막히다. 적당히 식어서 먹기도 좋고. 민주려는 역시 자신의 솜씨는 어디 가지 않았다며, 자화자찬했다. 다시 상으로 고개를 돌린 그녀는 파전 하나를 큼직하게 떼어 지야곤 숟가락 위에 얹어 주었다. 그리고 거기서 멈추지 않고 맛난 김치도 하나 쭉 찢어 위에 올려줬다.

"그렇게 먹으면 엄청 맛있어요."

흘끔 그녀를 본 그가 입을 크게 벌리고 숟가락을 물었다. 그리고 우물우물 씹는데 두 눈이 커진다. 민주려는 알 만하다는 듯이 고개를 끄덕였다. 따뜻하면서 살짝 밍밍한 듯 짠 듯 애매한 파전에 차가우면서도 새콤한 김치를 함께 먹으면 정말 절묘한 맛이 이루어진다. 돼지고기 수육에 겉절이를 먹는 것과 같다고 할까. 감탄이 절로 나오는 조화일 터.

"뜨끈한 국물을 입에 머금은 뒤 김치를 먹어도 괜찮아요. 반대로 해도 오묘하고요. 아직 많이 남았으니까 우리 천천히 음미하며 먹자고요."

말은 그렇게 했는데 그 많은 음식이 다 비워지는 데는 반 시진이 채 걸리지 않았다. 둘은 그릇을 깨끗이 비우고 부른 배를 도닥였다. 정말 만족스러운 식사였다.

쏴아아아아.

그때까지도 비는 그치지 않고 땅을 두드리고 있었다. 뜨끈뜨끈한 국물을 먹어서인지 몸이 데워진 민주려는 밖에서 들어오는 찬 바람에 뺨을 식혔다. 빗소리가 듣기 참 좋다. 하지만 계속 침묵하는 것은 어색해 먼저 입을 열었다.

"선배, 오늘 어쩌다가 밥을 못 드신 거예요?"

"바빠서."

"지금 장마철이잖아요. 그래도 바쁘셨다고요?"

"응."

거짓말은 아니었다. 그녀를 만나기 위해 호위무사들 빈틈 찾느라 무척 바빴으니까. 하지만 그는 그 말을 입에 담는 어리석은 짓을 하지 않았다. 겉으론 멍하고 허술해 보여도 그는 이득이 되지 않는 일은 절대 하지 않는 사람이었다. 지야곤은 적당히 진실을 감추고 오해하도록 내버려두는 것이 자신에게 좋다는 것을 잘 알았다.

"세상에. 밥도 안 먹이고 선배네 가문에서는 뭐 했대요? 일을 시켜도 좀 먹이면서 시키지!"

"배 많이 고팠어."

"어쩜, 어쩜! 안 되겠네요. 선배 언제든 오세요. 제가 떡국 이마아아안큼 해드릴게요! 언제든 밥해드릴 테니까 배고프면 그냥 빠져나와요."

민주려의 말에 귀가 번쩍 뜨였지만 지야곤은 바로 넘어가지 않았다. 그는 풀 죽은 듯 어깨를 적당히 늘어뜨렸다. 그리고 한숨을 푹 내쉬었다. 그는 이 순간 세상에서 가장 불쌍한 강아지가 되어 끙끙거렸다.

"……폐가 되는데."

의도된 그 가엾은 모습에 민주려가 분개했다.

"절대 폐 아니에요!"

"정말?"

"그럼요. 얼마든지, 언제든, 어느 때건!"

"그래도 돼?"

정말 괜찮냐는 듯이 고개를 옆으로 기울이는 그의 두 손을 민주려가 잡았다. 뜻밖에 마주 잡은 손에 지야곤이 두 눈이 커졌다.

민주려의 손에 가슴이 두근두근한 그를, 단순히 '밥 먹어도 되나요? 끼이잉.' 하는 소리로 잘못 본 그녀는 대뜸 소리쳤다.

"평생 그래도 되어요!"

"……."

"선배?"

아니. 방금 그건 정말 위험했어. 가슴이 덜컥 내려앉았거든. 지야곤이 차마 얼굴을 들지 못하고 몸을 부들부들 떨었다. 얼굴이 터질 것 같이 붉어졌을 것이다. 그걸 모르는 민주려는 미안할 것 없다며 더 가까이 다가왔다.

"주려 후배."

"네?"

"그 말, 절대 잊지 마."

"물론이죠."

그렇게 지야곤은 의도치 않게, 정말 의도치 않게도 민주려에게 청혼(!)을 받게 되었다. 청혼한 당사자가 모르던 그럴 의도가 없건 중요하지 않았다. 어쨌든 평생 밥해준다는 말을 들어 버렸으니까. 그는 이것을 그냥 놓칠 생각이 없었다.

그리고 훗날 민주려가 자신의 사랑스러운 손녀를 무릎에 앉혀놓고 말하길, 어쩌면 그때 이미 제 발목에 덫을 스스로 채우고 있었던 것이라고 했다나 뭐라나.

外傳 二

대학관에는 곰과 토끼가 산다

차아 제일의 배움터, 학관. 그 명성이 어찌나 대단한지 사람들은 학관을 대(大)학관이라고 부르는 것을 주저하지 않았다. 차아의 인재 양성소라는 말이 무색하지 않도록 이곳에는 많은 수재, 영재가 다니고 있었다.

"그런데 천재는 없다는 겁니다."

대학관의 상급 주술반의 선생인 청서원은 느긋하게 강연하고 하고 있었다. 그의 연단실 안에는 수업을 듣는 학생들이 바른 자세로 수업을 들었다. 그가 손을 한 번 휘저을 때마다 검은 판 위로 새하얀 글씨가 써내려갔다. 정확히는 새하얀 모래가 그의 주술에 의해 이리저리 글씨를 만들어가고 있었지만. 그것만으로도 그의 주술력이 얼마나 섬세하고 강대한지 알 수 있었다.

"왜 천재는 없는가? 오늘은 이에 대해 알아볼까요?"

"주술과 아무런 상관이 없는 것 같은데……."

"그럼 저기 불만 있어 보이는 규석 학생부터 의견을 들어봅시다."

"……."

망했다. 규석은 무심코 입을 연 자신을 때리고 싶었다. 하필이면 청서원 선생의 수업에서 이런 틈을 보이다니. *끄응*. 고민을 하던 그는 자신의 생각을 정리했다.

"천재는 수업이 필요 없기 때문이 아닐까 합니다."

"흥미로운 의견입니다."

"말 그대로 하늘에서 내려준 천재(天才). 보통 사람에게 맞춰진 수업 방식으로는 온전히 가르치는 것은 불가능하거나 부족할 겁니다. 그래서 대학관에는 천재가 없다, 고 결론지었습니다."

"그렇다면 규석 학생은 천재가 대학관이 아닌 다른 곳에 있을 거라는 겁니까? 은거기인(隱居奇人)처럼?"

"아마도요."

"불확실한 말입니다. 하지만 좋은 생각의 전환이므로 그냥 넘어갑시다."

안도의 한숨이 나오고, 그는 바로 다음 학생으로 넘어갔다. 만약 그가 가르치는 학생 중에 천재가 있다면, 혹은 그에 가장 가까운 이를 꼽으라면 바로 규석 옆에 앉은 지야곤을 꼽을 것이다. 이제 막 성인이 되는 앳된 청년의 얼굴은 놀라우리만치 단정했다. 붓에 먹을 가득 묻혀 그린다면 저런 미남이 되지 않을까? 다만 아쉬운 것은 정말 먹칠한 듯 새카만 눈이었다.

다른 이들이 부러워하는 대부분의 것을 가지고 태어났으나, 정작 가장 중요한 것을 가지지 못한 자의 눈빛이었다. 무료하고 텅 빈, 메마른 자의 그것과도 같이.

"지야곤 학생."

"예."

"대학관에는 왜 천재가 없을 것 같습니까?"

"……아무도 알아볼 수 없기 때문입니다."

이건 또 흥미로운 의견이다. 그를 비롯해 다른 학생들의 시선이 지야곤에게서 떨어질 줄 몰랐다. 느릿한 어투였으나 그의 말은 귀를 사로잡는 힘이 있었다.

"천재란 상식 밖의 사람. 상식의 테두리 안에 있는 사람들은 알아보지 못합니다."

"흐음?"

"이 중에 있어도 우리는 모릅니다. 그가 스스로 드러내지 않는 한."

이거 한 방 먹었다. 청서원은 뜨끔한 속내를 감추며 어색하게 웃었다. 그리고 그는 가장 타당성 좋은 의견이라며 고개를 끄덕이고는 다음 학생에게 말을 이었다. 뛰어나다고 해도 좀체 움직이지 않는 그 묵직한 모습에 장심했나 보다. 얌전해 보여도 그 흉포함이 무시무시하다는 곰처럼 말이다.

나머지 학생들의 의견은 딱히 두드러지는 것이 없었다. 정말 뛰어난 인재는 황궁에서 데려가는 것 아니냐는 음모론도 나왔는데, 그건 규석에 의해 말끔히 사라졌다. 그런 인재가 있었으면 황궁에서 죽어나가는 관리가 줄어들 거라나. 그리고 생기면 학관으로 보내지 황궁에는 들여놓지 않는단다.

"천재라는 정의를 잘 모르겠어요."

그 와중에 가장 어리고 작은 학생이 말했다. 뺨에 통통하니 젖살이 오른 여자아이는 민주려였다. 대학관에서 독하기로 소문난

이 여학생은 선배들 사이에서도 기죽지 않고 수업을 잘 따라오고 있었다. 상급 주술반에 온 지 얼마 되지도 않았는데 말이다. 게다가 땅의 주술에 어찌나 소질이 많던지, 청서원이 유독 예뻐하기도 했다.

"하늘에서 내려준 재능은 누구나 가지고 있는 거잖아요."

"누구나, 말입니까?"

"네. 주술을 쓸 수 있는 것도, 다른 사람들보다 뭔가 하나씩은 특기를 가지고 태어나잖아요. 그건 하늘에서 내려준 재능이라고 치면, 천재 아닌 사람은 없으니까요."

"그렇게 말하면 맞긴 한데, 대부분이 말하는 천재의 의미는 그것과 다르죠."

"알고 있어요. 그런데 그게 애매모호하다는 거예요."

까맣고 동글동글한 눈동자가 말갛게 빛냈다. 지야곤과 정반대로 열정과 삶에 즐거움이 가득한 눈동자가 연단실을 밝히는 것만 같았다.

"어느 정도로 잘해야 천재인가요?"

"허어?"

"그 상한선은 누가 정하는 건가요?"

허를 찔렸다. 청서원은 즐거움을 참지 못하고 민주려에게 더 말해보라는 듯이 손짓했다. 그러자 이 또랑또랑한 여학생은 재잘거렸다.

"모두가 주술로 찻잔 하나만 들 수 있을 때, 두 잔을 들면 천재인가요?"

재미있는 사고전환이다.

"이를 테면 천재에 대한 평가가 상대냐 절대냐의 차이인가?"

규석도 흥미로운지 끼어들었다. 머리 하나는 뛰어난 재원들이라 금세 신이 나서 떠들었다. 유일하게 조용한 사람이 있다면 지야곤이었다. 그는 여전히 시큰둥한 듯 무심한 표정으로 그 이야기를 듣고 있었다.

"아주 오래 전에 나라라는 개념이 없을 때였나? 부족국가였을 때는 비를 내릴 수 있는 사람을 신처럼 추앙했지."

"그게 주술인지, 아니면 기상을 잘 추정해서 사기를 벌였는지는 모르겠지만요."

"아무튼 그것으로 신격화에 성공했어. 왕과 사제가 동일시되던 시대였고, 주술사라는 개념도 거의 없었으니까. 사람들은 자신이 하지 못하는 것을 할 줄 아는 사람을 천재나 하늘이 내려준 사람이라고 여겼지."

"그 말을 뒤집으면 대부분의 사람이 할 줄 아는 것이 많아졌을 때, 천재가 줄어든다는 건가?"

"상대평가로 하자면 그렇게 되겠지."

"네 말에는 모순이 있어. 상대평가라며. 그렇다면 대부분의 사람이 할 줄 아는 것이 많아졌을 때, 그 중에서도 더 뛰어난 사람을 천재로 부를 거야. 늘 소수의 천재는 존재한다는 거지."

"그걸 과연 천재라고 할 수 있나? 수재나 영재는 어째서 생겨나는 건데?"

"논점 흐려지잖아! 누가 수습 좀 해봐!"

왁자지껄한 가운데 다들 머리를 열심히 굴렸다. 그게 청서원이 원하는 것이었다.

주술이란 결국 사람이 부르는 기원이다. 그 힘을 자연이, 신령이 빌려준다지만 그것을 끌어다 쓰는 사람이 뛰어나지 못하면 제대로 사용할 수 없다. 그렇기 때문에 사고와 인지를 제대로 키워줄 필요가 있었다. 그 때문에 그는 가끔 화두(話頭)를 주고 뒷전에 물러났다. 그러면 고민하고, 서로 대립하고, 깨지고 부딪히며 학생들의 사고가 넓어졌다.

이 때문에 상급 주술반은 새로운 주술을 배운다기보다 응용의 끝판왕을 찍는다는 것이다.

"에라이! 너 지금 내 의견 무시하냐!"

"아니거든! 너야말로 자꾸 지금 논지에서 다른 말을 하잖아! 제대로 수업을 하란 말이다!"

"새로운 방향에서 보는 시야가 뭐? 이 편협한 놈이!"

"나와!"

"오냐!"

……그런데 이상하게도, 그의 학생들은 유독 호전적이었다. 특히 이번 기수는 얄짤없이 주술 결투를 남용했다. 수업하다가도 의견이 맞지 않거나, 혹은 응용을 하고 싶을 때 밖으로 우수수 나가서 싸워대는 거다. 그로써 주술을 체득한다면야 좋긴 한데 요즘 그게 심해지는 기분이었다.

"곧 졸업시기잖아요."

볼을 긁적이는 그에게 민주려가 쪼르르 다가와 소곤댔다.

"이번에 내려진 숙제가 어마어마하대요. 그거 통과 못하면 졸업 못하니까 선배들이 골이 나 있는 것 같아요."

"제 수업은 화풀이용이 아닙니다만."

"그래도 어쩌겠어요. 나중에 펑! 터지는 것보다는 미연에 방지를 해야죠."

"마음씨 좋은 민주려 학생. 선배들이 자작나무 숲을 파괴하기 전에 서둘러야겠습니다."

"넵!"

△ ▼ △

쫘과광 콰광!

소리가 우렁우렁 울렸지만 숲 밖으로 나가는 일은 없었다. 다른 수업에 방해가 되지 않도록 두 명 이상의 학생이 늘 신경을 기울이고 있기 때문이었다.

민주려는 흘끔거리며 지야곤을 보았다. 선배들 중 유독 말 없고, 조용하고, 맹한 분위기가 풍기는 사람이었다. 얼굴 한번 기가 막히게 잘생긴 이 남자 선배는 바람의 주술을 유독 잘 다루는 듯했다. 그의 손짓 한 번에 바람의 저절로 얽혀 들고, 소리가 밖으로 나가지 못하는 걸 보니 말이다.

"민주려 후배."

"네?"

"저기."

"세상에. 선배들 작작 해요!"

흙이 튀고 바위가 쪼개진다. 의견 대립인지 화풀인지 알 수 없는 대결 속에서 숲이 초토화되고 있었다. 물론 그들이 싸우는 곳은 공터였지만, 그 공터마저 아주 남아나질 않았다. 혹시나 누가 다칠까봐 민주려는 재빨리 주술을 부렸다.

"대지여 예전으로 돌아가라. 울퉁불퉁 솟은 바위여 안으로……."

"거기 후배! 방해하지 마! 그건 내 노림수란 말이다!"

"이미 말한 순간 네 노림수는 끝났어!"

"그냥 주변만 벽 치고 가만히 있어어어!"

고래고래 소리 지르는 저 선배님들 때문에 이건 뭐 제대로 하지도 못한다. 표정이 점점 썩어가는 민주려를 대신해 지야곤이 힘을 썼다.

"바람이여."

나지막한 목소리에, 주변에 바람이 웅웅거리며 몰려들었다. 강대한 힘의 유동에 모두가 움찔한 사이, 박 터지게 싸우고 있던 두 사람의 몸이 뒤로 휙 끌어당겨졌다.

"머리 좀 식혀라."

그리고 둘의 머리 위로 차 한 잔 분량의 물이 쏟아졌다. 규석은 혀를 차며 아직도 머리에 열을 식히지 못하는 학우에게 물을 더 때려 부었다. 이제 옷까지 적시자 두 사람 다 안 싸운다고 부루퉁한 얼굴로 말했다.

"진즉에 좀 그럴 것이지."

관람은 잘 했다만. 규석이 실실 웃자 나머지 사람들은 한숨을 내쉬었다. 하긴 이번에 좀 격하게 싸우는 듯했다. 둘 다 다친 곳은 없지만 삐끗했으면 피 봤을지도.

"속은 좀 풀렸습니까?"

청서원이 학생들에게 묻자 의외로 고개를 가로 저었다. 그리고 새로운 논제가 나왔다.

"어느 정도야 천재라고 말할 수 있는지 실험해보고 싶은데요."

"저도요."

"어차피 이 공터를 넘지만 않으면 마음껏 힘을 써도 되는 거 맞죠? 그렇죠, 청 선생님?"

"이왕 이렇게 된 거 한 번 해볼까?"

"다들 기력은 남았어?"

"어차피 이 수업이 아니면 주술을 쓸 일도 거의 없으니까."

이론을 배웠으니 실기를 해야 하지 않겠나. 청서원은 이쯤 되자 자신의 학생들이 너무 성실한 것은 아닌가 고민했다.

그리고 심상치 않은 분위기를 느낀 민주려가 후다닥 주변을 둘러 봤다. 선배들이 이상하다. 이대로 있다가는 이제 막 상급 주술반에 들어온 그녀는 큰일 날지도 몰랐다!

"저거 진심으로 하는 거예요?"

주술이 요동치는 힘이 무시무시했다. 그에 어지간하면 간이 땡땡 부은 민주려도 겁을 집어먹을 수밖에 없었다. 그녀는 오들오들 토끼처럼 떨며, 믿음직스러운 사람을 찾았다. 청서원! 여기서 이들을 막거나 말려줄 사람은 그밖에 없었다. 하지만 그는 이미 멀찌감치 떨어져 흥미진진하게 바라보고 있었다. 규석도 그 옆에서 얼마나 얄밉게 손을 흔들고 있는지, 민주려는 속으로 끄아악 비명을 지를 뻔했다.

들썩들썩 땅이 흔들리는 것은 물론이요 물방울 사방에 떠다녔다. 그중에 몇몇은 차갑게 얼어붙어 번들번들 빛나고, 날카롭고 뾰족하게 벼려져 있기도 했다. 혹은 활활 타오르는 불덩이가 살이 익어버릴 듯 뜨거웠는데, 지옥이 따로 없었다.

그래. 대학관에는 천재가 없다.

그런데 그 천재 못지않은 수재, 영재는 판을 치는 곳! 한 명의 천재는 없어도 여러 명의 재원이 뭉쳐서 사고 치면 그야 말로 인재(人災)가 일어난다!

"민주려 살려!"

이제 겨우 열여섯밖에 안 되는 후배는 선배들의 등쌀에 그저 웁니다. 민주려는 자신의 주술을 모두 동원해 고래 싸움에 등 터지지 않도록 노력했다. 하지만 그녀가 아무리 뛰어난 수재라도 경험도 지식도 선배들에 비해 부족할 수밖에 없었다. 그래서 끙끙대며 필사적인 방어전을 펼치고 있는데, 피하고 또 피해서 도착한 곳이 지야곤의 등 뒤였다.

꽈광! 콰콰콰강!

섬뜩한 소리가 오가는 가운데 지야곤의 등 뒤만큼은 정말 고요했다.

"저거 말릴 수는 없을까요?"

"무리일 거다."

"그럼 언제 끝나요?"

"……다음 수업이 시작되기 전?"

그런 어벙한 소리를 듣고자 질문한 것이 아니거늘! 토끼처럼 연약한 후배를 아껴주지 못할망정 방목, 방임, 방치하는 말에 민주려는 속으로 꺼이꺼이 울었다.

"그럼 점심시간은요?"

"없을지도."

곧 점심시간이었다. 청서원의 수업이 오전수업의 마지막이었으니까, 이 수업 이후 도시락을 먹고 오후 수업을 준비해야만 했다. 그런데 저 싸움이 오후 수업 전까지 이어진다고?

"안 돼!"

그 순간 민주려의 머릿속에 스쳐 지나가는 것은 도시락의 내용물이었다.

오늘의 도시락은 훌륭했다. 우선 주먹밥! 참기름과 소금을 살살 뿌려 간을 한 밥과 세 가지 종류의 속을 넣었다. 새콤해서 입맛 도는 매실 장아찌! 매콤하게 볶은 소고기! 견과류와 달달하게 조린 멸치볶음! 그 세 가지 맛의 주먹밥과 함께 폭신폭신한 계란말이, 짭짤하고 맛난 장조림까지. 이렇게 정성들여 싼 도시락은 이제껏 없었는데!

만약 점심시간을 놓친다면?

오후 수업이 끝날 때까지 그 도시락은 먹지 못하리라! 수업 끝나고는 바로 집으로 돌아가겠지. 그러면 쫄쫄 굶으며 수업 듣고,

집으로 돌아가 도시락을 저녁으로 먹을 것이다.

이건 말도 안 되는 일이다. 저녁은 갓 지은 따끈따끈한 밥과 칼칼한 국으로 먹을 예정이었지 않는가!

"후, 후후."

아무리 연약하고 귀여운 토끼라도 굶기면 화가 나는 법이었다. 지야곤은 흘긋 제 옆에서 실성한 듯 흐흐거리는 후배를 바라보았다. 중얼중얼 주문을 외우는 모양인데, 모이는 힘이 범상치 않았다. 그는 주술을 힘을 끌어 모았다. 마침내 바람이 그의 몸을 완전히 감쌌을 때였다.

"파도처럼, 노도(怒濤)와 같이 뒤집어져라!"

민주려의 주술이 터졌다. 땅이 들썩들썩하나 싶더니, 휘떡 하고 뒤집힌다. 그 범위는 완벽하게 공터까지였고, 신나게 싸우던 학생들은 허공에 던져졌다.

"오."

그건 대비하고 있던 지야곤도 마찬가지였다. 그는 허공으로 던져지자 두 눈을 둥그레 뜨고 바람의 주술을 섬세하게 조종했다.

"으아악! 떨어진다!"

"허억!"

"끄아아아아!"

굳이 떨어지는 학생들까지 손은 안 쓴다. 다들 제 몸은 건사할 줄 아는 훌륭한 주술사들이었으니. 지야곤은 새털처럼 천천히 땅으로 내려왔다. 그리고 소진한 주술력 때문에 바닥을 벅벅 기는 급우들을 무심히 훑어보았다.

"승자는 민주려 학생이로군요."

재미난 것을 봤다는 듯이 청서원이 손뼉을 쳤다. 때마침 점심 시간을 알리는 종이 울리고, 그는 점심을 먹으러 간다며 학생들을 버려두고 떠났다.

"우리도 가자."

"그래."

"그건 그렇고 저 후배 무섭네. 그냥 또랑또랑한 줄 알았는데, 땅의 주술 실력이 일품이야."

배가 고픈지 규석이 지야곤의 어깨를 짚으며 밀었다. 바보들 은 내버려 두고 가자고 하는 규석. 지야곤은 눈을 깜빡이며 민주 려를 흘긋 보았다.

"씩. 씩."

화가 단단히 났던 듯 씩씩거리며 숨을 고르고 있는 작고 어린 후배. 으아악 하고 화를 낼 때는 호랑이처럼 무서웠는데, 진정하 려고 씨근덕거리는 모습은 바들바들 떠는 아기 동물 같았다. 어쩐 지 쓰다듬어줘야 할 것 같은 기분이랄까.

"뭐해?"

"아무것도 아니다."

하지만 그는 민주려를 내버려두고 제 갈 길을 가기로 했다. 그 의 관심이 타인에게 향한 적은 거의 없어 드문 일이지만, 그렇다 고 아직은 깊숙이 들어오지 않았던 탓이다. 조금 독특하고, 작고, 활발한 후배. 그의 기억 속에 민주려는 딱 그 정도였다.

그는 그때만 하더라도 몰랐다. 호흡을 가다듬고 룰루랄라 도시락을 까먹는 이 귀엽고 작은 후배가, 그에게 있어 꿀단지 같은 존재가 되리라는 것을. 아직 꿀맛조차 모르는 곰은 그저 멍하니 학관의 생활을 이어나가고 있을 뿐이었다.

外傳 三.

꽃보다 아름다운 당신

"아이고, 비가 많이 오네."

방 안에 편히 앉아 시원하게 쏟아 붓는 비를 보며 기친친은 느긋하게 복숭아를 깎았다. 벌통을 보러간 남편이 돌아오면 입에 쏙 넣어주려고 미리 준비를 하는 것이었다. 괄괄한 기친친과 인품이 좋고 점잖기로 유명한 남춘기 부부는 성격이 정반대이지만 희한하게도 금슬이 좋았다. 성격이 비슷한 다른 부부들보다도 말이다. 얼마나 좋냐 하면 새파란 나이에 혼인해 호호 할머니가 된 지금까지 단 한 번도 부부싸움을 한 적이 없을 정도였다.

"우산을 더 큰 걸로 가져가라고 할 걸 그랬나. 그러고 보니 우비가 허술하던데."

비가 와서 그런지 여름인데도 볼을 스치는 바람이 제법 차가웠다. 단단히 방비를 해서 보내긴 했지만 또 슬그머니 걱정이 되는지라 그녀는 예쁘게 깎은 복숭아를 두고 힘차게 일어났다. 마른 수건을 가지러 가려고 고개를 돌리는데 타박타박 발소리가 후두둑 떨어지는 빗소리에 섞여 들리기 시작했다.

"영감."

"다녀왔소."

큼지막한 우산을 접은 남춘기가 기친친을 보고 웃었다. 우산에 우비에 물이라고 안 들어갈 것 같은 신발까지. 보송보송한 모습을 보니 괜찮은 것 같아 그녀는 다시 자리에 엉덩이를 붙였다.

"비가 많이 오긴 해도 벌통은 괜찮아. 내년에도 많이 꿀을 딸 수 있을 거요."

"뭐 적게 따면 우리끼리 먹으면 되지. 이리 와서 복숭아나 드셔요."

기친친이 돈을 좋아하는 건 사실이지만 그보다 더 좋아하는 것이 바로 맛있는 음식이다. 처녀 시절, 집이 가난해 늘 제대로 못 먹었던 기억이 있는지라 식비만큼은 아끼지 않고 팍팍 썼다. 당연히 부엌은 늘 식재료로 가득 차 있다. 소금소금한 성격 덕분에 대부분 오래 보존할 수 있는 것들이 주였지만. 사랑하는 영감과 오래 살기 위해 신선한 채소들은 밭에서 뽑거나 그때그때 장을 보았다.

남춘기는 부인이 건네주는 복숭아를 하나도 남기지 않고 맛나게 다 먹어치웠다. 달달하면서도 새콤한 것이 제일 비싼 특상품답게 맛이 매우 좋았다. 게다가 적당히 단단한 과육의 식감은 쫀득하기까지 했다. 복숭아는 정말 몇 알이나 먹어도 물리지 않을 것 같았다.

"맛이 좋구려. 허허!"

"더 드릴까? 알이 굵고 좋아서 한 상자나 샀는데 말이오."

"아니아니, 이만하면 되었어. 눈 깜박하면 저녁 먹어야 하는 시간이니."

"그럼 꿀차나 마십시다."

접시와 칼을 치운 그녀는 방안 깊숙한 곳에 숨겨둔 단지를 꺼내어 뚜껑을 열었다. 단지 안에는 몸에 좋은 인삼, 약초를 꿀에 넣어 절인 약차가 들어 있었다. 자식들이 와도 잘 주지 않는 것들이었다. 팔팔하고 젊은 아들들에겐 이런 것이 필요 없다며 기친친은 딱 남편과 자신에게만 단지 개봉을 허락했다. 나이가 있으니 의원에게 주는 돈을 아끼려면 몸을 잘 챙겨야 한다고 뻥뻥 큰소리를 치면서 말이다.

불을 힘차게 피워 올려 물을 끓인 후 그녀는 나무 숟가락으로 듬뿍 약차를 퍼서 잔에 집어넣었다. 몸이 으슬으슬할 때도 이것 한 잔만 딱 마셔주면 온갖 보약이 다 필요 없었다.

우르르 쾅쾅!

"아이고, 깜짝이야."

천둥소리에 화들짝 놀란 기친친은 고개를 슬쩍 내밀어 창밖을 보았다. 먹구름은 가득하고 여전히 비는 그칠 기미가 안 보인다. 이대로 내일까지 계속 내리려는 모양이었다. 잔 두 개를 쟁반에 받쳐 들고 가면서 그녀는 아주 옛날 젊었을 때를 떠올렸다. 쌀도 없고 보리도 없던 가장 힘든 시기, 그때 부부는 처음으로 만났다.

△ ▼ △

"친친 언니, 미안해."

"아니야. 내가 더 미안하다. 에휴."

벌써 세 번째 집에서도 식량을 얻지 못했다. 꼬르륵 소리가 나는 배를 움켜쥐면서 열여덟 살 먹은 기친친은 배를 움켜쥐었다. 그런 그녀를 보고 어두운 표정으로 친한 동생은 몸을 돌렸다. 저 텅 빈 자루에 뭐라도 담아주고 싶었지만 자기 집 부엌에 있는 독도 이미 바닥을 보이고 있었다. 아마 이 근방에 있는 집들은 다들 사정이 비슷할 거였다.

식량이 딱 떨어질 시기인 봄, 그나마 돋아나는 나물들은 조금 자라기 무섭게 어린 아이들이 손으로 야무지게 뜯어 바구니 속에 집어넣는다. 가을에 캔 감자도, 고구마도 이제는 거의 없었다.

게다가 작년에 흉년이 들어서 올해 봄은 정말 다들 힘들었다. 어지간하게 농사를 짓는 집에서도 하루에 두 끼만 먹으며 버티는 지경이니 말이다.

"아, 배고프다."

기친친은 기운이 없어 배고프다는 소리도 작게 중얼거리며 발걸음을 옮겼다. 어제 먹은 감자 두 알이 집에 남아 있던 마지막 식량이었다. 부엌을 아무리 뒤져봐도 나오는 건 먼지뿐. 얼마나 먹을 것이 없으면 그 흔한 쥐도 그녀의 집 부엌에는 살지 않았다. 살아봤자 굶어죽을 게 뻔하기 때문이었다. 물론 소중한 곡식을 보호하기 위해 그녀가 보이는 족족 때려잡기도 했지만.

느릿느릿 걸어가면서 그녀는 길가 옆에 나 있는 풀들을 살폈다. 혹시나 나물거리를 할 게 없나 싶어서였다. 하지만 이미 다른 집에서 다 뜯어가 버렸다. 작은 잎 하나 보이지 않았다.

"후우, 나야 그래도 괜찮지만 할머니는 뭘 좀 드셔야 하는데."

기친친이 사정을 알면서도 이웃에 곡식을 꾸러 온 이유는 바로 늙으신 할머니 때문이었다. 젊은 자기야 며칠 굶어도 괜찮다. 하지만 연세가 많으신 할머니는 제대로 된 음식을 드시지 못하면 금방 병이 나실 거였다.

그녀가 어렸을 때 두 번이나 마을을 휩쓸고 간 돌림병으로 부모님과 언니, 오빠, 할아버지까지 돌아가시고 둘만 남았다. 하나밖에 남지 않은 가족만큼은 잃고 싶지 않았다. 그래서 철이 들기 시작할 무렵부터 닥치는 대로 일을 했지만 가난이라는 게 얼마나 끈질긴지. 좀처럼 벗어날 수가 없었다.

"어쩌지, 기운이 날 만할 걸 드셔야 하는데."

뱃속에 넣은 것이 없어 오늘은 이불에서 일어나시지도 못한 할머니를 생각하니 기친친의 마음은 한없이 무거워졌다. 역시 이대로는 안 되겠다는 생각이 들었다. 물만 마시면서 배를 채우는 것도 하루 이틀이지. 이러다가 할머니가 돌아가실지도 모른다.

그녀는 입을 앙 다물고 자루를 어깨에 멨다. 다행히 혹시나 나물이 있으면 캐기 위해 호미를 가져왔다. 튼튼한 밧줄도 들어 있었다. 집으로 가는 방향을 틀어 기친친이 향한 곳은 산이었다. 그것도 높고 험준해 평소에는 마을 사람들이 잘 가지 않는 길을 선택했다.

"평탄한 곳은 이미 칡뿌리까지 다 먹어버렸으니 어쩔 수 없지. 호랑이가 나온다고 아저씨들이 가지 말라 하셨지만, 암만 그래도 우리 할머니가 굶으시게 할 순 없어."

깊숙이 들어가면 뭔가 먹을 것이 나 있을지도 모른다. 그녀는 올라가기 직전, 나무들이 어디에 어떻게 나 있는지 꼼꼼하게 확인했다. 그리고 한 곳을 목표로 삼았다. 바로 산 중턱에 있는 대나무 숲이었다.

"목표는 죽순! 시기가 이르긴 하지만 아주 없지는 않을 거야."

며칠 전 나물들을 뜯으면서 올해는 유독 식물이 빨리 자란다는 생각을 했었기 때문에 한 가지 기대를 걸었다. 일행 없이 혼자 깊은 곳까지 들어가면 위험하다는 건 알고 있었다. 하지만 이 마을의 젊은 남자들은 조금이라도 입을 덜기 위해 전부 수도 중심가로 일을 하러 나갔다. 혼자 가는 수밖에 없었다.

"해지기 전에 나와야 하니 빨리 올라가야겠다. 후우, 가자."

각오를 다지며 기친친은 숲 속으로 성큼성큼 발을 내딛었다.

△ ♥ △

"힘들다아아!"

마을 어른들이 괜히 주의를 준 게 아니라서 정말 이 길인지 산인지 구분이 안 가는 경로는 엄청나게 힘이 들었다. 하지만 확실히 사람들이 잘 들어오지 않아서 그런지 푸릇푸릇한 잎들이 제법 많이 보였다. 이건 즉, 나물이 나 있을 확률도 높다는 것이었다.

"두릅 같은 걸 딱 발견하면 좋을 텐데. 아유, 너무 꿈이 큰가?"

데쳐 먹으면 아삭아삭한 두릅을 떠올리며 그녀는 행복한 상상을 했다. 새콤달콤한 초고추장에 찍어서 한 입! 쌉쌀하면서도 향

굿할 텐데. 바싹 마른 입가에 절로 침이 고이는 것 같았다.

기친친은 항상 가지고 다니는 손수건으로 땀을 닦고 위를 쳐다보았다. 제법 올라왔는데 아직 대숲이 보이지가 않았다.

"이쯤 오면 보여야 하는데. 방향을 잘못 잡았나?"

똑바로 직진해서 왔으니 그건 아닌 것 같았다. 그렇다면 생각보다 대나무가 높은 곳에 있다는 거다. 그녀는 눈을 부릅뜨고 주변에 혹시 다른 나물 같은 건 없는지 잘 살폈다. 하늘이 기친친을 버리지는 않았는지 곧 칡을 발견했다.

"올라오길 잘했다!"

가지고 온 호미로 미친 듯이 칡을 캐기 시작했다. 제법 뿌리가 실한 놈이라 들고 가긴 힘들겠지만 굶지 않는다고 생각하니 없던 기운도 솟았다. 호미로 토막을 내 적당히 자루에 넣을 양만큼 챙긴 다음 나머지는 흙으로 덮어두었다. 나중에 올 다른 사람을 위한 배려였다.

"좋아, 힘내자."

아직 하늘이 맑아서 조금 더 시간이 있었다. 올라가는 속도보다 내려오는 속도가 훨씬 빠르니 그것까지 감안한다면 대숲까지 갈 수 있을 거 같았다.

그래서 기친친은 힘차게 다시 산을 오르기 시작했다. 다행히 그녀의 예상은 틀리지 않아서 나무를 따라 쭉 올라가니 광활한 대숲이 보였다.

아래에서 보던 것보다 훨씬 더 큰 숲이었다.

"이 정도면 하나는 있겠다."

호미를 단단히 쥐고 그녀는 사락사락 소리를 내는 대나무 잎 속으로 파고들었다. 사람이 관리하지 않는 숲이라 그런지 잎과 잎이 엉켜 있어 어둡고 시야가 좋지 않았다. 하지만 그런 것들은 기친친에게 전혀 문제가 되지 않았다. 배가 고파 오로지 죽순만이 머릿속에 가득한 그녀에게 보이는 건 아래에 불쑥 솟아났을 자연의 선물뿐이었다.

"여기도 없고, 여기도 아니야."

낙엽을 발로 팍팍 차내며 나아간 그녀는 좀 더 자세히 대나무 옆을 살피기 시작했다. 그리고 운이 좋게도 빨리 솟아난 죽순 서너 개를 발견하는 데 성공했다.

"다, 다행이다."

삽이 있으면 더 쉽게 캘 수 있겠지만 가진 건 호미뿐. 그래도 맨손이 아닌 게 어디냐고 생각하며 기친친은 미소를 지었다.

"삶아서 볶아 드려야지. 나머지는 시장에 가지고 가서 팔면 며칠 먹을 쌀은 살 수 있을 거야."

죽순은 제법 비싼 식재료였다. 게다가 아직 죽순이 본격적으로 날 시기가 아니기 때문에 식당에 팔면 돈을 많이 받을 수 있었다. 발견한 죽순을 다 캐고 보니 옆쪽에 나 있는 또 다른 죽순이 튀어나왔다. 그녀는 싱글벙글 웃으며 빠르게 손을 놀렸다. 고개를 들 틈도 없었다.

그런데 후두둑 물방울이 그녀의 머리에 떨어지기 시작했다. 당황해서 일어나 하늘을 보니 잎사귀 사이로 들어오는 빛이 거의 없었다.

그 순간 먹구름이 끼고 비가 오기 시작했다.

△ ▼ △

"얼른 가야 하는데."

대숲에서 나온 기친친은 양 옆을 둘러보았다. 서둘러 나온다고 온 길이 아닌 다른 쪽으로 빠진 듯했다. 난생 처음 보는 풍경이 그녀를 기다리고 있었다.

"저 바위도 본 적이 없고. 어쩌지, 방향을 모르겠어."

비가 너무 많이 내려 이미 온몸은 흠뻑 젖었다. 물을 먹은 자루도 계속 무거워지고 있었다. 하지만 도무지 마을로 가는 방향을 찾을 수가 없었다. 분명히 올라올 때는 가파른 길이었는데 지금 이곳은 평평했다.

몸은 춥고 배는 고프고. 그녀는 그만 울고 싶어졌다. 그리고 집에서 하염없이 걱정을 하고 있을 할머니도 생각이 났다. 비만 피할 수 있어도 참 좋겠는데. 잎이 큰 나무 아래 앉아 있어도 물은 어디든지 공평하게 떨어져 땅을 적셨다.

"다시 대숲으로, 으으. 들어가야 하나. 엣취!"

싸늘하게 식은 팔을 비비며 그녀는 검은 대숲을 쳐다보았다. 왠지 안에서 뭔가가 불쑥 튀어나올 것 같은 것이. 느낌이 좋지 않았다.

그렇게 한참을 오들오들 떨고 있는데 갑자기 번개가 번쩍 치면서 천둥소리가 와르릉 들렸다.

"으악! 할머니!"

무서움에 그녀는 자기도 모르게 비명을 질렀다. 평소에 천둥과 번개를 무서워 할 만큼 담이 작진 않았지만 상황이 이렇다 보니 자기도 모르게 놀라는 건 어쩔 수가 없었다.

어쨌거나 젖은 땅 위에서 움직이면 위험하다는 건 잘 알고 있기 때문에 기친친은 일단 가만히 있기로 했다. 적당한 바위 위에 수확물이 든 자루를 두고 옆에 웅크려 앉았다.

어흥!

"뭐, 뭐지?"

피곤함에 헛것을 들었나 싶어서 그녀가 눈을 깜박거렸다. 그런데 잘못 들은 게 아니었다. 뭔가 묵직한 물체가 움직이는 소리가 희미하게 울렸다.

크어어어흥!

방금 전 들은 것보다 더 커진 짐승의 울음소리에 기친친의 안색이 하얗게 질리기 시작했다. 뇌는 얼른 도망쳐야 한다고 부르짖고 있는데 겁을 먹어 그런지 다리가 움직이지 않았다.

바들바들 떨리는 손으로 그녀는 주변을 살폈다. 그리고 호미를 손에 꼭 쥔 다음 나무를 타기 위해 줄을 허리에 감았다.

그런데 번쩍! 다시 번개가 쳤다.

'맞아! 번개가 칠 때는 나무를 타면 안 된다고 그랬는데!'

어렸을 때 할머니가 해주신 이야기가 지금 이 상황에서 새록새록 떠오르는 건 왜일까. 뻣뻣하게 굳은 다리로 그녀가 갈팡질팡하는 사이 이미 위험은 지척까지 와버렸다.

"으아아아악!"

어둠 속에서 번쩍 빛나는 눈을 보고 기친친은 우렁차게 비명을 지르고 말았다. 진짜 호랑이였다. 그것도 정말 집채만 한 호랑이!

이제 꼼짝없이 죽겠구나 싶어서 눈물을 줄줄 흘리는 데 갑자기 하늘에서 번쩍 빛나는 번개가 그녀의 눈앞으로 내려왔다.

"어, 어?"

호랑이가 보이지 않았다. 그녀의 앞을 누가 가로막고 서 있었다. 어깨가 든든해 보이는 사내였다. 마을 사람은 아닌 듯, 처음 보는 이는 손에 희한하게도 번개를 휘감고 있었다.

"킁킁, 탄 냄새가……."

그리고 어디선가 솔솔 나는 고기 냄새. 기친친은 이 급박한 와중에도 밥을 달라고 아우성치는 배를 움켜쥔 채로 자리에서 일어났다.

"괜찮소?"

고개를 돌려 그녀를 살피는 남자를 보며 그녀는 대답 없이 눈만 깜박거렸다.

"다행이군요."

옷이 흙탕물이 튀어 보기 좋은 몰골은 아니었지만 크게 다친 곳은 없었다. 좀 긁힌 것까지야 어쩔 수 없지만 말이다. 제법 준수한 사내가 웃는 모습에 기친친은 두근거리면서도 왠지 마음이 놓였다.

하지만 아직 겁은 나는지라 어깨너머로 고개만 슬쩍 내밀어 호랑이를 살폈다. 놀랍게도 호랑이는 번개에 맞아 노릇노릇하게 익어 있었다.

"어쩌다 이 깊은 산속까지 들어오시게 된 겁니까?"

"그것이, 죽순을 따려고 대숲에 들어왔다가……."

사내는 자신의 이름은 남춘기이며 스승과 함께 주술 공부를 하고 있다고 했다. 그는 길을 잃은 기친친을 친절하게 안내해주었다. 또 둘이서는 다 못 먹는다며 호랑이 고기를 잔뜩 나눠주기도 했다. 번개를 부려 호랑이를 잡는 멋진 사내. 심지어 약초를 찾는 능력도 뛰어나 그녀의 긁힌 상처도 치료해주었다.

커다란 호랑이를 어깨에 짊어지고 씩씩하게 걸어가는 등을 보면서 기친친은 생각했다. 저 사내와 혼인하면 절대 굶어죽을 일은 없겠다고!

△ ♥ △

"차 맛이 좋구려, 임자."

"더 드릴까?"

"아니, 충분해. 저녁 만드는 건 내가 도와줄 터이니 같이 쉽시다."

부부는 그렇게 김이 모락모락 나는 잔을 든 채로 나란히 앉았다. 기친친은 옆에서 편안하게 앉아 있는 남편을 보며 과거를 떠올렸다.

그렇게 봄에 만난 둘은 여름에 할머니가 돌아가셔서 기친친이 혼자가 되어버리는 바람에 가을에 혼례를 올렸다. 할머니가 손녀인 기친친에게 유언으로 꼭 시집을 가라고 당부했기 때문이었다.

그리고 아이를 낳고, 돈을 벌면서 이 나이 때까지 오순도순 살았다.

"영감."

"응? 왜 그러시오, 임자."

"내가 물어볼 것이 있는데 말이오."

"뭐?"

"우리가 처음 만났을 때도 그렇고, 할머니가 돌아가신 뒤에도 그렇고. 나야 당신이 든든하고 생활력도 있어서 좋았다지만 당신은 내가 어디가 그렇게 좋았던 거요? 솔직히 집 한 채 있는 거 빼고는 찢어지게 가난했는데. 부모도 일찍 돌아가셨고 말이오."

뜬금없는 물음에 남춘기는 부인의 얼굴을 빤히 쳐다보았다. 표정을 보니 농담이 아니라 진심으로 묻는 것이었다. 그래서 그는 기친친의 손을 잡으면서 예나 지금이나 항상 같은 대답을 꺼내었다.

"당신이 예뻐서 좋았지."

"에잉, 어째 혼례 치른 날 밤에 하던 소리랑 이리 하나도 다른 것이 없을까."

기친친의 입이 삐죽 나왔다. 수십 년 전 고운 신부였던 그녀에게 신방에서 그는 딱 이렇게 말했다. 딱 보는데 하도 예뻐서 반했다고 말이다. 그때야 자신도 어렸으니 좋아서 그저 호호거리며 수줍게 촛불을 껐다지만. 지금은 다 늙었는데도 이랬다.

하지만 남춘기는 호록호록 다시 차를 마시는 부인을 보면서 푸근하게 웃었다. 그의 마음은 과거나 지금이나 똑같았다. 부인에게 거짓말을 한 적도 없었고.

소싯적 기친친은 이 근방에서 모르는 사람이 없을 정도로 뛰어난 미모의 소유자였다. 그래서 집이 어려운 걸 아는 부잣집에서 첩으로 달라며 그녀의 할머니에게 몰래 청을 넣은 적도 있었다. 물론 고랑고랑해도 손녀는 천금처럼 아꼈던 할머니가 굶어 죽어도 그건 안 된다며 딱 잘라 거절해 없던 일이 되었지만 말이다.

뿐인가. 그가 기친친과 연애할 때 수없이 많은 벌레가 꼬였더랬다. 지금이야 늙어서 힘이 부족하지만, 당시에 그는 호랑이가 사는 그 험한 산에서 수련하던 헌앙한 청년이었다. 주먹 앞에 장사 없다고 아주 호되게 물리쳤지.

그것은 환갑을 훌쩍 넘긴 이 나이가 되어도 지키고 있는 그의 작은 비밀이었다.

"임자가 꽃보다 더 아름다웠지. 지금도 그렇고. 허허허!"

따뜻한 찻잔을 손에 쥔 채로 웃는 남편을 보면서 기친친은 슬그머니 마당 한 구석에 피어 있는 꽃 쪽으로 시선을 돌렸다. 나이를 먹어 주름이 가득한 할머니가 되었지만 그래도 예쁘다는 칭찬은 여전히 기분 좋았다. 그녀의 남편은 역시 세상에서 가장 멋진 사내였다. 그녀를 호랑이에게서 구해준 옛날이나 지금이나.

'그래도 내가 복이란 복은 다 누리는구나.'

인품 좋은 남편에, 곰살맞은 자식과 손자들. 노후 걱정 없이 보낼 재산도 있고 맛난 음식은 언제든 먹을 수 있으니 불평할 것이 어디에 있으랴.

기친친은 느긋하게 빗소리를 들으며 꿀차를 음미했다.

참으로 달콤하고 향긋한 것이, 마치 그녀가 보낸 인생 같았다.

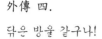

外傳 四.

닭은 방울 같구나!

나이가 지긋한 단상현은 차아에서 유수한 학자를 배출한 노스승으로 이름이 드높았다. 그의 가르침을 받기 위해 찾아오는 사람만 일 년에 수백 명이 넘는다고 하니 얼마나 대단한가. 하지만 그는 제자를 받아들일 때 무척 까다로웠다. 제자도 인연인데 각별히 여기고 싶다는 이유로 고르고 또 골라냈다. 그러고도 모자라 열흘을 지켜보고 결정을 짓기에, 누군가 농담 삼아 부인을 고르냐는 말을 할 정도였다.

단상현은 가지런한 흰 수염을 쓰다듬으며 이번 제자 후보를 지켜보고 있었다. 오늘 처음 만난 제자 후보는 아직 어린 소년이었다. 차츰차츰 세를 넓히고 있는 지(地) 가문의 후계인 사내아이는 간신히 소년티를 내고 있을 정도로 어렸다.

"어디 글을 써보도록 하여라."

"예."

하지만 그가 제자 후보로 고를 만큼 특별하기도 했다. 소년, 지야곤은 통통하니 젖살이 오른 손가락으로 붓을 쥐고 글자를 써 내려가기 시작했다. 아직 여물지 못한 손에 쥐여진 붓에서 나오는 글씨는 놀랍게도 정갈했다. 그 나이대의 아이라면 실수를 하거나 흔들릴 만도 한데, 아이는 획수까지 정확히 지켜가며 어려운 책의 첫 구절을 썼다. 만약 글씨만 보았더라면 제법 수학(修學)한 청년이 쓴 것이라고 착각했을 터였다.

"제법 잘 쓰는구나."

"감사합니다."

"평소에도 연습하고 있느냐?"

그의 질문에 아이는 눈을 깜빡였다. 다른 이보다 유독 새카만 아이의 눈동자는 반질반질한 바둑돌을 연상케 했다. 기묘한 눈빛이다. 아이이면서 천진한 맛이 떨어지는. 단상현은 수염을 쓰다듬던 손을 뻗어 지야곤이 쥔 붓을 빼앗아들었다. 그리고 아이가 쓴 글귀 옆에 다음 구절을 쓱쓱 썼다. 오랜 세월 다듬어진 그의 글은 이미 달필을 넘어서 신필에 가까웠다.

"무엇이 다른지 알겠느냐?"

"제 실력이 미흡하였습니다."

"실력의 고하(高下)라면 당연히 차이가 나는 것이다. 그러나 그것을 묻는 것이 아닌즉."

이번에는 아이가 쓴 글귀 바로 위에 작게, 같은 글귀를 쓴다. 이번에는 눈치 챌까? 그가 흘끔 지야곤을 보자 아이의 입이 살짝 벌어져 있었다. 무엇인지 알아챈 것 같았다. 그리고 이내, 단상현에게서 붓을 받아 새로운 한지에 글귀를 썼다. 전보다 훨씬 좋아졌지만 마음에 들지 않는지 미간을 찡그린다.

"할 수 있겠느냐?"

"노력해 보이겠습니다."

노력. 그 말을 입에 담는 아이의 표정은 무척 어색하기만 했다. 단상현은 흥, 하고 웃으며 수염을 쓰다듬었다. 그럴 만도 했다. 그가 보기에 지야곤, 이 아이는 노력이라는 것을 쉬이 하지 않았을 것이기 때문이었다.

이 세상에 노력이 들어가지 않는 것이 없다.

허나 그 노력을 들이지 않는 사람이 있다면, 그것을 사람들은 천재라고 부른다. 범인과 다른 그 뛰어난 능력을 두고 감탄을 하는 것이다. 단상현은 오랜 세월 산만큼, 그리고 노스승이라는 유명세만큼 숱하게 천재라고 불리는 이들을 만나왔다. 그러나 그중에 진짜 천재는 손에 꼽을 만큼 적었다. 대부분의 사람들은 영재와 수재를 천재라고 착각하나, 진짜 천재는 그들과 다르다. 진정 천재는 노력이라는 것을 기울이지 않는다.

문제를 주면 풀이도 없이 바로 해답으로 이어지는 것이 천재라는 부류니 말이다.

"언제까지 따라할 수 있을 것 같으냐?"

"모르겠습니다."

"나는 열흘간 너를 시험할 것이다. 그 기간에 따라할 수 있겠느냐?"

"……예."

아이는 조금 자신 없게 대답했다. 단상현은 다시 흐응, 하고 콧소리를 내며 아이를 빤히 보았다. 손가락을 꼼질거리는 것이 제법 나이답게 귀엽다. 통통한 뺨 하며, 윤기가 흐르는 피부가 상당히 사랑스러웠다. 허나 인형처럼 그럴싸한 외견과 달리 그 안에 담긴 것은 퍽퍽한 냄새가 난다.

△ ▼ △

지야곤의 하루는 바빴다. 일찍 일어나 가주에게 문안인사를 올리고, 어린 동생들을 깨운다. 조찬을 해결하고 나면 그에게 남은 것은 공부뿐이었다. 어렸을 적에는 글공부만 하였는데, 뜀박질 하는 것이 어렵지 않게 된 이후부터는 무술도 배웠다.

"후우."

숨을 들이쉬고 내쉰다. 움직이는 데 호흡은 무척 중요했다. 지야곤은 목검을 든 채 제 앞에 있는 대련상대를 지그시 보았다. 아주 짧은 시간에 상대방의 약점을 파악해야 했다. 허점을 찾아보지만 보이지 않는다. 그렇다면, 허점을 만들어야 했다.

"훅!"

호흡을 짧게 내쉬고 검을 찌르는 척, 상대방의 발등을 밟았다. 상대방의 자세가 흐트러지는 틈을 타서 검을 거꾸로 쥐고 자루의 끝을 세워 명치를 가격하려고 했다. 그러나 그것이 막히고 잡힐 뻔했다. 이럴 때를 대비하여 익힌 박투술이 있었다. 지야곤은 곧장 몸을 낮춰 공격을 피한 뒤 오금을 팔꿈치로 찼다. 휘청거리는 이의 등 뒤로 돌아가 목검을 목에 대면서 대련은 끝이 났다.

"야무지게 움직이는군."

그 모습을 멀찍이서 단상현이 지켜보았다. 이제 겨우 열 살도 되지 않은 아이의 몸놀림이라고 하기에는 너무도 뛰어났다. 벌써 자신의 몸을 통제하다니. 무술에 깊은 식견은 없지만 대단하다는 것은 충분히 알 수 있었다.

"소가주님께서는 못 하시는 것이 없지요."

그의 곁에는 지만복이라는 청년이 붙어 있었다. 지 가문에 머무는 내내 그의 신변을 책임지는 사람이었으니, 지 가문 내에서 제법 촉망받는 인재인 모양이었다.

"문무를 가리지 않고 두각을 드러내는 분입니다."

"호오. 문무를 가리지 않고?"

"글자를 세 살 때 떼셨습니다. 말은 돌이 지나자마자 하셨고요. 그리고 또⋯⋯."

"그만하게. 더 듣지 않아도 알겠구먼. 요컨대 무엇이든 쉽게 익혔다는 말이로군."

"예, 바로 그겁니다!"

지만복은 이후에도 이런저런 자랑을 늘어놓았다. 노스승 단상현의 제자가 된다는 것은 굉장한 영광이었다. 지 가문이 그렇게 떨어지는 가문은 아니지만, 권세가 드높은 풍(風) 가문 같은 곳에 비한다면 무척 부족하였다. 재력이나 유명세 같은 것이 말이다. 그런데 지야곤이 단상현의 제자가 된다면? 가문의 인지도가 팍! 하고 오를 것이 아니겠는가. 상상만 해도 좋은지 지만복은 싱글벙글 웃었다.

"그럼 지 가문의 소가주가 익힌 것이 무엇인지 아나?"

"소가주님이 익히신 것들 말입니까?"

"대충 읊어보게."

"그야 많지요. 금기서화(琴棋書畵)는 물론이고 무술로는 검과 박투를 제외하고도 호신술을 상당히 익히셨습니다. 좀 더 자세하게 읊자면 글공부는……."

이후 단상현은 지만복의 설명을 들으면서 지야곤이 무술을 익히는 모습을 관전했다. 정오가 와 점심때가 되자 나불나불 잘도 입을 움직였던 지만복도 꼬르륵 소리가 나는 배를 문질렀다.

단상현은 그와 함께 점심을 들기 위해 연무장에서 빠져나와 방으로 향했다. 원래라면 가문의 안주인이 그를 대접해야 했지만, 안타깝게도 지 가문의 안주인은 막내딸을 낳고 숨졌기에 부재였다.

"하여, 네가 대접하는 것이냐?"

"가주님께서는 바쁘셔서 이리 되었습니다. 혹여 언짢으시다면, 말씀해주십시오. 고치겠습니다."

"따분하구나."

퉁명스레 나간 말에 당황한 사람은 곁에 있던 지만복이었다. 그는 쩔쩔 매며 지야곤과 단상현을 번갈아 보았다. 혹 소가주가 못나게 군 것인가? 적어도 그가 보기에 지야곤은 아주 의젓하게 대응하고 있었다. 지금만 하더라도 흔들리지 않고 살짝 고개를 숙여 사과를 하지 않는가.

"거슬리는군. 자네는 좀 나가게."

"예?"

"비록 소가주가 내 제자가 아니라고는 하나, 작은 가르침 정도는 내릴 수 있지."

"아, 아하. 알겠습니다. 물러가겠습니다."

뭔가 대단한 가르침을 내리는가 보다, 하고 속 편하게 생각한 지만복이 밖으로 나가자 단상현은 흐응 하고 버릇처럼 콧소리를 냈다. 그리고 수염을 쓰다듬었다. 까끌까끌한 수염의 손가락 사이에 비벼지는 감각은 꽤 재미있다. 습관이 될 정도로. 허나, 눈앞의 작은 아이는 전혀 재미있지 않았다.

"이제 속일 것도 없다."

"……."

"오늘 하루밖에 널 보지 않았으나 알 것 같구나."

단상현은 고개를 든 아이와 눈을 마주했다. 검은 바둑돌 같은 눈. 그래, 저 눈. 저것이 참 거슬렸다.

"네가 따분하다는 것을."

정곡을 찔렀는가. 지야곤이 작게 손가락을 움찔한다. 아까 단상현이 '따분하구나.'라고 말한 것은 그의 감정이 아닌 지야곤의 감정을 쿡 짚는 말이었다. 그렇다. 그가 오늘 내내 본 지야곤은 따분하게 있었다.

굳이 단상현이 아니라 다른 누구라도 알아차릴 수 있었을 것이다. 지야곤은 오늘 내내 단 한 번도 웃는 모습을 보이지 않았다. 만지고 싶을 만큼 통통하고 보드라운 뺨은 미동도 없었다. 아이의 새카만 눈은 명료하게 앞을 바라보았으나 감정이 스며들지 않고, 무언가를 행할 때 망설임 없이 매끄러웠으나 의욕이 없었다.

그래.

이 어린 천재는 무엇이든 따분하게 여기고 있었다.

"네가 익힌 것이 수없이 많다고 들었다. 안 한 것이 없고, 못하는 것이 없었다지."

"……예."

"그러면 이제 너도 알겠구나. 네게 어려운 것은 거의 없다는 것을."

단상현의 말 그대로였다. 지야곤은 무언가를 익히는 것이 어렵지 않았다. 그것은 어렸을 적부터 무척 자연스러운 것이었다. 그는 언제나 남보다 빨랐다. 무언가를 익히고 터득한다는 것은 숨을 쉬는 것보다 더 쉬웠다. 아직 어린 동생들이 천자문을 떼지 못해서 끙끙거리는 것을 보면 왜 그런지 이해가 안 되었다. 그에게는 너무도 쉬운 것들이었는데.

처음에는 그가 얼마나 뛰어난지 알지 못했다. 그저 뭔가를 배우는 것이 즐거웠을 뿐이었다. 세상과 관련된 것을 하나하나 알아간다는 것은 상당히 재미있는 놀이였다. 그러나 그것은 얼마 가지 못했다. 어려움이 없는 배움이란 쉽게 질리기 마련이었다. 그래서 다른 것을 배우고자 했다. 글, 바둑, 그림, 무술……. 그가 공부하는 것이 많아질수록 가솔은 뛸 듯이 기뻐했다. 신동이 나타났다며 사람들이 칭찬을 가득 해주기도 했다.

그리고 그것이 지야곤에게는 독이 되었다.

"사람은 호기심을 빼고는 시체라는 말이 있다. 호기심이라는 것은 사물이나 사람에게 궁금함을 느끼는 것이지. 그것을 또 달리 말하면 흥미라고 한다."

단상현은 혀를 찼다. 아직 지야곤은 열 살도 되지 않는 어린아이이건만.

"헌데 네게는 그 흥미라는 것이 느껴지지 않는 모양이구나."

지 가문에서 신동이 나타났네 하면서 이것저것 가르친 것이 문제였다. 가뜩이나 범상치 않은 재능으로 남들과 달리 빨리 습득하는 그에게, 한꺼번에 많은 것을 알려주었다. 평범한 아이였더라면 평생을 걸쳐 배웠을 것을 아마 일 년도 되지 않아 터득했을 터. 세상의 지식을 너무도 쉽게 얻은 아이는 세상에 흥미를 잃었다.

이미 알고 있는 것을 또 궁금해하고 흥미를 느낄 사람이 없는 것처럼.

"그것이, 잘못된 것입니까?"

"왜, 잘못되지 않은 것 같으냐?"

"예."

"흐응."

단상현은 콧소리를 내며 비죽 웃었다. 그의 제자들이 봤다면 오들오들 떨 웃음을.

"허면 웃어보아라."

"예?"

"웃어보래도. 그렇다면 네가 잘못되지 않았다는 것을 인정해주마."

"제가 웃는 것과 그것이 무슨 상관이 있습니까?"

"어허, 어른의 말에 토를 다는 것이 아니다. 어서 웃지 않고 뭐하는 것이냐?"

그의 재촉에 지야곤이 한숨을 내쉬었다. 정말 앳된 얼굴과 어울리지 않는 애늙은이 같은 한숨을. 그리고 웃어보려고 하는데, 그것이 쉽지 않았다.

"?"

지야곤은 자신의 통통한 뺨을 만지작거렸다. 사람이 어떻게 웃는지는 안다. 입가를 동그랗게 말아 올리면 되는 것이었다. 혹은, 눈을 가늘게 접어 휘기도 한다. 하지만 지야곤은 그것이 되지 않았다.

'어째서?'

아이는 귀엽게 고개를 갸웃했다. 젖살이 통통한 손으로 뺨을 만지작거리는 모습이, 퍽 사랑스러웠지만 그것과 별개로 지야곤은 심각했다. 웃어야 하는데 웃어지지 않았다. 그리고 그런 지야곤과 달리 단상현은 실컷 웃었다.

△ ♥ △

"형님, 형님. 이것 보세요. 제가 했어요!"

"큰 오바아."

어린 동생들이 지야곤의 옷자락을 잡는다. 그는 지야혼의 머리를 쓰다듬고 지야희를 안았다. 아무리 바쁜 소가주라지만 어린 동생들과 놀아줄 시간은 있었다. 지야곤은 아이 특유의 따뜻한 온기에 취했다.

"아바아. 아바아, 어디?"

지야희가 아버지를 찾았다. 지야곤은 바빠서 자리를 비운 가
주를 떠올리며 한숨을 내쉬었다. 어머니를 일찍 여읜 삼남매는 아
버지에게 많이 의지하였지만, 그는 너무 바빠서 함께할 시간이 거
의 없었다. 그러니 지야희가 매번 이렇게 칭얼거리는 것이겠지.
유모가 있긴 했지만 아무래도 혈육의 정을 대신하는 건 힘들었다.

지야희를 부둥부둥 안은 그는 졸음이 덕지덕지 눈에 묻은 지
야혼의 손을 꼭 잡았다. 그리고 각자 방에 데려다 주고, 홀로 방에
서 붓을 잡았다.

지야곤은 나머지 공부나 숙제라는 것을 하지 않는 사람이었
다. 그럴 필요도 없이 손쉽게 가르침을 습득하니 말이다. 하지만,
단상현의 글자만큼은 아니었다. 그가 쓴 글귀에는 뭔가 담겨져 있
었다. 지야곤이 따라 하지 못하는 뭔가가.

스윽.

붓을 쥔 지야곤의 방에서는, 호롱불이 좀처럼 꺼지지를 않았
다.

△ ▼ △

단상현이 지야곤을 본 지 열흘째 되던 날, 둘은 느긋하게 차
를 마시고 있었다. 단상현은 흘끔 아이의 손끝을 보았다. 먹물이
배어든 손가락. 이번에는 제법 노력이라는 것을 한 모양이었다.
하지만 아이의 손은 비어 있었다.

"내게 내 준 시험이자 숙제는 어찌했느냐?"

"실력이 부족하여 하지 못하였습니다."

"노력은 하였느냐?"

"예."

"그럼 물으마. 어찌하여 네가 숙제를 못 한 것 같으냐?"

꼼질. 손가락을 꼼지락거리던 지야곤의 시선이 그와 똑바로 마주한다. 단상현은 어째 웃음이 자꾸 나올 것 같아 자신의 수염을 쓰다듬었다. 항상 따분하기만 했던 아이의 눈빛이 조금 바뀌었다. 살짝 빛이 감도는 것이, 꽤나 마음에 든다.

"모르겠습니다."

처음으로 아이의 입에서 모르겠다는 말이 나왔다.

"가르침을 내려주십시오."

하지만 그것이 어색할지언정 못난 것은 아니다. 단상현은 흘흘 웃음을 흘리며 수염을 연신 쓰다듬었다.

"네가 쓴 글귀와 내가 쓴 글귀에 다른 것이 있다. 아이야, 우리가 쓴 글귀는 무엇이었느냐?"

"홍하상열지사(洪河相熱之史)의 첫 구절이었습니다."

"그래. 읊어보아라."

"만일 그대의 손끝에 닿지 않는 마음이라면, 강물 위로 아롱지며 반짝이는 빛만큼 허무한 것이오."

그것이 분명 첫 구절이었다. 홍하상열지사, 초대 황제가 사랑하는 여인에게 보내는 연가(戀歌)였다.

"그것이 무슨 뜻인지는 아느냐?"

"초대 황제 폐하께옵서⋯⋯."

"쯧쯧. 그런 뜻이 아니다. 그런 고루한 해석을 제외하고 말이다. 그 구절에 담긴 감정을 말하는 것이야."

그의 물음에 지야곤이 고개를 가로젓는다.

"네가 그것을 이해한다면, 내가 준 숙제를 말끔히 해결할 수 있을 거다."

"이해를 못하면 어찌 되는 겁니까?"

"평생 그리 따분하게 살겠지."

"……."

"내 너와 같은 천재를 본 적이 손에 꼽는다. 대부분 세상이 지루하다, 고루하다면서 속세를 떠났지. 아니면 속 빈 강정처럼 살거나. 제대로 야망과 목표를 둔 이는 청가의 고삐 풀린 망아지 같은 놈, 한 명밖에 못 봤어. 어쨌든 그런 천재들이 내게 가르침을 청할 때 뭘 원하는지 아느냐?"

지야곤은 어쩐지 그 답을 알 것 같았다. 아이의 눈을 본 단상현은 고개를 끄덕였다.

"불가해(不可解)의 존재를 알려달라는 것이었다."

절대 이해할 수 없는 것. 절대 익히거나 습득할 수 없는 것. 알아도, 알아도 부족하고 모자란 것. 그것만이 세상을 사는 것이 지루해진 천재들에게 삶의 활력을 불어넣을 수 있으리라. 세상을 사는 것이 너무 쉬워 사람도 삶도 시들해진 그들에게는 말이다.

"노스승께서는 그것을 알고 계십니까?"

"알다마다."

지야곤의 눈동자가 빛이 난다. 아이는 자기도 가르쳐달라고 입을 벙긋 열 뻔했지만, 단상현이 안 가르쳐준다고 먼저 말하는 바람에 실망을 금치 못했다.

"이건 안다고 되는 게 아니다. 불가해가 왜 불가해겠느냐. 영 모르겠으니까 불가해지. 다만 그것의 존재를 느끼고 인정하느냐 마느냐가 중요한 것이다."

"그것을 가리키는 말이 있습니까?"

"만일 그대의 손끝에 닿지 않는 마음이라면."

뜬금없이 단상현이 홍하상열지사의 첫 구절을 입에 담았다.

"강물 위로 아롱지며 반짝이는 빛만큼 허무한 것이오."

지야곤이 고개를 갸웃하며 의아해했다. 하지만 단상현은 이미 답을 은근슬쩍 알려준 상태였다.

사랑(愛).

그 어떤 천재라고 한들 절대 알지 못할 불가해의 존재.

만일 그것을 겪게 된다면 아무리 비범한 천재라도 사랑에 빠진 인간이 된다. 사랑에 빠진 인간에게는 항상 세상은 새로울 테지. 그리고 그때가 된다면 이 어리고 맹한 아이도 조금은 사람 냄새가 나지 않을까?

단상현은 그리 생각하며 킬킬 웃었다.

△ ♥ △

단상현은 지야곤을 제자로 들이지 않았다. 이 똑똑한 아이는 가르칠수록 독이 된다. 지야곤에게 정말 필요한 것은 감정을 가르치는 것이었지만, 그것은 단상현의 몫이 아니었다. 언젠가 그의 인생을 뒤흔들 만큼 대단한 여자가 아닌 이상에야 아무도 가르치지 못할 것이다.

"그건 그것 나름대로 대단하겠군."

인생이 가장 시시한 지야곤을 뒤흔들 수 있는 여자라. 여장부도 보통 여장부가 아니리라. 아마 지야곤과는 반대로 인생을 가장 치열하게 사는 여자이지 않을까?

노스승은 그렇게 쌓은 연륜으로 어렴풋한 예지를 하며 웃었다. 만일 그런 여자를 만나게 된다면, 지야곤은 정말 대단해질 것이다. 가뜩이나 똑똑하고 재능 넘치는 사내에게 뜨거운 가슴마저 안겨준다면 말이다.

"나라나 발칵 뒤집히지 않으면 좋으련만."

너무 엄살을 부렸나? 싶어서 단상현은 실소를 흘리며 지 가문을 나왔다. 지만복의 아쉬움이 뚝뚝 떨어지는 눈빛을 뒤로하고 말이다.

△ ▼ △

훗날 단상현의 예상은 맞아떨어졌다. 하나라도 좀 틀렸으면 좋으련만 다 맞았다. 나라가 뒤집어지는 것까지 말이다.

그리고 더 세월이 흘러 지야곤이 사랑하는 여인과 맺어져 손자 손녀까지 낳고 살았을 때, 그는 이전에 단상현이 쓴 것보다 훨씬 훌륭하게 글귀를 적을 수 있게 되었다. 단상현이 알면서도 굳

이 지적하지 않았던 빠진 부분, 사랑이 그의 글귀에 흠뻑 배어 있
었기 때문이었다.

사랑을 하는 지야곤의 입가에는 항상 웃음이 떠나지 않았다.

- 2권에서 계속.